HEYNE <

W0016505

Ein Verzeichnis aller im
Wilhelm Heyne Verlag erschienenen
Shadowrun-Bände finden Sie
am Schluss des Bandes.

ANDRÉ WIESLER

SHELLEY

Einundsechzigster Band des
SHADOWRUN-ZYKLUS

Überarbeitete Neuausgabe

WILHELM HEYNE VERLAG
MÜNCHEN

Umwelthinweis:
Dieses Buch wurde auf chlor- und säurefreiem Papier gedruckt.

Überarbeitete Neuausgabe 5/07
Redaktion: Catherine Beck
Copyright © 2003 by Wizkids LLC/Fantasy Productions
Copyright © 2007 dieser Ausgabe
by Wilhelm Heyne Verlag, München
in der Verlagsgruppe Random House GmbH
www.heyne.de
Printed in Germany 2007
Umschlagbild: Thierry Doizon
Umschlaggestaltung: Nele Schütz Design, München
Satz: C. Schaber Datentechnik, Wels
Druck und Bindung: GGP Media GmbH, Pößneck

ISBN: 978-3-453-52304-3

Vielen Dank an Marcus Dzionsko und Björn Weber für ein Paar, ohne das meine Version von Shadowrun nicht wäre, was sie ist.

Dank an meine Frau Janina dafür, dass sie mein Leben lebenswert macht; an meine Familie, die da ist, wenn man sie wirklich braucht; an Walli und Sophie, ohne die das Leben oft sehr viel schwerer wäre; an Marcus Dzionsko, Michael Wilming, Stefan Bogdanski, David Grade und Johannes von Vacano für ihr kritisches Auge und die flinken Finger; an Sarah Nick, mit der man einfach zu gut plaudern kann; an all die Leute da draußen, die mir tagtäglich bestätigen, dass ich den richtigen Weg gehe. Und last but not least an meine treuen Spielbegleiter Gnaaf, Noshi, Jani, Maple, Mike und Christian.

I

»Mister Walker? Darf ich Ihnen das abnehmen?« Der blondierte Steward beugte sich über Kyle und räumte zwei leere Perrierflaschen von dem Tablett, das sich auf Knopfdruck wieder in die Seitenlehne zurückfaltete. »Wenn ich Sie bitten dürfte, den Anschnallgurt wieder anzulegen, wir landen in Kürze.«

Kyle nickte, schenkte dem übermüdeten Mann ein Lächeln und kam seiner Aufforderung nach. Landen war ein erfrischend euphemistischer Ausdruck dafür, mit mehreren hundert Stundenkilometern auf eine Asphaltpiste zu schlagen und zu hoffen, dass eine im Preiskampf der Fluggesellschaften heruntergewirtschaftete Transorbitalmaschine diesen Strapazen standhalten würde.

Er zog das flexible Datenkabel aus der Halterung an der Vorderseite seines Erste-Klasse-Sitzes und führte es in seine Datenbuchse ein. Mit einem kurzen Gedankenimpuls klinkte er sich in das Infotainment-Programm des Flugzeuges ein und versuchte sich auf die aktuellen Börsenkurse zu konzentrieren, aber es war vergebens. Wie magisch wurde seine Aufmerksamkeit von der Aufzeichnung der Unterbodenkamera angezogen, und er sah kleine Lichter weit unter sich vorbeiziehen – viel zu weit und viel zu schnell für seinen Geschmack. Er ließ eine aktuelle Karte über das Bild der Kamera legen und erkannte anhand der eingeblendeten Markierungen, dass sie sich bereits über den Außenbezirken des Seattler Metroplex befanden. Das bedeutete, in wenigen Minuten würde es wieder einmal heißen: Landung oder Feuerball.

Walker schüttelte sich und war froh, als die Bodenkamera deaktiviert und durch das Bild einer Flughafenkamera ersetzt wurde. Sicher gelandete Flugzeuge an ihren Terminals hatten etwas ungemein Beruhigendes.

Er musste über sich selbst schmunzeln. Da saß er nun, Kyle Walker, der mehrfach ausgezeichnete Hubschrauberkampfpilot, und machte sich wegen eines Transorbitalflugs in die Hose. Er schaute sich um und entdeckte bei den anderen Passagieren nur entspannte oder vorfreudige Gesichter. Sogar das lärmende Kind aus der dritten Reihe war nun verstummt und starrte aus dem Fenster, bei dem sich jetzt der Sichtschutz hob.

Vermutlich wusste Walker einfach zu viel über dieses Flugzeug genannte Geschoss, in dem sie saßen. Keinem seiner wohlhabenden Mitreisenden war bewusst, dass sie nur eine Chance für diese Landung hatten. Die semiballistische Flugbahn des Transorbitals ließ nicht genug Gewichtsspielraum, um Spritreserven mitzuführen. Wenn sie also die Landung nicht im ersten Versuch hinbekamen, könnte die Maschine nicht durchstarten, und aus dem kontrollierten Fall würde ein Absturz. Walker atmete tief durch – wenn es hart auf hart kam, saß er eben lieber selbst an der Riggerkontrolle.

Er war sich natürlich im Klaren darüber, dass seine Angst völlig irrational war, eine Überreaktion aufgrund des subjektiv empfundenen Kontrollverlusts als Passagier. Transorbitalflüge waren mittlerweile laut allgemein anerkannter Statistiken sicherer als Standardflüge – ob das ein erstes Zeichen für eine Cyberpsychose war? Irrationale Angst, Paranoia, Entfremdung ... Wieder musste Walker lächeln. »Kann man verrückt sein, wenn man befürchtet, verrückt zu sein?«, flüsterte er vor sich hin.

Er würde beizeiten mit René darüber reden müssen; als Leiter einer Fachklinik für Implantatchirurgie würde sein Freund die Anzeichen zu deuten wissen.

Walkers Magen krampfte sich zusammen, als das Flugzeug unvermittelt absackte und zur Erde stürzte. Er sah seinen sicheren Tod bereits vor sich, seine Muskeln kribbelten und verlangten nach Bewegung, als sein Reflexbooster in Aktion trat. Aber dann polterte die Maschine auch schon über den Asphalt der Landebahn, und das Heck zitterte hin und her, als sich die Bremsfallschirme öffneten, um die selbstmörderische Geschwindigkeit des Geschosses zu verringern. Walker entspannte die verkrampften Muskeln, deaktivierte mit einem routinierten Gedanken seine künstliche Reflexverstärkung, atmete tief durch und löste den Sicherheitsgurt. Wieder einen Flug überlebt.

Als sich Martin Simmons ausgiebig streckte, knarrte sein Lederimitatsessel protestierend. »Du mich auch«, gähnte Simmons zurück und drückte die Wiedergabetaste an seiner ›Allround-Media- und Kommunikationsanlage‹ – so stand es zumindest auf dem Karton, den er immer noch als Aktenablage missbrauchte. Für Simmons war sie abwechselnd ein ›Mistding‹, ›Dreksteil‹ oder ›der teuerste Haufen Schrott, den ich jemals gekauft habe‹. Der Apparat wurde seinem Ruf gerecht: Der Bildschirm flackerte, knackte und glomm dann nur noch matt. Grunzend hieb Simmons seine Faust auf den dämlichen Kasten – immer die Linke nehmen für so was, mit der Rechten wird's teuer – und mit einem elektrischen Knistern erwachte er wieder zum Leben. »Geht doch«, sagte der Ork und lehnte sich zurück.

Auf dem Bildschirm trieb es ein dicklicher Mensch mit einer vollbusigen Elfe und ihrer nicht weniger gesegneten menschlichen Freundin – der alte Sack hatte Geschmack, das musste ihm der Neid lassen. Simmons riss eine Kopfgranate aus einem neuen Sixpack, öffnete sie und nahm einen tiefen Schluck. Dann schüttelte er sich angewidert und starrte vorwurfsvoll auf die Dose – Weihnachtsbier mit Zimt, was für eine Perversion. Simmons hatte eine tiefe und umfassende Abneigung gegen alles, was mit Weihnachten zu tun hatte, und noch eine größere dagegen, wenn jemand sein geliebtes Bier panschte. »Du kannst Weihnachten aussperren, aber du kannst ihm nicht entkommen«, hatte sein Vater immer gesagt, wenn er nicht gerade besoffen in der Ecke gelegen hatte. Jetzt holte ihn die Wein-Nacht sogar in seinem Allerheiligsten ein, seiner Bürowohnung oder seinem Wohnungsbüro – je nachdem, wie man es sehen wollte. Er warf die halb volle Dose in den Müllbeutel, der an der Türklinke hing, beugte sich vor und zog die große Kühltasche zu sich heran, die seinen Kühlschrank darstellte. Ihr entnahm er ein neues Sixpack und musterte es misstrauisch. Keine dicken roten Menschen drauf, keine Tannenbäume oder Mistelzweige. Gutes, billiges, süffiges Dosenbier, gebraut nach UCAS-Reinheitsgebot für gesundheitsschädliche Chemikalien – so lobte er sich das. Also auf ein Neues: Dose auf und einen tiefen Schluck.

Auf dem Bildschirm sprang Miss plastische Chirurgie mit lautem Stöhnen auf ihrem Freier herum, Simmons' unfreiwilligem Klienten. »Sie spielt dir was vor, Kumpel. Aber danke für das leicht verdiente Geld, Mann«, prostete er dem hochroten, schnaufenden Kerl zu.

Er musste unbedingt noch eine Kopie für seine Privatsammlung anlegen, bevor er das Video an die gehörnte Ehefrau schickte. Jetzt zog sich der Kerl lederne Frauenklamotten an und ließ sich eine eiserne Klammer an die Hoden setzen. Simmons zuckte zusammen und bekleckerte sich mit Bier. »Drek«, fluchte er und wischte mit der Hand an dem feuchten Fleck herum. Diese Folternummer war ihm beim Aufnehmen in dem kleinen Sucher der Videokamera gar nicht aufgefallen. Vielleicht doch besser keine Kopie.

Er schrieb eine kurze Nachricht an Frau Hodenschmerz und schickte sie mitsamt der Aufnahme und seiner Rechnung ab. Wieder hatte Martin Simmons bewiesen, dass Orks die klügeren Menschen waren.

Dann zog er den Chip aus der Maschine, warf ihn achtlos in eine alte Doughnutschachtel, auf die er ›Archiv‹ geschrieben hatte, und zog seinen Lieblings-SimSinn aus der

Tasche. Der Aufdruck war schon ganz abgewetzt, und nur noch mit Mühe konnte man ›Best of Jonathan Winger‹ darauf lesen. Er war ein Sohn Seattles, aber beim Combat Biking suchte man Lokalpatriotismus bei ihm vergebens – die Los Angeles Sabers waren seine Mannschaft. Simmons stülpte sich den kombinierten SimSinnhelm und Bierdosenhalter in Orkgröße über den Kopf, steckte zwei frische Dosen in die dafür vorgesehenen Körbe, nahm den Schlauch in den Mund und wollte den Chip gerade starten, als seine Kommunikationsanlage mit einem kränklichen Fiepen einen Anruf ankündigte. Er unterdrückte den Impuls, dem Mistding noch eine zu scheuern – wahrscheinlich hätte es das nicht überlebt –, und drückte stattdessen auf Empfang.

Auf dem Bildschirm erschien das Bild eines blassen, verheulten Menschen Mitte dreißig mit zerzausten schwarzen Haaren. Im ersten Augenblick hätte man ihn wegen der zarten, fast dürren Gestalt und seinem schmalem Gesicht für einen Elf halten können, aber die spitzen Ohren fehlten.

»Privat-Detektei Simmons, Objektüberwachung, Personenschutz, Ermittlungen aller Art in Orkqualität zu humanen Preisen, welches Problem kann ich für Sie lösen?«

Der Mann auf dem Bildschirm wirkte einen Augenblick verwirrt und starrte auf Simmons' Kopf. Der Helm, verdammt, damit sah er sicher nicht sehr vertrauenswürdig aus. Er riss ihn vom Kopf und warf ihn auf den Boden, wobei ihm Bier auf den Schuh schwappte.

Der Mann blinzelte irritiert, dann sagte er: »Guten Tag. Mein Name ist Makallas, Joseph Makallas. Ein Bekannter hat Sie mir empfohlen.«

»Haben Sie sonst noch Feinde?«, fragte Simmons.

»Bitte?« Makallas fuhr sich mit der Hand über das Gesicht.

»Kleiner Scherz, schon gut, machen Sie weiter«, sagte Simmons und unterdrückte ein Kopfschütteln.

Der Mann schluckte schwer, holte Luft und sagte: »Ich möchte, dass Sie einen Fall übernehmen. Können wir uns gegen acht Uhr treffen?«

Simmons grinste – wenn das kein Timing war. Eine Rechnung losgeschickt und schon kam der nächste Fall. Na, auch Papas Sohn musste ja mal Glück haben. »Klar, sagen Sie mir einfach, wo!«

2

Walker lächelte. Der Weg durch den Flughafen war wie eine Reise an den Nordpol – ›Jingle Bells‹ plärrte aus den Flughafenlautsprechern, alle 500 Meter verrichtete entweder ein Animatronic-Rentier oder ein Studenten-Santa neben einem künstlichen Weihnachtsbaum seinen Dienst, und an den diversen Fast-Food-Ständen übertrafen sich die Besitzer in Kreationen mit Zimt und Zucker. Überall hingen Plastiktannenzweige herum und schränkten an vielen Stellen den Aufnahmewinkel der Sicherheitskameras ein.

Er mochte Weihnachten, es brachte Erinnerungen einer unbeschwerteren Jugend zurück. Eine Jugend, die er mitsamt Pubertät ganz sicher nicht noch einmal durchleben wollte, aber manchmal war es schön, sich daran erinnern zu können.

Er lächelte einem kleinen Mädchen zu, das an der Hand seiner gestressten Mutter an ihm vorbeigezogen wurde. Das Mädchen zeigte ihm den Mittelfinger. »Unschuld der Jugend«, sagte Walker leise und schüttelte den Kopf. Er war sicher, dass die Jugend zu seiner Zeit nicht so verzogen gewesen war – aber das sagte vermutlich jede Generation über die nächste.

Der Flughafen platzte aus allen Nähten. Er musste sich auf dem Weg zum nächsten Ausgang mehr als einmal durch eine Menschenmenge drängen und hielt die Augen offen. Einige Schritte vor ihm plünderte gerade ein dürrer Kerl die Handtasche einer dicklichen Frau. Der Mann hatte blutunterlaufene Augen, und seine Hände zitterten – ein Junkie vermutlich. Aber Walker konnte nicht alle Probleme alleine lösen, und es war nun mal keine schöne Welt, auch kurz vor Weihnachten nicht. Er erreichte den Ausgang und trat hinaus – in den Regen. Natürlich, was hatte er von Seattle auch erwartet? Obwohl Walker fröstelte, war es für Schnee wohl noch zu warm, und diesen feuchten Gruß hatte die Stadt schon so oft über ihn ausgegossen, dass er ihn kaum erwähnenswert fand. Aber er würde sich im Hotel trotzdem einen Regenmantel besorgen müssen – der saure Regen von Seattle hatte ihm schon zu viele Anzüge ruiniert, als dass er das vergessen könnte.

Das Seattle-Sheraton war gute Mittelklasse und damit schlechter als Walker gewohnt war, aber besser, als er befürchtet hatte – Mister Makallas war ja nach Renés Informationen nicht besonders wohlhabend. Die Vorhalle war geschmackvoll in dunklem Holzimitat und dezenten Erdtönen eingerichtet, frische Blumen standen auf kleinen Tischen und an der Rezeption, und an den Wänden hingen echte Tannenzweige, geschmückt mit Lametta und Christbaumkugeln. In einer Seitennische waren um einen kleinen, herausgeputzten Tannenbaum Schaukästen aufgestellt, in denen hinter Plexiglas Zeitungsausschnitte und Videofotos hingen. Während er an der Rezeption darauf wartete, dass man sich seiner annahm, konzentrierte er sich auf die Artikel, und seine Augen vergrößerten sie, bis er sie lesen konnte. Sie handelten von der Nacht der Gewalt im Jahr 2039. Walker aktivierte den Info-Chip über Seattle, der neben anderen in seiner Multislot-Buchse steckte. Die neue Talentsoft war wirklich ein Traum – intuitiver Zugriff und perfektes Datenmanagement sorgten dafür, dass er sich nun an die auf dem Chip gespeicherten Angaben über das Sheraton ›erinnern‹ konnte. Während der großen Rassenunruhen hatte das Tacoma Sheraton 300 Metamenschen Zuflucht gewährt – eine eindrucksvolle Demonstration von Zivilcourage. Walker ließ seine Augen wieder auf Normalsicht zurückschnellen und wandte sich der Hotelangestellten zu, die ihn ansprach. Ein kurzer Rundblick offenbarte keine Metamenschen unter dem anwesenden Hotelpersonal – Rassismus äußerte sich eben nicht nur in Gewalttaten.

»Walker, für mich müsste ein Zimmer reserviert sein«, sagte er zu der gut aussehenden Homo Sapiens Sapiens-Frau. Sie schaute im Computer nach, nickte und fragte: »Darf ich Ihre Identifikation sehen?«

Walker zog sein Ebbie aus der Tasche und reichte es ihr. »Ich habe leider nur eine deutsche Identifikation. Wenn Sie so freundlich wären, mir einen entsprechenden Credstick auszustellen?«

Ein perfektes ›Alles für den Kunden‹-Lächeln erschien auf dem Gesicht der Rezeptionistin. »Natürlich, Mister Walker, wir kümmern uns darum!«

Simmons stürmte aus seinem Büro und versuchte, im Laufen den zweiten Ärmel seines Mantels zu treffen. Als er ihn endlich anhatte, war er auf der Treppe – der Fahrstuhl war wie immer kaputt – und hielt inne. Die Manteltasche war leer. Er fluchte, rannte zurück in sein Büro, schnappte die zerknüllte Packung Zigaretten vom Schreibtisch und rannte wieder hinaus. Nach einigen Schritten machte er wieder halt, grunzte wütend, lief zurück und drückte auf die Fernbedienung an seinem Schlüsselkartenbund. Hinter der Milchglastür mit der Aufschrift: ›Martin T. Simmons, Privatdetektei‹ summte und klickte es, als zwei parallel geschaltete Uzis aus einer Deckenhalterung fuhren und die Tür ins Visier nahmen. Simmons war kein Freund subtiler Sicherheit – wer bei ihm einbrach, hatte eine Ladung Blei in den Arsch verdient. Er schaute auf die klobige Uhr an seinem Handgelenk und fluchte erneut – jetzt wurde es aber Zeit.

Walker ließ die Eiswürfel in seinem Glas klirren – er liebte dieses Geräusch. Obsessive Passion für repetitive Handlungen, nannte das Clines Exposé über die ersten Anzeichen einer Cyberpsychose – oder war es einfach nur ein lieb gewonnener Tick? Walker schüttelte den Kopf, stellte das Glas ab und stand auf. Mit routinierten Handgriffen glättete er seinen Anzug – Mortimers of London natürlich, wahre Gentlemen trugen nichts anderes – und war drauf und dran, seine Headware Kontakt mit seinem Armbandtelefon aufnehmen zu lassen, als ihm einfiel, dass sich René schon mehrfach darüber beschwert hatte. Also wählte er die lange Berliner Nummer – Nummernspeicher waren zu unsicher – und wartete, während das Gespräch klickend über einige kalte Knoten geleitet wurde. Dann erklang das Freizeichen, und wenig später meldete sich eine Stimme auf Deutsch: »Ja, bitte?«

Kyle antwortete auf Französisch: »René, mein Freund. Kyle hier.«

»Ah, Kyle! Wie geht es dir?« René sprach nun auch französisch. »Schlechter als Wuxing, besser als dem Präsidenten«, antwortete Kyle und lachte. Es dauerte einen Moment, bis sein Freund die Anspielung auf den toten UCAS-Präsidenten Dunkelzahn verstand – er kam in letzter Zeit vor lauter Arbeit selten aus Deutschland heraus und selbst dann nur, um Seminare über seine Arbeit zu besuchen.

»Das freut mich zu hören. Bist du gut angekommen?«, fragte er.

»Der Flug war schrecklich, wie immer«, gab Kyle zu, und René lachte.

»Ich verstehe gar nicht, was du willst. Ich schlafe immer hervorragend im Transorbital.«

Kyle lachte ebenfalls. »Du hast auch unter schwerem Feindbeschuss hervorragend geschlafen.«

Das Lachen am anderen Ende der Leitung wurde von einem Gähnen unterbrochen. »Pardon«, entschuldigte sich Walkers Freund und ehemaliger Kamerad in der französischen Fremdenlegion.

»Du musst mehr schlafen«, befahl Walker. »Wirst du zu den Festtagen zu Hause sein?«

Es war kurz still, dann antwortete René: »Wenn du dir endlich ein Telefon mit Bildschirm kaufen würdest, hättest du gesehen, wie ich genickt habe. Ich freue mich schon sehr auf ein paar Tage mit der Familie. Apropos: Marie lässt dich grüßen.«

Kyle stand auf und schlüpfte in einen langen, dunklen Filzmantel. »Danke sehr, grüße sie zurück und auch Etienne und Karl. Mein Weihnachtsgeschenk sollte hoffentlich noch rechtzeitig eintreffen. Jetzt muss ich mich aber langsam auf den Weg machen, wenn ich deinen Bekannten pünktlich treffen möchte. Ist dir noch etwas eingefallen, das hilfreich sein könnte?«

»Nein, über die Daten, die du bereits erhalten hast, hinaus nicht.«

»Gut, dann wünsche ich dir vorsichtshalber ein schönes Fest und schon einen guten Übergang ins Jahr 2062, aber ich denke, wir werden uns vorher noch sprechen«, sagte Kyle.

»Alles klar«, antwortete René und setzte hinzu: »Und 62 müssen wir es endlich mal schaffen, Waldorf loszueisen und Mogadischu zu wiederholen!«

Kyle lachte. »Auf jeden Fall – wenn du genug Entgiftungsmittel mitgehen lassen kannst, um den Alkohol danach wieder aus unseren Körpern zu bekommen, bevor er uns tötet.«

René lachte ebenfalls. »Ich bin der Chef, ich kann mitgehen lassen, was ich will. Viel Erfolg, Kyle.«

Walker verabschiedete sich noch immer lachend und legte auf. Dann hielt er einen Augenblick inne. Soziale Kontakte, unbewusstes Lachen – offensichtlich hatten ihn seine Modifikationen doch nicht so nachhaltig verändert, wie er befürchtet hatte. Wahrscheinlich machte er sich nur verrückt, und er wollte René ganz sicher nicht zwischen Weihnachten und Neujahr mit irgendwelchen Hirngespinsten belästigen.

Simmons klopfte eine Zigarette aus der zerknüllten Packung, steckte sie an und nahm einen tiefen Zug. Als er ausatmete, erschien auf dem Monitor des Autopiloten blinkend der Hinweis: ›Luft-Verunreinigungen in der Fahrgastzelle‹. Den passenden Audiokommentar hatte Simmons seinem faschistoiden Auto längst ausgetrieben, aber dieser Antiraucher-mist war Teil der Kernprogrammierung, und da kam er mit seinen Laienkenntnissen nicht ran. Von einem Westwind sollte man doch erwarten, dass er die Klappe hielt, wenn man mal eine rauchte, aber die Entwickler waren offensichtlich der irrigen Meinung, reiche Leute würden auch lange leben wollen. Also nörgelte sein sauteures Schätzchen – mit Petrochemmotor natürlich, Elektro war für Weicheier – wie eine alte Ehefrau, wann immer Simmons sich einen Nikostick genehmigte. Aber ansonsten war das Ding ein Orgasmus auf Rädern.

Er brauste los, aber schon fünf Minuten später waren die Straßen so verstopft, dass er auf Autopilot schaltete. Simmons fühlte sich nicht zu erwachsen, um eine Lunge voll ›Luft-Verunreinigungen‹ direkt in den Ansaugschlitz der Klimaanlage zu pusten.

Ein Mord also. So fertig wie der Kerl ausgesehen hatte, würde er vielleicht mit dem drei- oder vierfachen Tagessatz durchkommen. Runde 2 Kilonuyen, das hätte schon was – wenn er den Fall auf eine Woche ziehen könnte, müsste als Erstes eine neue Mediaanlage her. Und dann vielleicht ein Urlaub an irgendeinem Oben-ohne-Strand. Während er sich schon halbnackte Schönheiten einölen sah, zog vor ihm plötzlich eine uralte Klapperkiste auf seine Spur. Der Autopilot war mit der Situation mal wieder völlig überfordert und tat, was er bei solchen Gelegenheiten immer tat: scharf bremsen. Hinter ihm setzte sich die Vollbremsung durch die endlosen Reihen des Abendverkehrs fort und provozierte ein lautes Hubkonzert. Wütend schlug Simmons auf den Knopf für die manuelle Steuerung und gab Gas. Diesen Kerl würde er sich schnappen! Mit 140 Sachen wand er sich unter Ausnutzung aller Sicherheitsabstandslücken an den Typen mit dem Uraltauto heran. Dass er dabei gleich mehrere Notbremsungen auslöste, was ihm völlig egal – Rache musste sein. Dann zog er neben den Typen – der sich als schönheitsoperierte Blondine mit Trägertop herausstellte, die Simmons zuwinkte und eine Kusshand zuwarf. Im selben Augenblick schoss seine Ausfahrt an ihm vorbei.

»Verflucht!«, rief er und schlug auf das Lenkrad. Jetzt musste er raus und wenden oder durch die Stadt fahren und kam auf keinen Fall pünktlich an.

»Lebt wohl, Oben-ohne-Schlampen! Es hätte so schön sein können«, sagte er vor sich hin. Dann lachte er dröhnend: »Verdammt, Simmons, du musst echt aufhören, mit dir selbst zu reden!«

Schon während Walker dem Taxi entstieg und sich beim Fahrer bedankte, suchte er nach geeigneten Scharfschützenpositionen. Ein zweiter Blick die Straße hinunter überzeugte ihn davon, dass ihm keine Verfolger oder Beobachter auf der Spur waren – oder dass diese Leute ihr Handwerk besser verstanden als Walker. Aber das war die gedankliche Straße ins Paranoialand und sollte nicht verfolgt werden. Also betrat Walker das Restaurant der oberen Mittelklasse – man leistete sich eine Markise und einen livrierten Maitre d', aber keinen Türsteher. Walker trat an den Oberkellner heran und wartete einen Augenblick schweigend, bis dieser von seinem in das Pult eingelassenen Reservierungscomputer aufschaute. »Guten Abend, Sir.«

»Guten Abend. Walker, man erwartet mich«, sagte er und trat einen Schritt zurück, damit der Maitre an seinem Pult vorbei und ihm vorausgehen konnte. Der Weg führte durch einen großen Speisesaal, in dem gut gekleidete Menschen und einige Elfen an Tischen für drei bis sechs Personen speisten. Orks, Zwerge oder Trolle entdeckte Walker keine. Die befrackten Ober eilten zwischen den schwatzenden Gästen mit Tabletts und Flaschen umher. Als ein Ober mit Schwung hinter Walker vorbeilief, stieg ihm für einen Augenblick der Geruch eines echten Filet Mignon in die Nase.

Der Maitre führte ihn durch den Saal und einen schmalen, kameraüberwachten Flur entlang zu einer Tür.

Sein Begleiter öffnete die Tür und ließ Walker in einen kleinen Raum eintreten, in dem ein Tisch für sechs Personen stand, nichtssagende Kunstdrucke an der Wand hingen und ein großer roter Knopf neben der Tür prangte, der mit ›Bedienung‹ beschriftet war. Walker dankte dem Maitre, der sich empfahl, und setzte sich. Blinkende Ziffern erschienen mit wenig mehr als einem Gedanken in seinem Blickfeld. 20:00 Uhr – er war auf die Minute pünktlich, aber offensichtlich verspätete sich Mister Makallas.

3

Simmons sprang aus dem Wagen und blickte noch einmal zurück – er stand über zwei Parkplätze hinweg. »Was soll's«, grunzte er und rannte zum Ausgang. Es gab offensichtlich im Umkreis von 20 Blocks um dieses dumme Restaurant keine freien Parkplätze, darum musste er nun die Straße hinunterjoggen. Zum Glück war er im Training.

Als er das Restaurant betrat, war es zwanzig nach acht – den Bonus konnte er vergessen. Er trat zu einem herausgeputzten Stockfisch, der auf einen Bildschirm starrte, und schenkte ihm sein bestes Hauergrinsen, als er aufsah: »'n Abend!«

Die Gesichtsmuskeln des Mannes zuckten, und es fehlte nach Simmons' Einschätzung nicht viel, dass er »Igitt« gesagt hätte. Simmons kannte diesen Blick, er war mit ihm aufgewachsen und hatte sich mehr als einmal wegen genau dieses Blicks geprügelt, bis er zu Lone-Star gekommen war. Aber heute war er erwachsen und hatte ein leeres Bankkonto – da lernte man sich mit rassistischen Arschlöchern zu arrangieren.

»Ja?«, fragte der Mann zögerlich, als erwartete er ein Spendengesuch für Minderbemittelte von Simmons.

»Martin Simmons«, sagte Simmons nur.

Es dauerte einige Augenblicke, bis der Maitre begriff. Offensichtlich war es für ihn undenkbar, dass ein Ork als Gast in sein Restaurant spaziert kam, einfach so, als wäre er ein Mensch wie jeder andere auch. Es gab ein lautes, knirschendes Geräusch – es waren Simmons' Zähne, die aufeinander rieben.

»Folgen Sie mir ... Sir«, sagte der Maitre mit gezwungener Höflichkeit, und da wusste Simmons, wie er ihn kriegen konnte. Als sie sich in Bewegung setzten und den Speisesaal betraten, sagte er laut: »Meine Fresse, wenn ich gewusst hätte, dass man hier gesired wird, hätte ich doch frische Unterwäsche angezogen!«

Die Gespräche verstummten, einige Gäste lachten, andere schauten pikiert drein. Der Oberlakai wurde hochrot und ging schneller.

»Ich meine, alle Achtung! Wirklich ein netter Schuppen hier. Wissen Sie, bei mir im Ghetto haben wir so was nicht. Tischdecken und so ein Zeug. Oder Besteck. Meistens essen wir unsere Ratten auch noch roh!« So langsam bekam Simmons Gefallen daran. Der Ober rannte jetzt förmlich. Es ging einen kurzen Flur entlang und durch eine Tür. Der Herr der Pinguine sagte fast verzweifelt und mit Nachdruck: »Hier, bitte! Sir ...«

Simmons trat ein, ohne ihn weiter zu beachten. An einem größeren Tisch saß bereits ein Mensch, etwa eins fünfundneunzig, vielleicht auch nur eins neunzig, im Sitzen war das schwer zu sagen. Er war durchtrainiert, höchstens zweihundert Pfund, etwa dreißig Jahre, kurze, braune Haare, teurer Anzug, keine offensichtlichen Waffen oder Cyberware, Frauentyp. Simmons musste lächeln – obwohl er schon seit Jahren nicht mehr beim Star war, erstellte er immer noch routinemäßig einen Steckbrief.

Der Mensch bezog das Lächeln offensichtlich auf sich, stand auf und reichte ihm die Hand. »Guten Abend.«

Simmons ergriff die Hand und drückte ein bisschen zu – mal sehen, was der Knabe draufhatte. »'n Abend, Mister?«

»Walker, Kyle Walker«, erwiderte der Norm und hielt seinem Griff ohne mit der Wimper zu zucken stand. Keine offensichtliche Cyberware, aber wenn da nicht an den

Muskeln geschraubt war, würde Simmons einen Elfen fressen.

»Martin T. Simmons«, stellte sich der andere vor. Walker schätzte ihn mit einem schnellen Blick ab. Der Homo sapiens robustus war sogar für einen Ork groß und kräftig gebaut, hatte dabei aber bis auf zwei beeindruckende Hauer vergleichsweise menschliche Gesichtszüge. Das Alter war bei Orks wegen ihres abweichenden Reifeprozesses nur schwer zu bestimmen, aber aus Erfahrungswerten schloss Walker auf Mitte bis Ende zwanzig. Er trug einen zerknitterten, regennassen Trenchcoat, darunter einen engen grünen Pullover, Jeans und Springerstiefel.

Sein Händedruck war sehr kräftig, aber Walker ließ sich nicht auf einen Kraftvergleich ein – solche Macho-Spielchen verscherzten nur unnötig Sympathien, vor allem bei den im Allgemeinen sehr martialisch eingestellten Orks. Außerdem war die Haut des Mannes kühl, und unter einer dünnen Schicht Fleisch glaubte Walker Vibrationen spüren zu können. Möglicherweise ein getarnter Cyberarm – wer wusste, wie viel Kraft in den Servos steckte?

Walker ließ die Hand los, zog seinen Stuhl heran und wartete, bis sich der Ork in den Sessel hatte fallen lassen, bevor er sich selbst setzte.

Als Simmons sich jetzt im Sitzen aus seinem Mantel schälte, offenbarte er eine große Pistole in einem Schulterholster – Predator Typ I oder III, das war wegen des ähnlichen Designs auf den ersten Blick nicht zu entscheiden. Er trug die Waffe mit einer Selbstverständlichkeit zur Schau, die ihn entweder als sehr dreisten Mann offenbarte oder vermuten ließ, dass er eine Lizenz für den Waffenbesitz sein Eigen nannte.

Die Tür öffnete sich, und ein Ober brachte das Perrier Deluxe herein, das Walker bestellt hatte – ohne Eis diesmal. Er wollte sich beim ersten Treffen nicht von Kleinigkeiten ablenken lassen.

»Mister Makallas hat gerade angerufen, Gentlemen, und lässt mitteilen, dass er sich wegen eines Staus leider noch weiter verspäten wird«, sagt der Kellner, während er das Glas füllte.

Der Ork stöhnte auf. »Drek, wenn ich das gewusst hätte, hätte mein Deo nicht versagen müssen!«

Walker schmunzelte über den entsetzten Blick des Obers.

»He, Chummer, das hier ist die Stelle, wo du mich fragst, ob du mir was zu trinken bringen darfst«, wandte sich Simmons jetzt an die Bedienung.

»Ich wollte ... ich dachte ...«, stammelte der.

Der Ork machte eine wegwerfende Handbewegung. »Bier ist prima!«

»Sofort, natürlich«, beeilte sich der Kellner zu sagen und verschwand zur Tür hinaus.

Der Ork trommelte auf die Stuhllehne. Dann lehnte er sich vor und verschränkte die Hände auf der Tischplatte. »Und Sie sind hier, weil ...?«, fragte er.

Walker setzte ein unverbindliches Lächeln auf. »Mister Makallas hat mich um einen Gefallen gebeten. Seien Sie mir nicht böse, aber bevor die Lage nicht geklärt ist, möchte ich es dabei belassen.«

Der Ork zuckte die Schulter und entblößte seine Hauer. »Klar, kein Problem. Soll ja gut bei den Frauen ankommen, die geheimnisvolle Masche.«

Walkers Lächeln wandelte sich von unverbindlich zu amüsiert. Dieser Mann hatte Humor und fürchtete sich nicht davor, ihn zu gebrauchen. Walker hatte schon eine ganze Weile nicht mehr mit Leuten gearbeitet, die bei einer Auftragserteilung so unverkrampft waren. Vermutlich lag es daran, dass er die letzten Einsätze mit Paramilitärs bestritten hatte.

Der Ober trat ein weiteres Mal ein und stellte ein schmales Bierglas vor Simmons ab. Er wollte sich schon wieder entfernen, als der Ork ihn am Arm festhielt. »Hör mal, Chummer, was ist das denn hier?«

»Das Bier, das Sie bestellt haben, Sir«, antwortete der Kellner.

»Ne, schon klar, aber seh ich irgendwie kränklich aus?«, beharrte Simmons.

Der Ober warf einen Hilfe suchenden Blick zu Walker. »Ich verstehe nicht ganz?«

»Na, huste ich? Oder bin ich vielleicht kleinwüchsig? Hältst du mich für minderjährig?«

Der Ober versuchte sich aus dem Griff des Orks zu befreien, und der ließ ihn los. »Sir, ich versichere Ihnen ...«

»Also, wir halten mal fest: Ich bin weder siechend noch ein Kind, sind wir da Akkord?« Simmons wartete auf eine Antwort.

»Ja, natürlich Sir, da sind wir d'accord, aber ...«

Der Ork fiel der verzweifelten Bedienung ins Wort. »Warum, bei allen Geistern, bringst du mir dann ein Babyglas?« Er hielt das kleine Glas anklagend zwischen Daumen und Zeigefinger – es verschwand fast in der großen Orkhand.

Der Ober fand keine Worte.

»Also, du stratzt jetzt mal schleunigst in die Küche, holst ein Männerglas, machst das mit Bier voll, steckst ein Schirmchen rein und bringst es mir, alles klar?«

Der Ober nickte und eilte mit verwirrtem Blick zur Tür hinaus. Simmons näselte: »Es ist ja so schwer, heute ordentliches Personal zu finden, nicht wahr?« Dann setzte er das Glas an die Lippen, schlürfte es in einem schnellen Zug und mit abgespreiztem kleinem Finger leer und tupfte sich die Mundwinkel mit einer Serviette ab.

Walker musste sich zusammenreißen, um nicht laut loszulachen.

Kurz nachdem der Ober einen Literkrug mit Bier serviert hatte, öffnete sich die Tür erneut, und Mister Makallas trat ein. Auf dem Bild, das René ihm geschickt hatte, sah der Mann besser aus. Jetzt waren seine Augen blutunterlaufen und schwarz gerändert, das Haar stand zerzaust in alle

Richtungen ab, und sein Anzug – Zoe, 2060er Kollektion – war zerknittert, als habe er darin geschlafen. Er ging zitternd, zögerlich, sein Gesicht war bleich und von einem dünnen Schweißfilm überzogen. Dieser Mann hatte offensichtlich dringend Schlaf nötig.

Walker erhob sich und begrüßte ihn mit Handschlag. »Mister Makallas!«

Der Griff des Mannes war kaltschweißig und schwach. Erst als er sich schon gesetzt hatte und Walker ebenfalls wieder Platz nahm, reichte er auch Simmons die Hand, der darüber aber weder überrascht noch pikiert schien.

»Schön, dass Sie beide so kurzfristig kommen konnten – kurz vor Weihnachten, meine ich.« Die Stimme von Makallas zitterte ebenfalls.

»Machen Sie sich keinen Kopf«, winkte Simmons ab und setzte nach: »Um was geht es denn?«

Ihr Auftraggeber nickte. »Ja, kommen wir am besten gleich zur Sache.« Er griff in seine Innentasche. »Mister Walker, ich weiß nicht genau, über was René Sie schon informiert hat?«

»Nur das Grundsätzliche«, sagte Walker. »Am besten, Sie erzählen noch einmal alles von Anfang an, dann gehen wir sicher, dass nichts vergessen wird.«

Makallas nickte einmal, dann noch einmal, entschlossener, zog einen kleinen Umschlag aus der Tasche und legte ihn auf den Tisch. »Ich möchte, dass Sie einen Mordfall untersuchen«, begann er, und seine Stimme klang belegt. Er räusperte sich und fuhr fort: »Den Mord an meiner Lebensgefährtin. Sie wurde ... Es geschah in ihrer Wohnung.«

Walker fiel ein völlig unpassendes Zitat ein, das er natürlich nicht zum Besten gab: »Das Leben ist hart, kleiner Prinz, ist nicht nur Sonnenschein!« Er wusste nicht mehr, wo er es aufgeschnappt hatte, und war sich sicher, dass sarkastische Kommentare an dieser Stelle nicht angebracht waren. War diese emotionale Kälte Ausdruck einer sich anbahnenden Psychose? War die letzte Modifikation zu viel für seine Aura gewesen? Oder hatte er nur mittlerweile so viele Tote gesehen und Morde untersucht, dass er es nicht an sich heranließ? Beides erschien ihm nicht eben erstrebenswert.

»Irgendjemand hat sie überfallen und ... ihr Herz wurde herausgeschnitten!« Tränen füllten Makallas' Augen, er schlug mit der Faust auf den Tisch. »Ich will, dass Sie diesen Dreckskerl finden und ihn zur Rechenschaft ziehen!«

Simmons hob die Hand. »Nur damit wir uns richtig verstehen: Wetwork ist nicht mein Gebiet.«

Makallas blickte Simmons verwirrt an. »Auch ich muss für mich in Anspruch nehmen, keine letalen Mittel einzusetzen, wenn es sich vermeiden lässt, oder an einem Rachefeldzug teilzunehmen. Wir werden den Mörder nicht für Sie töten«, verdeutlichte Walker nochmals.

Makallas schüttelte den Kopf. »Das sollen Sie auch gar nicht. Ich will nur, dass Sie ihn dingfest machen. Er soll gesiebte Luft atmen, dieses Schwein!«

»Das lässt sich vermutlich einrichten.« Walker erkannte ein Aufglimmen von Hoffnung in den Augen des Mannes. Ihm wurde klar, dass Makallas noch nie einen Blick hinter die glänzende Konzern- und Medienfassade der sechsten Welt geworfen hatte. Er sah sie in Schwarz und Weiß, er war der Gute, der Mörder war der Böse. Aber so funktionierte die Welt nicht, es gab nur Grautöne, und oft war man sich selbst nicht sicher, ob man gerade näher am schwarzen oder am weißen Ende der Skala operierte.

Walker blickte zu Simmons, gespannt auf die Reaktion des Orks. Der kratzte sich mit dem rechten Zeigefinger am linken Hauer, das schabende Geräusch füllte die Stille. »Warum lassen Sie Lone-Star den Fall nicht klären?«

Makallas lachte bitter auf. »Die geben nur Verwandten Einblick in die Ermittlungen, und Shelley hat keine Verwandten mehr. Und, Mister Simmons, Sie wissen doch sicher selbst sehr gut, wie Lone-Star arbeitet. Bis die auch nur die Spur aufgenommen haben, ist der Mörder über alle

Berge. Wenn die ihre Arbeit so erledigen würden, wie man es von ihnen erwartet, wären sie arbeitslos.«

»Ist was Wahres dran«, sagte Simmons. »Alles klar, ich bin Ihr Ork!«

Er schüttelte eine Zigarette aus einer Packung und zündete sie an. Erst als er einen tiefen Zug genommen und in die Luft geblasen hatte, fragte er: »Stört doch keinen? Gut, legen Sie los, Mann. Was können Sie uns erzählen?«

Makallas begann seine Hände zu kneten und starrte vor sich hin. »Nicht viel. Man hat Shelley vorgestern Morgen gegen acht Uhr tot aufgefunden. Sie ...« Makallas liefen jetzt Tränen die Wange hinunter.

Walker beugte sich vor und legte dem Mann die Hand auf die Schulter. Grundlektion praktische Psychologie: in emotionalen Stresssituationen immer Körperkontakt aufbauen. »Wir verstehen, dass es Ihnen schwerfällt, Mister Makallas, aber wir müssen diese Sachen wissen, wenn wir Ihnen helfen sollen.«

Makallas nickte und putzte sich die Nase. »Sie war schon einige Stunden tot, soviel konnte ich herausfinden, und dass man ihr das Herz herausgeschnitten hat. Was für ein Monster tut so etwas?« Er schluchzte.

»Das werden wir herausfinden, Chummer, das finden wir heraus«, sagte Simmons. Er zog ungeniert den Umschlag zu sich heran, der immer noch auf dem Tisch lag, und schaute hinein. Dann schüttete er den Inhalt auf den Tisch. »Was ist das da alles?«

Makallas blickte auf und wischte sich Tränen aus dem Gesicht. »Das ist ein Speicherchip, auf dem habe ich alles aufgeschrieben, was ich weiß. Und meine Nummer – rufen Sie mich Tag und Nacht an, wenn Sie irgendetwas herausgefunden haben. Außerdem die Schlüsselkarte zu Shelleys Appartement, die Adresse und Zugangsnummer steht auch da drauf.« Er deutete auf den Chip.

Walker nickte. Dieser Mann hatte offensichtlich einen schweren Verlust erlitten, und wenn sie ihm helfen konnten, ihn zu verkraften, war es den Aufwand wert. Ein moralisches Konzept wie Gerechtigkeit war zwar bestenfalls subjektiv, aber irgendwann musste man Stellung beziehen. Und Walker konnte nur mit Mühe unliebsame Erinnerungen an die zahlreichen Verluste verdrängen, die er selbst schon hinnehmen musste. Manche schmerzlich, andere ärgerlich, aber alle aufwühlend und unangenehm. »Wir werden uns um die Angelegenheit kümmern, Sie erhalten tägliche Berichte über unsere Fortschritte. Ich denke, wir sollten uns dann auch so bald wie möglich auf den Weg machen?« Er schaute zu dem Ork hinüber.

»Sicher, sicher«, sagte Simmons und fügte mit einem entschuldigenden Lächeln hinzu: »Aber da bliebe noch die leidige Geldfrage ...«

»Ich zahle Ihnen gerne den doppelten Tagessatz, wenn Sie exklusiv an dem Fall arbeiten«, sagte Makallas. »Das müssten dann 800 Nuyen am Tag sein?«

Simmons setzte ein erstauntes Gesicht auf, das Walker nicht ganz aufrichtig erschien. »Oh, da müssen Sie die alte Preisliste erwischt haben. Nach der neuen wären das 1200 Nuyen.«

Makallas nickte. »1200 also, in Ordnung.«

Simmons lächelte. »Dann kann's losgehen, Mister Walker!«

4

Das verregnete, abendliche Seattle zischte an den Fenstern vorbei, als Simmons den Westwind weit über das Tempolimit hinausschickte. Überall blinkte Weihnachtsbeleuchtung und war zu nichts anderem gut, als die Autofahrer zu verwirren.

Neben ihm saß dieser Schniegel Walker, der wohl nun für ein paar Tage sein Partner sein würde. Schien ein ziemlicher Stockfisch zu sein, dem der Onkel Doktor bei der letzten OP gleich noch einen Besenstiel rektal implantiert hatte. Aber es hätte schlimmer kommen können – zumindest wusste er sich zu benehmen und meckerte nicht, wenn Simmons rauchte.

Außerdem wollte er sich nicht beschweren, mit 3000 Nuyen Anzahlung auf dem Konto. Es war nicht genug für das Großbildschirmtrid und den Oben-ohne-Urlaub, aber zumindest war die Miete ein paar Monate gesichert.

»Und was machen wir jetzt?«, fragte Simmons.

Walker wandte sich ihm zu. »Sie sind der Spezialist auf dem investigativen Gebiet, Mister Simmons, ich vertraue mich da voll und ganz Ihrer Expertise an.«

Na bitte, abgesehen von seinem geschwollenen Gequatsche schien der Mann in Ordnung. Er wusste zumindest, wer hier der Profi war. »Na, dann wollen wir mal zusehen, dass meine Markise Sie nicht enttäuscht. Ich würde vorschlagen, wir sichten erst mal die Fakten. Lassen Sie mal kommen!«

Walker hob eine Augenbraue. »Bitte?«

»Na, die Fakten von dem Chip!« Simmons wies auf den Nacken des Menschen, wo dieser eine erstaunlich gut getarnte Mehrfachchipbuchse offenbart hatte, als er Makallas' Chip eingeführt hatte.

»Oh, natürlich.« Walker legte den Kopf schief. »Wir haben hier die Adresse der Frau ...«

Simmons wies auf die Fahrzeugkonsole. »Immer rein damit, wir werden uns den Tatort sowieso anschauen müssen, da können wir es auch direkt machen.«

Walker nickte, tippte die Adresse ein, und Simmons übergab widerwillig an den Autopiloten.

»Also, die Fakten in aller Kürze, Sie können den Chip ja später selbst noch einmal studieren: Das Opfer ist eine Miss Shelley Donado, Homo Sapiens Sapiens, war allem Anschein nach als freischaffende Künstlerin, vorrangig Bildhauerei, tätig – mit einigem Erfolg. Nicht unattraktiv, wie das Bild vermuten lässt. Ein kurzer, inoffizieller Abriss über ihr Leben, soweit sich Mister Makallas daran aufgrund ihrer Aussagen erinnern konnte: Die Eltern kamen aus Europa, sind kurz vor Miss Donados Geburt in die UCAS umgesiedelt. Sie verbrachte ihre Kindheit in Dallas, vor rund zehn Jahren ist sie nach Seattle gezogen. Sie war 25 Jahre alt, der Zeitpunkt des Todes wurde auf zwei Uhr nachts geschätzt, das ist nun also rund 42 Stunden her. Als Todesursache wurde Mister Makallas inoffiziell die Entnahme des Herzmuskels mitgeteilt.«

»Na, das ist ja mächtig dünn. Nichts über ihre Feinde, ihre Lebensgewohnheiten?« Simmons verlor die Geduld, schlug auf den manuellen Steuerknopf und setzte zu einem waghalsigen Überholmanöver an. »Soweit wir wissen, könnte sie wer weiß was auf dem Kerbholz gehabt haben. Attentate, Überfälle, Weihnachtsdekoration – es gibt viele Gründe, jemandem den Garaus zu machen. Vielleicht hat sie sogar Dunkelzahn auf dem Gewissen.«

Walker lächelte. »Möglich, aber – wie Sie zugeben müssen – nicht sehr wahrscheinlich.«

Simmons scherte wieder in die rechte Spur ein und reaktivierte den Autopiloten. Dann zuckte er die Schulter. »Wie hat schon Sherl-Ork Holmes gesagt: Wenn man alles Wahrscheinliche ausgeschlossen hat, ist der Mörder immer der Gärtner, oder so ähnlich ...«

Walker lächelte wieder. Schien zumindest Humor zu haben, der Mensch.

»Wie dem auch sei, die Lone-Star-Akte liegt Mister Makallas, wie er ja bereits erwähnt hat, nicht vor«, sagte Walker.

Simmons lächelte verschwörerisch. »Das lässt sich ändern. Aber machen wir uns erst mal selber ein Bild von der ganzen Angelegenheit, bevor wir das Geschreibsel der unterbezahlten Cops zu Rate ziehen.«

Die Gegend vor dem Fenster wurde zusehends abgerissener und dunkler. Die Lampen waren nur noch hier und da intakt, die Häuser hatten den Charme von Stehpissoirs und eine ähnliche Farbe. Sie näherten sich ihrem Ziel, Black Diamond, in Auburn gelegen. In den Vierzigern war Simmons' Volk hier in den großen Streik getreten. Er erinnerte sich noch daran, wie sein Onkel mit Plakaten nach Hause kam, auf denen ›Gleiches Geld für gleiche Arbeit‹ stand, aber viel hatte es nicht gebracht. Eine Menge Fabriken waren pleite gegangen, und die Orks und Trolle standen, statt bessere Arbeitsbedingungen zu erhalten, gleich ganz auf der Straße – die Metamenschen waren damals wie heute die Fußabtreter der Gesellschaft. Dunkelzahn hätte daran was ändern können, aber der geschuppte Hurensohn musste sich ja kaltmachen lassen.

Wie auch immer: Seit diesen Tagen hatte sich die Gegend niemals richtig erholt. Sie war im nationalen Vergleich immer noch eine der besseren Gegenden, ab und an verirrte sich eine Streife her, und es war nicht empfehlenswert, mit dicken Waffen herumzulaufen. Man sollte aber die Bleipuste auch nicht zu tief in der Tasche verstecken, vor allem nicht nachts.

»Da vorne, das müsste die Nummer 40 sein«, sagte Walker und deutete auf einen klobigen, alten Fabrikbau. Die Frau hatte es offensichtlich ziemlich dicke – bis auf ein paar Ganggraffiti war das Haus sauber, die große Fabriktür und auch der Mannschlupf darin waren mit Magschlössern gesichert, und in das Dach hatte man große Plastscheiben eingesetzt. Quer über die Tür spannten sich die gelb-schwarzen Absperrbänder, die sie damals beim Star immer Bienenwichse genannt hatten. Auf ihnen stand in unendlicher Wiederholung: *Achtung – Tatort – Zutritt verboten.*

Simmons parkte den Westwind ein paar Meter von ihrem Ziel entfernt – er stach unangenehm aus den billigen Schrottkisten heraus, die hier sonst so rumstanden und bot ein lohnendes Ziel. Er blickte sich um. In einem Hauseingang lungerten ein paar Jugendliche mit Bandenfarben auf den braunen Lederjacken, die in diesem Winter so angesagt waren. Simmons konnte die Farben nicht einordnen – entweder musste er mal wieder einen Blick in Dr. Shoes ›Who-is-Who‹ der Gangszene werfen, oder es war eine dieser Zehn-Mann-Banden, die außerhalb ihres Häuserblocks keiner kannte und ernst nahm.

Walker führte eine kurze taktische Bestandsaufnahme durch, als sie ausstiegen. Wenige Passanten auf der Straße, in einem Häusereingang sieben Jugendliche, die aus einer durchsichtigen Tüte bunte Pillen unter sich aufteilten. Keine Scharfschützen, keine Beobachter, die ihm aufgefallen wären. Für den Moment konnte er das Gelände als sicher einstufen. Er zog seine Tasche hervor und tauschte seinen Mantel gegen eine für die Gegend angemessenere Lederjacke. Vorsichtshalber legte er nun auch den Holster mit seiner ›Reisewaffe‹ an und steckte eine Mini-Blendgranate ein. Für die Fichetti Executive Action hatte er alle notwendigen Genehmigungen und Papiere. Sollte sich herausstellen, dass schweres Gerät vonnöten war, würde er Waldorf davon in Kenntnis setzen müssen.

»Schicke Jacke, Walker. Unterstreicht Ihre Augenfarbe, sollten Sie öfter tragen«, scherzte Simmons, während sie auf das Haus zugingen.

Walker zuckte mit den Schultern. »Es gibt da ein altes Sprichwort: Kleider machen Leichen.«

Der Ork lachte immer noch grölend, als sie die Tür erreichten. Walker betrachtete die Sicherheitsbänder. »Schon eine Idee, wie wir hineinkommen? Wenn ich mich recht entsinne, gibt es diese Bänder mit eingebauten Signalgebern, die Lone-Star informieren, wenn jemand sie durchtrennt.«

Simmons schaute Walker an, schaute dann auf die Tür und riss ohne ein weiteres Wort die Bänder ab. Walkers Hand schoss vor, aber er war zu langsam.

»Walker, entspannen Sie sich! Ich bin ein Privatdetektiv auf Ermittlung. Wenn Lone-Star tatsächlich einen popeligen Mord so scharf sichert, dass sie Signalbänder benutzen, dann winke ich einmal mit der Lizenz, und die Sache ist gegessen. Zu oft mit Shadowrunnern gearbeitet, hä?« Der Ork bleckte die Hauer in einem breiten Grinsen.

Walker lächelte ebenfalls, vermutlich war er wirklich übervorsichtig. Sie verschafften sich mit der Keycard Eintritt und kamen in einen gekachelten schmalen Flur, der vermutlich noch von der früheren Nutzung der Fabrikhalle übrig geblieben war. Der kupferne Geruch von getrocknetem Blut hing in der Luft, gemischt mit einer Note, die Walker noch nicht einordnen konnte.

Simmons rümpfte die Nase. Den Gestank von Blut hatte er noch nie gemocht, und der Geruch von Steinstaub machte es nicht besser, denn er brachte die Erinnerung an seine Jugendjahre auf der Baustelle zurück. Walker schloss die Tür hinter ihnen, aber erst nach einer Sekunde erklang das Summen der Verriegelung. Simmons wandte sich um und sah, dass auch Walker auf das Schloss blickte, aber jetzt hielt der Mensch plötzlich seine Pistole in der Hand. »Manipuliert«, stellte er flüsternd fest, und Simmons nickte. Erwartete sie vielleicht jemand dort drin? Er zog seine Predator III und fühlte voller Genugtuung, wie sie die Verbindung mit seiner Smartgun aufnahm. Der vertraute rote Punkt – den er liebevoll Smiley nannte – erschien in seinem Sichtfeld und zeigte an, worauf seine Waffe im Moment gerichtet war. Zurzeit wanderte er über einen Vorhang aus grauen, breiten Plastikstreifen, hinter denen man nicht viel erkennen konnte.

Walker stellte sich neben ihn und nickte ihm zu, dann schlug er den Vorhang zur Seite, sodass Simmons hineinhuschen konnte. Der Gestank von Blut und Exkrementen wurde schlagartig atemberaubend, und Simmons spürte eine Welle der Übelkeit aufsteigen. *Durch den Mund atmen,* ermahnte er sich. Seine Orkaugen gewöhnten sich schnell an das Halbdunkel, und plötzlich erschien vor ihm eine Gestalt aus den Schatten, eine Waffe in seine Richtung ausgestreckt. Simmons spürte das Kribbeln im Nacken, als seine hochgezüchteten Nervenbahnen seine Reflexe in übermenschliche Bereiche katapultierten, und noch bevor er den Anblick völlig verarbeitet hatte, war er über den Boden gerollt und hatte die Waffe auf den Angreifer ausgerichtet. Der Zielpunkt der Smartgun tanzte auf der Stirn des Unbekannten. »Fallen lassen«, rief Simmons.

Walker räusperte sich, und in diesem Moment fiel Simmons auf, dass der vermeintliche Angreifer sich noch immer nicht geregt hatte. Seine Augen hatten sich nun vollends auf das spärliche Licht eingestellt, und er musste erkennen, dass er eine Statue bedrohte. Na, Wahnsinn, da hatte er ja einen tollen ersten Eindruck gemacht.

Brummend richtete er sich wieder auf und klopfte sich Steinstaub von der Hose. »Was denn?«, fragte er Walker, der sich offensichtlich Mühe gab, ein Lächeln zu unterdrücken. »Noch nie ›Angriff der Killerstatuen‹ gesehen?«

Er konnte den hinteren Bereich des Raums immer noch nicht einsehen, aber was er zuerst für eine Wand gehalten hatte, stellte sich nun als großer Steinblock heraus, an dessen oberen Ende jemand begonnen hatte, Stücke abzuschlagen. Ein Bauarbeitergerüst war drum herum gebaut. Das Ding war wirklich riesig, bestimmt vier mal vier Meter Grundfläche und fast sechs Meter hoch.

»Das Ding müssen die mit einem Kran hier hereingeschafft haben«, kommentierte er.

Walker nickte. »Vermutlich dient dazu auch das verschiebbare Deckenfenster.« Dann blickte sich der Mensch um. »Ich werde uns mal etwas Licht machen, ich operiere lieber im Normalsichtbereich.«

Cyberaugen also – Walker hatte in seinem Model-Körper offensichtlich doch deutlich mehr Blech, als Simmons vermutet hatte.

Walker fand den Lichtschalter, und helle Lampen erwachten zum Leben. Simmons musste die Augen schließen, um nicht geblendet zu werden. Als er sie wieder öffnete, sah er eine Reihe grob behauener Steine verschiedener Größe vor sich, die vage menschliche Form besaßen. Ihre Haltung unterschied sich, aber alle wirkten, als habe jemand erst mal eine ungefähre Form vorgemeißelt. Im hinteren Bereich des Raums war eine Zwischenwand mit einer Tür eingezogen.

»Sieht so aus, als wenn die gute Frau viel anfängt und nichts fertig macht«, sagte er und wies mit der Waffe auf die Statuen.

»Nein, Mister Simmons, ich schätze, diese Figuren sind fertig. Primitive Kunst ist die korrekte Bezeichnung, wenn mich nicht alles täuscht, aber ich bin kein Fachmann auf diesem Gebiet.« Walker wandte sich mit gezogener Waffe der Zwischenwand zu. »Schauen Sie sich ruhig schon mal um, ich werde sicherstellen, dass wir allein sind.«

Primitive Kunst, was? Na ja, so konnte man angefressene Steine auch nennen.

Walker wandte sich von den ausdrucksstarken, animalisch bearbeiteten Kunstwerken ab und machte sich daran, den

Rest der Räumlichkeiten zu sichern, aber in den anderen Zimmern erwartete ihn keine unliebsame Überraschung. Der eine Raum enthielt ein zerwühltes Matratzenlager mit unzähligen dünnen Decken, die ineinander verschlungen waren – Miss Donado war allem Anschein nach eine sehr unruhige Schläferin gewesen. Ein großer Kleiderschrank war fast leer, und die Kleidungsstücke, die darin hingen, waren einfach, schlicht und vorwiegend erdfarben. Ein schneller Blick ins Badezimmer, das für eine Frauenwohnung erstaunlich wenig Kosmetika enthielt: Shampoo, eine Feuchtigkeitscreme, Zahnbürste, aber keinerlei Schminkartikel. Wenn man nicht davon ausging, dass der Mörder sich die Sachen angeeignet hatte, war Miss Donado wohl auch hier sehr genügsam gewesen.

Die Küche wirkte fast unbenutzt, im Kühlschrank fand er überraschenderweise große Mengen an Gemüse, Obst und Fleisch und einige Dutzend Dosen Eiskaffee. Die Spülmaschine war leer, ebenso wie ein Großteil der Schränke.

Walker ging zurück in das Schlafzimmer und betrachtete die verknoteten Decken. Warum machte es ihm nichts aus, in der Wohnung einer toten Frau herumzustöbern? Sicher, er hatte seinen Anteil an toten Leibern gesehen, mehr sogar, als ihm lieb waren, aber war es trotzdem normal, so emotionslos die Tatsache hinnehmen zu können, dass in dieser Wohnung einem Menschen das Herz herausgeschnitten worden war? Er hatte selbst getötet, wenn es notwendig war, und er hatte auf dem Schlachtfeld – das nichts mit dem romantisierten Feld der Ehre gemein hatte – blutige Morde beobachtet. Aber rechtfertigte das eine solche Distanz zu den Geschehnissen, oder hatte er die Grenze überschritten, hatte er mittlerweile so viel Cyberware in seinem Körper, dass er die Verbindung zu seinen Gefühlen verlor?

Während ihm diese düsteren Gedanken durch den Kopf gingen, fiel ihm auf, was ihn die ganze Zeit gestört hatte – wofür brauchte eine Frau, die so offensichtlich uneitel war, zwei Spiegel im Schlafzimmer? Er trat zu dem kleineren der beiden und zog vorsichtig daran. Er schwang zur Seite und offenbarte ein Geheimnis: Er war von der Rückseite durchsichtig, und dahinter ruhte in einer kleinen Nische eine Kamera. Ein schneller Blick stellte sicher, dass sie ausgeschaltet war und keine Sendeeinheit besaß. Alles, was sie aufzeichnete, musste also auf den Chips sein, die in einem kleinen Halter daneben steckten. Walker entnahm den Chip, steckte ihn zu den anderen in die Chiphalterleiste, verschloss sie und ließ sie in seiner Jackentasche verschwinden. Das würde man später sichten müssen.

Eine weitere, diesmal etwas gründlichere Suche offenbarte keine nennenswerten elektronischen Geräte, keinen Computer und keine Telekommunikationseinheit. Als er sich schon wieder dem Hauptraum zuwenden wollte, fiel ihm unter einem der drei Kopfkissen ein kleines schwarzes Etui auf. Es enthielt einen Sony-Talkative, ein sprachgesteuertes Handgelenktelefon mit integriertem Terminplaner. Er aktivierte das Gerät, aber wie zu erwarten gewesen war, wollte es ein Passwort von ihm hören. Auch darum würde er sich später kümmern.

Simmons hatte sich mittlerweile ein recht klares Bild von den Geschehnissen der vorletzten Nacht gemacht und brannte darauf, sie zu präsentieren. Normalerweise mussten sich seine Chummer seine brillanten Schlüsse anhören, aber heute hatte er ja ein williges Opfer zur Verfügung, das gerade in den Raum trat.

»Die Wohnung ist gesichert. Ich habe einige interessante Dinge gefunden, die einer näheren Betrachtung bedürfen«, erklärte der Mensch.

»Prima – ich weiß, was hier abgegangen ist. Wollen Sie es hören?« Simmons wartete nicht auf die Antwort, sie war ohnehin klar. Also sprach er weiter, und Walker schloss lächelnd den Mund wieder.

»Also, erst mal: Sehen Sie da oben die Teile, die schon aus dem Mordsblock herausgeschlagen sind? Fällt Ihnen da am mittleren Kerl was auf?« Simmons wartete, bis Walker einige Schritte zurückgegangen war, um sich ein Bild zu machen.

»Mit etwas Fantasie könnte man in den kruden Gesichtszügen dieser Figur Mister Makallas wiedererkennen«, sagte Walker.

Hölle, der Mann war gut. Simmons versuchte sich nicht anmerken zu lassen, wie beeindruckt er war. »Genau.«

Er trat zu den Plastiklamellen, die den Eingang verdeckten.

»Aber kommen wir zu den seltsamen Dingen. Erst mal: Verabschieden Sie sich von dem Gedanken, dass wir es mit einem Mörder zu tun haben. Den Spuren zufolge waren es mindestens vier bis sechs verschiedene Personen – genau kann man das nicht mehr sagen, weil die Cops hier durchgetrampelt sind. Aber unsere Herzensbrecher haben auf jeden Fall Springerstiefel getragen.« Er wies auf den Boden, wo sich im Staub und den Blutflecken deutliche Spuren abzeichneten.

»So, wie ich mir das vorstelle, lief es folgendermaßen ab: Unsere Miss Donado steht da oben auf dem Gerüst und meißelt sich einen ab. Die Mörder überbrücken das Magschloss und schleichen sich in den Vorraum rein – das war nicht weiter schwierig, ich hab mich da oben mal umgesehen, sie hat so einen akkubetriebenen Elektromeißel benutzt, die Dinger machen einen Höllenlärm. Die Kerle stürmen also rein und ballern auf alles, was irgendwie nach Mensch aussieht – sie sehen, ich bin nicht der einzige Depp in Seattle.« Simmons grinste breit, ging zu einer der Statuen und wies auf die Einschusslöcher.

»Hier, vermutlich haben sie erwartet, dass Miss Donado Verstärkung hier hat.«

Walker trat hinzu und maß den Abstand der Treffer mit dem Finger ab, blickte noch einmal zum Eingang und erklärte dann: »Maschinenpistolen, Uzi III oder Sandler TMP würde ich sagen, im vollautomatischen Modus. Die Herren wollten wohl auf Nummer sicher gehen.«

Dieser Walker steckte voller Überraschungen. Er musste ihn beizeiten mal fragen, was er hauptberuflich so machte.

»Ja, sehe ich genauso. Donado lässt alles fallen, was sie in der Hand hat, unter anderem ihren Druckluftreiniger.«

Simmons wies auf das zerbrochene Gerät, dessen Einzelteile sich neben der Aufschlagstelle über den Boden verteilt hatten.

»Ein normales Verhaltensmuster im ersten Schreck«, kommentierte Walker.

Simmons nickte. Walker mochte einen guten Eindruck in der Detektiv-Amateurliga machen, aber jetzt spielte er bei den Profis. »Elementar, alter Freund«, näselte Simmons. »Aber was jetzt kommt, ist ganz und gar nicht normal: Statt sich zu verstecken oder in Deckung zu gehen, springt die Frau von da oben runter!«

Walker blickte nach oben. »Das dürften etwa sechs Meter sein. Sind Sie sicher, dass sie nicht gestürzt ist?«

Simmons hatte diese Frage erwartet. »So sicher, wie man sich sein kann. Da oben steht noch ein Tablett mit Kaffee und Grünzeug, wenn sie gestürzt wäre, hätte sie das sicher mitgerissen. Außerdem sind die Gerüststangen recht hoch angesetzt und bieten ziemlich guten Schutz. Es findet sich kein Blut da oben – sie wurde also noch nicht getroffen. Und aus diesem Schusswinkel«, Simmons deutete mit den Händen ein Gewehr an, das er auf den Block richtete, »hätten sie auch das Dachfenster treffen müssen. Nein, ich bin mir ziemlich sicher, dass sie gesprungen ist. Und was sagt uns das?«

Walker schaltete schnell. »Dass sie entweder Cyberware besessen haben muss oder magische Mittel zur Verfügung hatte.«

»Oder heftig unter Drogen stand«, ergänzte Simmons. »Aber das ist noch nicht alles. Einer der Schützen bemerkt die Bewegung und schießt auf die Frau. Sehen Sie, hier, die Schüsse folgen in einem Halbbogen nach unten, und etwa auf der Hälfte gesellen sich Blutspritzer dazu. Volle Breitseite, mindestens zehn Treffer, und ich denke, wir können davon ausgehen, dass nicht nur die Arme oder Beine getroffen wurden.«

Walker trat an den großen Block heran und schaute zu den Einschüssen hinauf. »Dann war sie also bereits tot, als sie unten auftraf?«

Simmons schüttelte den Kopf. »Sollte man meinen, was? Bin ich auch erst drauf reingefallen, aber wenn Sie mal einen Blick hierauf werfen möchten, meine Damen und Herren: Das ist die Blutpfütze von Miss Donado. Und sie zieht sich bis hier.« Simmons ging die Strecke ab.

Walker hob die Augenbrauen. »Sie hat sich nach diesem Sturz und den Treffern noch bewegt?«

Simmons: »Bewegt ist gar kein Ausdruck – geflitzt muss sie sein. Die Blutspur geht im Zickzack, und daneben sind zahlreiche Schüsse in den Boden gegangen. Können Sie sich vorstellen, auf diese Entfernung eine verletzte Frau, möglicherweise mit gebrochenen Beinen, nicht zu treffen?«

Walker schüttelte den Kopf. »So ein Ziel würde sogar ein gänzlich ungeübter Schütze schwerlich verfehlen können.«

Simmons grinste. »Ganz Ihrer Meinung, Sportsfreund, ganz Ihrer Meinung. Und jetzt, am Ende unserer kleinen Show, kommt Papa Simmons' besondere Überraschung: Sie schafft es nicht nur nach einem Sprung aus sechs Metern Höhe und einigen saftigen Treffern aus nächster Nähe, auf ihre Angreifer zuzurennen, sie erreicht auch noch einen von ihnen und verletzt ihn! Tata!« Simmons wies mit einer großen Geste auf den zweiten Blutfleck, den er entdeckt hatte. Er sah in Walkers Gesicht, dass er beeindruckt war, und Simmons machte keinen Hehl daraus, dass es ihn freute.

»Ich weiß, was Sie denken, Walker. Dieser Simmons sieht nicht nur besser aus als ich, er ist auch der Schlauere.« Simmons lachte.

Walker lächelte über Simmons' Witz, aber ihm wurde bewusst, dass er den Ork unterschätzt hatte. Seine detektivische Betrachtung des Tatorts, die Schlüsse, die er nur aus Indizienbeweisen zusammengesetzt hatte, und sein Blick für Details, die Walker entgangen waren, bewiesen, dass ein wacher Geist hinter diesen orkischen Augen wohnte. Eine Intelligenz, die Walker ihm nicht zugetraut hatte, nur weil er ein Ork war. Und das passierte ihm, der er sich doch stets rühmte, keine rassistischen Vorurteile mit sich herumzutragen. Aber manchmal musste man mit seiner Bigotterie konfrontiert werden, um sie zu erkennen.

»Ich muss gestehen, Sie sehen mich verblüfft und erfreut, dass ich den Luxus habe, mit einem so erfreulich kompetenten ...«

Simmons unterbrach ihn: »Ork?«

»Partner zusammenarbeiten zu dürfen«, vollendete Walker den Satz.

Simmons betrachtete ihn nachdenklich, dann zuckte er mit den Schultern und sagte: »Danke, gleichfalls.«

»Wir sollten eines der Geschosse mitnehmen, oder was meinen Sie?« Walker schaute sich nach einem Hammer oder einem anderen schweren Gegenstand um, mit dem er ein Stück Stein abschlagen konnte.

Simmons nickte. »Auf jeden Fall«, sagte er, trat zu einer der Statuen und schlug eine rechte Gerade gegen den Kopf, der splitternd vom Körper gerissen wurde und vor Walkers Füße rollte.

»Prompte Lieferung, 24 Stunden am Tag.« Simmons lächelte und ließ seine gewaltigen Muskelpakete zucken. Dann zog er aus seiner Innentasche eine kleine Tüte mit verschließbaren Plastikröhrchen und Etiketten und reichte sie Walker. »Seien Sie doch mal ein Schatz und spachteln uns hier ein bisschen was von der Blutmatsche an beiden Stellen rein, damit wir die später untersuchen lassen können. Ich schau mir dann auch noch mal die Wohnung an.«

Walker war kurz versucht, den Ork darauf hinzuweisen, dass er nicht sein Handlanger war und die Wohnung bereits durchsucht hatte, aber Simmons war nun mal der Fachmann und fand vielleicht etwas, das er übersehen hatte. Darum sagte er nur: »Die Chips aus der versteckten Kamera habe ich bereits in der Tasche, ebenso wie ihr Telefon.«

Simmons nickte: »Alles klar«, und war durch die Tür verschwunden. Nachdem Walker die Proben mit dem beiliegenden kleinen Plastikspachtel in die Röhrchen gefüllt und diese beschriftet hatte, kam der Ork schon wieder, ein ebensolches Röhrchen in der Hand.

»Hab noch ein paar Haare vom Bett eingesammelt. Seltsam, die Dinger sehen aus wie von irgendeinem Haustier, aber ich hab nirgendwo Futter, einen Fressnapf oder ein Katzenklo gefunden«, sagte er und warf das Röhrchen zu den anderen in die Tüte.

Walker nickte. Da hatte der Ork tatsächlich etwas entdeckt, das ihm entgangen war. Er musste seine Ansicht von Mister Simmons immer weiter nach oben korrigieren – hinter der kaltschnäuzigen Fassade steckte ein kompetenter Ermittler.

»Also von mir aus können wir«, sagte der Ork nun und wies zum Eingang.

Walker nickte erneut. »Nach Ihnen, Mister Simmons, nach Ihnen.«

5

Als sie das Haus wieder verließen und in die klirrend kalte Nachtluft hinaustraten, war Simmons klar, dass es Ärger geben würde. Auf der Motorhaube seines Wagens lag eine Jugendliche, daran gelehnt oder darum stehend warteten zwei weitere Mädchen und vier Jungen, alle etwa zwischen 15 und 17. Und es war klar, dass sie auf den Besitzer des Nobelwagens warteten.

»Lassen Sie mich das klären, Walker, ich weiß, wie man mit diesen Burschen umgeht«, sagte Simmons und trat an die Fahrerseite.

»So, Kinder, lasst Papa hier mal an sein Auto und dann macht 'ne Fliege!« Er schob mit der Schulter mühelos einen der Jungen beiseite. Da stieß sich ein groß gewachsener Kerl auf der anderen Seite vom Auto ab und kam leicht schwankend auf ihn zu. Er erreichte fast Simmons' Größe, war aber bei weitem nicht so kompakt. Seine Augenbrauen waren wegrasiert und durch rote Blitze ersetzt worden. Ein Blick in die geweiteten Pupillen machte klar, dass der Junge völlig zugedröhnt war, und wenn noch Zweifel bestanden hätten, seine lallende Sprache hätte sie ausgeräumt: »He, Hauer, machsu mit so'eim Auto?«

Simmons seufzte. »Ich fahre damit, Norm, und jetzt beweg deinen knochigen Hintern aus meinem Dunstkreis, oder es setzt eine Tracht Prügel.«

Der Junge zog einen Colt ASP aus der Tasche, eine kleinkalibrige Pistole, und fuchtelte damit vor Simmons herum. »Gibma Geld, Troggie.«

Simmons verlor die Geduld. Was war das für ein Land, wo so ein Milchbubi einen ehrenhaften Bürger auf der Straße mit einer Waffe bedrohen durfte? Er zog mit einer geschmeidigen Bewegung seine Predator und setzte sie dem Kind an die Schläfe. »Denkst du, du triffst mich, bevor ich das über den Boden verteile, was als trauriger Ersatz für ein Gehirn in deinem Kopf schwappt?«

Es kam Bewegung in die anderen Straßenbälger, und plötzlich sah sich Simmons von bewaffneten Kindern umzingelt. Zwar hatten sie nur Messer und Schlagstöcke, aber er hatte keine Lust, die Kleinen zu erschießen, und ein unglücklicher Treffer reichte aus, um Gottes Geschenk an die Frauen – also ihn – Geschichte werden zu lassen. Der Bluff war nach hinten losgegangen.

Walker betrachtete die Drohgebärden des Orks und ahnte bereits, dass sie nicht den gewünschten Erfolg erzielen würden. Die Bandenmitglieder standen unter Drogeneinfluss und waren fernab jedes vernünftigen Gedankens. Zudem konnte der Anführer schwerlich vor all seinen Leuten einen Rückzieher machen, ohne an Prestige zu verlieren, also würde es möglicherweise auf einen Kampf hinauslaufen. Walker schätzte ihre Chancen ab: Falls er den Anführer mit dem ersten Treffer ausschalten konnte, wären die anderen verunsichert. In dem Magazin seiner Fichetti waren die vollen 24 Schuss, wenn er auf Nummer sicher ging, konnte er bei der Reaktionsverzögerung durch die Drogen vermutlich drei bis vier der acht potenziellen Gegner ausschalten. Er traute Simmons im Nahkampf durchaus zu, mit den anderen vier fertig zu werden.

Als die taktischen Gedankengänge zum Ende gekommen waren, trat Walker praktisch einen Schritt von sich selbst zurück und betrachtete die Situation erneut. Da standen acht unterprivilegierte Kinder mit Nahkampfwaffen, und er dachte allen Ernstes darüber nach, sich den Weg freizukämpfen – erschreckend. Es musste auch anders gehen, und als seine Hand in der Jackentasche die Blendgranate umschloss, wusste er, wie.

Simmons spürte Schweiß auf seiner Stirn. Das lief ganz und gar nicht so, wie er es geplant hatte. Er versuchte sich einen Überblick zu verschaffen, ohne den Jungen mit der Knarre aus den Augen zu lassen – die anderen Junkies umlagerten ihn wie ein Rudel Wölfe, das nur noch auf den Befehl zum Angriff wartete.

Da erklang Walkers Stimme: »Meine Damen und Herren, wenn ich um Ihre Aufmerksamkeit bitten dürfte?«

Er stand einige Schritte abseits und näherte sich jetzt langsam. Es dauerte eine Weile, bis die Bande sich ihm zuwandte, nur der Anführer behielt Simmons im Auge.

Walker hatte eine Hand erhoben. »Wie Sie sicher alle deutlich erkennen können, halte ich hier eine Granate in meiner Hand. Es handelt sich bei diesem Modell um eine Gasgranate, die Zyanid versprüht. Wie Ihnen sicher bekannt ist, blockiert diese Chemikalie innerhalb von Sekunden lebenswichtige Mechanismen, die für die Sauerstoffversorgung zuständig sind. Selbst wenn Sie also den ersten Nervenschock überleben, wird Ihr Gehirn binnen kürzester Zeit absterben. Zusammengefasst: Ein kurzer Kontakt mit dem Gas reicht aus, um Sie zu töten. Ich persönlich bin gegen Zyanid immunisiert, wage aber den Zweifel zu äußern, ob auch einer von Ihnen dieses Glück hat?«

Die Jugendlichen waren offensichtlich verwirrt und verunsichert. »Der blufft nur«, sagte der Anführer. »Dann geht doch sein Kumpel auch drauf!«

Was machte Walker da nur? Das konnte doch unmöglich sein Ernst sein, ein paar Kinder mit Giftgas zu geeken – von ihm selber ganz zu schweigen.

»Nicht zwingend – ich habe im Wagen ein Pflaster mit Wasserstoffpermanganat, das die Wirkung des Zyanids neutralisiert, wenn es schnell genug eingesetzt wird. Während Sie also im Schock liegen und spüren, wie Ihr Gehirn abstirbt, wird mein verehrter Begleiter sich eines noch hoffentlich langen Lebens erfreuen. Und selbst wenn nicht – ich kenne diesen Herren erst seit ein paar Stunden und wäre durchaus bereit, ihn für die Aktion ›sichere Straße‹ zu opfern.«

Walker kam näher, und die Gang wich zurück. Als der Anführer seine Front aufweichen sah, brummte er: »Wir gehen!« und zog sich ebenfalls zurück. Im Nu war die Rotte in einer Seitenstraße verschwunden.

Simmons ließ die Waffe erst sinken, als die Kinder verschwunden waren. »Da steh ich nun, mit meinem feuchten Hemdchen«, sagte er, steckte die Predator weg und stieg ein. Sobald Walker die Tür geschlossen hatte, fuhr er los.

»Die Jugend von heute. Zu meiner Zeit wäre das nicht möglich gewesen«, schnaubte Simmons wütend, um keine peinliche Stille aufkommen zu lassen.

Walker nickte. »Jugendliche Kriminalität ist ein großes Sprawl-Problem, das allerdings schon im Elternhaus beginnt.« Er bemerkte Simmons' skeptischen Blick und zuckte die Schultern. »Wie dem auch sei, es ist ja noch mal gut gegangen.«

Simmons lachte. »Ja, wegen Ihres grandiosen Bluffs! Ich muss gestehen, Sie hätten mich auch fast gekriegt.«

Walkers Miene blieb ausdruckslos. »Was für ein Bluff?«

Simmons trat auf die Bremse, und der Westwind kam schlitternd zum Stehen. »Walker, soll das heißen, das Ding war echt? Sie hätten mich da kaltblütig ...«

Walker hob lachend die Hände. »Entschuldigung, ich konnte nicht widerstehen. Eine handelsübliche Blendgranate, mehr nicht. Kein Zyanid.«

Simmons ließ sich schnaufend in den Sitz zurückfallen. »Verdammt, Walker, lassen Sie solche Scherze. Wenn mich der Job nicht umbringt, Sie schaffen das bestimmt.«

Walker lachte erneut – die Anspannung der Stresssituation fiel von ihm ab, und er musste sich eingestehen, dass er den

Ork von Minute zu Minute besser leiden konnte. Er hatte Witz, konnte über sich selbst lachen, wusste, wann er verloren hatte, und war intelligent und aufgeweckt. Alles Eigenschaften, die sich mit dem Standard-Ork seiner Vorstellung nur schwer in Einklang bringen ließen, was wohl vor allem daran lag, dass sein Standardork auf den Medienklischees aufgebaut war. Neil, der Barbaren-Ork, war eben nicht typisch für die Subspezies Robustus.

Simmons brummelte vor sich hin: »Aktion sichere Straße, was? Opfern, hm?«

Walker hob entschuldigend die Hände. »Lediglich rhetorische Hilfsmittel, um meine Geschichte glaubwürdiger zu machen.«

»Was machen wir als Nächstes? Ich hab so ein Bauchgefühl, dass wir die Blutproben und diese Haare untersuchen lassen sollten, aber das Labor, das ich normalerweise dafür benutze, ist völlig überlastet, da dauert das Tage.«

Walker nickte. »Ich habe eventuell Möglichkeiten, eine andere Institution zu finden, bei der das schneller geht.« Es wäre doch gelacht, wenn René nicht ein geeignetes Labor in Seattle kennen würde, auf das man zurückgreifen konnte.

Simmons nickte. »Prima, dann würde ich vorschlagen, wir hauen uns ein paar Stunden aufs Ohr, ich besorge uns die Polizeiakte, und Sie sehen zu, dass Sie diese Proben analysiert kriegen. Morgen Mittag treffen wir uns dann wieder. Wenn was ist: Hier ist meine Telefonnummer.« Der Ork reichte ihm eine Plastik-Visitenkarte aus dem Automaten mit einem kleinen, schlecht aufgelösten Foto darauf. Walker gab ihm auch seine Telefonnummer.

Blieb der Einsatzposten. »Haben Sie einen gesicherten Unterschlupf, in dem wir uns treffen und unser weiteres Vorgehen besprechen können? Sonst schlage ich vor, dass wir uns in wechselnden Hotelzimmern einmieten, um ...«

Simmons unterbrach ihn: »Hey, hey, Walker! Wir lösen hier einen Mordfall, wir wollen nicht in Atzlan einmarschieren. Also lassen Sie die Hose an, Cowboy. Wir treffen uns in meinem Büro, Sie bringen das Bier, ich besorge die Doughnuts!«

Walker schmunzelte. Der Ork hatte recht, es gab keinen Grund für Paranoia. »Gut, also morgen Mittag dann. Würden Sie mich noch in meinem Hotel absetzen?«, bat er Simmons.

»Geht klar«, antwortete der und zog den Westwind über drei Spuren zur nächsten Ausfahrt hinaus.

6

Simmons zog die Fernbedienung aus der Tasche und drückte auf den Schalter. Klickend verschwand seine Einbruchsicherung in der Decke, und er konnte eintreten. Er warf die Jumbopackung Doughnuts mit Fruchtfüllung auf den Schreibtisch und streckte sich. Auf der Straße vor seinem Fenster humpelte eine alte Zwergin mit vollen Plastiktüten laut mit sich selbst redend vorbei, und Simmons überlegte, ob er nicht ein ›Home sweet Home‹-Schild über den Schimmelfleck an der Wand hängen sollte. Aber wenn man erst einmal damit angefangen hatte, musste jeder Fleck verhangen werden – so viele Schilder hatte ganz Seattle nicht zu bieten. Also ließ er sich seufzend auf seinen Ledersessel nieder und schaltete das Telekommunikationscenter an. Es fiepte mehrmals schnell hintereinander, blinkte einmal hell und ging wieder aus. Für einen Augenblick war nur das schwere Atmen des Orks zu hören, der scheinbar unbeeindruckt auf den Bildschirm schaute. Dann trat er die Konsole mit Schwung vom Schreibtisch, blickte einen Augenblick den Einzelteilen nach, die sich über den Boden verteilten, und wählte dann grinsend eine Nummer an seinem Handgelenktelefon.

Das Symbol für ›Verbindung wird aufgebaut‹ drehte sich auf dem kleinen Monitor, dann nahm ein überarbeiteter Lone-Star-Mitarbeiter ab: »Revier 14?«

Da hatte mal wieder die überforderte Telefonanlage des Stars verrückt gespielt. »Tagchen. Ich würde gerne mit Officer Nicholas sprechen.«

»Da sind Sie hier falsch«, sagte der junge Mann und schreckte zusammen, als im Hintergrund jemand wütend aufschrie.

Simmons schenkte ihm das schönste Hauerglänzen, das er zustande brachte. »Chummer, das weißt du, das weiß ich, aber eure Telefonanlage weiß es nicht.«

Der Polizist verzog das Gesicht. »Ich versuch mal, ob ich durchstellen kann.«

»Super – elf-dreizehn noch«, sagte Simmons und wünschte ihm so einen ruhigen Dienst.

Der Cop verschwand, wurde durch einen sich drehenden Stern ersetzt, und eine angenehme Frauenstimme bat ihn, nicht aufzulegen. Wenigstens gab es keine nervtötende Wartemelodie. *Sei dankbar für die kleinen Dinge im Leben, Martin,* ermahnte er sich. Er riss die Packung Doughnuts auf, steckte sich einen mit Erdbeerfüllung ganz in den Mund und stülpte sich einen weiteren auf den Hauer – das sparte Arbeitskraft.

Mike nahm ab und er sah aus, als hätte er mal wieder vergessen, wo sein Bett steht. Als er Simmons erkannte, weichte sein abwehrender Gesichtsausdruck etwas auf, und er musste lachen. »Simmons, Doughnuts? Verdammt, du bist das wandelnde Klischee!«

Der Ork biss ein Stück vom Doughnut von seinem Hauer ab, schob ihn mit der Zunge weiter, und das Gebäck verschwand in seinem Mund. Schmatzend sagte er: »Einmal Schtar, immer Schtar.«

Er schluckte. »Wie läuft es bei dir, Mike?«

Der Polizist zuckte die Schultern. »IDIS – wie immer. Und bei dir?«

Immer dasselbe, Immer Scheiße – das war eine der Redensarten gewesen, die sie auf Streife geprägt hatten. Simmons grinste. »Dasselbe, aber diesmal gut bezahlt.«

Mike fuhr sich mit der Hand über die Augen. »Dann willst du bestimmt mal wieder was, oder?«

»Nur eine itzibitzi-klitzekleine Akte. Donado, Vorname Shelley, vor zwei Tagen hier in Seattle ermordet.«

Nicholas gab schnell einige Befehle in seine Tastatur ein und schaute an Simmons vorbei – dorthin, wo auf seinem Bildschirm nun die Aktenverwaltung des Star auftauchte.

»Hast du einen offiziellen Auftrag?«, fragte der Polizist.

Simmons nickte.

»Familie?«

»Verlobter«, sagte der Ork.

»Nah genug dran, ich schick sie dir rüber. Alte Netboxadresse?« Der Mann fuhr sich erneut über die Augen.

Simmons nickte wieder. »Danke, Chummer. Und Mike?«

Der Polizist blickte auf.

»Spiel toter Mann, du siehst aus wie meine Oma, und die ist seit vier Jahren tot!«

Mike winkte ab und unterbrach die Verbindung. Simmons schüttelte noch den Kopf, als der Eingang der Akte auf seiner Box angezeigt wurde. Dummerweise war nicht daran zu denken, sie auf dem kleinen Monitor seines Bildschirmtelefons zu lesen. Er würde also erst einmal eine neue Telekommunikationseinheit kaufen müssen – aber nicht mehr heute. Ein weiterer Vorteil des Freiberuflers: freie Zeiteinteilung. Er zog das Kissen und die Decke aus der Schlafcouch, warf einen Blick auf die Schranktür, hinter der die lächerliche Nasszelle und das Klo versteckt waren, und lachte. »Machen wir uns nichts vor«, ermahnte er den leeren Raum und legte sich hin. Morgens waschen musste reichen – wenn Gott gewollt hätte, dass Männer sich waschen, hätte er nicht das Deo erfunden.

Walker ließ sich die Adresse noch einmal ins Auge einblenden – zweifellos, er war richtig, aber dieses Reihenhaus würde man nicht mit einer angesehenen Klinik in Verbindung bringen, und vermutlich war genau das die Absicht der Betreiber. Also zahlte er das Taxi und eilte dann durch den Schneeregen auf den Eingang zu. Jetzt erst bemerkte er die Eisenstangen vor den Sicherheitsfenstern und die schwere Panzerung der Tür – das sah schon anders aus.

Er drückte auf die Klingel und wartete. Der Bildschirm neben der Tür erwachte zum Leben, und eine gut aussehende, aber übermüdete Empfangsdame fragte ihn, wie sie ihm helfen könne.

»Walker mein Name, Doktor Jackson erwartet mich.« Er stellte sich ins Licht, damit sie ihn gut erkennen konnte.

Die Tür öffnete sich, und Walker trat ein. Sofort stieg ihm der antiseptische Geruch eines Krankenhauses in die Nase, aber ohne den Beigeschmack von Krankheit und Tod, der das Aroma einer öffentlichen Klinik begleitet hätte. Hierher kam man nicht, um zu sterben, dieses Haus verließ man als besserer Mensch – zumindest in körperlicher Hinsicht. Walker trat an den in freundlichem Matt-Rosé gehaltenen Empfangsschalter.

»Guten Abend, Sir. Doktor Jackson wird Sie hier in Kürze abholen«, begrüßte ihn die Angestellte, die einen engen und zu kurzen Krankenhauskittel trug, der für die eigentliche Klinikarbeit nicht geeignet schien, aber deutlich betonte, dass die Dame selbst Kundin ihres Hauses war. So viel Oberweite war nur durch Operationen zu erreichen, und auch die Haut wurde sicher regelmäßig gestrafft und revitalisiert.

»Möchten Sie etwas trinken?«

Walker schüttelte den Kopf. »Danke, nein, Miss ...«

Sie drehte ihm die rechte Brust in den Blickwinkel, auf der – fast schon verloren – ihr Namensschild hing.

»Miss Baker.« Er wandte den Blick wieder ab. Er war nicht für amouröse Handlungen in der Stadt, und selbst wenn, er war eher für den natürlichen Typ zu gewinnen.

Hinter ihm ertönte eine Stimme: »Mister Walker?«

Er drehte sich um und musste den Blick nach unten wenden, denn Doktor Jackson war ein Zwerg von rund einem Meter dreißig Größe. Für ein Mitglied seiner Subspezies war er erstaunlich schmal gebaut, glatt rasiert und trug eine runde Hornbrille auf der Nase. Walker war überrascht – die Homo Sapiens Pumilionis waren in seiner Vorstellung eigentlich ausnahmslos der körperlichen Arbeit zugeneigt. Aber wie es schien, war sein Besuch in Seattle dazu gedacht, ihm einige seiner Vorurteile auszutreiben.

»Doktor Jackson«, sagte Walker und schüttelte die Hand des Zwergs, die für seine Körpergröße erstaunlich groß war. Er musste den Impuls unterdrücken, sich zu seinem Gegenüber hinunterzubeugen.

»Gehen wir in mein Labor«, forderte ihn der Mediziner auf. Walker nickte der Empfangsdame noch einmal lächelnd zu und ging neben dem Zwerg her. »Vielen Dank, dass Sie so kurzfristig Zeit gefunden haben, Doktor Jackson.«

Der Zwerg winkte ab. »Ich kenne Doktor Wortmann noch von einem biochemischen Seminar in Tokio – er war der Einzige unter diesen verknöcherten Theoretikern, mit dem man ordentlich einen heben konnte. Und wenn einer seiner Freunde ein Anliegen hat, dann ist er mir herzlich willkommen! Da sind wir.«

Doktor Jackson holte eine Keycard unter seinem Pullover hervor, die an einer Kette um seinen Hals hing, und zog sie durch das Lesegerät einer schweren Sicherheitstür. »Legitimation Jackson, ein Besucher, UBS 2.«

Das Kästchen piepte und wiederholte: »Ein Besucher, Unbedenklichkeitsstufe 2, bestätigt.« Dann öffnete sich die Tür zischend.

»Nach Ihnen«, forderte Jackson ihn auf und folgte Walker in einen großen, gekachelten Raum, in dem zahlreiche Kästen und seltsame Geräte standen, die Walker nie zuvor gesehen hatte und deren Zweck er nicht einmal erahnen konnte. Er ärgerte sich, den Wissenschip Biotech nicht bei sich zu haben – er ruhte sicher verwahrt neben den anderen Chips im Hotel.

Der Zwerg rollte ihm einen Bürostuhl zu, den Walker erst einmal auf seine Größe hinaufstellen musste.

Der Doktor lächelte, als er es bemerkte, und ließ sich selbst auf einen Stuhl gleicher Bauart sinken. »Was kann ich für Sie tun?«, fragte er dann.

»Wir ermitteln in einem Mordfall, und Doktor Wortmann war so freundlich, Sie mir als Koryphäe auf dem Gebiet der Genetik und DNA-Analytik zu empfehlen«, erklärte Walker.

Der Zwerg hob lächelnd die Hände. »Der werte Herr Kollege übertreibt! Aber fahren Sie fort.«

Walker nickte. »Wir haben hier zwei Blutproben und ein paar Tierhaare, und es wäre hervorragend, wenn wir über alle drei Substanzen möglichst viel herausfinden könnten.«

Er reichte dem Doktor den Beutel mit den Proben, der sie vorsichtig entgegennahm. »Na dann wollen wir mal zaubern. Das kann aber eine Weile dauern – wollen Sie vielleicht morgen früh wiederkommen?«

Walker erhob sich. »Es reicht auch morgen Abend, ich möchte Sie keinesfalls die Nacht über ...«

Der Zwerg unterbrach ihn. »Papperlapapp. Ich habe ohnehin Nachtschicht, und wir haben nur unkomplizierte Patienten im Moment – es wären sterbenslangweilige zwölf Stunden geworden, und jetzt habe ich wenigstens etwas zu tun. Sie können natürlich auch hier bleiben – bei so einem Puzzlespiel kann man nie wissen, wie lange es dauert.«

Walker nahm wieder Platz. »Wenn es Ihnen wirklich nichts ausmacht, würde ich dann gerne warten.«

Der Zwerg nickte, wies hinter sich auf eine Reihe von Kästen. »Nehmen Sie sich was zu trinken – aber Vorsicht, nicht aus dem mittleren Kühlschrank, da stehen die Urinproben.« Doktor Jackson lachte meckernd.

Walker lächelte höflich, aber der Zwerg wandte sich ihm nicht wieder zu, sondern war damit beschäftigt, die Proben auf kleine Schälchen und Glasröhrchen zu verteilen und mit verschiedenen Flüssigkeiten zu mischen.

Er wartete noch einen Augenblick, dann drehte er sich dem Tisch zu und zog den Sony-Terminplaner hervor, den er aus Miss Donados Wohnung mitgenommen hatte. Zeit für ›der Widerspenstigen Zähmung‹ – es wäre doch gelacht, wenn er dem Gerät nicht seine Geheimnisse entlocken könnte.

Er verband seinen Taschensekretär mit seiner Datenbuchse auf der einen und der Sonyeinheit auf der anderen Seite. Walker bildete sich auf seine Decking-Qualitäten nichts ein. Jeder Kreisklassedecker mit einem veralteten Radio Shack würde ihn in der Matrix mühelos in kleinste Stücke zerlegen, aber für solche Alltagshackereien reichten seine Fähigkeiten aus. Er hätte gerne auf elaborierte Programme zurückgegriffen, wie sie seine Workstation zu Hause besaß, aber diesen Luxus bot sein Taschencomputer nicht. Also würde er sich in Hand-, oder besser Geist-Arbeit durch die Verteidigung des Terminplaners arbeiten müssen. Er bemerkte schnell, dass sich die Sicherungen stark verbessert hatten, seit er so etwas zum letzten Mal versucht hatte, und so war er bereits fast zwei Stunden beschäftigt, als er am Rande seiner Wahrnehmung eine Berührung bemerkte. Er unterbrach die Verbindung zu seinem Computer und wandte sich um.

Doktor Jackson stand vor ihm. »Entschuldigen Sie, aber ich muss mal kurz weg – diese Proben ... sie geben mir Rätsel auf, und ich muss einige Nachschlagewerke konsultieren, die ein Kollege entliehen hat. Es ist unfassbar, dass diese Ewiggestrigen einige Lexika immer noch ausschließlich auf Papier herausgeben!«

Walker nickte. »Soll ich Sie begleiten?«

Der Zwerg war schon an der Tür. »Nein, nein, ich wollte nur nicht, dass Sie erschrecken, wenn Sie plötzlich alleine sind.«

Walker schaute auf die sich schließende Tür und wandte sich dann wieder seiner Programmierung zu. Ein sehr zuvorkommender Zwerg, dieser Doktor, so gar nicht raubeinig – wieder ein Klischee, das der Korrektur bedurfte.

Als Walker die Sperre endlich durchbrochen hatte, erlebte er eine bittere Enttäuschung – der Speicher des Geräts war leer. Keine Telefonnummern, keine Termine, nicht mal der Besitzer war eingetragen. Es machte den Anschein, als wäre das Gerät niemals benutzt worden.

Enttäuscht entfernte er die Verbindungen zwischen den Geräten und ließ sich die Uhrzeit einblenden. Es war schon fast zwei, über die intellektuelle Herausforderung, die Sicherheitssperren zu durchbrechen, hatte er die Zeit vergessen.

Im selben Moment kam Doktor Jackson wieder hereingestürmt und warf ein dickes Buch vor Walker auf den Tisch. Er klappte es auf und tippte auf ein Bild. »Darf ich vorstellen? Ihr Mordopfer!«

Simmons schreckte hoch, als Musik erklang. Über ihm feierten sie mal wieder eine Party, mitten in der Nacht, und mit seichter, aber lauter Musik. Wenn es wenigstens ordentlicher Trollmetal wäre, aber nein: Die Sony-Boys, Atzlantika und Enyo. Simmons wischte sich Sabber vom Kinn und warf einen Blick auf seinen Waffenschrank, in dem Lizzy, seine treue Schrotflinte, ruhte. Er könnte dort oben für Ruhe sorgen, ein für alle Mal.

Stattdessen setzte er sich auf und rieb sich den Schlaf aus den Augen. Mitternacht, an Schlaf war jetzt erst mal nicht zu denken, es sei denn, er zog in ein Hotel, und dazu hatte er nun überhaupt keine Lust. Den Luxus einer Wohnung hatte er sich schon vor Jahren abgewöhnt – er war ohnehin immer in seinem Büro, warum dann zweimal Miete zahlen?

Wenn er schon nicht schlafen konnte, konnte er auch arbeiten. Er warf sich den Mantel über und stapfte nach draußen.

Erst als er mit einer Familienpackung Schokodoughnuts, einem frischen Sixpack, einer Stange Zigaretten und einem neuen Telekommunikationscenter wiederkam, bemerkte er, dass er weder abgeschlossen noch seine Einbruchsicherung aktiviert hatte. Er zuckte die Schultern – es gab bei ihm ohnehin nicht viel, das es sich zu stehlen lohnen würde. Irgendwie flossen ihm seine sauer verdienten Nuyen durch die Hände wie Trollsperma – Simmons schüttelte sich, manchmal konnte er sich vor seinen Sinnbildern selbst ekeln.

Er packte das Gerät aus, warf die Bedienungsanleitung unbeachtet weg und schloss es an. Der Bildschirm glomm auf, aber es erschienen nur dünne, flackernde Streifen auf der Mattscheibe.

»Ja sag mal, liegt das an mir, oder ist das eine weltweite Verschwörung?«, donnerte Simmons den Apparat an, aber da gab es ein leises Knacken, und das Ding fuhr blinkend, bunt und neu hoch. »Na bitte!« Neue technische Spielzeuge waren immer nett.

Nachdem er die grundlegenden Einstellungen vorgenommen hatte, nahm er sich die Akte des Donadofalls vor. Was er las, verblüffte ihn, aber wirklich erstaunt war er über das Ende der Akte. Er hatte sie gerade das zweite Mal überflogen und erste Stichworte in die Memofunktion seines Telefons diktiert, als es klingelte. Er nahm ab, der Bildschirm blieb schwarz, die andere Seite hatte keine Kamera oder sie deaktiviert. »Simmons?«, sagte er schlicht. Seinen Standardspruch konnte er sich sparen, wer ihn um diese Uhrzeit anrief, war entweder lebensmüde oder kannte ihn gut.

»Walker hier, Mister Simmons, entschuldigen Sie die Störung. Ich hoffe, ich habe Sie nicht geweckt?«

Simmons schnaufte: »Ach was, Schlafen ist für Mädchen!«

Es war kurz still. »Gut, ich denke, ich habe etwas herausgefunden, durch das der Fall in einem etwas anderen Licht erscheint«, tönte es aus dem Lautsprecher.

Simmons lachte auf. »Ach, Sie auch?«

7

Walker betrat das kleine Lokal und schaute sich um. *Café der Achtziger* stand in leuchtenden Neonbuchstaben über dem Eingang, und das Innere löste dieses Versprechen ein: altertümliche Stühle und Tische, 2D-Poster an den Wänden, ein 2D-Fernseher über dem Tresen, und der Kellner hinter der Bar hatte sein Haar in fast 30 Zentimeter hohe Stacheln gezwungen. In der Luft lag der verführerische Geruch von frischen Croissants und Café-au-lait, und das um fast halb vier morgens. Walker warf einen Kontrollblick durch den Raum: Simmons war noch nicht da. In der Ecke saßen drei kräftige Gestalten in langen, schwarzen Ledermänteln, die nur unzureichend ihre schweren Pistolen verbargen – Walker hatte oft genug drittklassige Shadowrunner gesehen, um sie als solche zu erkennen. Von einem voll besetzten Tisch in der Mitte erklang jetzt lautes Lachen, als ein Jugendlicher sein Hinterteil entblößte und eine tätowierte Zielscheibe offenbarte. Daneben war ›BIOH‹ geschrieben, was für ›Bring it on, Halley‹ stand, eine Herausforderung an den Halley'schen Kometen, ins Zentrum der Zielscheibe zu treffen.

Halley war vor wenigen Monaten an der Erde vorbeigeschossen und hatte für einige erstaunliche Entwicklungen gesorgt: SURGE, natürliche Orichalkumvorkommen und, weniger erstaunlich, für eine ordentliche Kometenhysterie, die sich im Moment auf solche Kleinigkeiten wie jugendlichen Übermut beschränkte. Wenn Halley aber 2062 von seinem Rendezvous mit der Sonne zurückkehrte und die Erde ein weiteres und für über 70 Jahre letztes Mal passierten würde, würde der Hype seinen Höhepunkt erreichen.

An einem runden Tisch nah am Eingang saßen zwei verlebte Frauen Mitte dreißig in knapper Bekleidung – möglicherweise Prostituierte.

Der Ober, der sich Walker jetzt näherte, war fast unscheinbar in die klassische Kluft gekleidet, die Walker noch aus den Straßencafés Französisch-Guineas kannte: Weißes Hemd, schwarze Hose, Fliege und eine Schürze um die Hüfte.

»Bonsoir Monsieur, eine Tisch für eine Persön?«, fragte er jetzt mit breitem, französischem Akzent, und sein dünner Schnurrbart hüpfte dabei auf und ab.

Walker antwortete auf Französisch: »Danke, nein. Ich bin hier mit Monsieur Simmons verabredet.«

Ein erfreutes Lächeln erschien auf dem übermüdeten Gesicht des Obers, als er Walkers Hand ergriff, sie inbrünstig schüttelte und auf Französisch antwortete: »O mein Freund, endlich ein Lichtstrahl im Sumpf dieser verregneten Großstadt, ein anderes, vernunftbegabtes Wesen, das die Sprache der Kultur spricht! Monsieur Simmons ist noch nicht da, aber darf ich Ihnen unterdessen einen Kaffee ...«

Weiter kam er nicht, denn in diesem Moment flog die Tür auf, und ein feuchter Simmons kam herein. Er rieb sich mit einem Taschentuch über das Gesicht und fluchte: »Verdammt, das Zeug wird auch immer saurer – jetzt brennt es sich schon durch Orkhaut!« Dann blickte er auf und winkte: »Ah, Walker, Sie sind schon da. Hervorragend!«

Walker nickte dem Ork zu und sagte zum Ober: »Ein Latte macchiato wäre hervorragend.«

Simmons kam heran. »Was war das denn?«

»Das war Französisch, mon ami«, erklärte der Ober und ging hocherhobenen Hauptes zur Theke, um das Bestellte zu fertigen.

Der Ork zuckte die Schultern und grinste. »Alte Mimose!«

Simmons schaute Pierre hinterher, dessen bürgerlicher Name Robert Mitchuk lautete und der, soweit er wusste, niemals auch nur in die Nähe eines französischsprachigen Landes gekommen war. Irgendwann hatte er sich in den Kopf gesetzt, Schwuchtelhausen wäre cool und hatte sich auf Französisch gepolt. Aber er machte bei Dunkelzahns schmorendem Hintern die besten Backwaren der Stadt.

Simmons schob Walker zu seinem Lieblingstisch, der um diese Zeit natürlich leer war, und ließ sich auf den verstärkten Orkstuhl fallen, der stets für ihn bereitstand. Eine Bestellung aufzugeben war unnötig, Pierre wusste ganz genau, was Simmons um diese Zeit brauchte.

»Also, Walker, wollen Sie zuerst, oder soll ich?« Simmons ließ den Nacken krachen.

»Bitte, beginnen Sie«, bat der Mensch.

»Also gut!« Simmons zog den Ausdruck heraus, den er von der Lone-Star-Akte gemacht hatte, und schlug sie auf. »Erst einmal nichts Besonderes – keiner hat etwas gesehen oder gehört, aber das war in so einer Gegend auch nicht zu erwarten. Todesursache waren ›zahlreiche‹ Einschüsse, der Leichenschaukler hat sich nicht die Mühe gemacht, sie zu zählen, das Herz wurde Post Modem herausgeschnibbelt.«

Pierre kam mit einem großen Tablett an den Tisch. »Pardon, mes amis.« Er stellte ein großes Glas mit mehreren Schichten vor Walker ab und eine große Tasse heiße Milch mit Honig vor Simmons. In die Mitte kam ein Korb mit fünf Croissants und eine Schale Marmelade.

»Lassen Sie es sisch schmeckön, die 'erren«, sagte er und verschwand wieder.

Walker schaute auf die Tasse vor Simmons und hob die Augenbrauen.

»Milch«, erklärte Simmons grimmig. »Eine dumme Bemerkung, und ...« Er formte mit seiner echten Hand eine Faust und ließ die Knochen knacken.

»Nichts läge mir ferner«, beteuerte Walker und versteckte ein Lächeln hinter seinem Getränk.

Simmons grunzte und ging die Unterlagen weiter durch. »Todeszeitpunkt gegen zwei Uhr. Soweit alles klar. Aber jetzt wird es interessant, denn: Die Akte ist geschlossen!«

Walker setzte das Glas ab. »Schon?«

»Schon! Das Ganze wurde auf einen Raubmord zurechtgestutzt, und da keine Familienmitglieder aufgetaucht sind, wurden auf Anordnung von Captain Fielding alle Ermittlungen eingestellt. Fielding ist ein alter Bekannter von mir.« Simmons schob sich ein ganzes Croissant in den Mund.

»Vielleicht könnten Sie dann ...«, setzte Walker an und griff selbst nach einem Stück Gebäck.

Simmons grunzte und antwortete krümelspuckend: »Wenn ich sage Bekannter, dann meine ich Feind. Die korrupte Zecke gehört hinter Gitter!«

Walker spülte den Bissen hinunter. »Sie denken, dass jemand ihn bestochen hat, diesen Fall zu vertuschen?«

Simmons nickte und signalisierte Pierre mit einer Handbewegung, dass mehr Croissants hermussten. Walker futterte ganz schön was weg. »So sicher, wie man durch SURGE nicht schöner wird! Und was haben Sie zu berichten?«

Walker leerte den Rest seines Glases und reichte es Pierre, der in diesem Augenblick mit Nachschub an den Tisch kam. »Ich hätte gerne ein Perrier Deluxe.«

»Naturellement, kommt sofort«, flötete Pierre und eilte zurück an die Theke.

Walker streckte sich kurz. »Ich befürchte, ich kann Ihre Neuigkeiten nicht nur halten, sondern auch noch überbieten. Ich habe die Blutproben analysieren lassen. Der verletzte Angreifer ist eins neunzig bis fünfundneunzig groß, seine natürliche Haarfarbe ist braun, wahrscheinlich schlank.«

Simmons schaute an seinem Gegenüber hinab und grinste diabolisch. »Okay, Walker, was haben Sie zwischen eins und drei gemacht?«

Walker hob die Hände. »Ich gebe zu, diese Beschreibung passt auf beinahe jeden zweiten Mann in Seattle. Aber den Knüller haben sie noch gar nicht gehört. Sie erinnern sich an die Tierhaare, die Sie im Schlafzimmer gefunden haben?«

Simmons nickte kauend. Verdammt, waren die Croissants wieder lecker.

Walker widerstand der Versuchung, ein weiteres Croissant zu nehmen. Dieser Pierre verstand sein Handwerk – wo bekam man in den UCAS schon handgemachte Croissants, noch dazu welche, die nicht nach Gummi schmeckten. Aber sie waren nicht zum Vergnügen hier, darum fuhr er fort: »Diese Haare stammten ebenfalls von Miss Donado. Der Genanalyse zufolge ist sie eine Bestiaforma Mutabilis.« Walker lehnte sich zurück und wartete auf die Auswirkungen seiner Worte. Sie stellten sich nicht ein.

Simmons schaute ihn nur wartend an, dann fragte er: »Kommt da noch eine Erklärung für Ihr Kauderwelsch, oder warten Sie absichtlich darauf, dass der dumme Ork ›Hä?‹ fragt?«

Walker setzte sich wieder auf. »Entschuldigen Sie. Bestiaforma Mutabilis sind landläufig als Gestaltwandler bekannt. In diesem Fall handelt es sich um die Untergattung Panthera Pardus – einen Panther-Gestaltwandler.«

Simmons zog das letzte Croissant wieder aus dem Mund und legte es in den Korb zurück. »Wollen Sie mir weismachen, dieses schnuckelige Püppchen verwandelt sich bei Vollmond in einen Panther?«

»Nicht bei Vollmond, wann immer sie will – oder besser wollte. Die Bestiaforma sind in der Lage, ein annähernd menschliches Wesen vorzugeben, bleiben aber laut Patersons Tierleben trotz allem vorrangig Tiere. Das ist auch der Grund, warum sie in den UCAS nicht zur Gruppe der vernunftbegabten Wesen gezählt werden.« Walker griff nach dem Croissant, aber rechtzeitig fiel ihm ein, dass Simmons es schon im Mund gehabt hatte, und so sympathisch der Ork auch war, so weit ging die Partnerschaft nicht.

Simmons schüttelte den Kopf. »Aber sie hat doch Kunstwerke gemeißelt und Makallas hat sie doch ... also, das würde man doch merken, wenn da eine Raubkatze auf einem sitzt.« Simmons legte den Kopf schief. »Vergessen Sie den letzten Punkt.«

Walker winkte dem Ober und deutete auf den Korb. Pierre schüttelte bedauernd den Kopf und wies fragend auf einige abgepackte Sojariegel. Walker verneinte seine unausgesprochene Frage. Er hatte keinen Hunger mehr, es war nur noch Appetit.

»Ich gestehe«, sagte er zu Simmons, »dass es eine beachtliche Leistung für ein Tier ist, einen solchen Lebenswandel vorzutäuschen, aber bedenken Sie, als wie intelligent sich Menschenaffen oder Delphine herausgestellt haben.«

»Mann, Walker, da haben Sie aber eine dicke Bombe platzen lassen. Gestaltwandlerin ... Wenn man sich vorstellt, man schläft abends neben einer süßen Maus ein, und wenn man aufwacht, hat sich so ein Pelzvieh schon bis zu deinem Rückgrat durchgekaut.«

»Ich habe etwas recherchiert, Mister Simmons, und ich habe keine Hinweise darauf finden können, dass Bestiaforma Menschenfleisch bevorzugen«, sagte Walker. Seine Recherche hatte zugegebenermaßen bisher nur aus den einschlägigen Artikeln in Patersons Tierleben bestanden, aber die waren recht umfassend gewesen.

Simmons hob die wulstigen Augenbrauen. »Das kann vielleicht auch daran liegen, dass noch keiner der Homo Snackius Verspachtelus überlebt hat, um sich darüber zu beschweren, oder?«

Walker schmunzelte. »Ein Punkt für Sie, Simmons. Glauben Sie, dass unsere Killer wussten, mit was sie sich da anlegen?«

Simmons schlürfte den Rest aus seiner Tasse und schmatzte laut. Dann kratzte er sich am Hauer. »Stimmt die Werwolf-Geschichte mit dem Silber auch bei Pantherladys?«

Walker nickte. Zumindest laut seiner Quellen, und es gab bisher keinen Grund, Simmons über die Dürftigkeit seiner Recherche zu unterrichten.

»Dann habe ich eine Idee, wie wir zumindest diesen Punkt klären können!« Er winkte dem Ober zu. »Pierre, zahlen, und ein bisschen hurtig, wir müssen uns noch ein Loch in den Kopf bohren lassen!«

8

Simmons seufzte und wandte sich zu Walker um. »Sagen Sie mal, Walker, Sie kennen mich doch jetzt schon eine Weile.«

Der Norm schaute ihn verwundert an. »Nun ja ... einige Stunden.«

»Genau. Hab ich irgendwie ›Feind des Schicksals‹ auf der Stirn stehen? Oder ›Gott hasst mich‹?«

Walker runzelte die Stirn. »Nicht für mich sichtbar zumindest.«

Simmons lehnte sich zum Fenster raus und brüllte: »Was haben dann verdammt noch mal diese ganzen Idioten um fünf Uhr morgens auf meinem Highway zu suchen?«

Er seufzte und ließ sich in den Sitz zurücksinken. Das hatte gutgetan. Wenn auch nicht so gut, wie es getan hätte, den Deppen zusammenzuschlagen, der seinen Wagen an einem Brückenpfeiler zerlegt hatte und also für diesen Stau verantwortlich war.

»Ich nehme an, sie sind auf dem Weg zur Arbeit«, versuchte Walker schmunzelnd eine Erklärung.

»Ja, schon klar. Sagt Ihnen der Begriff ›Retorten-Frage‹ was?« Simmons atmete tief durch. Er war müde, hungrig und gereizt. ›Lieber tot als langsam fahren‹ hatte nicht umsonst auf seinem Streifenwagen gestanden, bis der Chief ihn gezwungen hatte, den Aufkleber zu entfernen.

»Was ist denn eigentlich auf den Chips?«, fragte er Walker, der trotz der frühen Morgenstunde noch immer wie aus dem Ei gepellt aussah, von leichten dunklen Schatten unter den Augen abgesehen. Ob der Kerl Make-up benutzte?

»Welche Chips?«, fragte Walker zurück.

»Na, die aus der Kamera von Miss Donado? Aus ihrem Schlafzimmer? Sie erinnern sich?«

»Oh!« Walker griff in die Jackentasche. »Richtig. Die habe ich in der Aufregung um die bemerkenswerte Offenbarung über die Tote gar nicht gesichtet. Haben Sie einen ...«

Simmons drückte wortlos auf die Autopilotenkonsole, und ein MediaChip-Player fuhr hervor und faltete seinen Monitor aus. »Beschattungen sind oft sehr, sehr langweilig!«

Walker zog den ersten unbeschrifteten Chip aus der Verpackung und legte ihn ein. Sofort war der Innenraum von lautem Stöhnen erfüllt, und auf dem Bildschirm wurde ein nackter, muskulöser, blonder Mann mit einer breiten Narbe am Hals sichtbar, der hinter einer lustvoll keuchenden Frau kniete, deren Gesicht von ihren langen, schwarzen Haaren verdeckt war.

Simmons grinste breit – na, das machte das Warten doch gleich angenehmer. »Pornos – Gottes Geschenk an meine rechte Hand!«, lachte er. Er schaute zu Walker hinüber, der doch allen Ernstes errötete. »Hätte nicht gedacht, dass Panther darauf stehen, sich schmutzige Filme anzuschauen.«

Walker wies auf den Bildschirm. »Nicht anzusehen – zu filmen!«

Simmons folgte seinem Blick und erkannte in der nun laut kreischenden Frau die Tote. »Da brat mir doch einer 'nen Elf – das ist Miss Donado.«

Walker nickte.

»Und das hinter ihr ist nicht Makallas.«

Walker nickte wieder.

Simmons grinste. »Her mit den anderen Chips!«

Er schnappte sie Walker aus der Hand und schob den nächsten Chip ein. Während der Autopilot sie unerträglich langsam Stück für Stück näher an die Unfallstelle brachte, schaute sich Simmons die Aufnahmen an. Als verantwortungsbewusster Privatermittler war es natürlich seine

Pflicht, sich einen Überblick über die Fakten des Falls zu verschaffen. Und Panther oder nicht – die Frau war heiß!

Walker zuliebe stellte er den Ton ab, und als die Straße vor ihnen wieder frei wurde, schaltete er das Gerät aus und übernahm wieder die Steuerung. Es war kurz nach sechs. »Wie die Zeit vergeht, wenn man sich amüsiert, was?«

Walker blinzelte zweimal und schaute ihn dann erst an. Er zog ein Kabel aus seinem Nacken und ließ es zurück in die Halterung seines Taschensekretärs gleiten. »Wie bitte?«

»Schon gut«, sagte Simmons und setzte zum Überholen auf der rechten Spur an. »Werden Sie es ihm sagen?«

»Wem?«

»Makallas. Ich meine, wenn die Zeitangabe auf den Chips stimmt, endet die letzte Aufnahme ungefähr vier Stunden vor ihrem Tod. Ich würde das wissen wollen – Sie nicht?« Simmons zündete sich eine Zigarette an und klemmte sie zwischen Hauer und Lippe ein.

Walker runzelte die Stirn. Wegen der Zigarette? Und wenn schon. »Ich weiß nicht. Ich hoffe stets darauf, dass meine Menschenkenntnis mich niemals so im Stich lässt, auf eine Frau wie Miss Donado hereinzufallen.«

Simmons kniff den Mund zusammen – irgendwie schien er nur auf solche Frauen reinzufallen, und wenn sie ihn nicht betrogen, verschwanden sie mitten in der Nacht mit seinem neuen Rasierapparat und seiner Dienstwaffe oder verkauften seine Adresse an Gangster, die er eingebuchtet hatte.

»Aber um auf Ihre Frage zurückzukommen, ja, ich denke, Mister Makallas hat ein Recht darauf, von den geschlechtlichen Kontakten seiner Verlobten zu erfahren. Ich werde es in meinem Bericht vermerken.« Walker wies auf seinen Computer.

Simmons schnaubte. »Das ist ein Scherz, oder? Sie wollen dem armen Mann das einfach so vor den Latz knallen? Guten Tag, Mister Makallas, Ihre Zukünftige war in Wirklichkeit eine Miezekatze und hat am laufenden Band Kerle gepoppt, die besser aussehen als Sie, schönen Tag noch, Ihr Walker?«

Walker zeigte keine sichtbare Regung. »Ich hatte vor, es mit anderen Worten zu sagen, aber im Wesentlichen: ja.«

»Mann, Walker, tut mir leid, dass ich das sagen muss, aber Sie sind kalt wie Sushi aus der Tiefkühltruhe!« Simmons lenkte den Wagen auf eine Ausfahrt.

Walker schaute auf die Straßenbeleuchtung vor ihnen, die sich in diesem Moment ausschaltete. Simmons hatte recht – er war wirklich erschreckend unbeeindruckt von den Tatsachen. Andererseits nutzte es keinem, wenn sie ihrem Auftraggeber die Neuigkeiten persönlich überbrachten und seinen emotionalen Zusammenbruch miterlebten. Und es gab eine weitere Schwierigkeit. »Wir müssen Mister Makallas zumindest über die Spezies seiner Verlobten aufklären. Ich hatte ja bereits erwähnt, dass Bestiaforma rechtlich nicht als vernunftbegabte Wesen gelten. Damit ermitteln wir genau genommen nicht mehr in einem Mordfall, sondern können den Mörder bestenfalls als Wilderer belangen.«

»Wilderer?«, fragte Simmons und parkte den Wagen neben einer halb zerfallenen Lagerhalle, deren Erdgeschossfenster von innen mit undurchsichtigen Plastbahnen verklebt waren.

»Das ist, glaube ich, das gesetzliche Maximum, und selbst da bin ich mir nicht ganz sicher, denn es liegt ja keine Gestaltwandlerschonzeit oder eine ähnliche Einschränkung der Jagbarkeit vor. In einigen Landstrichen werden sogar Kopfgelder auf Gestaltwandler ausgesetzt.« Walker schaute Simmons an, der ihn mit nachdenklichem Gesicht betrachtete.

Der Ork griff hinter sich, klemmte sich den abgeschlagenen Kopf der Statue unter den Arm und stieg ruckartig aus. Er lehnte auf dem Wagendach und kratzte sich am Hauer, als Walker ebenfalls ausstieg. Er überprüfte die Umgebung auf Scharfschützen, als Simmons sagte: »Nein, Walker, ohne mich. Der Kerl hat eine scharfe Braut verloren, und vielleicht war es ihm ja egal, wenn seine Perle sich von schönheitsoperierten Models flachlegen lässt. Ich habe ihre Brüste gesehen, und eine Frau, die solche Brüste hat, muss gerächt werden!«

Vielleicht hatte der Ork recht. Mister Makallas sollte selber entscheiden, ob er den Auftrag auch weiterhin aufrechterhalten wollte. Außerdem hatte Walker ein ganz schlechtes Gefühl in der Magengegend – so wie damals in Schweden, kurz bevor ihn die Luftabwehrrakete aus der Luft geholt und ihm seinen ersten Streckverband beschert hatte. Der Ork wies auf eine klapprige Außenleiter aus Metall und ging die Stufen hinauf. Die Verankerungen in der Wand jammerten protestierend, hielten aber.

»Gut, Mister Simmons, was halten Sie von folgendem Vorgehen?«, begann Walker, während er dem Ork folgte. »Wir treffen uns morgen mit Mister Makallas und unterbreiten ihm so schonend wie möglich die Tatsachen. Ist er immer noch entschlossen, den Mörder seiner gerechten Strafe zuzuführen – wie auch immer die in diesem Fall aussehen mag, das müssen dann die Staatsanwälte entscheiden –, werden wir den Mörder suchen.«

»Na, das ist doch mal ein Wort. Sie haben ja doch ein Herz, Walker!«, sagte Simmons und klingelte Sturm.

»Wird Ihr Bekannter nicht noch schlafen?«, erkundigte sich Walker und musterte interessiert die Sicherheitsanlagen an der Tür. Sehr dezent angebracht – hier war ein Profi am Werk gewesen. Die Bilder der Kamerafolie, die an verschiedenen Stellen aufgeklebt war, würden im Inneren vermutlich von einem Rechner vergleichbar einem Facettenauge zusammengestellt. Auf der gegenüberliegenden Straßenseite war eine weitere Kamera angebracht, die ihren Bewegungen folgte, und die überstrichenen Löcher in der Wand neben der Tür ließen auf irgendeine Art Selbstschussanlage schließen.

»Ihr Freund erwartet uns doch hoffentlich?«, fragte Walker und blickte sich erneut um. Er hatte keine Lust, von einem schlecht gelaunten Büchsenmacher über den Haufen geschossen zu werden.

Simmons bleckte die Hauer, hörte aber nicht auf, Sturm zu klingeln. »Keine Sorge, Slugie ist entspannt. Manchmal etwas zu entspannt.«

Endlich öffnete sich die Tür, und eine junge Frau in einem zu großen Männerhemd stand vor ihnen.

»Slugie da?«, fragte Simmons rau.

»Arbeitet«, gähnte die Frau, ließ die Tür auf und verschwand über einen kleinen Flur wieder in einem dunklen Raum.

Wenn er die Blicke richtig deutete, hatten Simmons und diese Frau eine gemeinsame Vergangenheit, aber Simmons' grimmiger Blick ließ es weise erscheinen, keine diesbezüglichen Fragen zu stellen.

Simmons stieß eine schwere Brandschutztür auf, und im selben Moment dröhnte lauter Krach hindurch, den Walker erst im zweiten Augenblick als Musik erkannte.

Simmons verzog das Gesicht. Slugie dröhnte sich wieder mit seiner Lieblingsmusik voll, den *Crushed Beaglemice* – eine Mischung aus Explosionen, Schussgeräuschen, schwerem Baustellengerät und irgendwo, verschüchtert in eine Ecke gedrängt, traute sich ab und an auch mal ein Synthie zu quäken.

Hinter der Tür eröffnete sich eine große Halle, in der verteilt Kisten und verdeckte Gerätschaften verschiedener Größe herumstanden. In der Mitte eines Kistenhalbkreises entdeckte Simmons die hochgewachsene Gestalt des Büchsenmachers unter einer grellen Lampe. Er trug ein abenteuerliches Gestell mit beweglichen Linsen auf dem Kopf und beugte sich über ein eingespanntes Schnellfeuergewehr. Simmons winkte Walker hinter sich her, der sich interessiert umsah. Der Mensch wirkte fast wie ein Kind, das in einen Spielwarenladen kam.

Simmons trat in den Lichtkegel der Lampe, und Slugie schaute auf. Er bot einen lustigen Anblick, denn der Riemen seiner monströsen Arbeitsbrille knickte seine Elfenohren ab und ließ sie zur Seite wegstehen. Simmons hob die Hand und deutete mit einer Bewegung an, dass Slugie die Musik leiser machen sollte. Der Elf nickte und schaltete den Lärm ab.

»Hi, Simmons. Wer ist dein Freund?«, fragte er, und seine Hände verschwanden unter dem Tisch.

»Er ist clean«, beeilte er sich zu bestätigen, denn auch Walker versteifte sich, und seine Hand wanderte Richtung Waffe. »Wie läuft's bei dir?«

Der Elf lächelte. »Kann mich nicht beklagen, Geschäfte gehen gut, und ich drücke alle Daumen, dass es so bleibt.« Slugie hob die Hände unter dem Tisch hervor und präsentierte seine zusätzlichen Daumen, die neben seinen kleinen Fingern gewachsen waren. SURGE, diese seltsame neue Goblinisierung, hatte ihn vor ein paar Wochen erwischt. Walker entspannte sich.

»Noch Schmerzen?«, fragte Simmons.

Slugie zog eine Fratze. »Nur wenn ich lache. So langsam gewöhne ich mich an die Dinger, und bei der Arbeit sind sie nicht unpraktisch. Aber du kommst doch nicht für einen Krankenbesuch vorbei, oder?«

Simmons nickte. »Hast recht. Wir möchten, dass du einen Blick auf das hier wirfst.« Er legte den Kopf der Statue vor Slugie auf den Tisch.

Slugie musterte ihn eingehend, dann blickte er auf. »Sieht aus wie ein Steinkopf.«

Simmons verdrehte die Augen – manchmal machte sich der Drogenmissbrauch ganz plötzlich bemerkbar. »Da ist ein Einschussloch drin – wir wollen wissen, was für eine Kugel das war!«

Der Elf nahm die Waffe aus dem Schraubstock und spannte den Kopf ein. »Gib mir zehn Minuten – Kaffee ist oben, wenn Lilian nicht wieder alles ausgesoffen hat«, sagte er und schaltete die Musik wieder ein.

Simmons wollte ihn bitten, sie auszuschalten, aber dann gab er es auf – Slugie konnte ohne diesen Lärm nicht arbeiten, und wenn sie schnelle Ergebnisse wollten, ließ man ihn am besten in Ruhe. Er winkte Walker, der irgendetwas sagte, aber er konnte nur auf seine Ohren zeigen – der Norm konnte doch unmöglich glauben, dass er ihn bei diesem Lärm verstand.

Natürlich, der Ork besaß ja keinen Geräuschfilter und konnte ihn nicht hören. Selbstverständlichkeit der Cyberware – auch eines der Warnsignale für eine emotionale Entfremdung. Er musste sich wohl damit abfinden, dass er wirklich zu einem seelenlosen Cybermonster wurde. Da stand dringend ein Termin bei René an!

Walker versuchte es noch einmal, als sie in der kleinen Wohnung standen und Simmons ihm einen Kaffee reichte. »Dieser Mister Slugie, vertreibt er auch Waffen größeren Kalibers?«

Simmons nickte. »Ja, obwohl ich ihm oft genug gesagt habe, er soll es lassen. Damals, als ich noch beim Star war, musste ich ihn zweimal deswegen verknacken lassen.«

Walker hob eine Augenbraue. »Und Sie vertrauen ihm trotzdem?«

Simmons zuckte mit den Achseln. »Slugie ist nicht nachtragend – außerdem hab ich ihn ja auch immer wieder rausgehauen.« Er grinste, und auch Walker musste lächeln. Dieser Ork war wirklich eine Nummer.

»Wieso, haben Sie Sehnsucht nach einem dickeren Rohr?«, fragte er jetzt.

Walker dachte kurz darüber nach. Er fühlte sich mit lediglich einer Pistole nackt, auf der anderen Seite hatte es keinen Sinn, in Waffen zu investieren, solange keine Notwendigkeit bestand und sie den Fall möglicherweise ohnehin bereits später am Tag abschlossen. »Nein«, sagte er darum, »zurzeit nicht akut, aber es ist immer gut, einen Spezialisten für solche Dinge vor Ort zu kennen.«

Erst als sein Gegenüber grölend loslachte, wurde Walker bewusst, dass der Ork eine schlüpfrige Doppeldeutigkeit geäußert hatte, auf die seine Aussage noch bestätigend wirkte. Er wartete, bis Simmons sich wieder beruhigt hatte. »Seine Daumen ... Cyberware oder SURGE?«

»SURGE – die arme Sau!« Simmons schüttelte sich. »Elf zu sein ist ja schon schlimm genug, aber dann auch noch so was.«

Walker war sich sicher, dass Simmons mit seinen markigen Sprüchen nur seine eigene Unsicherheit und sein Mitgefühl machogerecht verpackte. Wenn man als männlicher Ork in Amerika aufwuchs – was bei seinem Partner der Fall gewesen sein sollte, wenn Walkers Schätzung seines Alters stimmte –, dann wurde man fast zwangsläufig in ein sehr Testosteron-belastetes Rollenmodell getrieben.

»Was denken Sie? Ist Halley schuld dran?«, fragte Simmons nun und klopfte die letzte Zigarette aus dem zerdrückten Päckchen. »Werden auch immer kleiner, die Dinger«, murmelte er.

»Davon muss man wohl ausgehen – die Geheimnisse der sechsten Welt sind noch lange nicht entschlüsselt, das Magieniveau wird wohl noch eine Weile weiter ansteigen, und zumindest vom Mond wissen wir ja, dass er starken Einfluss auf die Erde und ihre Bewohner hat – warum also nicht auch der Halley'sche Komet. Ehran, der Schreiber vom Dunkelzahn-Institut für Magische Forschung, hat interessante Überlegungen zu SURGE geäußert.«

Simmons aschte auf den Boden. »Mann, Walker, Sie machen sich echt Gedanken, was?« Walker glaubte eine Spur Bewunderung in seinem Tonfall ausmachen zu können.

»Ich versuche auf dem Laufenden zu bleiben. Zum Glück hat sich die erste Welle des Hasses gelegt, mittlerweile sind SURGE-Opfer ja sogar eine Art hochgejubeltes Szenephänomen geworden.« Walker nippte an seinem Kaffee – er war schal und kalt. So unauffällig wie möglich spuckte er ihn zurück in die Plastiktasse und stellte ihn beiseite.

»So was kann auch nur ein Mensch sagen«, brummte Simmons vor sich hin.

Was war denn jetzt wieder das Problem? »Bitte?«, fragte er.

Simmons richtete sich auf und trat die Zigarette auf dem abgewetzten Polyesterteppich aus, der ein schmorendes Brandloch davon zurückbehielt. »Sie sind doch eigentlich viel zu schlau, um das wirklich zu glauben, oder? Diese Kerle werden ausgestellt und begafft, man findet sie cool, weil sie anders und exotisch sind, aber glauben Sie, irgendeiner der Clubtypen würde sich mit einem der Opfer wirklich einlassen? Oder sich mit ihnen beschäftigen, wenn nicht gerade die Presse oder ein Dutzend seiner Freunde drum herumstehen, die ihn dafür bewundern können? Die ersten Orks sind genauso rumgezeigt worden – als Missgeburten. Offiziell hieß es: Ach, die Armen, aber hinter vorgehaltener Hand hat man geseufzt: Zum Glück ist mein Kind normal. Normal, wenn ich das schon höre. Als wenn man Normalität an einem Paar Hörner oder Schuppen festmachen kann. Ich habe schon mehr ›normale‹ Menschen verknackt, als ich zählen kann. Die Leute, die wie Freaks aussehen, sind wenigstens loyal zueinander.«

Walker lächelte. »Sie machen sich aber auch ›echt Gedanken‹, Mister Simmons.«

Hinter der schweren Eisentür wurde es still. Der Ork lächelte. »Unser Einsatz«, sagte er und zog die Tür auf.

Walker schaute auf den breiten Rücken seines Begleiters und wurde sich bewusst, dass er sich bei aller Offenheit und Vorurteilslosigkeit, derer er sich rühmte, niemals wirklich die Zeit genommen hatte, über die Probleme eines Metamenschen oder, in jüngster Zeit, eines SURGE-Opfers nachzudenken. Er hatte auf Allgemeinplätze zurückgegriffen und erschreckend vorbehaltlos der öffentlichen Berichterstattung geglaubt – und das in einer Zeit, in der Kriege vor allem mit Propaganda geführt wurden und man jedes Bildmaterial auf links drehen und in seiner Bedeutung umkehren konnte, wenn man wollte. Er würde sich wohl in Zukunft etwas mehr Gedanken über diese Dinge machen müssen, wenn er seinem Idealbild von sich selbst näher kommen wollte.

Simmons stapfte die Treppe hinunter und war ein wenig wütend. Wenn sogar ein so cleveres Kerlchen wie Walker – der ja nun für einen Menschen ziemlich in Ordnung war – diesen ganzen Trid-Drek glaubte, wie sehr mussten die Sender da den einfachen Norm von der Straße im Griff haben? Und nicht nur den Norm – er hatte auch schon Orks, Zwerge, Trolle und vor allem Elfen getroffen, die angeekelt auf die SURGE-Opfer zeigten und sagten: »Zum Glück sind wir normal.« Wem wollte er was vormachen? Es waren auch Metamenschen in dem Mob dabei gewesen, der vor drei Monaten in einer neuen Nacht des Zorns über die SURGE-Goblinisierten hergefallen war.

Er trat zu Slugie, der ihn bereits erwartete. Vor dem Elf stand eine kleine Plastikschale, in der etwas silbrig glänzte.

»Gentlemen, Sie haben da eine echte Rarität ausgegraben, ein Sammlerstück der Munitionskunst, eine Antiquität aus dem Jahr 2054. Wenn mich nicht alles täuscht, ist das plata mortal.« Slugie tätschelte den verbogenen Klumpen silbernen Metalls.

Simmons bemühte das bisschen Spanisch, das er noch aus seinen Straßenzeiten konnte, und übersetzte laut: »Tödliches Geld?«

Slugie schüttelte den Kopf: »Tödliches Silber – eine Quecksilber-Silber-Legierung, die bei etwa 52 Grad Celsius flüssig wird. Grundsätzlich funktioniert sie wie eine klassische Quecksilberfüllung.«

Walker nickte wissend.

»Ja, okay«, sagte Simmons genervt. »Könnt ihr beiden Waffennarren das vielleicht für den Ork von der Straße erklären?«

Walker wandte sich ihm zu. »Ein Hohlmantelgeschoss wird mit Quecksilber gefüllt. Durch die Beschleunigung beim Abschuss wird die Flüssigkeit nach hinten gedrückt und schwappt dann beim Aufprall sozusagen wieder nach vorne. So addiert sie kinetische Energie zum Aufschlag hinzu und verursacht größeren Schaden. Zudem fließt das Quecksilber, wenn es kein glatter Durchschuss war, in die Wunde und vergiftet so das Ziel. Keine elegante, aber effektive Kriegsführung.«

Simmons hob die Augenbrauen. Dann grinste er. »Gibt's so was auch für meine Puste?«

»Das wage ich zu bezweifeln«, sagte Walker. Er wandte sich dem Elf zu. »Mister Slugie, wozu genau dienen diese Geschosse?«

Der Büchsenmacher brauchte mal wieder nicht zu überlegen, er verstand sein Handwerk und die dazugehörige Theorie, auch wenn er manchmal nicht sehr kompetent wirkte. »Sie wurden von der policia de la selva in der großen guerra a las drogas in den frühen Fünfzigern eingesetzt.«

Simmons räusperte sich.

»Ach so, entschuldige, Chummer.« Slugie nahm das Geschoss zwischen zweiten Daumen und kleinen Finger und drehte es vor der Lampe. »Die sogenannte Polizei des Waldes – eine Sondereinsatztruppe – hat sie im großen Antidrogenkrieg in Mittel- und Südamerika benutzt. Man hatte damals arge Probleme mit den Crittern dieser Gegend, speziell mit Gestaltwandlern, die aus irgendeinem Grund mit den Drogenbaronen zusammenarbeiteten. Entwickelt wurden sie von Sergio DaCapales, einem echten Genie. Das Gemisch verflüssigt sich erst beim Abschuss durch die Reibungshitze und härtet nach dem Ausfließen im Opfer schnell aus – so bleibt es länger im Körper des Critters. Aber sie werden heute nicht mehr hergestellt.«

Simmons lachte. »Wieso? Tragen Critter kein Silber mehr?«

Walker konnte darüber nicht lachen. Krieg war zwar sein Geschäft, aber er nahm das Töten viel zu ernst, um Späße darüber zu machen. Das Lexikon des allgemeinen Wissens definierte einen Söldner entweder als einen Soldaten, der nur für Geld kämpft, oder einen Soldaten, der nicht für sein Land kämpft. Walker zählte sich zur zweiten Kategorie.

»Nein, Simmons, zu teuer«, erklärte Slugie dem Ork. »Jede Patrone kostete 40 bis 50 Nuyen, heute vermutlich fast das Doppelte. Dafür kriegst du schon zwei bis drei Magazine herkömmlicher Muni. Und die Soldaten haben einiges vergebens verballert – du kannst ja nicht eben mal schnell das Magazin wechseln, wenn dich was aus dem Busch anspringt. Da sind dann eine ganze Reihe Affen, Vögel und Drogenkuriere auf sehr teure Art ums Leben gekommen.«

»Wer stellt solche Patronen heute noch her?«, fragte Walker, aber der Elf zuckte nur die Schultern. »Keine Ahnung. Nicht meine Art Geschäft. Aber egal, wer sie baut, er macht sie definitiv in Handarbeit.«

Simmons grunzte. »Damit ist klar, dass die Kerle Bescheid wussten. Die sind da reingegangen, um einen Gestaltwandler zu jagen.«

Damit hatte Simmons höchstwahrscheinlich recht. Es wäre schon ein seltsames Zusammentreffen, wenn die Angreifer nur zufällig Spezialmunition geladen hatten. Walker warf einen misstrauischen Blick auf den Waffenhändler, aber Simmons lachte. »Jetzt reden Sie schon, Slugie ist sauber.«

Nun gut, man würde es riskieren können. »Wer auch immer Miss Donado auf dem Gewissen hat, muss den notwendigen finanziellen Background haben. Ich schätze, es sind rund 100 bis 150 Schuss dort abgegeben worden. Wenn wir davon ausgehen, dass alle Waffen mit diesen Plata Mortal geladen waren, haben die Mörder es sich über 10 000 Nuyen kosten lassen, Miss Donado auszuschalten.«

Simmons pfiff durch die Zähne. »Meine Herren – man sollte meinen, das hätten sie billiger haben können.«

Slugie schaltete sich ein. »Ich versteh zwar nicht genau, wovon ihr sprecht, aber wenn ich mich mit einem Gestaltwandler anlegen würde, würde ich auch auf Nummer sicher gehen wollen. Ich kenn die Trideos – die Viecher stehen immer wieder auf, egal wie oft du sie umballerst!«

Simmons kratzte sich am Hauer. »Mann, Mann, Mann, das ist starkes BTL. Ich glaube, ich muss jetzt erst mal ein paar Stunden pennen. Dann sprechen wir mit unserem Auftraggeber und sehen weiter, oder was meinen Sie, Walker?«

Das war zweifelsohne eine gute Idee. Walker merkte die Ermüdungserscheinungen der langen Nacht und seines Jetlags mittlerweile auch sehr stark, und ein guter Soldat schlief und aß, wann immer er konnte. »Ja, so sollten wir es halten. Vielen Dank, Mister Slugie. Sie haben uns sehr geholfen.«

Der Büchsenmacher schaute verwundert zu Simmons. Der zuckte mit den Schultern, griff in die Tasche und warf eine Handvoll Plastikmünzen in das Schälchen. In der gleichen Bewegung verschwand der kleine, silberne Munitionsbrocken in seiner Hand. Richtig – in der Szene mussten auch Dienstleistungen unter Freunden bezahlt werden, wie nachlässig von ihm, das zu vergessen. »Für deine Mühen, Slugie, und bleib sauber«, sagte der Ork.

9

Simmons betrat das schicke Büro kurz nach Mittag, nach einem kurzen, aber erholsamen Schläfchen auf seiner Couch. Eine Werbeagentur hatte Makallas also, sehr interessant. An der Wand hinter der Sekretärin liefen auf einem halben Dutzend Trideos Werbefilme, die offensichtlich hier entwickelt worden waren. Darunter auch der ›Trollgröße – wo's drauf ankommt!‹-Spot von dem Klischeetroll, der mit seinen Wurstfingern die kleine Fertigmahlzeit nicht aufbekam und dann dümmlich grinsend das beworbene Produkt futterte. Wie oft hatte sich Simmons gewünscht, den Erfinder dieses Spots abzuknallen – vielleicht bekam er ja heute die Gelegenheit dazu. Er trat an den Tisch der Sekretärin. »Mahlzeit! Simmons, ich werde erwartet!«

Die Frau musterte ihn. »Kommen Sie für unseren Schönheitschirurgie-Spot?«

Simmons grinste. War eigentlich ganz schnuckelig, die Kleine. »Kommt drauf an, sucht ihr ein Vorher- oder ein Nachher-Modell?«

Die Frau lachte. »Na, vorher natürlich. Für nach der OP haben wir einen hässlichen Menschen, den wir auf Ork schminken.«

Simmons knirschte mit den Zähnen. »Hör zu, Püppi, schwing deinen Sapiens-Bitchensis-Arsch zu deinem Chef rein und sag ihm, Simmons ist hier. Und zwar zackig, sonst sorge ich dafür, dass du bald wieder auf der Straße arbeitest!«

Die Tür wurde erneut geöffnet, und Walker kam rechtzeitig herein, um mitzuerleben, wie die Rassistenbraut anfing zu zetern. »Was bilden Sie sich ein? Ich werde den Sicherheitsdienst rufen und Sie vor die Tür werfen lassen! Unfassbar, was sich Ihresgleichen heute rausnimmt, Sie können doch froh sein, dass man Sie überhaupt auf den Bildschirm lässt.«

Simmons ließ die Frau herumkeifen und wandte sich Walker zu.

»He, he! Ich rede mit Ihnen«, rief die Frau.

Walker schaute die Sekretärin erstaunt an, die daraufhin verstummte und errötete. »Entschuldigen Sie, Sir, dieser Ork macht hier Ärger. Ich kümmere mich gleich um Sie!«

Walker runzelte die Stirn und wollte gerade etwas sagen, als die Tür zu einem der Büros aufging und ein übermüdeter Makallas herauslugte, die Krawatte hing halb offen, sein Hemd war zerknittert, und ein großer Kaffeefleck prangte auf seiner Brust. »Was soll denn der Radau, Louis?«, fragte er. Dann entdeckte er Simmons und Walker und öffnete die Tür ganz. »Sie sind schon da. Louis, warum haben Sie mir nicht Bescheid gesagt? Bringen Sie uns Kaffee. Kommen Sie herein, meine Herren!« Er ging wieder zurück in sein Büro und ließ die Tür offen stehen.

Walker zupfte seinen Anzug zurecht und machte eine einladende Handbewegung. »Nach Ihnen, Mister Simmons.«

Simmons ahmte die Handbewegung lächelnd nach. »Aber nein, nach Ihnen, mein Bester. Ich bestehe darauf.«

Walker schmunzelte und ging vor.

Simmons stand schon im Türrahmen, da drehte er sich noch mal um und sprach die Sekretärin an. »He, Baby!« Die Frau starrte ihn wütend an. Simmons packte sich zwischen die Beine. »Trollgröße – wo's drauf ankommt!«

Walker stellte sich bereits vor einen der breiten Leder- und Chromstühle, wartete aber mit dem Setzen noch, bis Makallas Platz genommen hatte. Simmons kam hinzu und betrachtete den filigranen Stuhl mit Misstrauen. »Ob der hält?«

Makallas nickte. »Keine Sorge, die sind stabiler, als sie scheinen.«

Simmons zuckte mit den Schultern und setzte sich vorsichtig – nichts geschah. Sichtlich erleichtert entspannte er sich.

»Also? Sie sagten, es wäre wichtig – haben Sie den Mörder gefunden?« Makallas wirkte matt, aber jetzt loderte ein Feuer in seinen Augen auf, das Walker schon oft sehen musste: die Gier nach Rache. Er entschied sich, die Neuigkeiten schnell, aber behutsam zu präsentieren.

»Mister Makallas, ich befürchte, Ihre Verlobte war nicht ganz aufrichtig zu Ihnen. Sie war kein Mensch im eigentlichen Sinne.«

Der Mann schaute ihn verständnislos an. »Wie meinen Sie das – im eigentlichen Sinne?«

Walker zögerte kurz, überlegte, ob es nicht doch besser war, Makallas all das zu verschweigen und ihn einen schönen Schein leben zu lassen, aber dann sagte er: »Sie war eine Bestiaforma Mutabilis, eine Gestaltwandlerin. Genau genommen eine Panthergestaltwandlerin. Wissen Sie, was das ist?«

Makallas starrte ihn ungläubig an, die blutunterlaufenen Augen weit aufgerissen.

Walker entschloss sich, nicht auf eine Antwort zu warten. »Das bedeutet, dass sie in der Lage war, ihre Gestalt in die eines großen Panthers zu verändern, eine magische Begabung, die sich nach dem allgemeinen Erwachen manifestiert hat.«

Makallas schluckte und schüttelte den Kopf. »Sie wollen mir sagen, meine zukünftige Frau wäre ein Tier gewesen?«

»Nein, Sir«, sagte Simmons. »Kein Tier – nur nicht ganz so Homo Sapiens, wie Sie vielleicht gedacht haben.«

»Ich ... ich kann das nicht glauben. Sie war doch eine ganz normale Frau, so lebensfroh, so enthusiastisch, so ...« Tränen sammelten sich in Makallas' Augen.

Walker zog die Ergebnisse der DNA-Analyse hervor und legte sie vor ihrem Auftraggeber auf den Schreibtisch. »Diese Untersuchungen beweisen es. Tut mir leid.«

Makallas schlug die Seiten auf, aber er las sie nicht. Tränen tropften auf das Papier und perlten von der Hochglanzfolie ab.

Walker atmete tief ein und aus. Makallas hatte ein Recht auf die Wahrheit, auch wenn sie wehtat. »Das ist aber nicht das einzige Problem.« Er griff in seine andere Jackentasche und holte das Paket mit den Chiphaltern hervor. Er wollte sie ebenfalls auf den Tisch legen, aber Simmons hielt seine Hand fest und schüttelte den Kopf.

»Was ... was denn für ein Problem?«, fragte Makallas mit belegter Stimme.

Es klopfte einmal kurz, dann öffnete sich die Tür, und die Sekretärin kam mit einem Tablett mit Kaffee und einer Schale Kekse herein. Makallas blickte auf und raunzte: »Raus!«

Die Frau zuckte zusammen, zögerte kurz, aber dann wandte sie sich um und zog die Tür wieder zu. Walker warf Simmons einen fragenden Blick zu. Der wies mit einem Blick auf die Chips in seiner Hand und kratzte sich dann mit dem Zeigefinger an der Stirn, wobei er den Daumen aufrichtete und abknickte. Er wollte andeuten, dass sich Makallas umbringen würde, wenn er die Wahrheit über Miss Donados Liebschaften erfuhr. Vielleicht hatte er recht.

»Was für ein Problem?«, fragte der Mann erneut.

Der Ork antwortete, bevor Walker etwas sagen konnte. »Gestaltwandler fallen in Seattle nicht unter menschliches Recht. Damit ist der Mord rein gesetzlich kein Mord.«

Makallas schnaubte: »Das kann doch nicht sein. Das heißt, dieser Kerl kann einfach so meine Frau erschießen und damit davonkommen?«

Walker beugte sich vor. »Ganz so einfach ist es zum Glück nicht. Die Mörder – unseren Nachforschungen zufolge waren es mehrere Täter – lassen sich neben Einbruch und vermutlich illegalem Waffenbesitz sicherlich auch noch anderer Vergehen überführen. So makaber es klingt, Wilderei kann eines davon werden. Wenn Sie also immer noch Wert darauf legen, dass wir den Drahtzieher der Tat finden, dann gibt es gute Chancen für eine Verurteilung.«

Makallas sagte: »Ja, ich will, dass Sie den Mörder meiner geliebten Shelley finden – koste es, was es wolle.«

Simmons nickte. »Gut, Mister Makallas, wir machen uns sofort wieder an die Arbeit. Dazu müssen Sie uns aber ein bisschen mehr erzählen, auch wenn es schmerzt. Hat Miss Donado regelmäßige Kontakte gepflegt, hatte sie ein Lieblingsrestaurant oder einen Club? War sie in irgendwelchen Vereinen – all so was ist wichtig.«

»Entschuldigen Sie«, sagte Makallas und putzte sich die Nase. Dann überlegte er. »Wir hatten einen Lieblingsjapaner, *Gonakato* auf der Dritten, und Shelley ist öfter ins Wellenbad in Renton gegangen. Und in diesen Club, das *Moonlight* in Tacoma – da wollte sie immer alleine hin, ein Onkel von ihr arbeitet da oder so. Ach, und diesen Schönheitssalon, *Belles* in Auburn, hat sie gern besucht.«

Simmons nickte und stand auf. »Das wird fürs Erste reichen. Wenn Ihnen noch was einfällt, rufen Sie uns an!« Er bedeutete Walker aufzustehen. Zögerlich kam er der Aufforderung nach. Es war kein gutes Gefühl, den Mann über die Affären seiner Verlobten im Unklaren zu lassen, aber auf der anderen Seite hatte Simmons mit seiner Einschätzung sicher nicht unrecht. Auch wenn Makallas sich vermutlich nicht umbringen würde, klammerte er sich doch im Moment an den Glauben, die Liebe von Miss Donado wäre aufrichtig gewesen.

»Sie erhalten heute Abend einen umfassenden Bericht von mir«, sagte er darum nur, schüttelte Makallas' feuchte, schlaffe Hand und wandte sich zur Tür. Makallas sank am Schreibtisch in sich zusammen.

Im Vorzimmer starrte die Sekretärin Simmons wütend entgegen. Der Ork beugte sich zu der Frau herunter und sagte etwas zu ihr, das sie erbleichen ließ.

Simmons flüsterte: »Wir sehen uns wieder, Schätzchen. Hast du einen dunklen Heimweg?«

Dann ging er zielstrebig an Walker vorbei, der die Tür aufhielt, und in den Fahrstuhl. »Gott, ich hasse solche Schlampen«, erklärte er Walker, der aber keine Anstalten machte einzusteigen. Die Türen schlossen sich, Simmons hielt die Hand dazwischen, und sie gingen wieder auf. »Was ist los? Brauchen Sie eine schriftliche Einladung?«

Walker schüttelte den Kopf. »Wir treffen uns unten«, und wandte sich den Treppen zu. Irgendwo war er doch ein komischer Kauz. Vielleicht hatte er Platzangst. Oder hieß das Raumangst? Egal. Als sich die Türen unten wieder öffneten, stand er bereits davor, und er war nicht außer Atem.

Simmons wandte sich in Richtung Parkhaus. »Sie wollten ihm die Videos echt geben?«

Walker nickte. »Ich hätte das für angemessen gehalten. Aber ich respektiere Ihre Einschätzung. An dem Tatbestand hätte das vermutlich ohnehin nichts geändert.«

»Ich hab mal ein bisschen nachgedacht und frage mich, wer die Kamera da überhaupt aufgestellt hat. Die Donado selber?« Simmons kratzte sich am Hauer, das half fast immer beim Denken. »Oder einer ihrer Lover? Aber die Chips mussten ja regelmäßig gewechselt werden. Also? Irgendwelche Ideen?«

»Vielleicht hat sich Miss Donado Inspiration aus diesen Filmen für ihre Kunstwerke geholt?« Walker schien selbst nicht so recht überzeugt davon.

»Inspiration nennt man das jetzt, hm?« Simmons lachte dreckig. Da fiel sein Blick auf einen Mann in einem gelben Overall, der eine große Straßenkehrmaschine vor sich herschob.

»Aber ich hab da vielleicht eine Idee. Hatte Miss Donado einen Reinigungsservice?« Eine Reinemachefirma kam jeden Tag ins Haus, keiner beachtete ihn so recht, und Geld konnten die Leute auch immer gebrauchen.

Walker nickte. »Ja, das ist eine hervorragende Idee. Damit haben wir nach meiner Planung mehrere Anlaufpunkte, an denen wir uns umhören sollten. Ich würde vorschlagen, ich kümmere mich darum, herauszufinden, wer Miss Donados Liebhaber waren, und höre mich mal wegen der Plata-Mortal-Patronen um. Sie könnten in Erfahrung bringen, welcher Reinigungsservice bei dem Opfer gearbeitet hat und bei den Adressen vorbeischauen, die Mister Makallas uns nannte.«

Simmons mochte es gar nicht, wenn man ihn herumkommandierte, aber Walker schien ein Händchen fürs Organisieren zu haben, und Talente sollte man nutzen. Aber ein Kommentar musste sein. »Okay, Chef. Soll ich auf dem Weg auch noch Ihren Wagen waschen?«

Walker schaute ihn erstaunt an. »Mister Simmons, ich wollte keinesfalls ...«

Er lachte. »Ganz locker, Chummer, nur ein kleiner Scherz! So machen wir es und treffen uns heute Nachmittag wieder? Meine Nummer haben Sie ja!«

10

Walker schaute sich in seinem Hotelzimmer um und bedauerte, dass er nicht im Besitz eines Wanzenscanners war. Aber auf der anderen Seite hatte Simmons ganz recht gehabt: Das hier war keine militärische Operation, sondern nur eine Mordermittlung – wenn auch mit einem bemerkenswerten Tathergang. Mit der peniblen Vorbereitung und den offensichtlich gewaltigen Geldmitteln, die dahintersteckten, war es eher eine Hinrichtung als ein Mord gewesen. Der Täter hatte gewusst, dass Miss Donado ein Exemplar der Spezies Bestiaforma Mutabilis gewesen war – und warum das Herz?

Er schüttelte den Kopf, um ihn freizukriegen. Solange ihnen noch so viele Stücke in diesem Puzzle fehlten, hatte es keinen Sinn zu spekulieren.

Zeit, einige Anrufe zu tätigen. Es klingelte einige Male, dann ertönte eine computergenerierte Stimme: »Passwort?«

»Walker, Kyle, Sturzflug«, sagte er.

»Passwort abgelehnt. Die Verbindung wird unterbrochen«, tönte es zurück, aber Walker ließ sich davon nicht beirren. Er wartete einige Augenblicke des hektischen Piepsens ab, das in den UCAS das Ende der Verbindung signalisierte, bis es verstummte und sich eine elektronisch verzerrte Frauenstimme meldete. »Guten Morgen, Herr Walker!«

Richtig, die ADL war ja einige Stunden hinter der UCAS-Zeit. Wie nachlässig von ihm, das zu vergessen.

»Entschuldigen Sie die frühe Störung, Frau Markstatt«, antwortete Walker auf Deutsch. Ihr Straßenname war Liquid

Data oder kurz Liquidata, aber Walker durfte sich erlauben, sie mit ihrem bürgerlichen Namen anzusprechen, immerhin hatte er ihr eine kostspielige Notoperation finanziert. Bei einer verdeckten Operation – er konnte sich nicht überwinden, etwas mit seiner Beteiligung einen Shadowrun zu nennen – waren sie auf stärkere Matrixsicherheit gestoßen als vermutet. Zu stark für Emma Markstatt; ihr Gehirn hatte bleibende Schäden erlitten, und eine Krankenversicherung existierte natürlich nicht – offiziell existierte ja auch Frau Markstatt nicht. Also hatte Walker sein Konto geplündert und eine Variante eines Zerebralboosters finanziert, der in der Lage war, die Schäden auszugleichen. Es war nur zu einem geringen Teil sein Verantwortungsgefühl gewesen, das ihn dazu getrieben hatte. Wer sich auf einen solchen Einsatz einließ, der kannte die Risiken. Es war mehr eine Investition in die Zukunft gewesen, denn Frau Markstatt war trotz ihres kleinen Missgeschicks eine fähige und zuverlässige Deckerin.

»Sie stören nicht, ich bin seit einigen Tagen Frühaufsteherin. Ich habe mir einen Hund zugelegt. Nicht wahr, Taste?«

Walker hörte im Hintergrund Welpengebell und lächelte, um seiner Stimme einen positiven Klang zu geben. »Das freut mich.«

Er mochte Hunde – sie wussten, wo ihr Platz war, waren loyal und nützlich. Aber es stand natürlich außer Frage, dass er sich keinen anschaffen konnte, denn emotionale Bindungen zu Gegenständen behinderten nur und machten angreifbar.

»Was kann ich für Sie tun?«, fragte die Deckerin nun.

»Ich hätte hier einen eher langweiligen Auftrag, der zudem auch noch schlecht bezahlt wird«, leitete Walker ein.

Frau Markstatt lachte. »Und da haben Sie natürlich gleich an mich gedacht.«

»Das ist richtig – aber vor allem, weil es nichtsdestoweniger wichtig ist, dass er korrekt und schnell ausgeführt wird.« Walker kannte die Deckerin nun schon eine Weile und wusste, dass sie für Lob und Schmeicheleien sehr anfällig war.

»Gut, worum geht's?« Walker hörte ein Hecheln im Hörer. Offensichtlich hatte sie ihren Hund auf den Schoß genommen.

»Ich werde Ihnen pornografisches Bildmaterial übermitteln. Die Identität der Frau ist bekannt, uns interessieren die wechselnden männlichen Partner. Name, Adresse und was Sie sonst noch so herausfinden können. Suchgebiet vorrangig UCAS, genauer gesagt, Seattle. Und ich möchte, dass Sie eine Miss Shelley Donado überprüfen. Sie ist die Frau auf den Videos und ermordet worden – alles andere interessiert uns. Achten Sie bitte auch auf Unregelmäßigkeiten.«

»Geht klar, ich werde ein paar Bildvergleichsroutinen auf den Weg schicken und schau mir diese Donado an. Bis wann brauchen Sie es?«

Walker nickte zufrieden. »ASAP!«

»Aber schnell, alte Petze?«, fragte Frau Markstatt.

»As soon as possible«, erklärte er lächelnd.

Die Deckerin lachte. »Ach so. Gut, ich melde mich!«

»Vielen Dank, auf Wiederhören.« Walker unterbrach die Verbindung. Gut, das war dies, und jetzt kommt das Nächste, wie sein Vater immer zu sagen pflegte.

Er tippte eine weitere Nummer ein und wartete, bis sich das Gespräch den sicheren Weg durch zahlreiche Umleitungen und nominell tote Verbindungen gesucht hatte und das Rufzeichen erklang.

»Hallo, Kyle«, meldete sich die gut gelaunte Stimme Waldorfs. Er sprach gewohnheitsmäßig Englisch.

»Hallo, Waldorf, guten Morgen«, sagte Kyle.

»Guten Abend! Ich bin zurzeit in Japan«, erklärte sein Freund.

»Ich verstehe – soll ich ein andermal ...«

»Red keinen Unfug, was gibt's?«

»Zuerst einmal, bevor ich es vergesse, kennst du einen Slugie aus Seattle? Büchsenmacher und Waffenhändler«, fragte Walker.

»Der Name sagt mir grad nichts, aber ich kann mich umhören. Willst du mir fremdgehen?« Waldorf lachte.

»Ich bin vor Ort und brauche möglicherweise kurzfristig Hardware – da bleibt vermutlich keine Zeit für ein Waldorf-Spezial.« Walker bedauerte wirklich, dass er nicht auf Verdacht sein Standardpaket bei Waldorf anfordern konnte, aber die Kosten waren zu hoch, um eine Tasche voll illegaler Waffen nur wegen eines vagen Bauchgefühls um den halben Erdball schicken zu lassen.

»Verstehe. Aber nur deswegen rufst du mich doch nicht an, oder?« Waldorf kannte ihn einfach zu gut – bei jedem anderen wäre das gefährlich gewesen, aber René und Waldorf hatten ihm schon öfter das Leben gerettet, als er zählen konnte, in der Legion und danach, und er ihnen umgekehrt auch. So etwas verband und schaffte Vertrauen.

»Ich möchte etwas über Plata-Mortal-Geschosse herausfinden. Die Wirkungsweise ist mir bekannt, die spannende Frage dreht sich um die Tatsache, dass jemand mehrere Dutzend Schuss davon in Seattle abgefeuert hat«, erklärte Walker.

»Mehrere Dutzend? Da muss jemand einen dicken Credstick haben! Und du willst jetzt wissen, wer sich diese seltenen Schätzchen besorgt hat und woher?«

»Ganz recht«, stimmte Walker zu.

Waldorf schnalzte mit der Zunge. »Gut, ich werfe mal die Lauschleinen aus, wenn ich etwas höre, melde ich mich bei dir.«

»Ich danke dir, mon ami!«

»Kein Problem, du kannst dich mit einem 1952er Malt bedanken, in Kairo, auf der Dachterrasse des Numan-Hotels. Und wie geht's dir sonst so? Was machst du Weihnachten?« Waldorf wechselte vom Geschäfts- in den Plauderton, und Walker folgte ihm.

»Es ist noch nicht abzuschätzen, wie lange mich diese Sache in Seattle hält. Sollte es vor den Feiertagen beendet sein, werde ich mir wohl einen Skiurlaub im Himalaya gönnen.«

Waldorf lachte. »Dann lass dich mal nicht vom Yeti beißen. Du, ich kriege gerade einen Anruf auf einer anderen Leitung – ich melde mich, sobald ich etwas weiß.«

Walker wollte noch antworten, aber da war die Verbindung schon unterbrochen. Ein typischer Waldorf ...

Walker öffnete die Hausbar und entnahm ihr eine Flasche Perrier. Die Zeit, bis Mister Simmons Vollzug meldete, würde er dazu nutzen, die Börsenkurse zu studieren und etwas zu meditieren.

Simmons grummelte, als er den verkniffenen Gesichtsausdruck der Kosmetikerin sah. So ähnlich hatten auch die Schlitzaugen geguckt, als er in den Sushischuppen reinmarschiert war. Man sollte meinen, dass sie sich mittlerweile daran gewöhnt hatten, dass in den UCAS die Metamenschen frei rumlaufen. Aber erzählen konnten oder wollten sie ihm nicht viel.

Auch das Wellenbad war ein Reinfall gewesen – natürlich nicht im wörtlichen Sinne, er war noch immer trocken, das Chlor war nicht gut für seine Haut, und die Dermalpanzerung sorgte in solchen Fällen auch für neugierige Blicke. Da hatte man sich nicht mal mehr an die Frau erinnert.

Das *Moonlight* war, wie man vom Namen her schon erahnen konnte, ein Nachtclub, und als solcher öffnete es erst abends. Und jetzt stand er angenervt vom Stadtverkehr vor einer kleinen, zierlichen Frau, die ihn zögerlich fragte: »Kommen Sie zur Maniküre?«

»Seh ich schwul aus?«, grunzte Simmons und zog einen Fotoausdruck von der Donado heraus. »Kennen Sie diese Frau?«

»Ich ... ja. Das ist Miss Donado, sie ist öfter hier. Eine sehr nette Frau.«

»Ja«, sagte Simmons, »sie ist tot, grausam hingeschlachtet, und wir suchen den Mörder – waren Sie es?«

Die Frau wurde bleich und tat Simmons in diesem Moment schon wieder leid, also schob er nach: »'tschuldigung, war ein Scherz. Kam sie allein? War an ihr irgendwas Besonderes?«

Die Frau wischte sich Schweiß von der Stirn. »Sie war immer allein, soweit ich weiß. Und außer, dass sie sehr ungehalten wurde, wenn man etwas falsch machte, fällt mir nichts ein. Einmal hat sie eine Kollegin sogar geschlagen, als die ihr die Haare verfärbt hatte. Musste mit drei Stichen genäht werden. Aber dafür gibt ... gab sie immer ein gutes Trinkgeld.«

»Ja klar, eitle Katze halt«, sagte Simmons mehr zu sich.

»Bitte?«

»Ach, nichts. Sie waren mir keine Hilfe, aber Sie können nichts dafür. Schönen Tag noch!« Simmons ließ die verwirrte Frau stehen.

Er war keinen Schritt weiter, es war frustrierend. Offensichtlich war an ihr nichts ungewöhnlich oder auffällig gewesen, von einer gewissen Reizbarkeit mal abgesehen, kannten sie alle nur als normale Frau ohne Feinde. Wer hat sie also kaltgemacht? Für einen Vergeltungsschlag von einem ihrer gehörnten Liebhaber war das Ganze zu groß. Spezialmunition, mehrere Killer, nein, da steckte was anderes hinter. Warum das Herz, und wie hatten diese Kerle überhaupt rausgekriegt, dass die Donado eine Pantherlady war? Wahrscheinlich ging es um irgendwelchen Magiedrek, und da hatte Simmons nun ganz bestimmt keine Lust drauf.

Er wählte auf dem Weg zum Auto Walkers Nummer.

11

»Wir tappen im Dunkeln«, sagte Simmons und leerte sein Bier. »Wir haben keine Spur, kein Motiv und keinen Anhaltspunkt. Ich hasse es zu warten.«

Walker lächelte. Der Ork liebte seinen Beruf offensichtlich aus ganzem Herzen. Er konnte sich nicht entsinnen, dass er selbst jemals eine solche Begeisterung für etwas an den Tag gelegt hatte. Er tat, was getan werden musste. Oder war er früher enthusiastischer gewesen, und es war das Metall in seinem Körper, das ihn so empfinden ließ?

Der Ober trat an den zerkratzten Tisch und stellte ihm eine Marke Billigwasser vor. »Perrier haben wir nicht.« Er sprach es »Pärür« aus.

»Danke«, sagte Walker, und zu Simmons: »Ich bin sicher, unsere Nachforschungen werden uns weiterbringen. Spätestens morgen haben wir eine lange Liste an Liebhabern, die wir abarbeiten können, und vielleicht ergibt sich ja auch im *Moonlight* etwas. Wann öffnet es, sagten Sie?«

Simmons schaute auf die Uhr. »Viertelstunde noch, aber wir sollten erst hingehen, wenn es ein bisschen voller ist. Was die Liebhaber angeht: Ich glaube, die können wir uns sparen – ich hab's in den Eiern, dass das hier nichts mit ihren Bettgeschichten zu tun hat.«

Walker lächelte. Was bildhafte Sprache anging, war an dem Ork ein Schriftsteller verloren gegangen. »Ihre Hoden in allen Ehren, Mister Simmons, aber ich glaube, wir sollten jede mögliche Spur verfolgen – zumindest solange sich kein lohnenderer Zeitvertreib offenbart.«

»Ach, Walker, ich wusste ja nicht, dass Sie was für Orkhoden übrig haben. Haben Sie ein Zimmer in der Stadt?«, flötete Simmons und legte seine Pranke auf Walkers Hand. Walker befreite sich rasch. Er war sicher nicht homophob, aber es gab eine Grenze. Zudem hätte er Simmons keinesfalls als homosexuell eingestuft. »Mister Simmons, ich muss darauf bestehen, dass unsere Beziehung rein geschäftlicher ...«

Simmons lachte laut und so heftig, dass er fast vom Stuhl kippte. Als er sich nach einigen Augenblicken wieder beruhigt hatte, sagte er schwer atmend: »Walker, Mensch, das war ein Scherz. Bücken Sie sich mal, dann zieh ich Ihnen den Stock aus dem Hintern. Mach dich locker, Chummer!«

Walker bemühte sich, es mit Humor zu sehen, aber es passte ihm ganz und gar nicht, dass der Ork ihn so verladen konnte. Er war immer zu Recht stolz auf seine Menschenkenntnis – bezogen auf alle Subspezies – gewesen, und nun das. Verlor er seinen Draht zur Psyche seines Gegenübers? Das hätte fatale Folgen, auch im Kampf. Aber vielleicht war Mister Simmons auch einfach ein vollendeter Schauspieler. Der Ork wischte sich Lachtränen aus den Augen und winkte dem Wirt. »Eh, Louis, noch mal 'ne Kopfgranate!«

Walker wandte den Kopf, als der Mann hinter dem abgeschabten Tresen der kleinen Kneipe zum Wurf ausholte, aber es war lediglich eine weitere Dose Bier, die Simmons gekonnt aus der Luft schnappte.

»Das wird stark schäumen«, warnte Walker, hauptsächlich, weil er auf seinem Cluboutfit keine Bierspritzer haben wollte. Er zupfte einen Staubflusen von der glänzenden schwarzen Hose und zog das armfreie, körperbetonte Shirt zurecht.

»Keine Sorge, das soll es auch!« Simmons stach mit dem kleinen Finger seiner rechten Hand ein Loch in die Dose, stülpte schnell die Lippen darüber und öffnete den Verschluss. Das Bier spritzte heraus, ein Teil lief an seinem Kinn hinunter und tropfte auf seinen dunklen Pullover, den bereits ein Ketchupfleck verunzierte. Als die Dose leer war, schmatzte der Ork, wischte sich mit dem Handrücken über Mund und Kinn und offenbarte feuchte Hauer in einem breiten Lächeln.

»Das war gut! Auch?«, fragte er dann.

Walker versuchte ein neutrales Gesicht beizubehalten. »Verlockendes Angebot, aber danke, nein.«

Dieser Simmons war wirklich schwer zu fassen. In der einen Minute verblüffte er mit seiner Einsicht in die Dinge und intelligenten Witz, im nächsten Augenblick fiel er in die stereotypen Verhaltensweisen eines unterprivilegierten Ghetto-Orks zurück.

Walker blickte sich um und zog dann einen kleinen Chiphalter hervor, in dem seine Talentleitungs-, Lingua- und Wissenschips ruhten. Er nahm sie zum Schlafen und bei der Meditation stets heraus, denn obwohl das neue System starke Verbesserungen erfahren hatte, blieb das drängende Gefühl im Nacken, so als wollten die Chips unbedingt ihre Arbeit tun, als könnten sie es nicht erwarten, ihm ihr Wissen ins Gehirn zu drücken oder seinen Körper zu einer Marionette der Leitungen werden zu lassen. Er wählte den Wissenschip mit den aktualisierten Daten über Seattle, vergewisserte sich noch mal, dass keiner außer Simmons ihn beobachtete, schob die bewegliche Hautfalte zur Seite und führte den Chip ein. Nach einem kurzen Augenblick hatte das System die Daten verfügbar, und er ›erinnerte‹ sich daran, dass das *Moonlight* ein kleiner, aber angesagter Nachtclub für das gehobenere Publikum war. Die Preise bewegten sich am oberen Durchschnitt, und es gab regelmäßig Live-Musik. Die Auswahl wurde als eher ruhig und sanft beschrieben – Transhop-Metal würde man also dort wohl nicht zu hören bekommen.

»Knallt das so richtig?«, fragte Simmons.

Walker schüttelte leicht den Kopf, um stumm zu signalisieren, dass er nicht verstand.

»Na, wenn Sie sich da SimSinns reinstecken – kommt das besser als mit den Dioden? Ich hab da ein paar Chips, die könnten Ihnen vielleicht gefallen – alles rein künstlerisch und ganz ästhetisch natürlich.« Der Ork zwinkerte ihm zu.

Walker hob ablehnend die Hand. »Vielen Dank, ich weiß das wirklich zu schätzen, aber ich konsumiere keine Sim-Sinns, ich bevorzuge die reale Welt. Zudem möchte ich mich nicht der Gefahr aussetzen, einen Virus im internen Betriebssystem vorzufinden – gerade bei Talentsoftware ist das ein nicht zu unterschätzendes Risiko.«

Simmons zog die Augenbrauen hoch. »Haben Sie da auch ein Lexikon auf den Chips? Dann schlagen Sie mal unter Spaß nach.«

Walker zuckte lächelnd die Schultern. »Ich bevorzuge andere Vergnügungen.«

Simmons grinste dreckig. »Zum Beispiel Orkhoden.«

Walker nickte. »Beispielsweise – am Spieß gebraten.« Er nahm eine verbogene, schmutzige Gabel vom Tisch und stach damit in die Luft.

Simmons zuckte zusammen, dann brüllte er los vor Lachen, und Walker stimmte ein. Vielleicht war er wirklich ein bisschen sehr verkrampft gewesen in letzter Zeit.

Das *Moonlight* lag in Tacoma, dem aufstrebenden Viertel von Seattle. Die Yakuza und kleinere Cons teilten sich hier die Macht, und Simmons konnte nicht entscheiden, welche der beiden Gruppen er für schlimmer hielt: die Japse mit ihrem offensichtlichen Rassismus oder die Konzernfaschos, die sie mit Einstellungsvorschriften und Metamenschenquoten tarnten.

Der Laden lag am Ende einer Sackgasse, Parkplätze gab es nicht, darum hatte er den Westwind in einem Parkhaus in der Nähe abgestellt.

Rote Schnüre hielten die lange Schlange der Möchtegernbesucher in einer Reihe und den Platz frei für die Gäste, die den Laden verließen. Ein dunkelhäutiger Troll in einem langen, schwarzen Wollmantel versperrte den Eingang und entschied, wer vorgelassen wurde. Er trug ein ebenfalls schwarzes T-Shirt, auf dem ›Securitroll‹ stand, um seinen Hals hing ein Anhänger in der Form einer goldenen, geschlossenen Faust – das Zeichen von Metahumans United –, und seine überraschend kurzen Hörner waren mit Golddraht umwickelt.

Walker wandte sich zu Simmons um. »Überlassen Sie das ruhig mir, ich bin gewöhnt, in solche Lokalitäten zu kommen.«

Simmons zuckte mit den Schultern. »Nur zu!«

Sie drängten sich, die Protestlaute ignorierend, bis zu dem Trolltürsteher vor, der sich prompt in den Weg stellte. »Hinten anstellen, Norm!«

Walker stellte sich auf die Zehenspitzen und sagte leise: »Wir haben es ein bisschen eilig, sind spät dran, und da drin warten unsere Damen bereits auf uns. Ich bin sicher, Sie können mal eine Ausnahme machen?« Er drückte dem Troll unauffällig einen 50-Nuyen-Marker in die riesige Hand. Der schaute teilnahmslos darauf, steckte die Münze ein und sagte: »Hinten anstellen, Mo-Fu!«

Der Blick aus den großen, stahlblauen Augen und das Zucken der Wangenmuskeln sagten alles – Simmons hatte diesen Gesichtsausdruck oft genug bei seinen Brüdern und Schwestern gesehen, immer kurz bevor Blut floss. Er schob Walker unsanft zur Seite und klopfte dem Troll gegen die Brust.

»Ey, Bruder, der Norm ist in Ordnung, nur ein bisschen blöd. Komm schon, meine Braut hottet da drin ab, und ich will die heute noch flachlegen. Wir Troggies müssen doch zusammenhalten.«

Er hielt ihm die geballte Faust unter die Nase, nicht als Drohgebärde, sondern als Solidaritätszeichen. Der Troll musterte Simmons, ballte die Faust, und für einen Augenblick befürchtete er, der Türsteher könnte sie ihm ins Gesicht donnern, aber dann schlug der riesige Kerl mit Wucht auf Simmons' Faust – das Begrüßungszeichen der Metahumans United. Simmons unterdrückte ein Grinsen, als der Troll verblüfft schaute, denn sein Cyberarm gab auch unter der Wucht eines Trollstoßes keinen Zentimeter nach, wenn er das nicht wollte.

Um seine Verwunderung zu überspielen, hakte der Troll die Leine aus und winkte sie durch.

Als sie durch den Vorhang geschlüpft waren, der den Eingang abschirmte, hörten sie Musik – für einen Club ziemlich leise, aber das konnte sich ändern, sobald sie durch den zweiten Vorhang gingen, der das andere Ende des kurzen, abgedunkelten Ganges darstellte. Simmons' Augen gewöhnten sich schnell an das Halbdunkel, und er entdeckte eine Sicherheitskamera an der Wand.

»Das war sehr eindrucksvoll. Sie haben die soziokulturelle Solidarität der Metamenschen ausgenutzt, eine hervorragende Idee, auf die ich nicht gekommen wäre«, sagte Walker.

»Kein Wunder, Sie sind ja auch ein Norm«, antwortete Simmons. Er drehte sich nicht zu Walker um, er wollte sich nicht auf eine Diskussion mit dem Menschen einlassen. Er würde nicht verstehen, dass es genau diese kleinen Gesten der Erniedrigung sind, die einem Metamenschen am meisten zu schaffen machen. Einem offenen Rassisten konnte man die Sülze aus dem Kopf prügeln, das war handfest, aber dieses Geld zustecken, als wäre es ein Almosen, und dieser vertraut-plumpe Befehlston, der sich hinter Höflichkeit versteckte, das waren die Splitter unter den Fingernägeln, die einen Ork, Troll oder Zwerg fast wahnsinnig werden lassen konnten. Elfen hatten diese Probleme nicht, die waren ja ach so hübsch und ach so mystisch. Verdammte Löwenzahnfresser! Und das Schlimmste war, dass Walker wahrscheinlich nicht mal wusste, was er falsch gemacht hatte.

Walker musterte den Rücken des Orks vor ihm, der nun den Vorhang zum eigentlichen Club zur Seite schob. Wegen irgendetwas schien er verstimmt, aber Walker konnte nicht sagen, warum. Vielleicht war es ihm unangenehm, einen – wie er sagen würde – Bruder ausgenutzt zu haben, oder er war verärgert, weil Walkers Ansatz nicht funktioniert und so die Nachforschungen gefährdet hatte. Nun, er würde sich wieder beruhigen, und wenn nicht, würde ein klärendes Gespräch nötig sein. Jetzt sollten sie sich auf ihre Ermittlungen konzentrieren.

Die Musik war weniger treibend, als man sie in anderen Clubs heutzutage gewöhnt war, aber dennoch laut und für Walkers Geschmack fast dissonant.

Der Club war dreistöckig, der Eingang befand sich auf der zweiten Etage. Das Design erinnerte an eine Höhle, unter der Decke hingen künstliche Stalaktiten, am Boden, mit Ausnahme der Tanzfläche, befanden sich immer wieder Stalagmiten aus dem gleichen Plastmaterial.

In der Etage über ihnen standen zahlreiche kleine Tische aus grob bearbeitetem Holz, und auch die Stühle hatten etwas Primitives, Vorläufiges an sich. Auf ihrer Etage, die eigentlich nur ein Rundlauf war, befand sich eine lang gestreckte Bar, an der sich die Clubbesucher drängten. In dem Freiraum über der Tanzfläche, die fast die ganze untere Etage einnahm, hing eine riesige, milchig weiße Plexiglaskugel, die offensichtlich Schwarzlicht aussandte – das war vermutlich das namensgebende Mondlicht. Simmons' Hauer leuchteten hell, als er jetzt sagte: »Wir teilen uns auf!«

Der Ork zog einen Fotoausdruck von Miss Donado aus der Innentasche. »Hier! Aber seien Sie bitte einigermaßen unauffällig!«

Walker nickte. »Ich werde mich bemühen.« Er wies auf die Tische. »Ich werde mich dort oben beim Personal umhören.«

Simmons winkte mit der Hand und ging geradewegs zur Theke. Das konnte man wohl als Zustimmung werten. Sie würden sich nach dieser Ermittlung einmal aussprechen müssen, diese schlechte Laune passte gar nicht zu seinem Begleiter.

Er ließ den Blick über die Tanzfläche wandern und entdeckte Bemerkenswertes, aber nichts Ungewöhnliches. Ein Troll, dessen Hörner über dem Kopf zusammengewachsen waren, tanzte mit einer kräftigen Orkfrau, deren Haut eine seltsame Beschaffenheit aufwies – möglicherweise Schuppen, vielleicht aber auch nur eine Art von Bodypainting. Seit SURGE war da die Einstufung nicht mehr problemlos möglich. Es war noch recht früh für die Clubszene, dennoch war es bereits einigermaßen gefüllt. Eine Bedrohung konnte er aber trotz einiger Gäste im Militärlook nicht entdecken, also wandte er sich der Treppe nach oben zu.

Die Tische waren größtenteils besetzt, aber die Gäste interessierten Walker nicht. Er klopfte einer der Bedienungen in schwarzem Hemd und weißer Hose auf die Schulter, und als der Mann sich umdrehte, erkannte er einen alten Bekannten: Geschlechtsverkehrpartner Nummer vier. Dieser Mann kannte Miss Donado mit Sicherheit.

»Entschuldigen Sie«, sagte Walker. »Wir holen Erkundigungen über diese Frau ein. Kennen Sie sie?«

Der Mann schaute kurz auf das Foto, das Walker ihm unter die Nase hielt, und schüttelte sofort den Kopf. »Nie gesehen.«

»Ganz sicher?«, hakte Walker nach und hielt dem Mann das Foto noch mal unter die Nase.

»Ja, hat sie was angestellt?«, versuchte der Mann unauffällig in Erfahrung zu bringen.

»Nein, Sir, sie wurde ermordet.« Walker beschloss, dass Provokation am ehesten eine Wirkung zeitigen würde. Und er schien richtig zu liegen, denn der Mann erbleichte und musste sich auf einen Tisch stützen. »Sehen Sie, Sir, Miss Donado hat offensichtlich eine große Promiskuität an den Tag gelegt. Das bedeutet, sie hat häufig wechselnde Geschlechtspartner gehabt ...«

Die Bedienung schaute bestürzt auf. »Was?«

»Nun, sie hatte viele Liebhaber. Darum müssen wir möglichst herausbekommen, ob sie Feinde hatte oder anderweitige Probleme. Ansonsten ist jeder ihrer rund 40 Liebhaber ein potenzieller Täter.« Walker schaute dem Mann in die Augen, der plötzlich laut rief: »Das stimmt nicht. Sie lügen! Sie hat mich geliebt, nur mich!«

»Dann kannten Sie die Dame doch?«, fragte Walker, als der junge Mann plötzlich zum Schlag ausholte. Er wich der Faust mühelos aus, leitete sie mit der flachen Hand an sich vorbei, griff am Handgelenk zu und drehte den Arm nach hinten. In derselben Bewegung trat er dem Gegner in die Kniekehle, sodass der Mann der Länge nach hinschlug, unten gehalten von seinem auf den Rücken gedrehten Arm und Walkers Knie auf der Hüfte. Gegner neutralisiert, minimale Schäden.

»Es ist alles in Ordnung«, beruhigte er die umstehenden Leute, ließ den Mann los und ging mit demonstrativ erhobenen Händen einige Schritte zurück. Der Mann stand auf, aber sein Kampfeswille war gebrochen, er rieb sich die Schulter und wandte sich dann ruckartig ab. Der würde ihm nichts mehr erzählen.

Simmons zog die alte Routine durch. Bier bestellen, Ausweis zeigen, Foto vorhalten, Fragen stellen. Der Barkeeper kannte Miss Donado als Stammgast und als Bekannte des Besitzers Mister Flow. Er wollte gerade ins Detail gehen, als der Keeper an ihm vorbeistarrte. »Was ist denn da los?«

Simmons drehte sich um und sah gerade noch, wie Walker einen Angestellten wieder aufstehen ließ, den er offensichtlich auf den Boden gepinnt hatte.

»Das ist ja wohl ... dieser Idiot«, brummte Simmons und eilte zu dem Menschen.

»Walker, verdammt, verstehen Sie das unter unauffällig? Was machen Sie, wenn Sie Aufmerksamkeit erregen wollen? Feuerwerksraketen furzen?«

»Der junge Mann hat etwas überreagiert«, erklärte Walker.

»Und da trümmern Sie ihn gleich zusammen wie Andrew, der Amokläufer?« Simmons schüttelte den Kopf. Was dachte sich der Kerl nur?

Walker wollte noch etwas sagen, aber er verstummte. Im selben Augenblick klopfte jemand Simmons auf die Schulter. Er drehte sich um und schaute in das ernste Gesicht eines slawisch anmutenden Zwillingspärchens. Die beiden Menschen waren groß, kräftig gebaut und hatten hellgrüne Augen, aber sie waren augenscheinlich trotzdem nicht verwandt.

»Flow wird Sie jetzt sehen«, sagte der eine, und es klang nicht wie eine Einladung.

»Flow?«, fragte Walker.

»Der Besitzer«, erklärte Simmons, ohne den Blick von den Bodybuilder-Burschen zu lassen. Irgendwas an ihnen ließ ihn vorsichtig werden. Er sah keine Cyberware, und Waffen trugen sie auch nicht, aber die Art, wie sie in völliger Selbstsicherheit einem Ork seiner Statur Befehle gaben, machte ihn nachdenklich.

»Nach Ihnen«, sagte Walker, und tatsächlich setzte sich einer der Russenzwillinge in Bewegung. Der andere wartete, bis sie folgten, und machte den Abschluss.

»Toll, Walker, wahrscheinlich haben wir jetzt die Russenmafia am Hals, weil Sie Don Wodkas Neffen verprügelt haben«, sagte Simmons, aber Walker antwortete nicht. Der Mensch sah angespannt aus, hoffentlich machte er keinen Blödsinn – die beiden Typen versteckten sicher eine ganze Menge Ärger unter ihren schlecht sitzenden Anzügen.

Sie erreichten eine Tür, auf der ›Privat‹ stand und die von einem weiteren grünäugigen Kerl bewacht wurde. Langsam fragte sich Simmons, ob das nicht Cyberaugen waren, die man als Willkommensgeschenk in der Russenmafia bekam. Der Typ öffnete die Tür und ließ sie in einen kleinen Flur, aus dem man sie weiterführte in ein Büro.

Der Raum war spärlich, aber nobel eingerichtet. Es gab viele leere Stellen an der Wand, dafür waren die Schränke und der große, schwere Schreibtisch aus Edelholz und wahrscheinlich teuer genug, um von dem Geld eine ganze Neubausiedlung auszustatten. Hinter dem Schreibtisch saß ein Mann Anfang oder Mitte vierzig mit einem kleinen Bauch. Sein Haar war schwarz, stand struppig vom Kopf ab und bildete damit einen passenden Rahmen für seine buschigen, zusammengewachsenen Augenbrauen. Die Behaarung zog sich über seinen Körper wie Schuppen über einen Echsenarsch: dicht an dicht. Aus dem offenen obersten Knopf seines schlichten Hemdes wucherte Brusthaar, und sogar die Hände waren wie bepelzt. Die Haut hatte einen dunklen Ton – die Russen waren also offensichtlich angeheuert, denn dieser Kerl hier kam aus Richtung Atzlan. Er war um die 1,80 oder 1,90, das konnte man im Sitzen nicht genau erkennen. Neben dem Schreibtisch stand ein Mann gleichen Alters, in einen englischen Tweedanzug gekleidet. Er hatte blondes Haar, ein nichtssagendes Gesicht und war schlank, fast schon dürr, aber kein Elf. In seinen Augen spiegelte sich das Licht der Deckenlampen – billige Cyberaugen vermutlich.

All das nahm Simmons mit einem schnellen ersten Blick wahr, und einen zweiten gab es nicht mehr, denn seine Augen blieben an der Frau hängen, die auf der anderen Seite des Tisches in einem der fünf einfachen Stahlrahmenstühle saß.

Sein Blick wanderte an ihr hinauf: Schlanke, lange Beine, die im halblangen Rock eines Geschäftskostüms verschwanden. Eine geradezu lächerlich schmale Taille, die wie eine Anlaufschanze für volle Brüste wirkte, die sich unter dem weit aufgeknöpften weißen Hemd abzeichneten. Ihr Gesicht wurde von langen, roten Locken umrahmt und hatte mit Sommersprossen und einer Stupsnase, aber vollen Lippen und Schlafzimmeraugen zu gleichen Teilen etwas von Schulmädchen und Schlampe. Und das Beste war, sie hatte keine spitzen Ohren, war also keine Elfe. Aber was ihn wirklich umhaute, als die Frau nun aufschaute und kurz lächelte, waren ihre blauen Augen. Als sich ihre Blicke trafen, begriff er zum ersten Mal, was die Redewendung ›tief wie ein See‹ bedeutete.

Erst als die Tür hinter ihnen zufiel, konnte er sich von ihrem Blick losreißen. Die beiden Russen-Klone versperrten den Ausgang – das konnte Ärger bedeuten.

Walker eruierte die Lage. Zwei Gegner, vermutlich kampferprobt vor der Tür. Die Frau und der hagere Mann waren ungewisse Faktoren, er tendierte aber dazu, beide als harmlos einzustufen. Die wirkliche Gefahr war nach seiner Einschätzung der Mann hinter dem Schreibtisch. Was auf den ersten Blick wie ein kleiner Bauch ausgesehen hatte, waren vorgewölbte Bauchmuskeln, wie man sie bei Männern fand, die nicht im Fitnessstudio trainierten. Und da dieser Mister Flow nicht aussah, als würde er zwischendurch auf dem Bau arbeiten, hatte er seine kräftige Konstitution wohl im Kampf erworben. Er hatte etwas Lauerndes an sich, wie ein Straßenkämpfer, der die nächste Bewegung seines Gegners vorausahnt.

Es würde ihre Lage verbessern, wenn sie den ersten Schritt machten. »Guten Tag, Sir«, sagte er darum, machte einen Schritt auf den Schreibtisch zu und streckte die Hand aus. Flow schnaubte, und der dürre Mann trat vor den Schreibtisch. »Das ist nah genug.« Seine Stimme hatte eine falsche Sanftheit an sich, einen schmeichelnden Unterton, der eher drohend als beruhigend wirkte.

»Mister Flow möchte wissen, was Sie in seinem Lokal zu suchen haben, Mister ...«, fuhr der Mann fort.

»Walker«, sagte Walker und wies auf den Ork. »Und das ist Mister Simmons.«

»Angenehm. Und jetzt beantworten Sie die Frage!« Der Ton des Mannes blieb unverändert in seinem Singsang, es war beinahe unmöglich, eine Emotion herauszuhören, und

Flow starrte noch immer wortlos abwechselnd auf Walker und Simmons.

Simmons blickte den dünnen Mann misstrauisch an. »Bevor wir das tun, habe ich selber eine Frage.«

Was der Ork wohl jetzt wieder vorhatte? Mit einer fließenden Bewegung der offenen Hand erlaubte Flows Sprecher die Frage, und Simmons wandte sich um, nahm die Hand der Rothaarigen, hauchte einen formvollendeten Handkuss darauf und fragte: »Wie ist Ihr Name, schönes Kind?«

Die Frau setzte zu einer Antwort an, aber der Assistent unterbrach sie. »Das ist Miss Gatewright, mein Name ist Marques. Da den Formalitäten nun Genüge getan wurde, möchte ich Ihnen dringend nahelegen, Mister Flows Frage zu beantworten. Er könnte sonst ungehalten werden.«

Tatsächlich hatte sich der Mann vorgebeugt, und sein Gesicht zeigte eine Miene angespannter Missbilligung. Er stützte sich mit einem Arm auf dem Tisch ab, wodurch große, unförmige Muskeln heraustraten. Diese Muskeln waren niemals unter ästhetischen Blickpunkten betrachtet worden, sie waren einzig und allein da, um Kraft zu speichern.

Walker nickte. »Aber natürlich, entschuldigen Sie bitte.« Den Höflichkeitstango beherrschte er mindestens so gut wie dieser Marques. »Wir stellen im Auftrag ihres Verlobten Nachforschungen zum Tod von Miss Shelley Donado an, und da sie offensichtlich eine Stammkundin in diesem Haus war, wollten wir hier Erkundigungen einholen.«

Flow warf einen Blick zu seinem Assistenten, der darauf sagte: »Mister Flow dankt Ihnen für Ihre Bemühungen, aber er legt Ihnen nahe, die Untersuchungen einzustellen. Sie können dem angeblichen Verlobten mitteilen, dass wir uns um die Angelegenheit kümmern werden.«

Bestand eine telepathische Verbindung zwischen den beiden Männern, war Marques in Wirklichkeit die treibende Kraft des Ganzen, oder war er nur umfassend instruiert worden?

»Vielleicht könnten wir unsere Kräfte ja kombinieren? Der Täter scheint über einige Ressourcen ...«, setzte Walker an, aber Flow unterbrach ihn. »Nein!«

Alle im Raum zuckten zusammen, und sogar Walker selbst war sich nicht sicher, dass er sich unter Kontrolle gehabt hatte.

»Shelley war Familie, wir strafen den Mörder – allein«, fuhr Flow fort.

Die Stimme des Mannes löste den ersten Eindruck voll ein: Sie war laut, voll und dunkel. Er rollte das R so stark, dass es sich fast wie ein Knurren anhörte. Walkers Blick wanderte zu seinen Händen und entdeckte dunkle Haare auch auf der Innenseite der Handflächen. Wo hatte er das nur schon einmal gelesen? Es fiel ihm nicht ein, also konnte es nicht auf einem der eingelegten Chips sein, die automatische Suchroutine hätte es sonst schon aufgetan.

»Mister Flow ist sehr betroffen von dem Todesfall«, erklärte Marques, »und mit Verlaub gesagt: Ich wage zu behaupten, dass sich dieser sogenannte Verlobte etwas zu viel auf eine Bettgeschichte einbildet.«

Flow grunzte zustimmend.

Walker nickte. »Darüber erlaube ich mir kein Urteil, dafür weiß ich zu wenig über die Gesamtsituation, aber unser Auftraggeber hat zum einen eine starke emotionale Bindung zu Miss Donado und ist zum anderen bereits finanziell in Vorleistung getreten, darum ...«

Marques unterbrach ihn. »Ach, es geht Ihnen um Geld?«

Flow riss eine Schreibtischschublade auf und griff hinein. Walker hatte seine Waffe bereits umfasst, und auch Simmons' Hand war im Inneren seines Mantels verschwunden, als er erkannte, dass Flow Papiere hervorgeholt hatte.

Er bedeutete Simmons, ruhig zu bleiben, aber der Ork hatte die Lage ebenfalls bereits überblickt und sich wieder entspannt.

»2000 Nuyen«, sagte Flow und warf das Bündel Papier vor sie auf den Boden. Es waren übertragbare Konzernwertverschreibungen, Sony, Renraku und, wie es aussah, auch Ares.

Simmons beugte sich darüber und nickte anerkennend. »Teure Teppiche haben Sie hier!«

Walker warf dem Ork einen fragenden Blick zu, und der schüttelte den Kopf.

»Tut mir leid«, sagte Walker darum, »aber wir sind mit unserem Wort verpflichtet, alles Menschenmögliche zu tun, um die Täter zu stellen.«

Marques schaute einmal zu Boden, dann wieder auf. »Das ist Ihr letztes Wort?«

Walker nickte und sah, dass Simmons es ihm gleichtat.

Marques hob eine Augenbraue. »Das ist bedauerlich. Mister Flow besteht darauf, jedem eine Warnung zukommen zu lassen, und Sie haben Ihre soeben erhalten. Kommen Sie uns bei der weiteren Entwicklung der Dinge in die Quere, dann werden Sie uns weniger großzügig finden.«

»Ein Mitglied der Familie wurde getötet und wird gerächt werden«, verkündete Flow mit dröhnender Stimme.

»So ist es«, sagte Marques nickend. »Auf Wiedersehen, meine Herren!«

Walker wägte ab, ob es sinnvoll wäre, einen weiteren Versuch zu unternehmen, entschied sich dann aber dagegen. Er drehte sich um, innerlich darauf vorbereitet, sich den Weg freizukämpfen, aber die beiden Sicherheitsleute machten anstandslos Platz. Simmons warf einen letzten Blick auf die Frau, die ihn erwiderte, und dann waren sie durch die Tür und wenig später auch aus dem Club heraus.

Was für eine Frau, dachte Simmons, während sie in Richtung Parkhaus gingen, und er sagte es auch. »Was für eine Frau!«

Walker schaute ihn an und fuhrwerkte dabei in seinem Nacken herum. »Haben Sie außer der Frau noch etwas mitbekommen von unserem Gespräch dort drinnen?«

»Ja, ja«, sagte Simmons. »Das übliche Mafiageblubber: Luigi isse tot, wir werde Luigi räche, Maria, bringe die Spaghetti.«

Walker schaute kurz stumm vor sich hin, dann sagte er: »Ich befürchte, es ist etwas komplizierter. Alle Indizien weisen darauf hin, dass Mister Flow ein Bestiaforma Mutabilis Canis Lupus sein könnte.«

Simmons blieb stehen. Noch so ein Vieh?

»Ein Wolfgestaltwandler«, erläuterte Walker weiter. »Starker Haarwuchs, bis in die Handinnenflächen sogar, zusammengewachsene Augenbrauen, und auch das sehr dominante Verhalten und die Betonung der Familie, also des Rudels, scheinen mir passable Hinweise zu sein.«

»Na klar«, sagte Simmons und schlug sich gegen die Stirn. »Flow rückwärts liest sich Wolf – er stößt uns noch mit der Nase drauf, dieser Sohn einer räudigen Hündin. He, Moment«, er grinste, »diesmal könnte das ja sogar stimmen!«

Walker schaute ihn ernst an. »Ich glaube, Sie sind sich der Kampfkraft einer solchen Bestiaforma nicht bewusst. Sie übertreffen an körperlichen Voraussetzungen unmodifiziert die meisten Menschen und sind dazu noch in der Lage, diese Fähigkeiten magisch zu verstärken. Sie besitzen eine übernatürliche Regenerationsfähigkeit, mit der sie in kürzester Zeit beinahe jede Wunde heilen können, die nicht das zentrale Nervensystem geschädigt hat. Außerdem können sie die Form von Tieren annehmen und die natürlichen Waffen dieser Gattung meisterlich einsetzen. Ein Kampf könnte böse ausgehen.«

Simmons schluckte schwer, das hörte sich wirklich nicht gut an, aber er war nicht gewillt, sich von einem Hund auf zwei Beinen den Fall oder den Tag ruinieren zu lassen.

»Wir müssen die Hündchen im Zweifel eben ausschalten, bevor sie nah genug ran sind, um uns ans Bein zu pinkeln. Was haben die überhaupt hier zu suchen? Sollten die nicht durch den Busch laufen, den Mond anheulen und Rotkäppchen fressen?«

Sie hatten den Wagen erreicht, Simmons öffnete, und sie stiegen ein.

Walker schüttelte den Kopf. »Nicht alle. Einige Gestaltwandler finden einen Weg in die menschliche Gesellschaft und integrieren sich weit genug, um mit ihr zu interagieren.«

Simmons schnaubte. »Pah! Dann wird's Zeit, diesen Kerlen mal zu zeigen, dass man sich in meiner Stadt aus bösen Wölfen einen Pelzmantel macht!«

Er drückte aufs Gas, und im nächsten Moment raste der Wagen über die nächtlichen Straßen Seattles.

12

Walker hing düsteren Gedanken nach. Eine Gestaltwandlerin arbeitete als Künstlerin, ein anderer besaß einen Nachtclub – willkommen in der sechsten Welt! Man wusste nie, was in der metamenschlichen Hülle vor einem nun wirklich steckte: Vampire, Gestaltwandler, freie Geister – die nächtlichen Straßen der Sprawls hatten alles im Angebot.

»Hotel oder essen?«, fragte Simmons.

»Essen, bitte«, sagte Walker. Er hatte sich angewöhnt, stets nur so viel zu essen, dass er noch ein leichtes Hungergefühl spürte – so vermied er es, an den Tagen, die ihm keine Zeit für sein Fitnesstraining ließen, Übergewicht anzusetzen. Der Nachteil war, dass sich der leichte Hunger schnell in einen richtigen auswuchs, so wie jetzt.

Simmons fuhr ab, als Walkers Telefon klingelte. »Entschuldigen Sie«, sagte er, während er das Kabel aus dem Gerät zog. Dann führte er es in die Datenbuchse ein und nahm den Anruf über das Relais seines internen Funks an. Es war Frau Markstatt, und sie klang gut gelaunt. »Hallo, Herr Walker, Volltreffer! Gut die Hälfte Ihrer Filmstars konnte ich finden, und was Ihre Frau Donado angeht, die ist eine Fälschung!«

»Sie meinen, ihre SIN ist ...«, sagte Walker und wurde unterbrochen. »So falsch wie die Brüste von Pornostar Nikki Nova, um im Kontext ihrer kleinen Filmchen zu bleiben. Gut genug fürs Einkaufen und um die Miete zu zahlen, aber ich hatte dieses Kribbeln im Zeh und hab mal ein paar Querverweise überprüft, die von den Bots nicht gechecked werden.«

Wie vermutet – wie sollte auch eine Gestaltwandlerin an eine gültige SIN kommen? »Gibt es eine Möglichkeit, herauszufinden, wer hinter der Fälschung steckt?«

»Was murmeln Sie denn die ganze Zeit vor sich hin?«, fragte Simmons genervt.

Walker zeigte auf das Telefon.

»So telefonieren Sie? Mann, Walker, Sie sind echt paranoid!« Der Ork schüttelte den Kopf und lenkte den Wagen auf den Parkplatz eines StufferShacks.

»Nein, tut mir leid«, sagte Frau Markstatt. »Aber es war mit Sicherheit kein Anfänger, wahrscheinlich eine spezialisierte Organisation. Ich sende Ihnen mal die Daten der Männer, die ich bisher identifizieren konnte. Sind Sie empfangsbereit?«

Walker gab mit einem Gedanken den Transfer frei. »Ja.«

Das Telefon piepte und speicherte die Daten.

»Soll ich nach den anderen weitersuchen?«, fragte die Deckerin.

Währenddessen stieg Simmons wortlos aus und ging in den Supermarkt.

»Ja, bleiben Sie bitte dran«, sagte Walker. »Und wenn Sie Zeit finden, wäre es schön, wenn Sie einen Mister Flow, Marques und eine Miss Gatewright überprüfen könnten, die alle drei in Verbindung mit einem Seattler Nachtclub namens *Moonlight* stehen müssten. Mehr Informationen kann ich Ihnen leider bislang nicht über diese Personen geben.«

Sie verabschiedeten sich, Walker legte auf und sichtete die Profile von Miss Donados Liebhabern.

Simmons stöhnte auf, als er in den Laden kam. Es war einer von diesen neuen, vollautomatischen StufferShacks. Statt gut gefüllter Regale waren in einem kleinen Raum vier Terminals aufgestellt, an einem von ihnen hing ein großes Schild: ›Außer Betrieb‹. Er war nun sicher nicht altmodisch, aber er hatte es gern, wenn er von einem Menschen bedient wurde – vor allem, wenn dieser Mensch ein Norm war.

Wobei er sich mittlerweile ja nicht mal mehr sicher sein konnte, ob dieser Typ dann nicht in Wirklichkeit der Klonwerwolf aus der Hölle war, oder wie hieß dieser drittklassige SimSinn noch gleich? Er hatte bisher gedacht, bis auf ein paar Ghule, Vampire und Teufelsratten hätte der Sprawl an Monstern erfreulich wenig zu bieten – so konnte man sich irren.

Er aktivierte die Einkaufsfunktion, bestellte beim automatisierten Lagersystem zwei Packungen Doughnuts und dreimal Nikosticks und wartete. Es summte und klickte, dann fiel die Ware in den Ausgabeschacht des Automaten, war aber noch von einer Scheibe gepanzertem Plexiglas verdeckt. Er schob seinen Credstick ein, autorisierte die Zahlung und entnahm seine Sachen. Den ersten Doughnut aß er immer sofort.

Und dieser Walker: Mal schien er ein netter, unkomplizierter Kerl, dann war er wieder so steif wie Opas Männeken auf Potenzspritze. Als ob er zwei Persönlichkeiten hätte und sich nicht entscheiden könnte, welche grad angebracht war.

Simmons trat hinaus und blickte zum Himmel. Wolken hatten sich zusammengezogen, und es war empfindlich kalt geworden.

»Wenn es schneit«, teilte er dem Universum mit, »dann erschieß ich den Weihnachtsmann!«

Eine ältere Dame blickte ihn erschrocken an und eilte weiter. Simmons lachte laut, ging zum Wagen zurück und setzte sich hinein. Er hielt Walker die Doughnutschachtel hin, der mit einem Nicken einen mit Schokoguss nahm. »Und? Was gab es so furchtbar Geheimes zu besprechen?«

Der Mensch kaute, schluckte und sagte: »Miss Donados SIN war gefälscht. Ihre Liebhaber zeigen kein erkennbares Muster, von der Reinigungsfachkraft bis zum mittleren Angestellten ist alles dabei.«

»Tja, schätze, die hat die Männer genommen, wie sie über sie gefallen ist. Man wünscht sich fast, sie noch lebend kennengelernt zu haben, was?« Simmons grinste breit, aber er meinte es nicht so. Eine Frau, die sich in eine drei Meter große Raubkatze verwandeln konnte, war nun ganz sicher nicht nach seinem Geschmack – ihm reichten die Krallen der echten Frauen. Er biss in einen Doughnut und fragte mit vollem Mund: »Und was machen wir jetzt? Ein paar von den Kerlen abklopfen?«

Walker schüttelte den Kopf. »Es ist 2 Uhr nachts, Mister Simmons, ich halte es für eher ungünstig, um diese Zeit Nachforschungen anzustellen.«

Simmons zuckte mit den Schultern. »Wenn man sie überrascht, reden sie bereitwilliger. Was mir grad einfällt: Sind wir denn überhaupt sicher, dass dieser Flow die Donado nicht selber kaltgemacht hat? Konkurrenz aus dem Weg räumen oder so?«

Walker schaute ihn erstaunt an. »Nennen Sie mich naiv, aber diese Möglichkeit war mir bisher noch nicht in den Sinn gekommen. Das wäre natürlich möglich, die Psyche eines Gestaltwandlers unterscheidet sich erheblich von der eines Menschen, und sie haben sicherlich auch die Fähigkeit, ihresgleichen zu erkennen.«

»Also sollten wir mal was über diesen Flow herausfinden, denken Sie nicht?« Simmons kratzte sich Schokolade vom Hauer und lutschte sie vom Finger.

»Was schlagen Sie vor?«, fragte Walker.

»Wenn Sie eine Kette zerschlagen wollen, zielen Sie aufs schwächste Glied. Ich würde vorschlagen, wir knöpfen uns die Frau vor.« Simmons hatte bei dieser Formulierung plötzlich ganz andere Dinge als ein Verhör vor Augen. *Aus, Sitz, Simmons!*, ermahnte er sich geistig – jetzt war ausnahmsweise einmal nicht die Zeit für Schweinereien.

»Sie wollen sie befragen?«

Simmons nickte.

»Im Club?« Walker schaute zweifelnd.

Simmons lachte leise. »Und mir von Igor und Boris die Nase verkratzen lassen? Nein. Wir folgen ihr!«

Simmons zeigte Walker den Mittelfinger, der pikiert die Stirn runzelte. »Mister Simmons, kein Grund, ausfallend zu werden.«

Simmons stieß die Luft zischend aus und aktivierte seinen Fingerkuppenbehälter, der aufglitt und einen Peilsender offenbarte. »Sie denken wohl auch nur das Schlechteste von mir, was? Wir pappen das Ding hier an ihr Auto, dann können wir dem Schnuckelchen problemlos folgen. Der Club schließt erst in ein paar Stunden, ich schlage vor, wir fahren zurück und nehmen das in Angriff?«

Walker nickte. »Hervorragender Plan!«

Walker schaute irritiert auf, denn Simmons klopfte im Takt der schnellen Musik auf das Lenkrad und zündete sich eine weitere Zigarette an. Das Innere des Westwinds war bereits stark verraucht, und die Warnlampe der Lüftung brannte nun unentwegt.

Simmons schaute auf die Uhr. »Okay, der Laden hat geschlossen, mal sehen, ob Miss Gatewright Überstunden macht.«

Sie hatten den Wagen mit Hilfe von Simmons' Polizeikontakten schnell identifizieren können, und nun klebte der Peilsender unauffällig im Inneren des Radkastens. Walker wusste nicht, welche Reichweite er hatte, aber er vertraute auf Simmons' Erfahrungen auf diesem Gebiet.

Er war sich nur noch nicht so sicher, ob es klug war, sich mit Flow und seinen Leuten anzulegen. Andererseits war er, selbst wenn seine Geschichte stimmte, auf der Suche nach dem Mörder von Miss Donado, und er würde ihn ganz sicher nicht den Behörden übergeben. Wenn er den Killer vor ihnen fand, würde es einen Toten mehr in Seattle geben, was an und für sich nicht weiter schlimm war – aber Walker konnte es nicht ausstehen, nur Zweiter zu sein.

Von der Rückbank erklang ein rhythmisches Piepen. Simmons griff nach hinten und holte ein kleines Kästchen mit einem Display nach vorne. »Los geht's«, sagte er und wies auf den kleinen Punkt, der sich über die digitale Karte Seattles bewegte. Er reichte das Kästchen herüber, startete den Wagen und entschied: »Sie dirigieren!«

Der Weg führte sie auf den Highway und schließlich nach Renton, einer der nobleren Wohngegenden der Stadt. Flow bezahlte seine Angestellten offensichtlich gut. Der rote Sportwagen verschwand in der Tiefgarage, und Simmons parkte den Wagen. Er schaute auf das Haus, dann tippte er etwas in den Autopiloten des Wagens ein und fing an zu lachen. Er lachte so laut und anhaltend, dass er kaum sprechen konnte, und wies stattdessen auf den Bildschirm. Miss Gatewright stand unter dieser Adresse im Telefonbuch. Auch Walker musste schmunzeln. Das hätten sie also vermutlich auch einfacher haben können. Aber das war nun unerheblich, sie hatten ihr Ziel erreicht und würden den Nutzen daraus ziehen können.

»Observieren?«, fragte er Simmons.

»Penetrieren«, antwortete der und stieg grinsend aus. Als Walker ihn eingeholt hatte, stand er bereits vor der Eingangstür des noblen Wohnkomplexes.

»Wie wollen Sie hineinkommen?«, fragte Walker und schaute sich vorsichtshalber schon mal nach Sicherheitseinrichtungen oder Lone-Star-Kräften um.

Simmons hob den Zeigefinger. »Achten Sie gut auf diesen Finger«, ermahnte er ihn.

Der Cyberarm des Orks enthielt offensichtlich einige ebenso interessante wie illegale Funktionen. Simmons bewegte den Finger nach vorn und klingelte. Seine Überraschung musste Walker wohl ins Gesicht geschrieben gewesen sein, denn Simmons lachte kurz auf.

Der Bildschirm der Gegensprechanlage ging an und zeigte das übermüdete Gesicht von Miss Gatewright. »Ja?«

Simmons beugte sich vor, damit die Kamera sein Gesicht einfangen konnte. »Morgen! Entschuldigen Sie die späte Störung, Simmons hier, wir haben uns vorhin im *Moonlight* kennengelernt. Wir würden gerne noch mal mit Ihnen sprechen.«

Sie verzog den Mund. »Das geht nicht.«

»Es ist wirklich sehr wichtig«, insistierte Simmons, aber die Frau streckte schon die Hand aus, um die Verbindung zu unterbrechen.

Walker schob sich ins Bild. »Miss Gatewright, wenn Sie nicht mit uns sprechen, sind wir gezwungen, offizielle Stellen einzuschalten. Mister Flow ist dringend tatverdächtig in einem Mordfall, und ich bin mir sicher, dass die Presse das sehr interessant fände.«

Die Frau zögerte, dann erlosch der Bildschirm, und die Eingangstür glitt auf.

»Ich bin beeindruckt, Walker. Sie können mit Frauen umgehen«, sagte Simmons, während er auf die Fahrstühle zuging. Walker schaute sich nach dem Schild für das Treppenhaus um und wies darauf, als er es entdeckte. »14. Stock, wir treffen uns oben. Ich ...«

»Sie nehmen die Treppe, schon klar!« Simmons winkte spielerisch, als sich die Fahrstuhltüren vor ihm schlossen. Mochte der Ork sich ruhig darüber amüsieren, er hatte einmal zu oft mit angesehen, was mit Leuten passierte, die in Fahrstühlen überrascht wurden. Keine Fluchtmöglichkeit, keine Deckung – eine einzelne Granate konnte einen ganzen Trupp auslöschen, wenn er so dumm war, einen Fahrstuhl zu benutzen. Walkers wichtigste Regeln im Häuserkampf waren: »Keine Fahrstühle, keine Geiseln, keine langläufigen Waffen.«

Simmons trat aus dem Fahrstuhl und schaute sich nach dem Appartement 1411 um. Walker war wie erwartet noch nicht da. Treppen, so ein Unfug. Wenn Gott gewollt hätte, dass man keinen Fahrstuhl benutzt, dann hätte er ihn nicht erfinden lassen – das war wie mit der Pornografie.

Walker kam den Flur herunter – 14 Stockwerke im Laufschritt, und der Bastard war nicht mal außer Atem. Simmons drehte sich der Tür zu und machte Anstalten zu klingeln, da öffnete sich die Tür schon, und Miss Gatewright stand im Durchgang. Sie hatte die Jacke ausgezogen und die Hemdsärmel hochgekrempelt. Vor dem hellen Licht in ihrer Wohnung erkannte Simmons mit dem geübten Blick des Kenners, dass sie keinen BH trug, das durchscheinende Hemd offenbarte es.

»Also, was wollen Sie?«, fragte sie scharf.

Simmons schaute sich um und deutete nach innen. »Wollen Sie uns nicht reinlassen? Die Nachbarn könnten sonst auf falsche Gedanken kommen.«

»Ich versichere Ihnen, dass Ihnen von uns keine Gefahr droht«, setzte Walker hinzu.

»Bitte, bitte?« Simmons schenkte ihr den Hundeblick, und siehe da, ihre Mundwinkel zuckten kurz. Dann hatte sie sich wieder im Griff, trat aber zur Seite, um sie in die Wohnung zu lassen. Ihr Appartement war geschmackvoll eingerichtet, viel Holz und handgemalte Bilder von Landschaften, auf dem Esstisch stand eine Schale mit echtem Obst und ein Glas Milch. Die Frau hatte offensichtlich ordentlich Kohle.

»Ich bin müde, also wäre es nett, wenn Sie sich kurz fassen würden«, sagte die Frau, lehnte sich gegen die Rückwand ihrer freistehenden Couch und verschränkte die Arme vor der Brust.

Walker nickte und begann: »Zuerst einmal wäre es für uns wichtig zu wissen, welchen Posten Sie bei Mister Flow bekleiden.«

»Auch wenn ich beim besten Willen nicht weiß, was Sie das angeht: Ich bin seine Rechtsberaterin.«

Eine scharfe Rechtsanwältin, wie in ›Dreizehnmal Orgasmuslänglich‹! Simmons war begeistert.

»Wie ich schon erwähnte, wir hegen den Verdacht, dass Mister Flow am Mord von Miss Donado beteiligt ist – wenn Sie Juristin sind, brauche ich Ihnen die Implikationen dieser Annahme nicht zu erläutern.«

Die Frau richtete sich auf und machte eine wegwerfende Handbewegung. »Unfug! Mister Flow und Shelley waren wie Vater und Tochter.«

Simmons nahm eine afrikanische Statue mit einem riesigen Penis in die Hand und betrachtete sie genauer. Völlig übertrieben, das Ding, da bekam man ja Minderwertigkeitskomplexe.

»Ich habe auch schon Morde innerhalb einer Familie erlebt«, sagte er, ohne sich umzudrehen, aber er konnte sie im Spiegel beobachten.

Die Frau schüttelte energisch den Kopf. »Sie verstehen nicht. Flow und Shelley, sie ... sie hatten eine ganz besondere Verbindung.«

Walker machte einen Schritt nach vorne. »Sie meinen, weil Flow auch ein Gestaltwandler ist?«

Die Gatewright wurde bleich – Volltreffer. Guter Schuss, Norm. »Gehen Sie jetzt! Gehen Sie, oder ich rufe den Sicherheitsdienst.« Die Frau trat an die Tür und riss sie auf. »Gehen Sie!«

Simmons stellte den Penismann wieder ab und schlenderte zur Tür. Wäre doch gelacht, wenn man die Dame nicht aus der Reserve locken könnte. »Gehen wir, Walker, wir haben erfahren, was wir wissen müssen. Liefern wir Flow an die Gesundheitsbehörde aus – gibt es nicht sogar ein Kopfgeld für Gestaltwandler?«

Die Frau schlug die Tür wieder zu und stellte sich ihm in den Weg. »Das können Sie nicht tun!«

Simmons blickte auf die deutlich kleinere, zierliche Miss Gatewright herunter. »Ach, und warum nicht? Ein Monster macht sich in meiner Stadt breit und killt ein anderes Monster. Das wäre mir ja beinahe noch egal, aber wer weiß, wen dieser zu groß geratene Hund noch plattmacht.«

»So ist das nicht. Flow hilft den Leuten! Er kümmert sich um Straßenkinder und bringt die Leute wieder auf die Beine. Er sorgt dafür, dass sie ihre Talente erkennen und zusammenhalten, wie eine Familie.« Simmons konnte sich nicht helfen, er fand sie richtig schnuckelig, wie sie da so mit den Armen ruderte und verzweifelt Erklärungen abgab. Ja, okay, es lag wohl auch daran, was dabei unter ihrer Bluse in Bewegung kam.

»Familie, hm?«, brummte er. »Das, was Sie da erzählen, das hab ich auch von Don Ignazios Leuten gehört und von den Knechten von Oyabun Masamoto. Aber das hält sie trotzdem nicht davon ab, ihre Widersacher brutal abzumurksen. Oder wollen Sie mir erzählen, dass Flow sein Geld ganz brav mit seinem Nachtclub verdient und seine Russenbubis ihm nur in die Badewanne helfen?«

»Russen? Ach so, Sie meinen seine Leute. Egal, ich will lediglich sagen, dass Flow nichts mit dem Mord zu tun hat.«

Walker kam einen Schritt näher. »Aber er will den Mörder finden?«

Sie nickte.

»Und er wird ihn töten, wenn er ihn zu fassen kriegt?«, fragte Simmons.

Die Frau öffnete wortlos die Tür. Walker nickte bedächtig und ging hinaus, wandte sich dann aber noch einmal um und reichte der Frau einen handgeschriebenen Zettel. »Das ist meine Nummer. Vielleicht können Sie Mister Flow davon überzeugen, doch mit uns zu kooperieren. Guten Tag.«

Er ging in Richtung Aufzug. Simmons drückte sich im engen Türrahmen an der Frau vorbei, die trotzig zu ihm aufsah. Dann änderte sich ihr Gesichtsausdruck. »Kommen Sie Flow nicht in die Quere – das ist gefährlich.«

Simmons schenkte ihr ein breites Lächeln. »Keine Sorge, wir sind schon groß, wir können auf uns aufpassen. Aber vielleicht sollten Sie drüber nachdenken, für wen Sie da arbeiten!«

Er verließ die Wohnung rückwärts gehend und schaute der Frau in die nun nachdenklichen Augen, bis sich die Tür geschlossen hatte.

»Treppen?«, fragte er Walker, der nickte, also seufzte Simmons und ging zum Treppenhaus.

»Wer von uns war denn jetzt der böse Cop?«, fragte er lächelnd.

Walker dachte kurz nach. »Ich glaube, wir sind beide als gute Cops durchgegangen.«

Irgendetwas hatte ihn an der Wohnung der Frau gestört. Sie war für die Gegend passend eingerichtet, aber sie war für eine Juristin irgendwie zu ... mystisch gewesen.

Er holte seinen Chiphalter hervor und führte den Wissenschip über Magietheorie ein. Ja, so wurde es plausibel.

»Mister Simmons, ich glaube, Miss Gatewright berät Mister Flow eher in magischen Dingen«, erklärte er Simmons.

»Hä?«

Walker führte weiter aus: »Die vielen mystischen Zeichen, die Figurinen und dieser Mantrawandteppich. All das sind Dinge, die in der magischen Theorie hohe Stellenwerte innehaben. Und es würde auch erklären, warum sie zwei nachweislich kräftige und wahrscheinlich bewaffnete Männer mitten in der Nacht in ihre Wohnung lässt.«

Der Ork legte den Kopf schief und brummte: »Das find ich ein bisschen weit hergeholt. Vielleicht steht sie einfach auf dieses Mambojambozeug, und wir sehen einfach so vertrauenswürdig aus.«

»Zugegeben, es gibt alternative Erklärungen, aber auf der anderen Seite: Vermuteten Sie nicht bei Miss Donado einen magischen Ritualmord?«

Der Ork erbleichte, und Walker konnte es ihm nicht verdenken. Obwohl er gerade Zugriff auf einen umfassenden Magietheoriechip hatte, blieb Magie für ihn unerklärlich und nicht berechenbar. Er konnte intellektuell ergründen, dass es Menschen gab, die mystische Energien durch Gedankenkraft in Effekte fokussieren konnten – aber trotzdem zog es ihm beim Gedanken daran, einem Magier gegenüberzustehen, den Magen zusammen. Ein Sprichwort sagte: Wenn Magie im Spiel ist, ist alles möglich. Für Walker ging dieses Sprichwort anders: Wenn Magie im Spiel ist, muss man mit dem Schlimmsten rechnen.

»Sie glauben, diese Miss Gatewright könnte ...« Simmons ahmte das Zustechen mit einem Messer nach.

Walker nickte. Vielleicht war sie es nicht gewesen, die das Messer geführt hatte, aber wenn Flow der Mörder war, dann war eine Mitbeteiligung von Miss Gatewright nicht unwahrscheinlich. Und die Männer aus seinem Club waren sicherlich kampferprobt und damit vielleicht in der Lage, ein solches Attentat durchzuführen.

»Nein«, sagte der Ork energisch. »Ich habe schon eine Menge Mörderinnen gesehen, und diese Frau da oben ist keine. Die könnte wahrscheinlich nicht mal jemanden umnieten, wenn ihr Leben davon abhinge.«

Walker musterte den Ork nachdenklich. Interpretierte er nun wegen des Schlafmangels etwas in die Handlungen des Orks hinein, oder hegte er Sympathien für diese Frau?

»Das Aussehen täuscht oft, Mister Simmons. Aber wenn es Sie beruhigt, ich bin noch nicht hundertprozentig überzeugt von meiner Theorie. Das Motiv fehlt mir – Miss Donado war eine Künstlerin.«

»Und eine Schlampe«, ergänzte Simmons.

»Und lebte ihre Sexualität frei aus, ja, richtig. Aber das ist meiner Meinung nach auch für Mister Flow noch kein Grund, sie zu ermorden.« Walker rieb sich die Augen, der Schlafmangel beeinträchtigte seine Aufmerksamkeit.

»Vielleicht hat sie ihn gehörnt? Ich mein, so ein Wolf ist sicher leicht in Rage zu bringen«, schlug Simmons vor, als sie gerade das Haus verließen.

Das war es – Flow war zu einem Großteil ein Wolf, vermutlich auch in seinem Denken. »Wenn Flow sie wirklich umgebracht hätte, dann hätte er es sich vermutlich nicht nehmen lassen, es mit eigenen Händen – oder in diesem Fall Pfoten – zu tun.«

»Vielleicht hat er das. Das Herz hat gefehlt, in den Werwolffilmen fressen die das immer auf.« Simmons schloss den Wagen auf, und sie stiegen ein.

»Ich möchte da noch etwas überprüfen«, erklärte Walker und schickte René eine Nachricht mit Datenanhang – anrufen wollte er um diese Zeit nicht mehr. Bald wären sie vielleicht schon einen Schritt weiter.

Er wollte das Gerät gerade wieder wegpacken, als es klingelte. Er überprüfte die anrufende Nummer und steckte dann mit einem entschuldigenden Lächeln das Kabel wieder in seine versteckte Datenbuchse hinter dem Ohr.

»Wer flüstert, der lügt«, sagte Simmons und verdrehte die Augen. Man konnte es mit der Geheimhaltung auch übertreiben, und Walker ging ihm mächtig auf die Eier damit. Aber auf der anderen Seite war es natürlich seine Sache, und Simmons war sich auch nicht sicher, inwieweit er dem Mann vertrauen konnte. Vor allem aber war er müde und wollte den Kerl so langsam mal im Hotel abliefern und dann ins Bett.

Er schaute durch das halb transparente Schiebedach nach oben, dahin, wo die Gatewright wohnen müsste. Ob sie nackt schlief?

»Wir haben möglicherweise eine Spur«, unterbrach Walker seine Gedanken.

»Raus damit«, drängte ihn Simmons.

»Mein Kontaktmann konnte herausfinden, wer in dieser Stadt auf Anfrage mit Plata Mortal handelt. Sagt Ihnen der Straßenname Shopshow etwas?«

Der Name ließ Glocken klingen, aber Simmons wusste nicht mehr, wo diese Glocken hingen. »Klingt vertraut«, sagte er darum. »Ich glaube, ich hatte mit diesem Kerl schon was zu tun, aber nageln Sie mich nicht drauf fest. Und der verkauft diese Dinger?«

Walker nickte. »Es ist wohl so, dass er einen Exklusivvertrag mit Sergio DaCapales hat, Sie erinnern sich, der Erfinder der Silbergeschosse. Das Ganze geht Gerüchten zufolge auf gemeinsame Zeiten beim Militär zurück.«

Shopshow, woher kannte er nur diesen Namen? »Ich muss mal in meinen Akten nachschauen, so aus dem Kopf kann ich den Kerl nicht einordnen.« Er klopfte Walker auf den Oberschenkel. »Dann lernen Sie auch gleich mal mein Büro kennen!«

Er fuhr los und trat gleich wieder auf die Bremse, als ein Kühllaster ihn fast rammte. Vielleicht sollte er doch lieber den Autopiloten fahren lassen, er war einfach zu müde. Er hatte sich geschworen, nur bei etwas besonders Schönem zu sterben, und Autofahren kam in dieser Kategorie nicht mal unter die ersten fünf.

13

Walker schaute an dem heruntergekommenen Gebäude aus den 30ern hinauf. Einige Fenster waren zugenagelt, bei anderen waren die Scheiben eingeworfen, und die einzige Straßenlaterne der kleinen Verbindungsstraße, in der das Haus stand, war ausgeschossen.

»Mi Kasten e tu Kasten«, sagte Simmons und schlug ihm hart auf den Rücken.

Walker entschied, dass es taktvoller war, darauf keine Erwiderung zu geben, und folgte dem Ork in den schmutzigen Flur. Der Fahrstuhl war außer Betrieb, und so war auch sein Begleiter gezwungen, diesmal die Treppen zu nehmen. Auf dem ersten Treppenabsatz öffnete sich eine Tür, und eine stark übergewichtige Orkfrau mit Lockenwicklern packte Simmons am Arm. »Simmons, verdammt noch mal, da sind Sie ja mal wieder.«

Der Ork wandte sich der Frau zu. »Mary. Was gibt's denn?«

»Seit drei Tagen versuche ich, Sie mal anzutreffen. Der Ableser war da und muss auch in Ihr Büro. Und übrigens: Es ist immer noch verboten, in Gewerberäumen zu nächtigen!« Die Orkin stemmte ihre Hände in die Hüfte.

Simmons drehte sich zu Walker um, der versucht hatte, möglichst unbeteiligt zu wirken, und sagte: »Das dauert hier noch 'ne Weile. Gehen Sie ruhig schon mal vor und nehmen sich ein Bier.« Er warf Walker eine Keycard zu, die dieser problemlos aus der Luft fischte.

»Zweiter Stock, steht dran!«

Walker nickte und überließ den Ork seiner Vermieterin. Er musste gestehen, dass er Simmons eine bessere Wohnlage zugetraut hatte, bedingt durch seine Kompetenz und seinen Wagen. Wenn man allerdings seinen Metatypen und seine Umgangsformen in Betracht zog, war das Ganze doch nicht mehr so verwunderlich.

Walker hatte die Tür erreicht, schloss auf und öffnete sie.

Mary ließ mal wieder nicht locker. Er konnte sich nicht entscheiden, was schlimmer zu ertragen war, ihre ewigen Tiraden, ihr Körpergeruch oder ihr Aussehen. Er ließ sie reden und schaltete auf Durchzug, war mit den Gedanken schon bei einem kühlen Bier mit Walker in seinem Büro, als sich ein geistiges Alarmsignal durch seinen übermüdeten Verstand arbeitete.

»Scheiße«, fluchte er und stürmte die Treppe hoch. Als er den letzten Absatz erreichte, sah er, wie Walker die Tür aufstieß. Er schrie: »Walker, Deckung!«, und der Norm reagierte sofort. Er warf sich zur Seite, und keinen Moment zu früh, denn im selben Augenblick legten im Büro die schallgedämpften Doppeluzis los. Die Kugeln zerschmetterten die Scheibe der Tür und ließen seinen Namen in kleinen Stücken zu Boden regnen. Der Spuk war genauso schnell vorbei, wie er begonnen hatte, denn die Uzis jagten ihr Magazin in aller Hast durch, und zurück blieben nur das leise Klirren der zu Boden rieselnden Scheibe und ein schwer atmender Walker, der seine Waffe in der Hand hielt.

Walker machte komische Zeichen mit der Hand und deutete auf seine Augen. »Was wollen Sie mir damit sagen?«, fragte Simmons, zog die Fernbedienung heraus, und auf seinen Knopfdruck hin verschwand seine Einbruchsicherung wieder in ihrem Deckenversteck. »Alles in Ordnung, Walker, ich habe nur ... eine Kleinigkeit vergessen.« Er grinste schief, und es war ihm fürchterlich peinlich.

Walker stand auf und spähte durch die zerschossene Scheibe in den Raum hinein. »Das nennen Sie eine Kleinigkeit?«

Simmons zuckte mit den Schultern. »Ich sagte schon, es tut mir leid. Ist doch nichts passiert ... sind Sie immer so nachtragend?«

»Nur einige Minuten lang, aber die schöpfe ich normalerweise voll aus«, sagte Walker, während er die Waffe in einem versteckten Holster verstaute.

Mary kam mit einer doppelläufigen Schrotflinte in der Hand die Treppe hinaufgekeucht. »Was ist hier los?«

Simmons kratze sich am Hauer. »Alles in Ordnung, Mary, alles in Ordnung. Ich erklär's Ihnen später.«

Mary warf einen langen Blick auf die kaputte Tür und die Einschusslöcher in der Wand des Gangs und ließ dann die Schrotflinte wieder sinken. »Meinetwegen, aber ich sag Ihnen eins: Das bezahlen Sie!« Sie winkte in Richtung des Schadens, dann wandte sie sich ab und stampfte die Treppe herunter.

»Tja, so ein Schreck in der Morgenstunde macht wach, was?«, scherzte Walker und zupfte seine Kleidung zurecht.

Simmons lachte. »Sind die Minuten rum?«, fragte er und ging zu seiner kleinen Kühlbox, klappte sie auf und beugte sich zu einem Bier runter. »Sie auch eins?«

Walker schaute sich in dem verlebten Büro um, das mehr als spärlich und bei aller Sympathie auch schäbig eingerichtet war, und versuchte sich zu beruhigen. Durch seine Adern pulste das Adrenalin, und obwohl er seine Reflexe wieder deaktiviert hatte, würde er jetzt gerne eine Runde joggen gehen, um die überschüssige Energie des Schrecks abzubauen. Er ging im Büro auf und ab. Nur die Kommunikationskonsole wirkte neu, das Sofa war in der Mitte durchgebogen, und eine abgewetzte Decke und ein faltiges Kissen deuteten darauf hin, dass Simmons hier öfter mal über Nacht blieb. Er wollte gerade das Bierangebot des Orks ablehnen, als ihm ein Loch in der großen, schmutzigen Glasscheibe auffiel. Er sah sich im Raum um und fand das dazugehörige Einschussloch im Boden des Flurs, unter dem Schusswinkel von Simmons Verteidigungsanlagen. Der Schuss war noch nicht lange her, denn der Polyesterteppich um das verteufelt große Loch glomm noch. Walker wirbelte herum und sprang den Ork an. »Runter!« Als er gegen den breiten, vorgebeugten Rücken prallte, war es wie ein Kopfsprung gegen eine Mauer, aber er hatte genug Schwung, um den Koloss zur Seite zu treiben. Im selben Moment hörte er ein leises Knirschen und ein metallisches Kreischen, als Simmons' Arm von einem Geschoss durchschlagen wurde – dort, wo noch Sekundenbruchteile vorher sein Kopf gewesen war.

Simmons ließ sich vom Schwung mittragen und zu Boden fallen. »Beschuss«, erklärte Walker ihm knapp und rollte über den Boden zu dem Schreibtisch, stieß ihn um und benutzte ihn als Deckung.

»Wir müssen hier raus«, rief Simmons, der an die Wand neben dem Fenster sprang. Funken stoben unregelmäßig aus dem Loch in seinem Cyberarm, doch er konnte ihn augenscheinlich noch bewegen.

Walker entdeckte ein Einschuss- und ein Austrittsloch. Er schaute auf den Boden und sah, dass die Kugel auch da noch ein gewaltiges Loch gerissen hatte. Sie hatten es mit einem militärischen Scharfschützengewehr zu tun, so viel war klar, und für eine solche Waffe war die Außenfassade des Hauses, das Fenster oder auch dieser Schreibtisch bestenfalls Sichtschutz, aber kein Hindernis. Der Versuch, das Feuer zu erwidern, wäre zum Scheitern verurteilt. Seine Schüsse würden schon vom Glas der Scheibe abgelenkt, und selbst wenn nicht, dieser Kerl konnte überall sitzen. Bis er ihn entdeckt hätte, wäre er schon mehrfach getroffen.

Sein Blick fiel auf die Bierdose, die Simmons hatte fallen lassen, und er hatte eine Idee.

Was auch immer Simmons da getroffen hatte, es war ein richtiges Miststück. Das Loch in seinem gepanzerten und stoßgesicherten Arm war riesig, ein Wunder, dass das Ding noch funktionierte.

Walker hatte sich hinter dem Schreibtisch verschanzt, und er hockte hier wie ein kleines Mädchen beim Versteckspiel.

»Simmons! Kommen Sie an die Bierdosen?«, rief Walker.

»Das ist kaum der richtige Zeitpunkt für ein kühles Bier, Walker, es sei denn, Sie wollen noch ein letztes, bevor Sie abtreten.« Der Kerl hatte Nerven.

»Vertrauen Sie mir bitte einfach, wir haben keine Zeit«, kam die Antwort.

Simmons schaute zu der Kühlbox. Er würde sich dafür aus seiner Deckung bewegen müssen, es sei denn ... er nahm das Stromkabel der Kommunikationsanlage und riss es ab. Dann formte er eine Schlaufe daraus und zielte auf die Box.

Ein Knirschen und ein dumpfer Schlag erklangen, eine Schublade seines Schreibtischs wurde von der Wucht der einschlagenden Kugel aus der Halterung geschleudert und zertrümmert.

»Er will uns raustreiben, wie weit sind Sie?«, rief Walker. Seine Stimme war bemerkenswert ruhig, offensichtlich stand der Mann nicht zum ersten Mal unter Beschuss.

»In Arbeit!« Simmons warf das Kabel und traf. Vorsichtig, um sie nicht umzukippen, zog er die Kiste auf sich zu. Plötzlich sprang sie in die Luft, und Kühlflüssigkeit spritzte herum, als eine Kugel sie traf. Einige der Bierdosen rollten in seine Richtung.

»Unser Freund ist ziemlich nervös, glaube ich«, sagte Simmons und bückte sich, um die verteilten Dosen aufzuheben. Er achtete sorgsam darauf, nicht in den Blickwinkel des Fensters zu gelangen. Während er sich bückte, erschien mit lautem Krachen über seinem Kopf ein faustgroßes Einschussloch in der Wand. Mit was schoss dieser Kerl? Mit Mini-Atombomben?

»Was immer Sie vorhaben, es sollte besser schnell losgehen«, rief er Walker zu.

»Schütteln Sie die Dosen, und werfen Sie sie auf mein Signal am Fenster vorbei auf die andere Seite!«

Simmons schüttelte den Kopf. »Darauf wird er nicht reinfallen.«

»Das muss er auch nicht. Bitte, werfen Sie auf drei«, wiederholte Walker.

»Und dann?«, fragte Simmons. Er hatte wirklich keine Lust, sich wegen irgendeiner dummen Idee eines Norms abknallen zu lassen.

»Dann beten und rennen Sie«, sagte Walker. »Eins, zwei ...«

Simmons schüttelte die Dosen. Was auch immer Walker vorhatte, er würde es durchziehen, und der beste Ork südlich vom Nordpol würde ihn dabei nicht hängen lassen.

»Drei«, sagte Walker, und Simmons warf alle drei Dosen in die Luft vor dem Fenster. Im selben Augenblick sprang Walker seitlich hinter dem Schreibtisch hervor. Ein Schuss peitschte zwischen seinen Beinen hindurch und in die Rückwand des Büros. Gleichzeitig gab die kleine Waffe in Walkers Hand drei Schüsse ab und traf die Bierdosen, die zerplatzten und weißen Bierschaum auf der Scheibe verteilten. Ein Sichtschutz! Dieser clevere Hurensohn! Simmons sprintete los und hechtete durch die Tür, als Walker wieder auf die Beine kam und ihm hinterhereilte. Er glaubte fast, hinter sich das Sirren der Geschosse zu hören.

Schwer atmend blieben die beiden Männer nebeneinander liegen. »Guter Schuss, Cowboy«, lobte Simmons keuchend.

»Danken Sie mir, wenn wir den Kerl haben«, sagte Walker, sprang wieder auf die Beine und stürmte die Treppe hinunter.

Simmons wollte sich ebenfalls erheben, aber als er sich gerade hochstemmte, erschlaffte sein Cyberarm, und er stürzte wieder auf den Boden.

»Verdammt«, fluchte er und benutzte den anderen Arm.

Als Walker die Treppe hinunterrannte, hörte er Simmons nicht hinter sich, aber er konnte jetzt nicht auf den Mann warten. Er gab der Smartgun den Befehl, das Magazin auszuwerfen, steckte es in die Tasche und rammte das Ersatzmagazin in den Griff. Drei Schuss zu wenig können den Unterschied machen, vor allem, wenn man nur eine solche kleinkalibrige Waffe bei sich trug.

Die Sonne war gerade aufgegangen, und der Berufsverkehr auf der Straße wurde stärker. Er hoffte, dass er auf die andere Straßenseite kam, ohne Zivilisten in Gefahr zu bringen. Walker stoppte an der Ausgangstür, atmete tief ein und aus, riss sie auf und sprintete zwischen zwei Autos hindurch auf die andere Straßenseite. Seine verstärkten Muskeln und die übermenschlichen Reflexe katapultierten ihn in wenigen Sekunden über die Straße, er sprang über ein geparktes Auto und trat die Tür zum maroden Gebäude auf der anderen Straßenseite auf. Er stürmte die abgeschabte Treppe nach oben, bis er die Höhe erreicht hatte, in der er den Schützen vermutete – das große Schussfeld des Gegners legte nahe, dass er auf etwa der gleichen Höhe und praktisch direkt gegenüber von Simmons' Büro lauerte.

Die Tür einer Wohnung war eingetreten. Walker schaute schnell um die Ecke – da kauerte jemand im Halbdunkel. Seine Cyberaugen verstärkten das dämmerige Licht und holten die Gestalt näher heran – auf den ersten Blick nur ein Squatter, aber das konnte Tarnung sein. Er schlich sich mit vorgehaltener Waffe an den Mann heran und riss ihn an der Schulter herum.

Der Mann zuckte zusammen, sein faltiges, verfärbtes Gesicht und spätestens sein fauliger Fuselatem bewiesen seine Authentizität. Walker ließ den erschrockenen Mann liegen und eilte weiter. Am nächsten Fenster fand er einen ins Gestein gebrannten Metallstift – eine Hilfshalterung für ein schweres Gewehr. Von hier aus hatte der Scharfschütze gefeuert. Walker suchte den Boden ab und wurde fündig: In dem schmierigen Staub des alten Gebäudes prangten die

Spuren von profilstarken Militärstiefeln. Er verfolgte ihren Weg nach, immer mit der Waffe im Anschlag, und gelangte in einen Raum auf der Rückseite. An einem Fenster, das zu einer Seitenstraße hinaus lag, fand er einen weiteren Haken und die zerfallenden Reste eines sich selbst zerstörenden Seils. Der Attentäter war ausgeflogen, aber eins war sicher: Ihre Gegner waren Profis!

14

Simmons warf seine beiden Taschen auf den Boden und blickte missmutig in dem billigen Hotelzimmer umher. »Hier sieht's auch nicht besser aus als bei mir zu Hause.« Ein kostenpflichtiger, winziger Trideoapparat stand ziemlich verloren zwischen einer Plastikpflanze und dem Telefon auf einem Beistelltisch. Bis auf das Bett und einen vergilbten Druck des Bildes ›Die Nacht des Zorns‹ von der orkischen Künstlerin Rhysia Cline war der Raum leer, die Tür zum Bad schloss nicht richtig.

»Sie haben dieses Haus empfohlen, Mister Simmons«, erinnerte Walker.

»Ja, Sie Schlauberger, das weiß ich auch. Aber als ich das letzte Mal hier war, war ich fünf Jahre jünger und dauerbedröhnt. Na, was soll's, wenigstens wollen die hier keine ID sehen.« Simmons ließ sich auf das knarrende Bett fallen. »Glauben Sie, das waren Flows Leute?«

»Nein«, sagte Walker. »Aber ich habe keine Beweise dafür. Nennen Sie es ein Bauchgefühl.«

Simmons kämpfte sich ächzend wieder in eine sitzende Position und angelte nach der Tasche. »Dann wollen wir mal!« Er kippte den Inhalt, eine wilde Sammlung handbeschriebener und bedruckter Zettel, auf dem Bett aus. »Meine Aktensammlung«, erklärte er Walker. »Sie werden mir helfen müssen, mit einer Hand sortiert sich's schlecht!«

Walker warf einen skeptischen Blick auf den Stapel. »Ich glaube, wir sollten erst mal ein wenig schlafen, der Vorfall mit den automatischen Waffen hat gezeigt, wie stark unsere Leistungsfähigkeit schon gesunken ist.«

»Ich wusste, dass Sie darauf herumreiten würden«, schmollte Simmons und fegte die Papiere vom Bett auf den Boden. »Ich will nur eben schnell meine Nachrichten abhören.«

Er fischte den Speicherchip aus der Tasche, den er aus den Überresten seiner ehemals neuen Kommunikationsanlage geklaubt hatte, und legte ihn in das Telefon ein. Auf dem kleinen, verschwommenen Bildschirm leuchtete auf: »Bitte Münze einwerfen.« Simmons stöhnte und warf einen 5er Marker ein, woraufhin das Gerät zum Leben erwachte und anzeigte, dass zwei neue Nachrichten eingegangen waren. Die erste war die Anfrage eines Ehemannes, ob Simmons seine Frau beschatten könnte.

»Typisch, kaum hat man einen Auftrag, bei dem man umgebracht werden soll, schon kommen haufenweise langweilige Ehegeschichten rein.« Er löschte die Nachricht und drückte auf ›Weiter‹. Plötzlich drang ein schrilles Pfeifen aus den Lautsprechern, das Bild wurde schwarz, die Anruferkennung verschwand, und ein Totenkopf drehte sich im Display. Eine elektronisch verzerrte Stimme sagte: »Dies ist die erste und einzige Warnung. Halten Sie sich aus der Sache Donado raus, oder Sie werden es bereuen!«

»Von wann ist die Nachricht?«, fragte Walker.

Simmons checkte das Datum. »Gestern Abend, kurz nach drei.«

»Also nachdem wir im *Moonlight* auf uns aufmerksam gemacht haben.«

»Wir?«, fragte Simmons. »Wir haben auf uns aufmerksam gemacht?«

Walker hob eine Augenbraue. »Bitte, Mister Simmons. Sie hätten mich fast getötet, ich glaube, da können wir über meinen kleinen Fauxpas im *Moonlight* hinwegsehen, oder?«

»Wie auch immer«, sagte Simmons. »Diese Dummköpfe könnten wenigstens sicherstellen, dass wir ihre Warnung erhalten haben, bevor sie das Feuer auf uns eröffnen!«

Walker nickte. »Ja, offensichtlich wollten sie ihren Einschüchterungsversuch eindrucksvoll untermauern. Ich denke, wir sind uns einig, das diese Warnung und der Attentäter auf das Konto des Mörders gehen?«

Simmons nickte. »Und das ist nicht Flow, denn der hatte seine Warnung ja schon ausgeliefert!«

»Ganz Ihrer Meinung. Und, wollen Sie sich zurückziehen?«

Simmons dachte einen Augenblick darüber nach. Waren es eine tote Pantherfrau und ein paar hundert Nuyen wert, sich mit Profikillern anzulegen? Sein Blick wanderte zu dem Bild an der Wand ... ob sich diese Frage auch die Helfer gestellt hatten, die in der Nacht des Zorns für die Metamenschen in die Bresche gesprungen waren? Er wollte gegrillt und serviert werden, wenn er sich mit einem Wolfsmann anfreundete, aber das hier roch trotzdem nach Rassismus – und gegen Rassismus war Simmons allergisch!

»Ich sage, wir machen weiter«, verkündete er darum.

Walker nickte und nahm wortlos seine Reisetasche auf. »Ich bin nebenan, falls etwas ist. Ich würde vorschlagen, wir schlafen fünf Stunden und machen uns dann wieder an die Arbeit?«

Simmons ließ sich wieder auf das Bett fallen. »Gemacht!«

Er war bereits eingeschlafen, als Walker die Tür hinter sich zuzog.

Walker erwachte, weil sich ein sanftes Kribbeln durch seinen Körper zog – die Weckfunktion seiner Headware hatte sich eingeschaltet. Er ließ sich die Uhr einblenden, es war kurz nach Mittag, ganz wie gewünscht.

Er schwang die Beine aus dem Bett, rieb sich das Gesicht und ließ sich dann auf den Boden sinken, um ein paar Hundert Situps und Liegestütze zu machen. Als er eine Stunde später geduscht und angezogen an Simmons' Tür klopfte, regte sich erst mal gar nichts. Dann erklang eine verschlafene Stimme: »Fahren Sie zur Hölle, Walker!«

Da war wohl jemand ein Morgenmuffel. Er klopfte noch einmal. Schwere Schritte erklangen, die Tür wurde aufgerissen, und Walker schaute in den Lauf der Predator.

»Sie sind's ja doch«, murmelte Simmons, der noch immer seine Kleidung trug, inklusive Mantel, und dem ein Spuckefaden am Kinn hing. Jetzt wischte er ihn weg und ließ sich bäuchlings auf das Bett fallen.

»Guten Morgen! Soll ich unten warten, während Sie sich frisch machen?«, fragte Walker. So wie der Ork aussah, brauchte er eigentlich noch etwas Schlaf, aber sie mussten auf die Zeit achten. Wenn die Killer bereit waren, jeden auszuschalten, der sich mit dem Fall befasste, dann war nicht nur ihr Leben in Gefahr – wer wusste, wozu diese Leute noch fähig und willens waren?

Simmons drehte das Gesicht aus dem Kissen und schaute Walker grimmig an. Dann seufzte er und rollte sich wieder vom Bett. »Ich brauch erst mal einen Kaffee. Duschen kann man morgen noch!«

»Ich mache Ihnen einen Vorschlag: Ich besorge uns ein Frühstück, und Sie reiben sich in der Zwischenzeit den Schlaf aus den Augen und recherchieren nach diesem Shopshow?«

Simmons brummte eine Zustimmung, und Walker wandte sich zur Tür.

Kaum war Walker aus dem Zimmer, ließ sich Simmons wieder auf das Bett fallen, aber das schlechte Gewissen verhinderte, dass er wieder einschlief. Zeit für die Morgentoilette: Er zog einen Zahnputzkaugummi aus der Tasche, und während er ihn kaute, stellte er eine Stange Orkpipi in die Keramik. Etwas Wasser ins Gesicht, den Mantel gerade gezogen – fertig. Jetzt konnte der Tag kommen.

Aber erst mal der Papierkram. Er sammelte ächzend die Papiere aus seinem Archiv auf und fing an, sie durchzusehen. Er musste das ganze Zeug dringend mal in digitale Form bringen, auf manchen dieser Schmierzettel konnte er seine eigene Schrift nicht mehr lesen. Er wühlte sich durch den Papierwust und fand schließlich einen Verweis auf eine seiner wenigen abgehefteten Akten – der Fall lag also schon einige Jahre zurück, damals, am Anfang seiner Karriere als Privatdetektiv, hatte er seine Unterlagen noch ordentlich sortiert.

Es klopfte erneut. Simmons packte sich die Waffe und stellte sich neben die Tür. »Ja?«

»Ich bin es, Mister Simmons«, antwortete dumpf Walkers Stimme.

»Parole?«, fragte Simmons.

»Parole? Ich hoffe, wir haben keine ausgemacht, sonst müsste ich an meinem Gedächtnis zweifeln.«

Simmons grinste und öffnete die Tür. »›Ich hoffe, wir haben keine ausgemacht‹ ist richtig.«

Walker schaute ihn skeptisch an und kam dann herein. Er trug einige Plastiktüten bei sich, aus denen es verführerisch duftete.

»Wir brauchen unbedingt ein cooles Klopfzeichen«, beschloss Simmons, nahm ihm die Tüten ab und wollte hineinschauen, aber sein vermaledeiter Arm rührte sich immer noch nicht. Also stellte er die Tüten aufs Bett und sah dann hinein. »Hm, Doughnuts und Kaffee, Sie sind ja ein echter Gourmet, Walker!«

Er fischte eine Packung heraus, riss sie mit dem Hauer auf und machte sich über den Inhalt her.

»Ich habe Nachricht von meinem Bekannten erhalten«, sagte Walker und nahm sich selbst einen Doughnut und einen Becher Kaffee. »Miss Donados Herz wurde nicht einfach nur herausgeschnitten. Es wurde nach allen Regeln der medizinischen Kunst herausoperiert.«

Simmons schaute auf. »Echt, Walker, Frühstück ist genau die richtige Zeit, um über aufgeschnittene Frauen zu reden!«

»Oh, entschuldigen Sie. Soll ich später ...«, setzte Walker an, aber Simmons winkte ab. »Ganz locker. Erzählen Sie mal weiter, da ist doch noch mehr, ich sehe es am Leuchten in Ihren Augen.«

Walker nickte. »Man hat Spuren von medizinischem Kühlmittel an und in der Leiche gefunden. Das bedeutet, dass jemand das Organ möglichst intakt und biologisch frisch halten wollte und widerspricht der Theorie eines magischen Rituals.«

Simmons hängte sich einen Doughnut über den Hauer und knabberte an seinem Rand. »Wieso?«

»Magie und Technik widersprechen sich. Darum ist es für Magier auch so problematisch, sich Cyberware einbauen zu lassen. Ihre Aura wird dadurch beschädigt und so auch ...«

»Walker«, unterbrach Simmons ihn. »Eine Antwort, keinen Vortrag!«

Walker schmunzelte. »Natürlich, verzeihen Sie. Die Chemikalie würde nach allem, was ich weiß, die Verwendung des Herzens in einem Ritual stark erschweren.«

»Dann war das ein Organraub mit Größenwahn?«, fragte Simmons.

Walker nickte. »So sieht es aus. Die Frage ist nur, warum.«

Simmons fing den Doughnut auf, der durchgebissen von seinem Hauer rutschte, und stopfte ihn sich in den Mund. »Vielleicht hat der Killer eine kranke Gestaltwandlerfreundin, die dringend eine Herztransplantation braucht?«

Walker schaute ihn einen Augenblick an, als wollte er ergründen, ob Simmons scherzte. Dann sagte er: »Möglich, aber unwahrscheinlich. Sie erinnern sich an die Regenerationsfähigkeit der Bestiaforma? Diese magische Kraft erstreckt sich sicherlich auch auf Organe und deren Erkrankungen.«

»Der Traum für alle Krankenkassen, die Typen«, beschied Simmons und nahm einen großen Schluck Kaffee. »Igitt, Walker, was bringen Sie denn da für ein Zeug?«

Walker schaute erstaunt. »Das ist echter Bohnenkaffee, Mister Simmons, die beste Marke.«

Simmons nickte und spuckte die Mocke wieder in den Becher: »Eben! Ist doch nicht auszuhalten, dieses Zeug. Steht da draußen ein Automat?«

Walker schüttelte den Kopf.

»Ach, Drek. Na ja, dann eben später.«

»Sind Sie mit Ihren Nachforschungen weitergekommen?«, wollte der Norm jetzt wissen.

Walker konnte nicht recht glauben, dass der Ork Automatenkaffee einem echten, beinahe handgebrühten Bohnenkaffee vorzog. Vermutlich eine Sache der Geschmacksgewöhnung. Er nahm noch einen Schluck aus seinem Becher und schaute sein Gegenüber aufmerksam an.

»Ja«, sagte Simmons. »Ich weiß jetzt, wo es steht. Geben Sie mir eine Minute!«

Der Ork zog einen Stapel verknickter, alter Plastikmappen aus seiner anderen Tasche, breitete sie auf dem Bett aus und wählte eine von ihnen aus. Er blätterte kurz darin herum und schlug sich mit der Hand vor den Kopf. »Natürlich! Shopshow, der Menschen-Schmuggler!«

Er warf die Akte aufgeklappt vor Walker auf das Bett und tippte auf das Foto eines dürren Latino mit einem buschigen Schnurrbart. »Vor ein paar Jahren hat der Kerl für die arabische Liga blonde UCAS-Mädchen eingefangen und geschmuggelt, da musste ich ihm leider das Geschäft versauen. Ich wusste gar nicht, dass er schon wieder draußen ist.«

Das waren nicht unbedingt die besten Voraussetzungen für eine Informationsbeschaffung.

»Wissen Sie, wo wir ihn finden können?«, fragte er den Ork. Der nickte. »Ja, wir können sogar zwei Elfen mit einer Axt spalten, aber es wird Ihnen nicht gefallen!«

15

Walker sah sich um – Simmons hatte recht gehabt, der Ork-Untergrund war nicht eben sein Lieblingsviertel der Stadt, vor allem nicht, wenn er ihn nicht durch den offiziellen, für Nicht-Orks vorgesehenen Eingang betrat, aber Simmons hatte ihm versichert, dass es in seiner Begleitung keine Probleme geben würde. Walker hoffte sehr, dass er recht hatte, denn die Blicke, die ihm die Besucher dieser Ecke der unterirdischen Stadt zuwarfen, waren alles andere als freundlich. Die meisten waren Orks, einige Trolle hatte er nicht übersehen können, aber bisher war ihm nur ein Mensch begegnet. Die strategische Lage könnte ebenfalls kaum fataler sein. Dieser Teil des Untergrunds hatte ehemals wohl zur U-Bahn gehört, und in die langen, ohnehin schon engen Tunnel hatte man rechts und links mit Plastplatten und Wellblech kleine Hütten und Geschäfte gebaut. Der Platz für Passanten war damit auf drei Meter beschränkt, und diese drei Meter waren fast lückenlos mit Orks bedeckt, die ihre Weihnachtseinkäufe erledigten. Walker war mit seinen 1,90 nicht gewöhnt, dass ihm der Ausblick in alle Richtung von umstehenden Personen verdeckt wurde, die zudem eine große Sorgfalt an den Tag legten, ihn auch bloß im Vorbeigehen nicht zu verfehlen. Immer wieder traf ihn eine Schulter, oder ein Stiefel trat beinahe auf seinen Fuß – der Rassismus der Orkgemeinde war weit weniger subtil als der menschliche.

»Bleiben Sie nah bei mir«, ermahnte ihn Simmons. »Wenn es Ärger gibt, bin ich Ihre einzige Überlebenschance.«

Walker nickte und schluckte trocken. Gegen eine solche Übermacht hätte er nicht mal mit einem gut ausgebildeten Trupp eine Chance.

»Eh, Simmons! Take turista higaeri?«, sagte eine dröhnende Stimme, und ein kräftiger Troll stellte sich ihnen in den Weg, starrte auf Simmons herunter und drohte mit der geballten Faust. Auf seinem T-Shirt war eine menschliche Silhouette abgebildet, auf deren Kopf ein Laserpunkt ruhte. Darunter war ein schwarzes Kreuz abgebildet, gefolgt von einem Gleichzeichen und einem erhobenen Daumen, was übersetzt ›Tot gleich gut‹ bedeutete. Dieser Troll bedeutete augenscheinlich Ärger. Sein Gesicht zeigte die Spuren zahlreicher Kämpfe, und seine seitlich herausragenden Hörner waren mit einer stählernen Spitze überzogen, offensichtlich, um sie im Nahkampf einzusetzen.

Simmons grinste zu Tower-Tony hinauf, der ihn auf Orksprech angeredet und gefragt hatte, ob er einem Touristen eine Sightseeingtour gab.

»He mechacuerdo«, antwortete Simmons, was so viel bedeutete wie: Der ist sehr in Ordnung. Er schlug seine Faust auf die des Trolls, und als der die Augenbrauen hob, weil er die falsche Hand benutzt hatte, klopfte Simmons auf seine Schulter. »Estar shit no kenka teki«, erklärte er dem Troll, dass sein Arm völlig kaputt sei, und forderte ihn dann mit einem Seitenblick auf Walker auf, Englisch zu sprechen. »Linge Drekhead.«

Tony nickte und wandte sich zu Walker um, der verkrampft und mit der Hand hinter dem Rücken auf einen Angriff wartete. Offensichtlich verstand er kein Orksprech, das eine wilde Mischung aus Englisch, Spanisch, Japanisch, etwas Koreanisch und ein ganz klein wenig Arabisch war. Zusammen mit einer eigensinnigen, aber einfachen Grammatik war eine Art Geheimsprache entstanden, die fast nur im Untergrund gesprochen wurde und sich trotz der gleichen Grundlagen erheblich von der Stadtsprache unterschied, die Runner und Gossentypen so gerne sprachen.

»Hi, Tony! Benimm dich, oder ich reiß dir den Kopf ab!« Er grinste und streckte Walker die Hand hin, der sie geschäftsmäßig lächelnd ergriff. »Ich habe verstanden! Ich heiße Walker.«

»Okay, Walker, willkommen im Untergrund«, sagte der Troll und drückte seine Hand einmal kräftig – unmodifizierte Muskeln hätten dieser Gewalt wenig entgegenzusetzen gehabt.

Ein lautes Knacken hallte durch den Gang und brachte das Stimmengewirr kurz zum Verstummen, dann plärrte aus unzähligen versteckten Lautsprechern plötzlich Maria Mystery eines ihrer klebrigen Weihnachtslieder.

Tony strahlte bis zu den Ohren. »Es läuft wieder.« Der riesige Kerl war ein absoluter Weihnachtsfanatiker und hatte überhaupt kein Verständnis für Leute, die das Fest weniger brillant fanden als er.

»O nein«, stöhnte Simmons und verdrehte die Augen. »Sogar hier unten ist man vor dem Gesinge nicht sicher? Und Mystery, eine Elfenplärre?«

Tony zuckte mit den Schultern. »Sie hat einfach die schönsten Lieder, und Weihnachten ist doch das Fest der Liebe, wo man Abgründe überbrückt und die Metatypen näher zusammenrücken.«

Simmons und er schauten sich an und brachen in schallendes Gelächter aus, das sich noch verstärkte, als sie Walkers fragendes Gesicht sahen. Als ob Weihnachten irgendwas am guten alten Rassenhass verändern würde.

»Ich hoffe, Mephisto ist noch nicht im Weihnachtsurlaub? Ich muss meinen Arm reparieren lassen.« Simmons hob den schlaffen Metallklumpen an und ließ ihn dann ausschwingen.

Tony schaute darauf. »Ich sag doch: Fleisch ist besser als Stahl, Simmons. Bleib in meinem Windschatten!«

Simmons wandte sich zu Walker um. »Sie haben den Mann gehört«, rief er ihm über die laute Weihnachtsmusik hinweg zu. Der Mensch nickte und kam näher heran. Dann setzten sie sich in Bewegung, Tony wie ein Eisbrecher voran.

»Sag mal, Tony, hast du heute noch was vor?«, sagte er zu dem breiten Rücken des Trolls.

»Nö, w'rum?«, dröhnte es zurück.

»Ich könnte deine Hilfe gebrauchen. Ich suche Shopshow, den Mädchenhändler, und wenn ich ihn gefunden habe, muss ich ihm ein paar empfindliche Fragen stellen.«

Der Troll blieb stehen und drehte sich um. »Shopshow, hm? Der ist jetzt Schieber, hab ich gehört.«

»Immer noch bei Marcel?«, fragte Simmons, aber der Troll schüttelte den Kopf. »Nein, bei Maria, der Schlitzerin.«

Simmons saugte die Luft ein – Maria hatte hervorragende Kontakte zur Mafia. »Ein Grund mehr ... Hältst du uns den Rücken frei?«

Tony legte den Kopf schief. »Was springt dabei für mich raus?«

»Ein Kuss und ein Dankeschön. Du hast einen gut bei mir danach, wie wäre es damit?« Simmons kratzte sich am Hauer.

Tony zuckte die Schultern. »Okay, aber dann krieg ich hoffentlich ein großes, bierfassförmiges Weihnachtsgeschenk von dir!«

Simmons lachte und klopfte dem Troll auf den Rücken, als dieser sich wieder auf den Weg machte.

»Maria?«, fragte Walker.

Simmons sprach über die Schulter: »Eine kleine Charge bei der Mafia – nicht richtig in der Familie, hat aber Kontakte. Sie hält so etwas wie eine billige Kontaktbörse am Leben. Menschen kommen hier unten nicht ins Geschäft, wenn sie keinen orkischen Fürsprecher haben, der für sie geradesteht. Maria ist so eine Orkin, darum wird sie nicht erfreut sein, wenn wir einen ihrer Klienten unter Druck setzen. Rechnen Sie also mit Schwierigkeiten, wenn Sie ein paar Kiefer brechen müssen, nur zu, aber lassen Sie um Himmels willen Ihre Waffe stecken!«

Wer in dieser Gegend des Untergrunds den ersten Schuss abfeuerte, der bettelte in einer sehr deutlichen Sprache um Schmerzen, vor allem, wenn er ein Mensch war. Hier unten waren viel zu viele Zivilisten, zu viele Ork- und Trollkinder, die in die Kugel laufen konnten.

Walker nickte stumm, und das reichte Simmons. Wenn er eines bisher über den Mann gelernt hatte, dann dass er auch unter Druck ziemlich überlegt handelte.

Sie erreichten das *Last Stop Underground*, ein nach vorne offenes Lokal mit robusten Metallstühlen aus Edelstahl und Tischen, die am Boden festgeschraubt waren und auch den fettesten Ork aushielten. Auf den Tischen standen kleine Troll-Weihnachtsmänner mit roten Mänteln, aber aus den Innenlautsprechern dröhnte harter, saftiger ShockzRock.

»Da wären wir. Ich warte hier vorne mit deinem Freund bei einem Bier, damit ihn dir keiner klaut«, sagte Tony und drückte Walker auf einen der Metallsitze an einem der speziellen Trolltische. Obwohl er für einen Menschen gut gebaut und nicht eben klein war, sah der Mann auf den Sitzen in Trollgröße aus wie ein kleines Kind. Seine Beine reichten nicht bis auf den Boden, und um an den Tisch zu kommen, musste er sich strecken.

Simmons nickte ihm grinsend zu und ging nach hinten durch, um seinen Straßendoc, Querstrich Mechaniker, aufzusuchen. Hoffentlich bekam der den Arm wieder hin, und hoffentlich würde es nicht zu teuer.

Walker kam sich sehr dämlich vor, wie er so auf diesem riesigen Stuhl saß, aber er wollte es seinem Begleiter – oder sollte er Beschützer sagen? – auch nicht zumuten, sich auf einen der kleineren Stühle zu zwängen. Er musterte den Troll, der mit seiner gewaltigen Pranke nach der weiblichen Ork-Bedienung winkte. Sie hatte einen Minirock und ein kurzes Oberteil an, obwohl es hier unter der Erde empfindlich kalt war, und offenbarte so kräftige Arme und Beine.

»Na, Schätzchen, was darf's denn sein, für dich und deinen Kleinen?«, sagte sie mit rauchiger, dunkler Stimme, und Walker ging auf, dass diese Sie ein Er in Frauenkleidung war.

»Ich nehm ein Bier, Trollgröße, und für den Kleinen 'ne Milch mit Honig«, grinste Tony.

»Ein stilles Wasser wird ausreichen, danke«, sagte Walker und lächelte. Er wollte nicht provozieren, aber so ganz ohne Gegenwehr sollte die Häme dann auch nicht vonstatten gehen.

»So, und du arbeitest jetzt also mit Simmons zusammen?«, fragte der Troll, als die Bedienung gegangen war.

Walker nickte. »Wir untersuchen gemeinsam einen Fall, über den ich allerdings zum momentanen Zeitpunkt noch nichts verlautbaren möchte, verzeihen Sie.«

Der Troll winkte ab. »Kein Problem.«

Sie schwiegen, bis die Getränke kamen. Ein Bier in Trollgröße umfasste etwa zwei Liter in einem großen Krug, und Walker entdeckte nicht wirklich überrascht einen Gussstutzen daran. Dieser Krug wurde demnach zu anderen Gelegenheiten als Ausschankbehältnis für Gruppen benutzt.

»Prost«, sagte Tony und stieß mit Walkers vergleichsweise winzigem Wasserglas an. »Auf Weihnachten!«

»Auf Weihnachten«, antwortete Walker und tat so, als würde er an seinem Wasser nippen. Er zog es vor, hier unten nichts zu trinken, das von einem Ork-Transvestiten eingeschenkt worden war. Er hatte keine Vorurteile, nicht mal gegen jemanden, der sie regelrecht provozierte, aber in feindlichem Gebiet musste man stärker noch als sonst auf seinen Rücken und seine Innereien achten.

Der Troll schaute sich um, und Walker tat es ihm gleich. Die meisten Orks, die auf der Einkaufsstraße an dem Lokal vorbeigingen, schauten nur kurz in seine Richtung und gingen dann weiter. Aber immer wieder einmal wurde er sich eines bösen Blickes bewusst, und zwei Orkfrauen zeigten auf ihn, tuschelten und lachten. Er konnte es ihnen nicht verdenken, auf diesem Stuhl musste er wohl lächerlich aussehen. Aber über alldem, auch über Tonys aufgesetzter Freundlichkeit und Jovialität, lag ein Hauch von Fremdenhass. Er konnte den Finger nicht darauf legen, aber er spürte, dass er hier nicht willkommen war. Ob Orks und Trolle dieses Gefühl in der als normal bezeichneten Gesellschaft ständig hatten? Das würde ihre Frustration und ihre Gewaltbereitschaft erklären, denn sogar Walker, der sich einiges auf sein Selbstbewusstsein und seine Ruhe einbildete, machte diese Atmosphäre kribbelig.

»Dieses Zeug macht mich krank«, sagte Tony und wies mit dem Krug in der Hand an Walker vorbei. Er folgte dem Wink des Trolls und sah einen großen Trideo an der Wand hängen, der Ton war ausgeschaltet, aber die Bilder und die eingeblendeten Titel machten klar, dass es eine Reportage über das Sondenwettrennen auf den Halley'schen Kometen war.

»Da verpulvern diese verdammten Konzerne Milliarden, nur damit ihre dumme Sonde als erste auf dem Kometen landen kann, und dann kriegen sie's nicht mal hin!« Tony nahm einen tiefen Schluck.

»Sie haben ja noch eine zweite Chance auf dem Rückweg«, gab Walker zu bedenken.

Tony schnaufte. »Toll, und noch mehr Geld in den Lokus, das sie mal lieber ihren ausgebeuteten metamenschlichen Mitarbeitern geben sollten. Und selbst, wenn sie es hinkriegen ... ich hab gelesen, woraus Kometen bestehen. Wassereis und Steine, mehr nicht.«

»Dann glauben Sie nicht, dass der Komet etwas mit SURGE oder den natürlichen Orichalkum-Funden zu tun hat?« Walker war froh, ein einigermaßen unverfängliches Thema gefunden zu haben.

»Unfug, reiner Zufall! War Halley irgendwo in der Nähe, als die ersten Menschen erwacht sind? Nein, war er nicht.«

Tony leerte den Krug in seinen Mund, bewegte das Bier darin hin und her und schluckte es hinunter. »Glauben Sie es etwa?«

»Ich bin mir nicht sicher. Die seltsamen magiekorrelierten Ereignisse häuften sich im Umfeld des Vorbeiflugs, aber von den Forschern leugnen viele kluge Köpfe einen Einfluss, und genauso viele sehen ihn als bewiesen an. Ich denke, es ist unterm Strich gleich, denn Halley wird kommen, egal was wir darüber denken, und Magie ist niemals vorhersehbar.«

Tony schürzte die Lippen und nickte bedächtig. »Weise Worte, kleiner Mann, weise Worte.«

Simmons bewegte den Arm hin und her, als er aus dem kleinen gekachelten Behandlungszimmer in die Küche und von dort in den Schankraum ging. Wie neu, auf Mephisto war eben Verlass. Der Schuss hatte nichts Elementares getroffen, die Stromversorgung und ein paar Servos hauptsächlich, zum Glück nicht die eingebaute Schrotflinte. Der Doc hatte die Löcher mit Plastplatten verschlossen und eine Farbprobe seiner Haut genommen. Die neue Kunsthaut für die Tarnung des Arms musste gezüchtet werden, das dauerte ein paar Tage, und so lange durfte er eben keine kurzärmeligen Hemden tragen.

Als er nun von seinem Arm aufsah, traute er seinen Augen kaum. Tony und Walker saßen einträchtig am Tisch, und Walker bestellte für Tony ein neues Bier. Er trat an den Tisch. »Ich bin so weit, lass mal stehen, Tony, ich brauch dich nüchtern und auf Zack!«

Tony schaute skeptisch auf Simmons herunter, schob aber brav das Bier von sich. »Also, auf geht's!«

Als Tony vorging, fragte Simmons: »Neuen Chummer gefunden?«

»Wir kamen zurecht, aber ich glaube, Ihr Freund legt keinen gesteigerten Wert darauf, ein solches Treffen zu wiederholen.«

Simmons lachte – so konnte man es auch sagen.

Marias Unterschlupf war offiziell ein Matrix-Café, wo die Bewohner des Untergrunds, die keinen Matrixanschluss ihr Eigen nannten – und das waren einige – ihre Online-Geschäfte tätigen konnten. Maria hielt auch einige anonymisierte Konten für besondere Kunden bereit, die nicht ganz astreine Dinger durchziehen wollten. Aber richtige Matrixruns würde von hier aus kein Decker starten – schon weil er Marias Überwachungsschaltungen entdecken würde, mit denen sie sich durch Erpressung ein paar Nuyen nebenbei verdiente.

Als sie sich endlich in Tonys Windschatten bis zu dem kleinen Laden durchgekämpft hatten, wurde es noch voller auf den Straßen des Untergrunds – der Feierabendrun auf die Geschenke hatte begonnen.

Der Laden war jedoch fast leer, was am schlechten Ruf des Geschäfts, dem unfreundlichen Inneren oder einfach daran liegen konnte, dass die Leute Wichtigeres zu tun hatten. Durch das Schaufenster konnte er Maria hinter ihrem Tresen stehen sehen. Wenn sie nicht so herbe, verkniffene Gesichtszüge hätte, wäre sie für eine Orkfrau ein echt scharfes Geschoss gewesen, heiße Kurven und ein lasziver Schlafzimmerblick. Aber in der leckeren Verpackung steckte ein bitterer Kern, denn die Frau hatte nicht mal ansatzweise so etwas wie ein Gewissen und hätte ihre Großmutter für eine Handvoll Nuyen verkauft.

Simmons nickte Tony zu, der sich neben den Eingang stellte und versuchte, unbeteiligt auszusehen. Bei so einem Riesen keine leichte Übung. Während sie reingingen, zischte Simmons Walker zu: »Lassen Sie mich reden, und rechnen Sie mit Ärger!« Walker nickte einmal kurz und unauffällig, ohne ihn anzusehen.

Showtime!

Simmons ging schnell auf Maria zu und schnappte sich ihre rechte Hand, um einen Handkuss anzudeuten und zu verhindern, dass sie ihr Monofilamentmesser zog, dem sie ihren Beinamen verdankte – die Schlitzerin hieß sie nicht honoris causa. »Maria – der Weihnachtsstern geht neu auf, wenn ich dich sehe!«

Die Italienerin schaute ihn misstrauisch an und versuchte sich augenscheinlich zu erinnern, woher sie sich kannten.

»Schätzchen, du enttäuschst mich, erkennst den alten Frank nicht wieder? Habe ich mich so verändert?«

Die Frau hatte immer noch keinen blassen Schimmer, aber jetzt lächelte sie vorsichtshalber. »Ja, Frank, natürlich!«

Ihr italienischer Akzent war breiter als die Hüften eines erwachten Nilpferds.

»Ich wollte mit Shopshow sprechen, kannst du mir sagen, wo er ist?« Das Lächeln verschwand, wurde durch zusammengepresste Lippen ersetzt, und die Augen der Frau huschten kurz zur Tür, die nach hinten zu einigen kleinen Büros führte.

»Ist er hinten?«, fragte Simmons jetzt und winkte Walker in die Richtung.

»Ich kenne keinen Shopshow, und ich muss Sie bitten, meinen Laden zu verlassen. He, Sie, weg da!«

Maria wollte zu ihrem Messer greifen, als Walker die Tür erreicht hatte, aber Simmons hielt ihre Hand noch immer fest und drückte jetzt etwas fester zu. Sein Cyberarm war in der Lage, eine Schraube zwischen den Fingern zu verbiegen, und das ließ er sie spüren.

»Wir gehen jetzt nach hinten und unterhalten uns kurz mit Shopshow. Keiner kommt zu Schaden, keiner bemerkt was, und keiner hat später ein Problem, wenn du dich ordentlich benimmst. Machst du uns Ärger, macht unser Trollfreund da draußen deinen Laden und deine Gäste platt, und ich empfehle ihnen einen guten Anwalt, um dich zu verklagen. Haben wir uns verstanden?«

Maria starrte ihn hasserfüllt an, nickte aber.

»Hervorragend«, sagte Simmons und ließ sie los. Er rechnete damit, dass sie ihre Waffe zog, aber sie rieb sich nur die Hand. »Das wirst du bereuen«, drohte sie. Simmons zuckte mit den Schultern. »Ich sage immer, wenn du nichts zu bereuen hast, hast du falsch gelebt.«

Er ging auf Walker zu, der die Tür öffnete und hindurchging. Simmons ging schnurstracks auf den letzten Raum zu, das war das beste Zimmer, mit weniger würde sich Shopshow nicht zufriedengeben. Er riss die Tür auf und ging hinein.

Walker folgte dem Ork in ein kleines Besprechungszimmer ohne Fenster, in dem ein Schreibtisch und mehrere billige Drehstühle in Orkqualität standen. Eine Kamerahalterung an der Wand war unbestückt, und ein veralteter White-Noise-Generator ruhte auf dem Tisch. Der Stuhl gegenüber der Tür stand mit der Rückenlehne zu ihnen. Jetzt schwang er herum und offenbarte den gesuchten Latino, mittlerweile ohne Bart und einige Kilo schwerer, der mit einer Cosa-Nostra-Stimme sagte: »Sie sind spät dran ...«

Dann entdeckte er Simmons, rief: »Scheiße!« und sprang auf. Bevor er auch nur in die Nähe der Tür kam, hatte ihm Simmons einen Schwinger versetzt, der ihn von den Füßen hob und zu Boden schleuderte. Er rutschte gegen die Stirnwand des Raums, und seine Nase blutete.

Walker hielt nicht viel von dieser Methode der Befragung, sofern noch andere Alternativen offen standen. Aber das war nicht der richtige Zeitpunkt, um Simmons in seine Methoden hineinzureden, vom Ort ganz zu schweigen.

»Shopshow, immer noch Fan theatralischer Auftritte, was?«, fragte Simmons, packte den schweren Latino am Kragen und zog ihn mühelos auf die Beine. Mit einem schnellen Griff zog er die Pistole des Mannes aus seinem Schulterhalfter und ließ sie über den Tisch aus seiner Reichweite schlittern.

Walker schloss die Tür hinter sich und stellte sich daneben. Es machte ihn immer nervös, in einem Raum mit nur einem Ausgang zu sein.

»Reden wir ein bisschen«, sagte der Ork und warf sein Opfer auf den Stuhl zurück. »Du verkaufst neuerdings kostbare Patronen.«

Simmons setzte sich dem Mann gegenüber, zog seine Waffe und kratzte sich damit am Hauer. Walker lief es kalt den Rücken herunter, denn er hatte miterlebt, wie sich ein Kamerad bei einer ähnlichen Geste versehentlich eine Kugel durch den Kopf geschossen hatte.

»Ey, Mann«, sagte der Latino mit einem hörbaren spanischen Akzent. »Das ist völlig legal.«

Simmons grinste breit. »Hat jemand was anderes behauptet?«

»Was willst du dann von mir?« Der Blick des Mannes huschte immer wieder zur Tür.

»Versuch's nur«, sagte Simmons. »Mein Chummer zerlegt dich, bevor du auch nur den Türgriff in der Hand hast.«

Walker musste sich sehr zusammenreißen, um nicht zu schmunzeln, doch dann verging ihm das Lächeln. War das vielleicht die Einschätzung, die Simmons wegen des kleinen Zwischenfalls in dem Nachtclub von ihm hatte?

»Wir wollen nur wissen, wem du vor kurzem Plata Mortal verkauft hast«, sagte Simmons.

»Das kann ich euch nicht sagen, die machen mich kalt!« Die Stimme des Mannes kippte, und er musste schlucken, um den Satz zu Ende zu bringen.

»Schon möglich. Aber was glaubst du, was Maria und ihre Freunde aus dem Untergrund mit dir machen, wenn sie erfahren, dass du kleine, unschuldige Orkmädchen an die Araber verkauft hast?«

Shopshow setzte sich erschrocken auf. »Aber das stimmt nicht, das waren nur Menschen!«

Walker war sich im Klaren darüber, dass der Mann mit diesem ›nur‹ eigentlich ›ausschließlich‹ meinte, aber er interpretierte in dieser Umgebung im ersten Augenblick eine Geringschätzung des Homo Sapiens Sapiens hinein.

»Das weiß ich, und das weißt du – aber ich habe eine Menge Freunde, die das Gegenteil behaupten könnten … mit Beweisen.« Simmons lächelte wölfisch und lehnte sich zurück.

Shopshow schaute Hilfe suchend zu Walker. Tut mir leid, mein Freund, keine Unterstützung aus diesem Lager.

»Na gut. Ich weiß nicht, wer sie kauft«, sagte Shopshow und sank in sich zusammen. »Ich habe die Zahlungen von einem automatisierten System auf mein Geschäftskonto gekriegt, und ein Kurier hat die Patronen dann bei mir abgeholt. Ehrlich, mehr weiß ich nicht!«

Walkers Bauchgefühl sagte ihm, dass der Mann nicht log – ihre Gegner waren Profis, und als solche würden sie sich einem einfachen Zwischenhändler nicht offenbaren. »Wie war die Nummer des automatisierten Systems?«, fragte er.

Shopshow blickte wieder zu Simmons, dann zu ihm zurück. »Das weiß ich nicht mehr«, sagte er.

Simmons' Hand schnellte vor und schlug dem Mann erneut ins Gesicht. »Was hat die Mama dir übers Lügen gesagt?«

Shopshow hielt sich die Nase, und Blut tropfte jetzt schneller auf sein Hemd. Er zog einen kleinen Taschensekretär hervor und tippte etwas ein. Dann nannte er die lange Kennung des automatisierten Systems. Walker merkte sie sich.

»Schreib sie auf«, sagte Simmons und zog einen zerknitterten Block und einen Bleistift aus der Tasche hervor, als die Tür mit Schwung aufflog.

Walker drehte sich zur Seite und riss die Hände zur Abwehr nach oben, aber es war nur Tony.

»La Familia im Anmarsch – sie kommen über die Hauptstraße und haben Ignazio dabei, darum hab ich sie gesehen. Der größte Troll, den ich kenne«, erklärte Tony auf Walkers fragenden Blick.

»Ich habe die Nummer memoriert«, sagte Walker. »Wir sollten eine Konfrontation vermeiden.«

»Sie wollen wegrennen?«, fragte Simmons.

»Ja«, erwiderte Walker knapp. Jetzt war keine Zeit für falsche Männlichkeit oder lange Reden.

»Gute Idee«, sagte Simmons. Er steckte den Block ein und fragte dabei: »Ach, Shopshow, eins noch: Wie viele Patronen hast du ihm besorgt?«

Der Mann zögerte einen Moment, dann sagte er: »Viertausend, für 120 000, abgerundet.«

Simmons stieß einen überraschten Pfiff aus, und Walker konnte es ihm nachfühlen. Entweder wollte ihr Mörder auf Nummer sicher gehen, oder er hatte Großes vor – man kaufte nicht viertausend Schuss für einen einzelnen Gegner.

Simmons riss sich los und lief zur Tür. »Wenn du mich verarscht hast, Shopshow, dann mache ich aus dir einen Chowchow!«

»Deine dummen Witze taten immer schon mehr weh als deine Schläge, du Wichser«, rief ihnen der Schieber hinterher, als sie durch den Flur und in den Laden liefen.

Die Mafia war nur noch einige Dutzend Meter von dem Laden entfernt und näherte sich schnell. Dieser Ignazio war in der Tat ein gewaltiger Troll, der mit seinen langen, ausladenden Hörnern fast an die Decke des alten U-Bahn-Schachts stieß, stilsicher in einen schwarzen Anzug gekleidet.

»Hier lang, Walker«, sagte Simmons und zog ihn in die andere Richtung. Ohne Rücksicht auf Verluste drängte sich Tony gebückt durch die Menge, und sie folgten ihm, so schnell es ging. Sie hatten Glück, die Mafiosi gingen zuerst in den Laden, offensichtlich hatte Maria sie am Telefon nicht beschrieben oder sich darauf verlassen, dass ihr Gespräch mit Shopshow den Schlägern genug Zeit ließe. Tony führte sie um die Ecke in eine andere Straße und verabschiedete sich eilig.

»Und euch empfehle ich auch, Fersengeld zu geben und den Untergrund erst mal zu meiden – so bis nächstes Jahr.«

Walker nickte. »Danke für Ihre Hilfe!«

»Kein Problem.« Tony wandte sich ab und ging einige Schritte. Dann drehte er sich wieder um und rief über die Köpfe der Menge, die um ihn herumglitt wie ein Fluss um einen Stein: »He, Walker, tu no aho!«

Walker winkte ihm noch einmal und hoffte, dass der Troll etwas Nettes gesagt hatte.

Simmons lächelte ihn auf seinen fragenden Blick hin nur breit an – das gab auch keinen Aufschluss.

16

Simmons warf einen Blick auf das Waffenarsenal, das sie sich aus Slugies Vorrat zusammengestellt hatten – oder besser: das Walker sich zusammengestellt hatte, der jetzt an den Tisch trat und sagte: »Das Konto wird gecheckt, vielleicht haben wir Glück. Ich habe meine Spezialistin angewiesen, alles andere ruhen zu lassen.«

Simmons nickte stumm. Wenn sie herausfanden, über wen die Zahlungen liefen, hatten sie ihren Mörder oder zumindest jemanden, der sie einen Schritt weiterbrachte.

»Okay«, sagte Slugie und ließ seine insgesamt zwölf Finger krachen. »Mal sehen, was wir hier Schönes haben. Eine Ruger Thunderbolt, Schalldämpfer, Smartgun II Variante mit variiertem Außendesign, aber lass dich trotzdem nicht von den Cops damit erwischen! Fünf Streifen Munition, zwei normale, drei APDS, mit je zwölf Schuss für dieses Baby.« Slugie überprüfte die schwere Pistole, während er sie beschrieb, und legte sie dann gesichert zur Seite. Dann nahm er ein Sturmgewehr in die Hand. »Ein Colt M22A2, Smartgun II, integriertes Gasventilsystem, Bildaufbereitungssystem, Schalldämpfer und natürlich Mini-Granatwerfer. Dazu zehn Streifen à 40 Schuss Munition und zwölf Granaten, sechs offensiv, sechs mit Neurostun VIII – schön vorsichtig sein und nicht verwechseln!« Auch diese Waffe wurde gesichert und wanderte auf die andere Seite des Tisches.

»Des Weiteren vier original verpackte Blendgranaten der UCAS-Truppen, zwei Rauchgranaten, ein Cougar Fineblade mit kurzer Klinge in einer Unterschenkelscheide und ein Viererset Smart-'n'-save-Sender, damit ihr euch gegenseitig nicht versehentlich erschießt. Ich habe die Waffen bereits mit einem entsprechenden Empfänger versehen. Und zu guter Letzt noch je zwei Streifen Betäubungsmunition für jede der Waffen. Bitte prüfen Sie die Ware, Mister Walker.«

Simmons schaute Slugie verwundert an – da fehlte doch noch was? Der Elf beugte sich lächelnd herunter und holte Lizzy hervor, seine treue Begleiterin auf schweren Wegen, seine Freundin und Lebensretterin.

»Und eine Enfield-AS7-Schrotflinte mit 50-Schuss-Trommel, Smartgun II, gereinigt und generalüberholt - jetzt schnurrt sie wieder wie ein Kätzchen, Simmons!« Er reichte sie über den Tisch, und Simmons genoss das schwere Gefühl seiner Lieblingswaffe. Mochten die Pazifisten sagen, was sie wollten, mit Lizzy in der Hand fühlte er sich sicherer.

Walker war noch immer dabei, die Waffen zu prüfen, und wandte sich dabei an Slugie: »Ausgezeichnete Ware. Gibt es eine Möglichkeit, die Waffen im Gebrauch zu testen?«

Der Büchsenmacher nickte. »Gehen wir rüber.« Er führte sie in einen schallisolierten Frachtcontainer, an dessen Ende einige Zielscheiben hingen, und verteilte Munition. »Die geht auf mich«, erklärte er lächelnd und reichte Simmons einen Zehnerstreifen Schrotmunition. Der Ork lächelte, zog die schwere Trommel von der Waffe und rammte den Streifen in die Führung. Die Smartgun nahm Kontakt mit der Waffe auf, und in seinem Blickfeld erschienen die drei Kreise der Schrotflinte. Der rote Kreis stellte den Kernschussbereich dar, der darum das sekundäre Trefferfeld und der dritte den Bereich, in dem immer noch keine Freunde stehen sollten. Er wies die Waffe mit einem gedanklichen Befehl an, den Choke zu verändern und so die Streuweite zu reduzieren. Die Kreise wurden kleiner, bis der Innere gerade noch die Zielscheibe umfasste.

Slugie reichte ihnen Ohrschützer und zog die Tür von innen zu. Seine Stimme klang dumpf, als er sagte: »Kann losgehen!«

Simmons hob die Waffe an, zielte über die Smartgunverbindung und zog den Abzug. Lizzy spielte ihr vollautomatisches Liebeslied und röhrte ihre Schüsse hinaus. Schon der erste Schuss fetzte große Teile der Zielscheibe in Stücke, bis zum fünften Schuss konnte Simmons die Waffe auf dem Ziel halten, dann ließ sie der Rückstoß sogar gegen die Kraft seiner verstärkten Muskeln aus der Spur tanzen.

Die Stille nach dem Schrotfeuer wurde nur von Simmons' zufriedenem Kichern unterbrochen. »So macht das Leben Spaß«, sagte er und tätschelte seine Waffe. »Gutes Mädchen!«

Walkers Gesicht war eine teilnahmslose Maske, aber Simmons konnte förmlich spüren, dass er kein Verständnis für seine Begeisterung hatte. »Na und? Andere wichsen«, sagte er grinsend und packte die Fünfziger-Trommel wieder an die Waffe.

»Testen Sie Ihre Waffe, damit wir in die Schluffen kommen!«

Walker machte Anstalten, etwas zu sagen, wandte sich dann aber stattdessen um und legte mit dem Sturmgewehr an. Eine Reihe leiser, ploppender Geräusche ertönte, und im gleichen Moment wuchsen Löcher im Zentrum der zweiten Zielscheibe. Walker reichte Slugie die Waffe und nahm die Pistole entgegen. Weiteres Ploppen und noch ein paar Löcher in der Zehn. Der Norm war verdammt gut mit dem Schießeisen!

»Hervorragend ausgerichtet«, lobte Walker.

Slugie lächelte. »Einpacken oder hier essen?«

Walker ließ sich die Uhrzeit einblenden, während sie durch die mit Weihnachtsdekoration verzierten Straßen fuhren. Schon wieder neun Uhr, der Tag war schnell vergangen, unter anderem weil er darauf bestanden hatte, noch seine gepanzerte Unterwäsche und die Sicherheitsjacke aus dem Hotel zu holen. »Meinen Sie, wir fassen den Mörder bis Weihnachten?«, fragte er Simmons.

»Wieso, haben Sie eine Verabredung mit Frau und Kind?« Der Ork gab Gas und schob sich in eine enge Lücke auf dem linken Fahrstreifen, um einen Laster zu überholen.

»Weder das eine noch das andere. Ich war nur auf Ihre Einschätzung der Lage gespannt«, sagte Walker.

Der Ork rutschte wieder auf die andere Spur zurück. »Ich sehe das so: Da draußen rennt ein verrückter Arzt rum, der mit ein paar Freunden auf Gestaltwandlerjagd geht. Und wenn mich nicht alles täuscht – und das tut es nie, dafür bin ich viel zu schlau –, dann will dieser Seppel sich noch weitere Herzen für seine Sammlung holen, oder er hätte nicht so einen Arsch voll Patronen geordert. Ich weiß nur noch nicht, ob mir das so viel ausmacht, abgesehen von unserem Fall. Mir läuft es kalt den Rücken runter, wenn ich daran denke, dass da draußen auf den Straßen Tiermenschen die Gegend unsicher machen.«

Walker konnte die Bedenken des Orks nachvollziehen. Die erwachte Flora und Fauna war erschreckend, vor allem, wenn sie sich in die Sprawls vorwagte.

»Trotzdem sollten wir den Mann dingfest machen«, sagte Simmons, als sein Telefon klingelte.

»Was macht Sie so sicher, dass es ein Mann ist?«, fragte Walker.

Simmons schaute auf sein Handgelenkgerät und runzelte die Stirn. »Anruf auf die Büronummer, keine Anruferkennung. Ich schalte mal auf Lautsprecher.«

Er nahm ab, und eine ihnen wohlvertraute, verzerrte Stimme sprach: »Ich werde mich nicht wiederholen, also hören Sie gut zu: Wenn Sie einen weiteren Mord verhindern wollen, kommen Sie zur Barbara Lane 104.«

Dann wurde die Verbindung unterbrochen.

»Eine Falle«, sagte Simmons, und Walker war geneigt, ihm zuzustimmen.

»Andererseits wird dort dann mindestens einer von den Mördern auf uns warten, und wir ...«

»Können aus ihm herausholen, worum es hier überhaupt geht«, unterbrach ihn der Ork und gab Gas. »Barbara Lane, das ist in Everett, auf der anderen Seite des Sprawls, da brauchen wir mindestens eine Dreiviertelstunde hin.«

Simmons schaffte es in 32 Minuten, eine neue persönliche Bestzeit. Barbara Lane lag in Fairmount, einem Unterbezirk von Everett. Der Stadtteil war an sich auf dem Weg nach oben, aber an Fairmount war diese Entwicklung vorbeigegangen, und die Barbara Lane machte da keine Ausnahme. Die Häuser waren heruntergekommen, graffitiübersät, und bis auf wenige bunte Lichterketten und ein paar Plastiktannenzweige an den Fenstern fehlte jeder Hinweis auf die nahenden Feiertage. Es war nicht viel los auf den Straßen, einige Leute in billiger Winterkleidung eilten entlang und warfen neugierige Blicke auf seinen Westwind – *Wagt es ja nicht,* dachte er.

Simmons mochte Everett nicht, vor allem, weil es hier eine Menge Elfen gab, aber auch, weil Federated Boeing Airplane hier eine große Produktionsstätte unterhielt und er diesen Konzern noch weniger ausstehen konnte als die meisten anderen. Er hatte seinerzeit beweisen wollen, dass sie SINlose Ork- und Trollkinder zu Hungerlöhnen unter unmöglichen Arbeitsbedingungen ausbeuteten, aber es war dem Konzern gelungen, alles zu vertuschen, und er hatte sich noch von seinen Leuten anhören müssen, dass nun seinetwegen den Kindern ›gekündigt‹ worden war und kein Geld mehr reinkam.

Walker sprang aus dem Auto, noch bevor der Wagen ganz stand, und eilte zum Kofferraum. Simmons fürchtete schon, dass der Mensch sein Sturmgewehr aus der Tasche holen würde, die dort hinten lag – so schlecht war die Gegend auch wieder nicht, dass man sich so etwas erlauben konnte –, aber er steckte nur die Thunderbolt ein und eine der Granaten.

Gemeinsam eilten sie zu dem Haus mit der Nummer 104, das einen etwas besseren Eindruck machte. Jemand hatte vor kurzem versucht, die Graffiti abzuwaschen, war aber nicht sehr erfolgreich gewesen. An der schmutzigen Tür hing ein Schild: ›Hier gibt es Hilfe und ein offenes Ohr für jedermann!‹ Darunter waren die internationalen Piktogramme für Erste Hilfe, Essen und Seelsorge zu finden.

»Sieht nach einer Armenspeisung aus«, flüsterte Simmons, und Walker nickte. Er zeigte auf seine Augen, danach auf die Tür, und näherte sich langsam. Jetzt ging das mit dem Gefuchtel wieder los, warum sagte der Mann nicht einfach, was er vorhatte?

Walker stieß die Tür seitlich vorsichtig an, und sie schwang auf. Er wagte einen schnellen Blick hinein und bewegte dann die geschlossene Faust mit angewinkeltem Arm auf und ab. Simmons räusperte sich, und als Walker aufschaute, wedelte er mit seiner flachen Hand vor der Stirn hin und her. Walker verzog kurz das Gesicht und wies dann zuerst auf den Ork und danach auf die Tür.

Simmons trat zu ihm und sagte leise: »Das sieht ganz schön albern aus, wissen Sie das? Der liebe Gott hat uns einen Mund zum Reden und Saufen gegeben. Wir sind hier nicht im Konzernkrieg!«

Walker schürzte die Lippen, und seine Wangenmuskeln zuckten. »Das mag sein«, flüsterte er. »Aber da drin wartet möglicherweise bewaffnete Gegenwehr, und Ihre ›Carl, der Kamikazekiller‹-Imitation erhöht unsere Siegchancen nicht wirklich.«

Simmons spürte eine Welle des Zorns aufbranden. Was bildete sich dieser Schnösel ein? Er hatte in seiner Zeit beim Star mehr Häuserkämpfe hinter sich gebracht, als der Kerl Unterhosen hatte, und jetzt wollte er ihm vorschreiben, was er zu tun hatte?

»Jetzt hören Sie mal zu, Walker, ich war bisher echt geduldig mit Ihnen und Ihrem Kontrollwahn, aber irgendwann ist Schluss! Wenn da drin wirklich Leute sind, die möglicherweise gerade jemanden umbringen, dann wäre es umso wichtiger, schnell reinzugehen und hier draußen nicht erst Freiluftübungen zu machen. Außerdem starren Sie die Leute an, wenn Sie so was machen.« Simmons kam nah an ihn heran und schaute auf ihn hinab.

Walkers Gesicht blieb ausdruckslos. »Ich schlage vor, wir klären Ihr kleines Egoproblem später und erledigen jetzt unseren Job«, sagte er ruhig, aber mit einem drohenden Unterton in der Stimme.

Simmons atmete tief durch. Bitte, er war auch Profi, würde er diesem Idioten eben nachher zeigen, was eine Harke ist. »Bitte, wie Sie wollen«, sagte er und schaute selbst in den langen Flur, von dem in regelmäßigen Abständen Türen abgingen. Die Treppe nach oben war zum Teil eingestürzt und mit einem Gefahrenschild versehen. Simmons drückte sich durch den Türspalt, zog seine Predator und ging leise in den Flur hinein, um für Walker Platz zu machen. Der Mensch folgte nicht weniger leise und schloss die Tür. Es roch brandig, vielleicht hatte das obere Stockwerk einmal in Flammen gestanden.

Simmons wies mit dem Lauf der Waffe auf die erste Tür und stellte sich neben den Rahmen. Walker nickte ihm zu, öffnete die Tür schwungvoll, die Pistole im Anschlag, und sicherte sie mit dem Fuß gegen ein Zurückschwingen. Na, immerhin wusste der Norm, wie's ging. Simmons eilte an ihm vorbei und sicherte den Raum – toten Winkel hinter der Tür nicht vergessen –, aber es gab nichts zu erschießen. Hier und im angrenzenden Nebenraum lagen Matratzen und Decken auf dem Boden, es roch nach Schweiß und Alkohol, aber es war niemand zu finden.

Also die nächste Tür. Diesmal stieß Simmons die Tür auf, und Walker huschte hinein, aber auch hier war niemand zu finden. Der Raum war mit einer gepolsterten, abgewetzten Liege ausgestattet und grün gestrichen. Kleine, echte Blumen mit weißen Köpfen wuchsen in mit Erde gefüllten Plastiktassen und alten Essensschalen. An den Wänden hingen

Fotos von Naturlandschaften und Wildtieren. Was war das nur für ein seltsames Haus?

Walker war wieder dran, die Tür aufzustoßen, Simmons sprang in den Raum und wäre beinahe rückwärts wieder zurückgetaumelt, denn der ekelerregende Geruch von Blut, Exkrementen und Tod hing schwer in der Luft. Ein junger Zwerg, eine Elfenfrau und ein junges Menschenmädchen, alle drei in billige, aber saubere Kleidung gehüllt, lagen erschossen auf zersessenen Couchen, die um ein altes Trideogerät aufgestellt waren. Das Gerät war ebenfalls getroffen worden, ob absichtlich oder im Eifer des Gefechts, konnte Simmons nicht entscheiden. Er starrte entsetzt auf die unschuldigen Zivilisten – sie waren völlig überrascht worden. Jemand war durch die Tür hereingestürmt und hatte zweien in den Hinterkopf geschossen und ihre Gesichter in eine blutige Masse verwandelt. Den Zwerg hatte er oder sie mit einer Salve in die Brust erwischt, als er gerade aufgesprungen war.

Warum richtete jemand unter harmlosen Besuchern eines Freizeitheims, oder was auch immer das hier war, ein solches Blutbad an? Ein Schlag auf den Kopf oder Narcoject hätte doch schon gereicht.

Walker sah sich um. Drei Tote – ihr Gegner ging mit gnadenloser Gewalt vor und wollte sichergehen, keine Zeugen zu hinterlassen. Walker ließ die Smartgun das Magazin der Thunderbolt auswerfen und wechselte die Betäubungsmunition gegen panzerbrechende APDS. Bei einem solchen Vorgehen musste man damit rechnen, dass der Feind besser geschützt war und die Betäubungsmunition darum keine ausreichende Wirkung zeigen würde.

Walker fiel ein silberner Schimmer auf, der auf dem blutigen Schädelknochen der Frau zurückgeblieben war – Plata-Mortal-Geschosse. Die Angreifer hatten offensichtlich damit gerechnet, hier auf einen Gestaltwandler zu treffen, und wollten kein Risiko eingehen, mit normaler Munition von ihm erwischt zu werden.

Er warf einen Blick auf den Ork, dessen Augen vor Schreck und Wut klein geworden waren. »Simmons«, sprach er ihn flüsternd an. »Bewahren Sie einen kühlen Kopf. Diese Schweine bekommen ihre Strafe, aber Wut schwächt nur den eigenen Fokus. Besinnen Sie sich auf Ihren Ruhepunkt.«

Simmons sah auf und blinzelte langsam. Dann fragte er leise: »Ruhepunkt? Haben Sie einen Glückskeks verschluckt?«

Ein lautes Krachen ließ sie zusammenfahren. Es kam aus dem Raum hinter der letzten Tür.

Walker winkte Simmons neben den Türrahmen, damit er ihm Feuerschutz gab, dann ging er auf ein Knie und holte die flexible Kamera heraus, die um den versteckten Holster seiner Waffe gewickelt war. Er steckte das eine Ende in seine Datenbuchse und ließ sich das Bild der Kamera über die Displayverbindung als durchscheinende Wiedergabe ins Sichtfeld einblenden. Langsam schob er den dünnen, biegsamen Plastikschlauch durch den Türspalt, aber eine gelbliche Substanz versperrte den Weg. Er schob etwas kräftiger, und das Material gab nach. Der Raum hinter der Tür war fensterlos, und das Gelbe stellte sich als billige Schallisolierung heraus, die an allen Wänden hing. Der Raum war indianisch eingerichtet, Tierfelle lagen auf dem Boden, und diverse Holzstatuen und kleine Totempfähle standen an der Wand. Einen besonders großen versuchte gerade einer von zwei Männern in grauen Overalls wieder aufzustellen. Offensichtlich war er umgefallen und hatte das Geräusch erzeugt, das sie auf den Raum aufmerksam gemacht hatte. Die Männer hatten Gasmasken auf, die das ganze Gesicht bedeckten, trugen Handschuhe und Maschinenpistolen an einem Gurt um die Schulter. Neurostun fiel also weg – das Betäubungsgas würde nicht an die Haut und auch nicht in die Atemwege der Männer gelangen können. Der andere Mann sagte etwas, das Walker nicht hören konnte, denn die Kamera besaß keine Audiokapazität, aber sein Kumpan ließ den Pfahl liegen und trat wieder zu ihm. Sie packten irgendetwas in einen großen Sack, aber aus dieser Perspektive konnte Walker nicht erkennen, was es war. In einer Ecke des Raums lag eine Leiche auf dem Boden, von der Walker nur den Kopf sehen konnte – schon der wies aber zahlreiche Einschüsse auf.

Er zog die Kamera langsam wieder zurück und entfernte sie aus seiner Buchse. Er hielt zwei Finger hoch, in der Hoffnung, dass Simmons wenigstens diese einfache Geste verstand. Dann zeigte er auf sich und nach links, auf Simmons und nach rechts. Der Ork nickte und packte seine Pistole fester.

In diesem Moment flog die Tür auf, schlug Walker die Waffe aus der Hand und knallte vor Simmons Kopf. Walkers Cyberware fuhr hoch, und es war wie ein süßer Stromstoß, der ihn über das menschliche Maß hinauskatapultierte. Bevor die Waffe den Boden erreicht hatte, war Walker ihr nachgesprungen und pflückte sie aus der Luft. Er versuchte gar nicht erst, elegant zu landen, sondern drehte sich in der Luft und ließ sich hart auf den Rücken fallen. Während er noch über den Boden schlitterte, hob er die Waffe und schoss auf den vorderen der beiden Männer, die den Leichensack in ihrer Mitte hatten fallen lassen und erst jetzt nach ihren Waffen griffen.

Im selben Augenblick trat Simmons kräftig gegen die Tür, die in Walkers Schussfeld schwang und den Mann dahinter in den Raum zurückschleuderte. Die Salve durchschlug dank APDS die Tür mühelos, und ein gedämpfter Schmerzensschrei belohnte Walkers Bemühungen, der verstummte, als die Tür wieder ins Schloss fiel.

Er rollte sich schnell zur Seite, um aus dem Schussfeld eines Schützen zu kommen, der durch die Tür feuern würde, und sprang auf die Füße.

»Kein Ausgang«, erklärte Walker und wies auf die Tür.

»Dann sitzen die in der Falle«, triumphierte Simmons, dem ein breiter, roter Strich auf der Stirn und am Kinn prangte, wo ihn die Tür getroffen hatte.

»Aber vielleicht fordern sie Verstärkung an«, gab Walker zu bedenken.

»Verdammt«, fluchte Simmons und kratzte sich am Hauer. »Was machen wir?«

Walker musterte die Tür. Sie hatte eine Klinke und keinen Drehknauf. »Meiner Einschätzung nach sind die Herren jetzt sehr nervös, das sollten wir ausnutzen. Darf ich?«, fragte er den Ork und zog, ohne eine Antwort abzuwarten, den Gürtel aus dessen verknitterten Trenchcoat. Er formte eilig eine Schlaufe und führte sie über die Klinke.

»Bei drei ziehen Sie die Tür auf, aber bleiben Sie aus dem Schussfeld, und schließen Sie die Augen, wenn ich die Granate zünde«, sagte Walker und fischte die Blendgranate aus seiner Tasche.

Simmons grinste. »Ich verstehe, die sollen sich leer schießen!«

Walker nickte und zählte: »Eins, zwei, drei!«

Der Ork zog die Tür auf, und kaum hatte sie sich einen Spalt geöffnet, durchschlugen Kugeln das dünne Türblatt. Es wurde von der Wucht des Feuers schneller, aber Simmons stoppte es mit dem Fuß. Walker entsicherte die Blendgranate, und als das Rattern der Waffen verstummte, weil der Gegner erkannte, dass er im leeren Türrahmen niemanden treffen konnte, warf er sie in den Raum. Ein grelles Leuchten strahlte hinaus, aber die Helligkeit, die außerhalb des Raums noch ankam, kompensierten seine Cyberaugen, indem sie kurz das Bild zeigten, das er einen Sekundenbruchteil vor dem blendenden Licht gesehen hatte. Die schallgedämpften Maschinenpistolen feuerten wieder, aber diesmal schlugen die Kugeln auch in die Wand neben der Tür ein. Offensichtlich hatte die Blendgranate ihre Arbeit getan. Dann verstummten die Aufschläge, und nur noch das trockene Rattern ungeladener Maschinenpistolen klang in den Flur hinaus.

Walker drehte sich in dem Raum hinein und schoss auf das linke Ziel. Der Mann rammte gerade ein neues Magazin in seine Waffe, als Walkers Salve ihn an Hals und Kopf traf. Blut spritzte von innen an die Sichtscheibe seines Helms, aber bevor der Gegner Zeit hatte, zu Boden zu sinken, drehte sich Walker weiter und nahm den anderen Mann ins Visier. Doch dessen Waffe war nicht leer geschossen, und er wirkte auch nicht geblendet. Die Uzi in seiner Hand spuckte Kugeln aus, die Walker in den Bauch und die Brust trafen. Ein kurzer Schmerz, dann aktivierte sich sein Schmerzeditor, und das charakteristische, taube Gefühl breitete sich in seinem Körper aus.

Simmons kam in den Raum und sah gerade noch, wie Walker von einer vollen Salve aus der Uzi getroffen wurde und einen Schritt zurücktaumelte. Er gab zwei Schuss aus seiner Pistole auf den Mann mit der Uzi ab, der im Weiterfeuern die Waffe zu ihm herumriss. Der erste Schuss traf den Mann in die Schulter, der zweite in die Brust und ließ blutige Flecken auf seinem grauen Overall erscheinen. Simmons sprang zur Seite, und die Kugeln pfiffen an ihm vorbei, kamen aber unaufhaltsam näher. Eine von ihnen durchschlug seinen aufgebauschten Mantel, dann verstummte die Waffe, als der Kopf ihres Besitzers von einem weiteren Treffer von Walker in einem Regen aus Knochen, Blut und Gehirn zur Seite gerissen wurde.

Schwer atmend stand Walker im Raum und hielt die Waffe noch auf den toten Verbrecher gerichtet. Dann ließ er sie sinken und fragte: »Alles in Ordnung, Mister Simmons?«

Simmons nickte. »Ja, ja, alles noch dran. Aber Sie hat es erwischt«, sagte er und deutete auf den Blutfleck, der sich langsam auf Walkers Jacke ausbreitete.

Walker blickte an sich hinunter, als hätte er den Treffer noch gar nicht bemerkt. Dann machte er die Jacke auf, lüftete den Pullover und zog gepanzerte, blutgetränkte Unterwäsche zur Seite. Darunter war nur ein kleines, blutendes Loch, und als Walker die Ränder abtastete, fiel eine verformte Kugel aus der Wunde – zum Glück keine Plata Mortal, sondern eine ganz gewöhnliche Patrone.

»Wow, Walker, mit den Bauchmuskeln gestoppt, das muss Ihnen erst mal einer nachmachen«, sagte Simmons und war wirklich beeindruckt – er hatte kräftigere Leute nach so einem Treffer draufgehen sehen.

Walker grinste schief und schob den Finger in die Wunde. Kannte dieser Mann keinen Schmerz?

»Danke für das Kompliment, aber ich nehme an, zwei Lagen Panzerung, die Orthoskin und der Einschusswinkel hatten auch ihren Anteil daran. Von einer großen Portion Glück ganz zu schweigen.« Die Wunde hörte bereits auf zu bluten, aber man sah Walker an, dass er sich über diesen Treffer ärgerte.

Simmons schaute auf das Blut am Boden und fragte: »Sind Sie eigentlich polizeilich registriert?«

Walker schaute erstaunt. »Nicht, dass ich wüsste, warum?«

»Na ja, Sie hinterlassen hier gerade Indizien«, sagte Simmons und wies nach unten. »Aber machen Sie sich keine Sorge, wenn ich das richtig einschätze, wird der Star hier auch wieder sehr schnell den Fall dichtmachen!«

Es begann Übelkeit erregend zu stinken, als sich die Leichen in die Hose machten. Guter alter Schließmuskel, man vermisste ihn erst, wenn er nicht mehr funktionierte – das wusste er von seinem Großvater.

Walker zog sich den Kragen des Pullovers über die Nase und trat zu der Leiche in der Ecke. Der Tote war ein weißer Mensch, sehr groß und dick, mit einem gütigen, im Tod erschlafften Gesicht, das von einem dichten, brustlangen Vollbart und langen, struppigen Haaren umrahmt wurde. Sein Bein war abgebunden und oberhalb des Knies abgesägt, oder besser abgetrennt, denn der Schnitt ging glatt durch das Fleisch und den Knochen.

»Monofilament«, beschied Walker und beugte sich hinunter.

»Und hier, das ist wohl medizinisches Kühlgel.« Er zeigte auf einen geleeartigen Klumpen, der in dem gerinnenden Blut schwamm.

Das konnte gut sein, war sogar sehr wahrscheinlich, aber das war das Erwartete. Simmons trat zu dem Leichensack, den die beiden Männer hatten fallen lassen, und zog ihn auf. Ein rotbraun verbranntes Gesicht grinste ihn breit an. Na, das erklärte zumindest den Barbequegeruch, der in der Luft hing. Simmons verzog das Gesicht und öffnete den Sack weiter, bis ein grauer Overall zum Vorschein kam.

»Walker, der Typ ist einer von denen«, sagte er über die Schulter.

Walker kam zu ihm herüber und beugte sich über den Toten. »Das erklärt, warum sie ihn mitnehmen wollten. Todesursache Magie, schätze ich, und wenn ich dreimal raten darf, würde ich vermuten, dass unser amputierter Freund dort drüben ein Bärengestaltwandler und Schamane war.«

»Jetzt verblüffen Sie mich, Walker, ehrlich. Sie müssen mir beizeiten erklären, wie Sie darauf kommen. Aber jetzt sollten wir uns aus dem Staub machen. Es mag sein, dass der Star bei diesen Fällen zurückgepfiffen wird, aber wer auch immer dahintersteckt, ist auch der Typ, der uns aus dem Weg haben will – und ich für meinen Teil möchte mich nicht im Trollwaschraum des Staatsgefängnisses nach der Seife bücken, wenn Sie verstehen.« Simmons zog den Leichensack ganz auf, erstaunlicherweise war der Overall unversehrt – der Mann war von innen heraus verbrannt. »Ich nehm mir den hier vor, Sie filzen die beiden anderen, und dann nichts wie weg hier. Ach, Walker ...«

Simmons zog ein Paar Plastikhandschuhe aus der Tasche und warf sie Walker zu. »Mach's mit!«

17

Walker schaute auf ihre Ausbeute, die in einem kleinen Plastikbeutel auf seinem Schoß ruhte: Drei unregistrierte Credsticks mit insgesamt 740 Nuyen, drei Telefone und eine Kino-Eintrittskarte. Nicht eben üppig, aber mehr, als man auf einer verdeckten Operation mit sich herumtragen sollte. Die Hoffnung lag darum nahe, dass diese Leute lediglich Shadowrunner und keine ausgebildeten militärischen Kräfte waren.

Simmons fuhr den Wagen in die Drive-in-Schlange eines McHughes Fastfoodrestaurants. »Ich muss was essen, ich hab jetzt krankerweise Appetit auf was Gegrilltes, fragen Sie mich nicht, was mit mir nicht in Ordnung ist«, erklärte er.

Walker war nicht schockiert. Er spürte selbst ein leichtes Hungergefühl, was nach der körperlichen Anstrengung des Tages und in Anbetracht der fortgeschrittenen Stunde kein Wunder war. Er veränderte seine Sitzposition, um den Druck von der kleinen, mittlerweile verbundenen Wunde zu nehmen. Jetzt, wo er den Schmerzeditor deaktiviert hatte, zog der Einschuss unangenehm.

»Also, Bärenschamane?«, fragte Simmons.

»Eine schlussendlich recht nahe liegende Schlussfolgerung. Dem Toten fehlte ein Bein, also kann man wohl davon ausgehen, dass es sich bei ihm um einen Gestaltwandler handelte, wenn uns der mysteriöse Anrufer nicht auf eine falsche Spur locken wollte. Der Raum, in dem er lag, sah mir ganz nach einer schamanistischen Medizinhütte aus, und die unangenehme Art des Dahinscheidens des Angreifers, der bereits bei unserem Eintreffen tot war, weist auf einen aktiven Magier hin. Rechnet man alles zusammen und zieht die karitative und philanthrope Ausrichtung des Hauses in Betracht, scheint mir das alles recht deutlich auf einen Bärenschamanen und damit wohl auch einen Bestiaforma Mutabilis Ursus hinzuweisen.«

Der Ork schaute ihn zweifelnd an. »Sie glauben, der Kerl hatte was mit Kindern?«

Walker musste einen Augenblick nachdenken, bevor er den Gedankensprung des Orks nachvollziehen konnte. »Nicht pädophil, Mister Simmons, philanthrop – menschenfreundlich.«

»Sagen Sie das doch gleich!« Simmons fuhr zur Videosäule vor, auf der eine computergenerierte, hübsche Verkäuferin sagte: »Willkommen bei McHughes, was können wir für Sie tun?«

Während Simmons eine umfangreiche Bestellung aufgab, warf Walker einen Blick auf die ausgesprochen lange, winzig gedruckte Liste von Zusatzstoffen auf der Bestelltafel und entschied sich gegen einen Snack.

»Ihre Bestellung wird sofort gepackt, bitte fahren Sie zum Ausgabeschalter vor«, verkündete die McHughes-Frau begeistert.

Simmons ließ den Wagen vorrollen, steckte seinen Credstick in den dafür vorgesehenen Schlitz, autorisierte die Zahlung und fing dann an, große Mengen Essen aus dem Ausgabeschacht auf Walkers Schoß zu laden. Nun, da er Simmons nicht verärgern wollte, blieb ihm wohl nur übrig, sich damit zu arrangieren. Er verschob eine besonders schwere Tüte, damit die heißen Burger nicht auf seine Hoden drückten.

»Sie wollen sagen«, fuhr Simmons fort, als sie den Drive-in verließen, »dass dieser Bärentyp ein Menschenfreund war?«

Walker nickte. Ein Haus für Arme mit Speisung, medizinischer und sogar magischer Versorgung zu betreiben würde wohl bei den meisten Leuten als gute Tat angesehen.

»Dann sind diese Bestienformer Mutterbabys vielleicht gar nicht so übel, was?« Simmons griff Walker beherzt in den Schoß und zog einen Doppelkäse-Burger aus einer der Tüten, in den er herzhaft biss – ohne ihn auszupacken! Als ihm Walkers Blick auffiel, erklärte er mit vollem Mund: »'rpackung's essbar!«

Walker beschloss, sich von dem Ork nicht mehr verblüffen zu lassen. »Ich nehme an, es gibt solche und solche. Einige werden sich wohl eher ihrer menschlichen Hälfte zugeneigt fühlen, aber ich möchte nicht ausschließen, dass es auch solche gibt, die ihrem tierischen Erbe nacheifern.«

Walker zog die Telefone aus der Tüte und fing an, sie zu überprüfen.

Simmons hatte den Burger bereits verputzt, als er sagte: »Also, für mich sieht das so aus: Diese Kerle machen nicht nur Gestaltwandler kalt, sie töten auch Metamenschen dabei, und das macht die Sache für mich persönlich. Abgesehen davon wird der Killer mittlerweile wahrscheinlich schon wissen, dass wir seine Leute gegeekt haben, und sich sicher nicht drüber freuen.«

Da musste Walker ihm zustimmen.

»Also würde ich vorschlagen, wir machen den Kerl dingfest, und der erste Schritt wäre, der Gatewright die Hölle heißzumachen.« Er zog den nächsten Burger hervor und hielt ihn Walker ins Gesicht. »Auch?«

Walker wich vor dem scharfen, chemischen Geruch zurück. »Danke, nein! Ich halte das allerdings, mit Verlaub, für keine so gute Idee. Wenn wir Miss Gatewright über den aktuellen Stand unserer Ermittlungen informieren, könnte sie Mister Flow in Kenntnis setzen, der uns das Leben schwer machen würde.«

Simon schnaufte. »Na ja, der Stand der Ermittlungen ist ja nicht so üppig. Wir haben eine Kontobewegung, die man mit großer Wahrscheinlichkeit nicht zurückverfolgen kann. Auf den Telefonen wird wohl nichts zu finden sein, so blöd wären die Jungs wohl kaum.«

Walker war mittlerweile beim dritten Telefon angelangt, dem des Verbrannten, und rief den Telefonspeicher auf. Er enthielt einen einzelnen Eintrag: Johnson, gefolgt von einer Nummer.

»Manchmal muss man auf die Dummheit der Menschen vertrauen, Mister Simmons«, sagte Walker und drehte dem Ork das Display zu.

»Das ist doch eine Falle«, sagte Simmons, aber Walker war anderer Ansicht. Das war das Telefon eines Toten, der weggeschafft werden sollte, als sie eintrafen, die Chancen standen also gut, dass es sich um einen glücklichen Zufall handelte.

»Das dachten wir über die Sache gerade auch«, sagte er nur, rief im Autopiloten des Autos das Telefonbuch auf und gab die Nummer ein. Das Gerät suchte eine Weile, spuckte dann aber eine negative Meldung aus: Nummer nicht gefunden.

»Nun, das wäre auch zu einfach gewesen«, sagte er zu Simmons, der grübelnd auf die Straße starrte.

»Ich würde sagen, wir hauen uns etwas aufs Ohr, oder?«, schlug der Ork vor. »Morgen früh können wir uns dann ausgeruht auf die Suche machen.«

Walker nickte. »Lassen Sie mich grade noch etwas Dreistes ausprobieren.« Er ließ die Nummer wählen, und das Rufzeichen erklang. Dann ging eine automatisierte Nachricht dran: »Guten Tag. Sie haben eine Nummer des Norberg-Rerouting-Service gewählt. Bitte nennen Sie nach dem Signalton Ihre Autorisationsnummer und Ihr Kennwort, Sie werden dann sofort zum gewünschten Kunden weitergeleitet.«

Walker unterbrach die Verbindung. »Ein Umleitungsservice«, erklärte er Simmons. »Das ist doch schon mal ein Ansatzpunkt.«

Der Ork brummte nur eine Zustimmung, augenscheinlich war er ziemlich müde, und auch Walker merkte, dass der Kampf und die Verletzung ihm einiges abgefordert hatten. Sicher, er hatte schon unter schlimmeren Bedingungen im

Feld operiert, aber auch wenn Zeit in diesem Fall ein Faktor war, um weitere Morde zu verhindern, konnte man sich doch den Luxus einer Nachtruhe gönnen.

Simmons wartete, bis er sicher war, dass Walker schlief. Der Mensch konnte ihn doch mal! Um kurz nach drei machte er sich auf den Weg.

Er schlich sich in den Flur, zum Fahrstuhl und stieg in seinen Wagen. Er würde der Gatewright einen kleinen Besuch abstatten, ob Walker das jetzt passte oder nicht, und er würde aus der Braut herausholen, was Flow schon über die Täter wusste. Sie konnten nicht weiterhin von Hinweis zu Hinweis rennen – unschuldige Menschen starben in der Zwischenzeit, und er war nicht bereit, das hinzunehmen. Da draußen gab es genug Schweinehunde, die den Tod verdienten, auf Anhieb würde Simmons ein rundes Dutzend einfallen, aber Straßenkinder gehörten ganz sicher nicht dazu. Er wusste schon, warum er normalerweise alleine arbeitete – wenn er sein Bauchgefühl ignorierte, war das bisher immer in die Hose gegangen, und er hatte es im Hauer, dass die Frau irgendwas wusste. Es zog ihn förmlich zurück zu ihr. Der Westwind heulte auf, als er auf den Highway fuhr und das Gas ganz durchtrat.

Miss Gatewright traf um kurz vor vier ein. Simmons ließ ihr einen Augenblick Zeit, richtig nach Hause zu kommen, dann klingelte er. Sie hatte sich bereits umgezogen, wie er erstaunt feststellte, und trug jetzt eine Art Kimono.

»Sie schon wieder? Ich dachte, wir hätten das geklärt«, sagte sie scharf.

»Tut mir leid. Es haben sich neue Fakten ergeben, und ich würde Ihnen gerne noch ein paar Fragen stellen. Ich verspreche auch, artig zu sein.« Simmons setzte sein Staubsaugervertreter-Lächeln auf.

»Nein, ich denke wirklich nicht ...«, sagte die Frau, aber Simmons unterbrach sie. »Hören Sie, es ist wirklich wichtig, sonst würde ich mir nicht mitten in der Nacht den Arsch hier unten abfrieren. Also bitte, bitte lassen Sie mich rein, Ma'm!«

Sie musterte ihn misstrauisch, aber dann summte der Türöffner. Simmons hatte gewusst, dass sie ihn hereinlassen würde – er wusste nicht warum, aber er hatte das Gefühl, als ob er die Frau schon seit Jahren kannte.

Als er oben ankam, hatte sie die Tür schon geöffnet und ließ ihn wortlos ein. »Danke«, sagte Simmons.

»Also?«, fragte die Frau und verschränkte die Arme vor ihrem prächtigen Busen.

Simmons fragte sich, ob sie unter dem Kimono noch etwas anhatte, ihre Beine und Füße waren auf jeden Fall nackt. *Reiß dich zusammen, du notgeiler Ork,* ermahnte er sich in Gedanken.

»Ich möchte, dass Sie mir sagen, was Flow weiß«, sagte er sanft.

Die Frau schüttelte ungläubig den Kopf. »Sie wollen ... sind Sie noch ganz bei Trost? Warum sollte ich das tun?«

»Weil es besser für alle Beteiligten ist«, sagte Simmons genauso sanft.

Sie schnappte nach Luft. »Sie wollen mir drohen?«

Simmons schüttelte den Kopf. »Nein. Aber ich bin der Meinung, wir sollten unsere Kräfte bündeln. Diese Kerle sind skrupellos.«

Die Frau schüttelte den Kopf. »Ich habe es Ihnen schon einmal gesagt, und auch Mister Flow hat es, glaube ich, deutlich gemacht: Halten Sie sich aus der Sache raus, oder es wird kein gutes Ende nehmen.« Leise, überrascht, als wäre ihr gerade etwas aufgefallen, setzte sie hinzu: »Und es täte mir leid um Sie.«

»Jetzt wollen Sie mir drohen, Miss. Warum stehen Sie so hinter diesem Flow? Nur weil er Sie bezahlt?«

»Unfug«, sagte die Frau scharf. »Flow bereitet eine bessere Zeit für seinesgleichen vor. Gestaltwandler werden auf der ganzen Welt diskriminiert, Sie wissen ja nicht, wie das ist.«

Das war ja wohl eine Unverschämtheit, was dachte die sich eigentlich? »Hey, Lady, schauen Sie mal genau hin«, forderte er. »Ich bin ein Ork, ich kann Ihnen ein Lied singen über Rassismus.«

Sie schnaubte. »Ach ja? Jagt man Ihre Spezies für Kopfgelder? Spricht man den Orks ab, denken und fühlen zu können? Kann man einen Ork ungestraft töten? Enthält man Ihnen eine SIN vor? Das, was Sie Rassismus nennen, ist ein Klacks gegen die Hölle, durch die Gestaltwandler gehen, wenn sie unter Menschen leben wollen. Sie tragen Ihr Orksein vor sich her, sind stolz darauf, und Sie haben auch allen Grund dazu. Wenn sich ein Gestaltwandler offenbart, dann ... dann wird er gehetzt und niedergestreckt!« Tränen liefen ihre Wangen hinab. »Auf der Straße, von einem Mob. Er hat sich nicht mal gewehrt, er wollte niemanden verletzen ...« Sie wischte die Tränen ärgerlich weg. »Also reden Sie nicht von Vorurteilen und Rassismus!«

Simmons schluckte. Verdammt, die Frau hatte recht. Er war die Orkversion eines Humanis, hatte sich von Vorurteilen leiten lassen. Aber trotzdem. »Glauben Sie, dass es der Sache der Gestaltwandler nützt, wenn Flow die Mörder abschlachtet? Ganz tolle Publicity, und das beweist echt, dass er sich unter Menschen wohlfühlt und dazugehören will!«

Die Frau schüttelte unwillig den Kopf, wollte es augenscheinlich nicht hören.

»Sie folgen dem Kerl, weil er gute Ziele hat, aber das rechtfertigt seine Maßnahmen nicht. Sie arbeiten für einen Mörder, Miss Gatewright.«

»Raus!«, rief sie.

»Ich gehe nicht eher, bis ich weiß, was Flow weiß und was er vorhat.« Simmons verschränkte die Arme vor der Brust.

»Gehen Sie, oder ich ...« Sie zeigte mit dem Finger auf die Tür. »Verschwinden Sie!«

Simmons schüttelte den Kopf, da fing die Frau an, Worte in einer Sprache zu sagen, die Simmons nicht kannte, und Gesten mit den Händen zu vollführen.

Ihm lief es eiskalt den Rücken runter – das war Magie! Er stürzte vor und packte die Frau an den Armen. Der Schwung trug sie beide durch den Raum, und sie schlugen gegen die Wand. Zum Glück konnte Simmons kurz vorher abbremsen, sonst hätte er die zierliche Frau mit seinem Gewicht wohl zerquetscht. Sie schaute aus feuchten, aber trotzigen Augen zu ihm auf, an die Wand gedrängt von seinen Händen, die ihre Unterarme umfassten.

»Tun Sie das nicht, Miss«, warnte er sie. »Tun Sie das besser nicht!«

Sie atmete schwer, und bei jedem Atemzug pressten sich ihre Brüste gegen Simmons' Oberkörper.

»Da draußen rennen gnadenlose Killer rum, die Kinder töten, und ich werde diese Mistkerle schnappen und sie durch die Hölle einer UCAS-Strafanstalt schicken, denn der Tod ist noch zu gut für solche Schweine. Die Frage ist nur, werden Sie mir helfen?«

Er ließ ihre Arme los, schaute ihr aber weiter in die Augen. »Wirst du mir helfen?«

»Ja«, hauchte sie, packte seinen Kopf, stellte sich auf die Zehenspitzen und küsste ihn leidenschaftlich. Eine Welle des Verlangens durchströmte Simmons. Er küsste die Menschenfrau zurück und hob sie auf. Sie schlang ihre Beine um seine Hüfte, dabei öffnete sich der Gürtel des Kimonos und der Seidenstoff klaffte auf, offenbarte ihren straffen Körper. Sie trug wirklich nichts drunter – war das hier echt, oder steckte er in einem SimSinn und wusste es nur nicht?

Sie glitt von seiner Hüfte, ohne dass sie aufhörten, sich zu küssen. Sie saugte an seinem Hauer, zog den Trenchcoat von seinen Schultern und zerrte an seinem Pullover. Simmons zog ihn über den Kopf und riss die Frau dann wieder an sich, küsste sie. Sie roch so gut, dass er sich schämte, nicht mehr geduscht zu haben. Eine leise Stimme im Hinterkopf warnte ihn davor, sich mit dem Feind einzulassen, aber sie wurde von dem warmen Gefühl in seinem Magen und seinen Lenden zum Schweigen gebracht.

Die Frau schaute auf seinen Bauch, fuhr mit dem Finger über die Dermalplatten unter seiner Haut und ließ den Blick über die angeklebten Reparaturplatten auf seinem Arm wandern. Für einen Augenblick hatte Simmons Angst, seine Cyberware würde sie abschrecken, aber dann drängte sie sich wieder an ihn, küsste ihn und umfasste sein Glied, das bereits pochend gegen seine Hose drückte.

Er nahm sie auf den Arm, sie war so leicht. »Da, da vorne«, keuchte sie und wies auf eine Tür.

Simmons stieß sie vorsichtig auf und legte die Frau auf dem Futon ab. Was er hier tat, war verrückt, aber es kam ihm so richtig vor!

Als Simmons am nächsten Morgen erwachte, lag Jade Gatewright bereits wach neben ihm und schaute ihn an. Was kam jetzt? Vielen Dank für den Feierabendfick, frühstücken kannst du woanders?

»Willst du gehen, Simmons?«, fragte sie und lächelte unsicher.

»Soll ich?«, fragte er, aber sie schüttelte den Kopf.

»Dann gehe ich nicht.«

Sie legte den Kopf auf seine Brust, und er legte den Arm um sie. Heute war ein guter Tag.

»Flow weiß noch nicht, wer der Mörder ist, aber Shelley war nicht die Erste.« Sie schaute ihn nicht an, während sie sprach.

»Einen von Flows Rudel hat es vor vier Wochen erwischt, danach Yoko, eine Fuchsgestaltwandlerin, und vor rund einer Woche haben sie eine ganze Seehundwandlerfamilie an der Küste vor der Stadt hingeschlachtet. Alle waren verstümmelt oder ausgeweidet, genau wie Shelley.«

Simmons spürte ihre Tränen auf seiner Haut und überlegte, ob er ihr von dem toten Bärenwandler erzählen sollte, aber er entschied sich dagegen.

Jetzt hob sie den Kopf und sah ihn an. »Ich kannte diese Leute, Martin. Wer tut so etwas?«

Simmons seufzte. »Ich weiß es nicht, aber wir kriegen sie, das verspreche ich dir. Wir holen uns die Mistkerle, und dann atmen sie lange, lange Jahre gesiebte Luft. Kannst du uns Flow vom Hals halten?«

Sie schüttelte den Kopf. »Nein, ich glaube nicht. Er hört nicht auf mich, er brennt auf Rache und wird sich nicht davon abhalten lassen. Und ihr müsst bitte, bitte vorsichtig sein, mit Flow und seinen Leuten ist nicht zu scherzen.«

Sie schaute besorgt.

»Keine Sorge, Jade, wir sind auf der Hut, und wir sind ihm einen guten Schritt voraus, hoffe ich.« Er tätschelte ihre nackte Schulter.

»Sei dir da bitte nicht zu sicher. Flow ist ein fähiger Wolfsschamane, und er führt in letzter Zeit viele Suchrituale durch. Wenn er den Mörder vor euch findet, wird nicht mehr genug von ihm übrig bleiben, was man in eine Zelle stecken könnte.« Sie strich sich eine Strähne ihres roten Haars aus dem Gesicht. »Ich versuche, noch mal mit ihm zu reden, aber mach dir nicht zu viele Hoffnungen.«

Simmons nickte und schaute auf die Uhr. »Ich muss los, Walker wartet bestimmt schon auf mich.«

18

Walker klopfte erneut an Simmons' Tür, aber es öffnete immer noch niemand. Seltsam, er hätte nicht gedacht, dass der Ork schon auf war. Er wählte gerade die Nummer seines Partners, als der pfeifend aus dem schmutzigen Fahrstuhl trat. Er sah müde, aber gut gelaunt aus und trug zwei StufferShack-Plastiktüten.

»Morgen, Chummer! Ich hab Frühstück mitgebracht.« Er grinste und schloss sein Zimmer auf.

»Ist etwas vorgefallen? Sie wirken so beschwingt«, fragte Walker verwundert.

»Schönen Traum gehabt«, sagte der Ork. »Also, was machen wir heute?«

Walker sah ihn nachdenklich an und dann auf das Bett, das sich seit gestern Abend nicht verändert hatte. Paranoia war zwar eines der Hauptanzeichen für eine Cyberpsychose, aber er musste trotzdem fragen: »Waren Sie noch weg?«

Simmons nickte. »Ja, hab ein paar verlässliche Quellen angezapft und so lange gestochert und gebohrt, bis was Gutes dabei rauskam.« Simmons kicherte, als hätte er einen gelungenen Witz gemacht.

»Ich bin nicht sehr erfreut darüber, wenn Sie auf eigene Faust losziehen, Mister Simmons, Sie sollten mich über solche Aktionen in Kenntnis setzen.« Walker konnte es nicht leiden, wenn Leute aus seiner Mannschaft plötzlich die Grundlagen des Teamplay ignorierten.

»Ja, ja, sparen Sie sich die Standpauke für die Zeit, wenn Sie eigene Kinder haben, und hören Sie sich lieber an, was ich Ihnen zu sagen habe: Die Donado war nicht das erste Opfer. Vier oder fünf weitere Gestaltwandler sind abgemurkst worden, und immer gab's eine unfreiwillige Organspende.«

Das war bemerkenswert – woher wusste der Ork das? Als hätte er seine Gedanken gelesen, sagte er: »Vertrauliche Quellen.«

»Das ist interessant. Wir haben es also mit jemandem zu tun, der Körperteile von Gestaltwandlern sammelt. Aber zu welchem Zweck?« Walker setzte sich auf das Bett neben Simmons, nahm ihm die Tüten aus der Hand und zog einen Kaffee heraus.

»Jeder braucht ein Hobby«, sagte Simmons und setzte vorwurfsvoll hinzu: »Bitte, bedienen Sie sich.«

Walker antwortete geistesabwesend: »Danke!«

Sie hatten da einen wohlhabenden Auftraggeber, der offensichtlich Shadowrunner zu einem spezialisierten Angriffsteam gegen Gestaltwandler zusammengestellt hatte, aber für einen Konzern oder eine Regierungsarbeit waren die Männer zu unprofessionell vorgegangen. Das war eben der Unterschied zwischen Shadowrunnern und echten Soldaten: die Qualität der Ausbildung. Aber warum nur sammelte er Körperteile von Gestaltwandlern? Zu Forschungszwecken wären die vollständigen Leichen nützlicher und für Ritualmagie durch die medizinischen Chemikalien kaum zu gebrauchen. Vielleicht war all das der Auftakt zu einer Kampagne der psychologischen Kriegsführung gegen Gestaltwandler? Einige Stämme der Dschungelregionen Mittelamerikas hängten getötete Gegner als Warnung für ihre Feinde kopfüber an einen Baum und steckten den Toten die abgeschnittenen Genitalien in den Mund. Aber für eine solche Strategie waren die Zugriffe zu sauber gewesen.

»Konnten Sie in Erfahrung bringen, welche Körperteile betroffen waren oder wo die Morde stattfanden?«, fragte er den Ork, der mit einem irritierenden Dauergrinsen auf beiden Backen kaute und nun den Kopf schüttelte.

»Nö. Einer war vor der Stadt, aber mehr weiß ich nicht.«

»Wir sollten das herausfinden. Bis dahin konzentrieren wir uns am besten auf die bestehenden Spuren.«

Walker fragte sich noch immer, wer sie angerufen und auf die Spur der Mörder gesetzt hatte. Erst warnte man sie, dann half man ihnen – das passte nicht zusammen. Walker hatte das Gefühl, vor einem Puzzle mit tausend Teilen zu sitzen, aber es fehlten ihm einfach die wichtigsten Stücke. Apropos, er musste Simmons ja noch in die neusten Erkenntnisse einweihen. »Ich habe gestern Abend meine Deckerin noch einmal kontaktiert. Sie konnte die Zahlungen für das Plata Mortal durch das automatische System bis zu einem Gruppen-Sparkonto zurückverfolgen, auf das rund 600 Personen einzahlen, und wie ich vermute, tun diese Leute das, ohne es zu wissen. Es werden immer wieder kleine Summen unter nichtssagenden Betreffs abgebucht und auf das Sammelkonto transferiert. Die Auszahlung erfolgt über PIN-Nummern und Passwörter. Wer auch immer in den Besitz der entsprechenden Kennungen kommt, kann sich Geld von dem Konto überweisen lassen.«

»Klingt nach einem Topf für Shadowruns«, sagte Simmons, und Walker nickte.

»Ganz recht. Bemerkenswert ist allerdings, dass die 600 Personen augenscheinlich größtenteils für drei Firmen arbeiten: *Plaza Porta,* eine lokale Pizzeriakette, *TechCore,* ein mittelgroßer Zulieferer von Elektronikbauteilen, ebenfalls vor Ort ansässig, und bei der privaten Fluglinie *Morgan Cargo and Passenger Transport.* Alle drei sind nun wiederum, wie mir eine kurze Recherche in den einschlägigen Magazinen und Datenbanken verraten hat, relativ direkte Tochterfirmen der *Avildson and Sons Holding.*«

»Und das heißt?«, fragte Simmons.

»Meiner Schlussfolgerung nach bedeutet das, dass unser Mörder bei der *Avildson Holding* arbeitet, vermutlich in der Führungsetage«, erklärte er.

Simmons wiegte den Kopf. »Oder dass uns einer glauben machen will, es wäre so.«

Da hatte der Ork recht, gerade bei Konzernstrukturen und Shadowrunnern musste man immer mit einer Fassade hinter einer Fassade rechnen, die eine weitere Täuschung verdeckte.

»Ich habe gestern Abend meine Mitarbeiterin auch noch angewiesen, sich über die Norberg Rerouting schlau zu machen. Sie müsste sich in«, Walker ließ die Uhrzeit einblenden, es war 10:13, »etwa 17 Minuten melden. Vielleicht möchten Sie sich bis dahin etwas frisch machen?«

Simmons nickte, schnappte sich die gelbstichigen Handtücher und machte sich auf den Weg zur Dusche. Als er die Tür erreicht hatte, fragte er: »Kann ich Ihr Aftershave benutzen?«

Als Simmons mit noch feuchten Haaren, aber bereits wieder angezogen aus der Dusche kam, murmelte Walker wieder etwas vor sich hin – seine Version des Telefonierens, so viel hatte Simmons ja mittlerweile herausbekommen. Ein wenig zwickte ihn schon das schlechte Gewissen, dass er dem Mensch nichts über Jade erzählt hatte, aber er wollte dafür den richtigen Zeitpunkt abwarten – zum Beispiel kurz bevor Walker in sein Flugzeug nach Stock-im-Arsch-Hausen stieg. Doch er wollte dem Menschen nicht unrecht tun. Er würde ihn nicht unbedingt mit auf eine Party nehmen, aber an sich war er okay.

Walker blickte auf. »Es gibt schlechte Neuigkeiten. Die Kundendaten bei Norberg Rerouting sind in einem internen System gespeichert, an das ein Decker aus der Matrix nicht herankommt.«

»Und das bedeutet?«, fragte Simmons und rieb sich Wasser aus dem Ohr.

»Das bedeutet, dass wir dem Firmensitz einen nicht ganz offiziellen Besuch abstatten müssen, um an unsere Daten zu kommen. Miss Liquidata ist mit dem nächsten Flug auf dem Weg hierher!«

19

Simmons pulte sich Tintenfisch aus den Zähnen. Sie hatten sich ein Mittagessen beim Japaner geleistet, echtes, widerlich fischig schmeckendes Sushi – rohe Meeresfrüchte auf Reis waren ohnehin nicht so Simmons' Sache, aber dann noch echtes Essen, wo jeder Bissen unterschiedlich schmeckte und man vor keiner unliebsamen Geschmacksüberraschung sicher war ... nein, danke. Aber Walker hatte eingeladen, und der Tag, an dem Simmons ein kostenloses Essen ablehnte, musste erst noch anbrechen.

Jetzt saßen sie bei Salzbrezeln und Bier – oder Kinderpipi-Wasser in Walkers Fall – in einer rustikal eingerichteten Sportkneipe. Im Hintergrund lief auf einem wandfüllenden Großbildschirm ein Combat-Biking-Benefizspiel zum fünfzigsten Geburtstag des Erwachens, aber Simmons war nicht interessiert. Das Spiel zählte nicht im Ligavergleich, und so beschränkten sich die Spieler auf unterhaltsame Tricks und kamerawirksame Fahrten. Wenn es nicht auf die Knochen ging, lohnte sich nach Simmons' Ansicht das Einschalten nicht.

»Jetzt warten wir also auf Ihre Freundin«, sagte er und wandte sich Walker zu, der an seinem Perrier mit Eis nippte. Trank der Mann eigentlich auch noch irgendwas anderes als diese abgestandene, kastrierte Brühe?

»So ist es. Ich hoffe, dass sie heute noch einen Flug bekommt, aber in der vorweihnachtlichen Zeit ...«

Simmons versuchte, eine der Brezeln über seinen Hauer zu stülpen, aber das Gebäck zerbrach an der Größe seines

Eckzahns. »Na, sie ist Deckerin. Da wird sich doch sicher was machen lassen.«

Walker lächelte. »Vermutlich.«

Dann schwiegen sie wieder eine Weile.

»Und wir wollen jetzt einfach so herumsitzen und nix tun?«, fragte Simmons.

»Wenn Sie etwas anderes erledigen möchten ...«

»Na ja«, sagte Simmons, »ich hab da noch einen Maniküretermin, aber ich denke, den kann ich ausfallen lassen.«

Im Hintergrund wurde lautes Johlen von den anwesenden Sportfans laut, als der Fast Frontman der kanadischen Mannschaft über eine Absperrung flog, aber der Stunt war gefaked, das sah Simmons sofort. Walker schaute Simmons verwundert an.

»Ey, Chummer, das war ein Scherz. Sagen Sie bitte, dass Ihnen das klar war«, sagte Simmons entsetzt. War er Schwuchtelinchen im rosa Rock, oder was?

»Das war mir klar«, sagte Walker, aber er schmunzelte.

Simmons schaute auf seine echte Hand, an der die Fingernägel ausgefranst und abgenagt waren, dann auf die Hände des Menschen, mit denen er auf einem Verkaufskanal das Handmodell machen könnte. Er schüttelte den Kopf. »Mensch, Walker, was noch? Pudern Sie sich, und ich hab's noch nicht gemerkt?«

Sein Gegenüber antwortete nicht und nahm stattdessen eine Handvoll Erdnüsse aus einer anderen Schale.

»Und was haben Sie vorher so gemacht?«, fragte Simmons.

»Vor was?«, fragte Walker zurück.

»Na, bevor Sie zum Rächer der Gemordeten wurden.«

Walker musterte Simmons und schätzte wohl ab, wie viel er ihm erzählen konnte.

»Nur raus damit, ich petze ganz selten, und dann auch nur in meinen Interviews für den ›Männer des Jahres‹-Kalender«, sagte er grinsend.

»Ich war als Söldner tätig«, sagte Walker daraufhin.

»So richtig im Krieg?«, fragte Simmons.

»Hauptsächlich Kleingruppeneinsätze in Krisengebieten. Suchen und Zerstören, manchmal Sabotage, aber meine Spezialität war Einzelinfiltration mit dem Minihubschrauber und Errichten eines Kommunikationsrelais hinter den feindlichen Linien.«

»Wissen Sie was, Walker, das war fast der längste Satz, den ich bisher von Ihnen gehört habe, Sie müssen Ihre Arbeit echt lieben.« Simmons grinste, aber er erntete kein Echo von Walker.

»Oft war es die Hölle, vor allem, wenn ich mich aus einem Auftrag zurückziehen musste, weil sich die Lage anders darstellte, als der Auftraggeber sie geschildert hatte. Wenn Sie glauben, eine Medikamentenlieferung in die Mojave-Wüste zu begleiten, und sich dann rausstellt, dass es chemische Kampfstoffe sind, kann einem das schon den Tag versauen.« Walker leerte sein Glas und zerbiss den Rest des Eiswürfels.

»Und haben Sie den Kerlen das Geschäft versaut, sie auffliegen lassen?« In diesem geleckten Menschen schienen ja einige gute Geschichten zu stecken, vielleicht wurde die Wartezeit doch nicht so öde wie befürchtet.

»Nein, Mister Simmons. Ich habe mich unter Bezug auf die ausgemachte mündliche Klausel in meinem Vertrag aus dem Auftrag zurückgezogen, die Anzahlung genommen und bin nach Hause geflogen.«

Walker konnte die Missbilligung im Gesicht des Orks sehen, aber sie störte ihn nicht. Er war nicht die Weltpolizei, und es war nicht seine Aufgabe, über solche Dinge zu urteilen. Solange ein Auftrag ihm mit allen relevanten Informationen wahrheitsgemäß übergeben wurde und er ihn mit seinem Gewissen vereinbaren konnte, führte er ihn aus. Stellte sich heraus, dass wissentliche Falschaussagen gemacht wurden, zog er sich zurück. Ob in der Wüste mit Giftgas Terroristen oder Befreiungskämpfer bekämpft werden sollten – je nachdem, von welcher Seite man schaute –, die ihrerseits auch nicht davor zurückschrecken würden, solche Mittel gegen die Regierung einzusetzen, war ihm völlig egal. Die Welt war in ihrem Kern schlecht, und ein Walker würde daran nichts ändern, sondern sich höchstens am Widerstand aufreiben.

Sicher, er hatte auch schon Aufträge aus ethischen Gründen abgelehnt, wie den Hubschrauberangriff auf das zivile Dorf in Burma, und für Auftragsmorde gab er sich auch nicht her. Wenn es im Feld hieß: »Er oder der Gegner«, hatte er keine Skrupel abzudrücken, aber zum Mörder ließ er sich nicht machen.

»Ach so, na dann«, sagte der Ork und starrte eine Weile schweigend auf sein Bier. Simmons war auf seine ganz eigene Art wohl ein Weltverbesserer – Walker wünschte ihm viel Glück.

»Was zahlt Ihnen denn unser Johnson?«, fragte sein Begleiter dann.

»Nichts«, sagte Walker und lenkte die Aufmerksamkeit des Barkeepers mit einem Winken auf sich, der aufmerksam dem Spiel auf dem Bildschirm folgte. Er zeigte auf Simmons' Bier und sein Perrier und bestellte damit neue Getränke.

»Wie, nichts? Sie lassen hier den harten Kerl raushängen und machen gleichzeitig auf Samariter?« Simmons wirkte verärgert. »Jetzt lassen Sie sich doch nicht alles aus der Nase ziehen!«

Walker lächelte – er wusste nicht genau warum, aber trotz der rauen und oft undisziplinierten Art des Orks mochte er den Mann und war von seiner Integrität überzeugt. Vielleicht war es gerade seine kompromisslose und rüde Art, die ihn davon überzeugte.

»Entschuldigen Sie. Es läuft folgendermaßen: Meine Klienten kontaktieren mich über vertrauenswürdige Kanäle, meist über ehemalige Klienten oder ausgewählte Drittpersonen, und ich unterziehe sie einer individuellen Prüfung. Wenn ich der Meinung bin, ich kann im jeweiligen Fall von Nutzen sein und stehe zur Verfügung, mache ich mich auf den Weg.« Er nahm mit einem Nicken die neue Flasche Perrier entgegen und reichte die leere dem Ober.

»Ja, aber wieso ›nichts‹? Was springt für Sie dabei raus?«, beharrte Simmons.

»Ich vertraue darauf, dass die Personen, für die ich mich einsetze und denen ich hoffentlich behilflich sein kann, auch mir im Bedarfsfall zur Seite stehen. Auslagen werden jedoch meistens erstattet.«

»Ach so, Quietsch-Popo«, sagte Simmons.

»Bitte?«

»Na Gleiches für Gleiches«, erklärte der Ork.

»Quid pro quo, ganz richtig.«

Aber Simmons war noch nicht zufrieden. »Und wovon leben Sie?«

»Ich habe einige Ersparnisse angelegt und ein paarmal Glück gehabt. Es reicht zum Leben«, sagte Walker und prostete Simmons zu.

Der hob sein Bierglas und stieß mit ihm an. »Mensch, Walker, wenn ich gewusst hätte, dass Sie Millionen an der Börse gemacht haben, hätte ich Hummer bestellt!«

»Nun ja«, relativierte Walker, »der Plural ist in diesem Fall leider noch nicht angemessen.«

»Aber eine ist es?«, fragte Simmons beeindruckt.

»Es reicht für meine Ansprüche, belassen wir es dabei«, sagte Walker und lächelte.

Simmons' Telefon klingelte. Er schaute darauf und sagte: »Büronummer, unser mysteriöser Anrufer schon wieder.«

Walker rückte näher. »Können Sie auf Lautsprecher stellen?«

Simmons nickte und nahm ab. Die elektronische Stimme klang trotz der Verfremdung gehetzt und nervös. »Ich ... ich halte das nicht mehr aus! Sie haben mir gesagt, wir würden ein paar Viecher jagen, aber es sind Menschen. Eigentlich sind es Menschen.«

Simmons reagierte sofort. »Wir können Ihnen helfen! Wir holen Sie da raus, noch ist es nicht zu spät.«

Die Stimme wurde etwas fester. »Ich will Hunderttausend auf ein Nummernkonto bei der Transorbital, Straffreiheit, und Sie müssen mich schützen.«

»Gemacht«, sagte Simmons. »Aber erst wollen wir die Ware prüfen. Sie müssen uns schon ein bisschen was bieten.«

»Treffen Sie mich hinter dem Naugatoka, in einer Stunde. Sehe ich da einen Cop, bin ich weg.«

Die Verbindung wurde unterbrochen, und Simmons schaltete das Gerät aus. »Tja ... was soll man davon halten.«

Walker fragte von seinem Seattlechip Daten über das Naugatoka ab, das sich als Schlafsarghotel in Bolse, Auburn herausstellte. »Sie wollen dem Mann wirklich hunderttausend Nuyen zahlen und ihn laufen lassen?«

Simmons lachte dreckig. »Sind Sie bescheuert? Wir schnappen und den Mistkerl und prügeln aus ihm heraus, was Sache ist. Aber das weiß er ja nicht.«

Walker nickte. Es war zwar eigentlich nicht seine Art, Abmachungen zu brechen, aber streng genommen hatte er ja auch keine Zusagen gemacht. »Denken Sie, es ist eine Falle?«

»Ich hatte gerade ein Deschawum, Walker. Sie fragen das wirklich oft«, sagte der Ork und stand auf. »Keine Ahnung, schert mich auch nicht. Bolse ist eine miese Gegend, darum darf die kleine Lizzy zum Spielen raus, und ich freu mich schon darauf, den Kindermördern ein paar Luftlöcher zu machen!«

Walker nickte und winkte dem Barkeeper, um zu zahlen. »Zusammen«, ordnete er an und autorisierte die Überweisung auf das Ladenkonto.

»Gut, gehen wir los und fangen wir uns ein paar Bösewichte«, sagte er dann und nahm seinen Mantel vom Stuhl.

Der Ork lachte. »Wenn Sie jetzt noch breitbeinig gehen, nehm' ich Ihnen den Texas Ranger echt ab, Walker.«

20

Simmons zog Lizzy aus der Sporttasche im Rucksack und hielt sie locker an der Seite. »Wollen Sie Ihren Prügel auch?«, fragte er Walker, der sich aufmerksam umsah und jetzt nickte.

Also zog Simmons auch das Sturmgewehr noch hervor, reichte es dem Mann, der es routiniert überprüfte und dann am Tragegurt schulterte.

Simmons schaute in die Seitengasse, die an der Rückfront des Kastenbaus verlief. Abfall und Unrat stapelte sich stellenweise kniehoch, einige Squatterunterkünfte waren aus Pappe, Wellblech und Plastikplanen errichtet, aber die Einwohner waren um diese Zeit des Tages ›arbeiten‹ – schnorren an Bahnhöfen, Mülltonnen nach Pfandgut durchwühlen und sich um die besten Stücke der abgelaufenen Lebensmittel in den Containern der Supermärkte schlagen. Auf der anderen Seite stand ein nicht weniger hässlicher Kastenbau, in dem eine Reifenfabrik untergebracht war, die in unregelmäßigen Stößen ihre scharf riechenden Abgase in die Gasse ableitete. In der kalten Winterluft kondensierte das Zeug zu dichten, heißen Nebelschwaden, die alle paar Sekunden den engen Raum zwischen den beiden Häusern fluteten.

»Netter Ort für ein Treffen«, sagte Simmons und legte Lizzy auf seiner Schulter ab.

»Ich bevorzuge belebte, offene Plätze mit vielen Fluchtwegen«, sagte Walker und schaute sich weiter um. Sie warteten schweigend und angespannt vor der Gasse. Als die Schwaden mal wieder für einige Augenblicke verflogen waren, sahen sie einen dunkelhaarigen Mann am anderen Ende zwischen den beiden Häusern auftauchen. Er näherte sich langsam, immer wieder teilweise oder ganz verdeckt durch die vermutlich ätzenden und giftigen Dämpfe.

»Showtime«, sagte Simmons. »Halten Sie mir den Rücken frei.«

Walker nickte und nahm die Waffe locker in die Hand.

Wieder verdeckte eine weiße Wolke den Mann, und als sie sich verzog, flog der Mann rückwärts von den Füßen, und Blut spritzte. Es wirkte, als hätte ihm jemand mit voller Wucht einen Baseballschläger ins Gesicht getrümmert, aber es stand niemand bei ihm.

»Scharfschütze«, rief Walker und sprang rückwärts an die Wand. Simmons wollte zur anderen Seite eilen, aber Walker winkte ihn zu sich. »Er sitzt hier oben«, sagte er und wies auf das Fabrikgebäude. Wenn Simmons an die andere Wand gesprungen wäre, hätte der Kerl ihn vermutlich direkt im Schussfeld gehabt.

Walker schnallte sich das Gewehr um und schaute an der Wand nach oben. »Sichern Sie den Ausgang«, verlangte er, dann begann er hinaufzuklettern.

Walker blickte stetig nach oben und suchte nur zwischendurch immer mal wieder kurz nach dem nächsten Griff. Die Wand hätte im Freeclimbing die niedrigste Schwierigkeit bekommen, überall ragten Stützen und Rohre hervor, die guten Halt boten.

Walker hoffte inständig, dass der Scharfschütze sein Gewehr wieder auf einem Fuß montiert hatte, das würde ihm zum einen die nötige Zeit geben, zum anderen könnte der Gegner dann die Waffe nicht weit genug kippen, um parallel zur Wand des Hauses zu schießen, auf dem er Posten bezogen hatte. Er behielt zur Sicherheit trotzdem den Dachrand im Auge, aber nichts tat sich. Der heiße Dampf ruinierte jeden Ausrüstungsvorteil beider Seiten – weder Thermal noch Infrarot oder Ultrasound kämen da durch.

Er hielt die Luft an und aktivierte den internen Sauerstofftank, der die Hälfte eines seiner Lungenflügel ersetzte. Jetzt brauchte er rund fünf Minuten nicht mehr zu atmen, Zeit genug, sich durch die giftigen Abgase zu schieben. Seinen Cyberaugen machten die Dämpfe nichts aus, blieb nur zu hoffen, dass man das von seiner Orthoskin auch sagen konnte.

Er schob den Kopf schnell über den Mauerrand, aber es war kein Gegner zu sehen. Das Dach glich einem Irrgarten, Aufbauten und verwinkelte Rohre zogen sich darüber und boten unzählige Verstecke. Walker zog sich leise und schnell aufs Dach und blieb in der Hocke. Rechts von seiner Position lag das Gewehr, ein Barret Modell 121, eine militärische Waffe. Das bewies einmal mehr, dass hinter der Mördertruppe ein finanzstarker Kopf steckte, denn diese Waffe war auf der Straße nicht unter zwanzigtausend Nuyen zu bekommen. Sie ruhte am vorderen Ende auf einem Dreibein, das mit einem Thermostahlstift mit der Wand verbunden worden war. Das ermöglichte einen, bei einem guten Schützen sogar zwei saubere Schüsse, trotz des gewaltigen Rückstoßes der Waffe. Simmons hatte wirklich Glück gehabt, dass es nur seinen Cyberarm erwischt hatte, denn diese Waffe konnte mit einem Treffer Gliedmaßen vom Körper reißen.

Walker nahm sein Sturmgewehr vom Rücken, und die Waffe meldete sich bei seinem Smartgunsystem an, als das mit einer unidirektionalen Schicht Kunsthaut verdeckte Induktionspolster in seiner Handfläche auf den Kontakt am Griff traf. Volle 40 Schuss in der Waffe, der Granatwerfer war mit 6 Offensivgranaten bestückt – sollte der Gegner sich zeigen, würde er ihm ein feuriges Willkommen bereiten.

Walker spürte die Anspannung, als er sich geduckt zur ersten Deckung vorarbeitete. Seine Cyberaugen glichen die mangelnde Beleuchtung aus und sorgten für ein taghelles Bild, trotzdem war das Dach ausgesprochen unübersichtlich.

Er huschte von Deckung zu Deckung auf der Suche nach dem Feind, und plötzlich sah er eine schwarz gekleidete Gestalt am Boden auf dem Bauch in einer roten, dampfenden Pfütze liegen. Da erübrigte sich das thermografische Bild – die Person war vor sehr kurzer Zeit getötet worden, vermutlich vom Scharfschützen auf seiner Flucht. Vielleicht ein Sicherheitsmann? Aber nein, die Gestalt trug eine schwarze Kapuze, die den ganzen Kopf umschloss.

Er schaute sich um, konnte aber niemanden entdecken. Er schlich näher heran, konzentrierte sich kurz auf den Toten, um seinen Audioverstärker auf ihn auszurichten – kein Herzschlag mehr. Vorsichtig drehte er die Leiche auf den Rücken und bemerkte erstaunt, dass es sich um eine Frau handelte. Ihre SWAT-Kleidung war am Bauch zerrissen, und die blutigen Gedärme quollen zwischen den Stoffstreifen hervor, ihre Kehle war verschwunden, der Hals war bis zum Rückgrat zerfetzt. Für Walker sahen die Wunden aus wie Krallenspuren.

Simmons schaute dem kletternden Menschen noch einen Augenblick nach, dann stürmte er zum Vordereingang. In der Fabrik wurde offensichtlich gearbeitet, ein Typ mit einer Riesenwaffe würde darum hoffentlich auch in einem Drekloch wie Bolse Aufsehen erregen. Simmons checkte die Waffe durch, volle 50 Schuss in der Trommel, damit konnte man ein kleines mittelamerikanisches Land entvölkern.

Er schaute auf die schwere Eisentür und rechnete damit, dass sie aufflog, aber erst mal geschah nichts.

»Simmons, was machst du hier?«, fragte jemand hinter ihm, und er wirbelte erschrocken herum, sein Körper brummte förmlich vor Adrenalin, und er riss die Waffe hoch. Gerade noch rechtzeitig erkannte er innerhalb des Kreises der Schrotmarkierung Jade. Sie hatte hochrote Wangen, trug einen bezaubernden, hellblauen Catsuit und eine braune Lederjacke darüber.

»Hä? Was machst *du* hier, ist wohl eher die Frage?« Er ließ die Waffe sinken und verstand die Welt nicht mehr. Was trieb sich die Frau am späten Abend in so einer Gegend rum?

»Flow hat ein Ritual durchgeführt – wir hatten am Tatort von Shelleys Mord Blut gefunden, aber es war verunreinigt, darum musste er auf einen erfahrenen Freund warten, der gestern eingetroffen ist.«

Das war wohl das gleiche Blut, das sie auch am Tatort gefunden hatten.

»Sie haben den ganzen Tag über gezaubert«, fuhr Jade fort, »dann hatten sie einen der Mörder lokalisiert. Marques hat sich auf seine Spur gesetzt, und ich bin ihm unbemerkt gefolgt.«

»Marques? Was hat der denn mit der Sache zu tun? Ich dachte, er wäre nur so was wie ein Welt/Flow-Interface?«, fragte Simmons drängend.

»Marques ist Shelleys Bruder, er ist auch ein Panthergestaltwandler«, sagte die Frau. »Wo ist Walker?«

Simmons fluchte und wirbelte zu dem Gebäude herum.

»Ich dachte, wir hätten uns klar ausgedrückt«, sagte die dürre Gestalt, als sie hinter einem Vorbau hervortrat. Es war Marques, der Berater von Flow, er war nackt, und auf seinem definierten, drahtigen Körper glänzte Blut.

»Es gibt nur eine Warnung«, sagte er und kam langsam auf Walker zu. »Und siehe, die Rache ist mein, sprach der Herr.«

Walker erhob sich und legte mit dem Sturmgewehr an. »Halten Sie sich für Gott?«, fragte er.

Marques lachte. »Nein, aber für seinen nächsten lebenden Verwandten.«

»Bleiben Sie stehen«, sagte Walker, »oder ich erschieße Sie.«

Marques nickte. »Zur Kenntnis genommen«, aber er kam weiter auf Walker zu.

Walker zielte auf das Bein des Mannes und gab einen Schuss ab. Die Kugel durchschlug seinen Oberschenkel, zerfetzte den Muskel und zertrümmerte dem Geräusch nach zu urteilen auch den Oberschenkelknochen. Marques stöhnte auf, doch er verlagerte das Gewicht schnell genug auf das andere Bein, um nicht umzufallen. Dann blickte er auf und entblößte seine perfekten, weißen Zähne in einem bösartigen Lächeln.

»Schauen Sie hin und lernen Sie«, sagte er und wies auf sein Bein. Der Blutstrom versiegte, und die Wundränder zogen sich zusammen, es knirschte, als der Knochen nachwuchs. Binnen Sekunden war die Wunde verschwunden, und nur noch frisches Blut zeugte von der Verletzung.

Walker schluckte schwer und zielte auf den Kopf des Mannes. Paterson hatte in seinen Standardwerken nicht übertrieben, als er die Regenerationsfähigkeit von Gestaltwandlern beschrieb. Walker vermutete, dass Marques wie Shelley Donado ein Exemplar der Gattung Panthera Pardus war – die Krallenspuren waren zu groß für einen Wolf, sogar für einen erwachten Monsterwolf.

»Wir können die Angelegenheit noch immer friedlich regeln! Wir haben wichtige Hinweise, die auch für Ihre Anliegen nützlich sein werden«, erklärte Walker ruhig, aber bereit, beim geringsten Anzeichen von Ärger abzudrücken.

Marques lachte laut. »Sie glauben doch nicht wirklich, dass ich darauf aus bin, unter Menschen zu leben? Wir sind der nächste Schritt in der Evolution, wir sind die geborenen Herrscher. Flow weiß das, tief in seinem Inneren, und ich werde es schon noch aus ihm herauskitzeln. Und lassen Sie mich eins klarstellen: Wer sich uns nicht unterwirft, ist gegen uns!«

Der Mann bewegte sich, und Walker feuerte, aber statt auf ihn zu katapultierte sich der Mann mit einem gewaltigen Sprung zur Seite zwischen einen Stromtransformator und einen Abluftschacht. Walkers Salve fräste sich durch sein Schlüsselbein und seine Schulter, die krachend splitterten, dann war er verschwunden. Walker stieß verärgert die Luft aus. Der Kerl war verdammt schnell!

»Machen Sie sich bereit«, hallte seine Stimme über das Dach. »Die Jagd beginnt.« Marques stieß einen lauten, wütenden Schrei aus, der sich in ein Fauchen verwandelte.

Walker atmete einmal tief ein und aus, dann packte er die Waffe fester und ging seitlich in die verwinkelten Gänge, die von den Aufbauten gebildet wurden. Er spürte mit allen Sinnen nach dem Mann, nein, mittlerweile der Raubkatze. Wenn er eine Chance haben wollte, musste er sie kommen hören.

Walker fühlte sich in den erwachten Dschungel Amazoniens zurückversetzt, und wenn er sich eine Zeit in seinem Leben aussuchen müsste, die er auf keinen Fall noch mal erleben wollte, dann diese.

Er hörte ein Geräusch hinter sich, wirbelte herum und feuerte. Die ersten Kugeln prallten von einem Stahlträger ab, als er die Waffe im Dauerfeuer hinter dem schwarzen, riesigen Schatten herführte, der den geringen Abstand von Deckung zu Deckung in einem Augenblick überbrückt hatte. Walker wusste, dass er schnell war, seine Reflexe waren übermenschlich, und trotzdem hatte er nicht getroffen.

Vorsichtig eilte er weiter, bog zweimal links ab und lauschte aufmerksam: Schwere, aber samtige Tritte auf Metall, ein Blech ächzte, dann federte es zurück. Walker ließ sich auf den Rücken fallen und feuerte bereits, als die gut drei Meter lange Raubkatze über ihm in der Luft erschien. Blut spritzte auf ihn hernieder, als er draufhielt, bis das Tier über ihn hinweg war. Fleisch und Fell wurden zerrissen, und das schwere Klatschen von Kugeln, die Muskeln durchschlugen, war lauter als das leise Klacken seiner schallgedämpften Waffe. Er sprang bereits wieder auf die Füße, als der schwere Leib der Katze hinter dem Aufbau auf der anderen Seite aufs Dach schlug. Er lief um das Metallgehäuse herum, fand aber nur einen Blutfleck auf dem Dach, von seinem Gegner keine Spur. Die Munitionsanzeige blinkte: noch neun Schuss, also kontrollierte Salven. Er konnte es nicht riskieren, jetzt den Streifen zu wechseln.

Wenn er der Katze hinterherjagte, hatte er keine Chance. Zeit für den Rückzug. Er orientierte sich kurz und schlich dann vorsichtig in die Richtung, wo er den Durchgang nach unten vermutete. Tatsächlich sah er wenig später einen steinernen Bau vor sich, auf dessen Magschloss-gesicherter Metalltür ›Exit‹ stand.

Er drehte sich um und ging rückwärts, nach allen Seiten sichernd, auf die Tür zu. Vorsichtig streckte er die linke Hand nach hinten und rüttelte an dem Knauf – verschlossen.

Im selben Augenblick ertönte über seinem Kopf ein lautes Fauchen. Walker sprang zur Seite und drehte sich im Flug, aber da traf schon der schwere Leib der Raubkatze auf ihn. Die gigantischen Fänge des Panthers schlossen sich um den Lauf der Waffe und bissen zu, das Metall verbog sich kreischend. Sie schlugen hart auf den Boden, die Luft wurde Walker aus den Lungen gepresst, und mehrere Rippen brachen krachend, doch vom Schmerz wurde er durch seine Bioware verschont.

Die Katze richtete sich auf die Hinterläufe auf, aber Walker klammerte sich an die Waffe und wurde so von dem unsagbar starken Monster auf die Beine gezogen. Dann ließ er das nutzlose Gewehr los, sprang zurück und riss seine Thunderbolt aus dem Holster, doch bevor er feuern konnte, schlug die Raubkatze mit ihrer kopfgroßen Vorderpranke zu. Walker wurde zur Seite geworfen, als die Krallen seinen rechten Arm und die Brust aufrissen, die Pistole segelte durch die Luft. Er versuchte sich abzurollen, aber sein Arm versagte ihm den Dienst, und so schlug er mit dem Gesicht hart auf den Betonboden des Dachs. Seine Nase brach. Der Panther sprang erneut vor und hieb mit der Pranke nach seiner Brust, doch Walker trat dem Tier vor den Kopf und konnte sich so nach hinten katapultieren, aber nicht weit genug. Die Krallen zerfetzten seinen Oberschenkel.

Walker wurde bewusst, dass er sterben würde, und er war überrascht, wie teilnahmslos er die Zerstörung seines eigenen Körpers beobachtete. Das musste die Entfremdung sein, vor der ihn René gewarnt hatte, bevor er den Schmerzeditor eingebaut hatte.

Walker schob sich mit dem gesunden Bein von dem Angreifer weg, bis er mit dem Rücken an einen Aufbau stieß, und Marques setzte nicht nach. Er lief in gut fünf Meter Entfernung auf und ab wie in einem Käfig. Seine Ohren und Lefzen zuckten, der Schwanz peitschte hin und her. Walker wusste: Die Katze spielte mit ihrem Opfer.

Die Tür nach unten lag auf halber Strecke zwischen ihnen, und selbst wenn er das Schloss aufschießen könnte, würde er die Tür niemals aufkriegen, bevor ihn die Katze niedergestreckt hätte.

Walker stemmte sich mit dem Rücken zur Wand hoch, sein verletztes Bein zitterte, aber er konnte stehen. Ob er laufen konnte, wusste er nicht, und wohin auch? Seine Pistole lag weit entfernt, das Gewehr war hinüber. Er spürte eine innere Ruhe, die nicht nur vom Schmerzeditor stammen konnte. So wenig es wert war, er würde im Stehen sterben und seinem Gegner in die Augen sehen. Und auch wenn er das Ganze nicht überlebte – er würde sein Bestes geben, um diesen Gestaltwandler-Rassisten mit ins Grab zu nehmen. Massive Schäden am zentralen Nervensystem sollten laut Paterson auch bei dieser Spezies tödlich sein – das ließ sich einrichten. Die Katze spannte die Muskeln zum Sprung, Walker schob die linke Hand hinten unter seine Jacke und zog seine Reisepistole hervor. Die Fichetti Executive Action hatte vielleicht keine nennenswerte Manstopping-Power, aber eine Kugel ins Auge war trotzdem endgültig. Er hoffte nur, dass sein Körper ihn nicht im Stich ließ, bevor er die Sache beendet hatte.

Der riesige, blutüberströmte Panther sprang, und seine gewaltigen Muskeln arbeiteten unter der Haut – die Ästhetik einer biologischen Tötungsmaschine. Walker stieß sich mit dem gesunden Bein ab und sprang ihr entgegen. Er musste bis zum letzten Moment warten, sonst würde Marques ihm die Waffe einfach aus der Hand schlagen. Die Zeit schien langsamer zu vergehen, als sie durch die Luft aufeinander zuflogen.

Walkers Geist war ebenso betäubt wie sein Körper. Wie aus großer Ferne nahm er ein lautes Rattern wahr, doch er konnte es nicht zuordnen. Die riesige Katze nahm sein verengtes Sichtfeld ein, und er zog mit letzter Kraft die Waffe nach oben, aber da änderte der Gegner in der Luft seine Flugbahn. Die Waffe glitt ins Leere, als das Monstrum auf ihn traf und ihn gegen einen scharfkantigen Aufbau schleuderte. Aus dem Augenwinkel sah er das schwarze Fell des Gestaltwandlers, der Brustkorb, der sich langsam hob und senkte. Der Kerl genoss das Töten, und Walker bemühte sich nicht mehr, auf die Beine zu kommen. Jetzt würde er sterben, aber er hatte keine Angst.

Simmons eilte die Treppe zum Dach hinauf, erreichte eine Metalltür, die mit einem billigen Magschloss gesichert war, und hielt sich nicht lange auf. Er trat aus vollem Lauf gegen das Schloss, das knackend zerbrach, und bevor die lahmarschige Elektronik die Tür verriegeln konnte, flog sie auf und Simmons schaute auf schwarzes Fell, das in Augenhöhe vor ihm durch die Luft flog. Ohne nachzudenken, riss er Lizzy hoch und ließ sie singen. Das heiße Schrot fraß sich zischend in den Leib der Katze, fetzte ihr das Fleisch von den Rippen und zerschmetterte ihre Knochen. Die reine Wucht des vollautomatischen Feuers riss den Hinterleib der Katze herum, und sie drehte sich in der Luft. Der gewaltige Leib knallte gegen Walker, der ebenfalls in Bewegung war, und schleuderte ihn gegen die Ecke eines Abluftschachts, dessen Blech wegknickte. Der Mensch und die Katze blieben etwa einen Meter voneinander entfernt auf dem Boden liegen. Walker blutete aus Wunden am Arm, Bein und auf der Brust. Außerdem stand seine Nase schräg im Gesicht.

»Walker«, rief er, aber der Mann reagierte nicht. »Ey, Walker, sterben Sie mir bloß nicht weg«, rief er noch mal, da blinzelte der Mensch und hob zitternd den Kopf. »Simmons«, sagte er tonlos.

Der Ork war noch immer ganz verblüfft von der Situation, als ihm auffiel, dass sich die Wunden der Katze langsam, aber sicher schlossen. »Scheiße, Walker, heilen sich diese Mistviecher etwa?«, fragte er.

Walker rollte sich stöhnend auf den Bauch, drückte eine kleine Pistole auf den Kopf des Panthers und drückte ab. »Dieses nicht mehr!«

Als Simmons, den blutenden Walker stützend, die Treppe hinunterkam, begegnete ihnen Jade. Walker zuckte zusammen und hob mit zitternder Hand die Waffe, aber Simmons drückte sie runter. »Keine Sorge, alles in Ordnung.« Auf den fragenden Blick des Menschen sagte er: »Lange Geschichte! Ich erzähl's Ihnen später! Jetzt sollten wir erst mal hier weg, bevor Verstärkung eintrifft.«

Jade presste sich die Hand auf den Mund und starrte den Verletzten entsetzt an. Dann fragte sie mit zitternder Stimme: »Marques?«

»Verreckt«, sagte Simmons. »Und jetzt pack mit an oder geh mir aus dem Weg.«

Sie schaute ihn an, Tränen schimmerten in ihren Augen, und Simmons tat es schon leid, sie so harsch angesprochen zu haben, aber für Diplomatie fehlte die Zeit, denn sein Partner drohte zu verbluten.

»Wenn ich jetzt mit euch gehe, kann ich nie wieder zu Flow zurück«, sagte sie leise.

»Und?«, fragte Simmons, aber es kam härter heraus, als er beabsichtigt hatte.

Statt einer Antwort drehte sie sich um und hielt die Tür zu der Außentreppe auf.

Walker spürte an seinen Bewegungseinschränkungen, wie stark sein Körper in Mitleidenschaft gezogen war, und natürlich gaben auch die offenen, stark blutenden Wunden und das schummerige Gefühl im Kopf einen Hinweis darauf. Wenn er nicht bald medizinische Hilfe bekam, konnte es böse enden. Aber zumindest lebte er noch, und das war in Korrelation zu seinen kürzlichen Prognosen doch eine nicht zu unterschätzende Verbesserung.

Simmons schob ihn auf den Beifahrersitz des Westwind und schnallte ihn an. »Wo bringen wir Sie denn jetzt hin? Mein Doc sitzt im Orkuntergrund, und da sollten wir uns erst mal nicht mehr blicken lassen. Bleibt eigentlich nur das Krankenhaus, wenn Sie keinen kennen?«

Walker schüttelte den Kopf. Simmons lief um den Wagen herum und riss die Fahrertür auf. Miss Gatewright schaute Simmons mit großen Augen an, irgendwas war zwischen den beiden passiert, und sobald es ihm etwas besser ging, würde er schleunigst herausfinden müssen, was.

»Vielleicht kann ich helfen«, sagte sie.

Simmons sah sie an und sagte dann grob: »Steig ein.«

»Moment«, rief sie und lief zu ihrem roten Sportwagen. Es dauerte eine Weile, dann kletterte sie mit einer großen Umhängetasche auf den Rücksitz des Wagens.

Simmons stieg ein und fuhr los. »Hast du da ein Medkit drin. Das hab ich auch im Auto.«

»Besser«, sagte sie und zog eine dicke afrikanische Fruchtbarkeitsstatue aus Holz hervor, in die umrahmte Zahlen geschnitzt worden waren.

»Entspannen Sie sich, Mister Walker. Ich werde Sie nun magisch heilen, versuchen Sie bitte nicht, sich dagegen zu wehren, das macht es schwieriger«, sagte sie und legte ihm die Hand auf die Stirn.

»Ich möchte Sie darauf aufmerksam machen, dass ich Cyberware im Körper trage, das könnte die Sache erschweren«, sagte Walker keuchend. Eine der gebrochenen Rippen hatte offensichtlich einen Lungenflügel punktiert.

»Ich weiß, Ihre Aura zeigt es deutlich«, sagte sie lächelnd und begann lateinische Worte vor sich hin zu murmeln, während sie sich vorbeugte und die Statue in kreisenden

Bewegungen über seinem Körper führte. Sie musste sich strecken, um in dem engen Wagen alle Wunden zu erreichen.

Walker war bereits mehr als einmal von Magiern geheilt worden, sowohl der hermetischen als auch der schamanistischen Ausrichtung – gut ausgerüstete Striketeams verfügten oft über magische Verstärkung –, aber angenehm war es nie. Er hatte das Gefühl, als würde sein Körper seiner Kontrolle entzogen, als könnte er hören und spüren, wie seine Zellen Überstunden einlegten, um sich zu regenerieren, und es blieb immer die Angst, dass sich der Körper irgendwann einmal für diese unnatürlich schnelle Heilung rächen würde, plötzlich die Ressourcen einforderte, die dafür vor ihrer Zeit verschwendet worden waren. Aber diese Angst war völlig irrational, denn aktuelle Forschungsergebnisse wiesen sogar darauf hin, dass Personen, die regelmäßig magisch geheilt wurden, ein deutlich geringeres Krebsrisiko trugen und ein höheres Alter erreichten.

Walker verkrampfte sich, als das Kribbeln begann, aber dann entspannte er sich willentlich, atmete tief ein und aus, und je länger das ziehende Gefühl anhielt, umso leichter fiel ihm das Atmen.

Er konnte den Wunden an seinem Bein bei der Heilung zusehen und bekam auch wieder Gefühl in seinem Arm.

Miss Gatewright sackte mit einem leisen Stöhnen in ihren Sitz zurück. »Mehr kann ich nicht tun!« Sie wischte sich mit einem Stofftaschentuch Schweiß von der Stirn, und ihre Hand zitterte leicht dabei.

Simmons schaute auf Walkers Wunden, dann mit sorgenvollem Blick auf die Magierin. Wenn er sich nicht ganz täuschte, hatten der Ork und die Frau romantische Bande geknüpft, zweifelsohne in der Nacht, in der Simmons nicht im Hotel war. Das war eine überraschende Entwicklung.

Walker atmete einmal tief durch und deaktivierte den Schmerzeditor, aber der erwartete Schmerz hielt sich in Grenzen. Sein Bein und der Arm strahlten Schmerz wie bei einer starken Verspannung oder Muskelzerrung aus, lediglich die Wunde an der Brust pochte noch dumpf.

»Das war hervorragende Arbeit, Miss Gatewright«, sagte er und zog vorsichtig den Pullover hoch. Einige nicht allzu tiefe Schnitte prangten noch auf seiner Brust, aber das war eine Frage von Salbe und Pflastern, sie mussten nicht einmal geklammert werden.

Miss Gatewright lächelte und nickte zufrieden, und auch Simmons grinste breit. »Ja, super, Jade! Wunder der sechsten Welt: Magie hilft uns, Wunden von Monstern zu heilen, die es ohne Magie nicht gäbe.«

Die Frau auf dem Rücksitz sank in sich zusammen und schaute zum Rückfenster hinaus. Simmons verzog das Gesicht, offensichtlich, weil ihm aufging, dass die Frau, die er mittlerweile mit dem Vornamen ansprach, das ›Monster‹ wohl vor kurzem noch als Freund angesehen hatte.

Er setzte an, etwas zu sagen, schloss den Mund dann aber wieder. Stattdessen wandte er sich an Walker. »Ey, Walker.«

Er schaute den Ork an und rieb sich dabei den Oberschenkel.

»Sie haben mir das Leder vollgeblutet, das wird teuer!«

Walker lachte auf, als die Anspannung des vergangenen Kampfes von ihm abfiel. Andererseits hatten sie erst eine Schlacht gewonnen, und auch die nur knapp – der Krieg war noch nicht vorbei.

21

Simmons schaute Jade nach, der Frau, in die er sich – es half nicht, es zu leugnen – total verknallt hatte. Sie war eine der wenigen Frauen, die nicht vor ihm zurückschreckten, und mehr noch: Sie schien zu wissen, wie er tickte, und war trotzdem mit ihm zusammen.

Sie hatten beschlossen, dass Flow nach dem Tod seines Hauskätzchens wahrscheinlich nicht mehr so gut auf Jade zu sprechen sein würde, wenn ihre Verbindung zum ›Feind‹ herauskam und sie deshalb besser bei ihnen blieb. Darum warteten sie jetzt vor der Tür, während die Magierin ein paar Sachen zusammenpackte. Simmons hatte mitgehen wollen, aber sie hatte es ihm regelrecht verboten, mit dem Hinweis, dass Flow ihr nichts antun würde, selbst wenn er Verrat witterte. Bei ihm hätte der Wolfsmann allerdings keine derartigen Skrupel, und nach dem, was dieses Monster mit Walker angestellt hatte ...

»Möchten Sie mir erklären, was geschehen ist, Mister Simmons?«, fragte Walker und drehte sich ihm zu. Das geronnene und trocknende Blut begann langsam zu stinken, es wurde Zeit, dass sie den Wagen wechselten und alle Beteiligten duschen gingen, natürlich nicht zusammen.

»Klar doch. Sie sind von einem Panther mit Größenwahn angefallen worden und ...«

Walker unterbrach ihn scharf: »Keine Scherze, Simmons! Sie und Miss Gatewright – was ist da los?«

Simmons seufzte. »Okay. Neulich Nacht bin ich bei ihr vorbei, um den Druck ein bisschen zu erhöhen – so bin ich eben, finden Sie sich gleich damit ab. Wenn ich glaube, dass irgendwo Infos rumliegen, dann geh ich sie mir holen, vor allem, wenn Jugendliche abgeknallt werden. Na ja, ich hab ihr klargemacht, dass ihr Boss nicht viel besser ist als diese Schlächter, wenn er die Kerle umbringt. Sie wollte mich verzaubern, ich hab es verhindert, eins kam zum anderen, und jetzt nenn ich sie Jade und sie mich immer noch Simmons.«

Walker runzelte die Stirn – augenscheinlich glaubte er ihm nicht.

»Ey, Walker, ich versteh's doch auch nicht. Und knipsen Sie die Neidschaltkreise gleich mal wieder aus, ich kann meinen unwiderstehlichen Charme halt nicht verbergen. So ein Frauenmagnet zu sein hat auch seine Nachteile.« Er grinste den Menschen an, aber dessen Gesicht blieb ernst.

»Okay, Sie haben den Scherz-Schutzschild aktiviert, ich seh's schon. Hören Sie, Chummer, ich wollte es Ihnen erzählen, wenn es sich ergeben hätte, aber dann mussten Sie ja Tango mit Samtpfötchen tanzen. Seien Sie doch lieber froh, dass sie aufgetaucht ist und Ihr Leben gerettet hat – so hatten wir beide was von meinem Liebesleben.«

Walker schaute kurz zur Seite. Dann fragte er: »Können wir ihr vertrauen?«

Simmons wollte erst aufbrausen, aber dann dachte er über die Frauen nach, an die er bisher geraten war, und es war eigentlich keine dabei, die ihn am Schluss nicht nach Strich und Faden verarscht hatte. Aber bei Jade war es irgendwie anders, zumal sie sich gerade gegen die andere Seite gestellt hatte.

»Sie hat immerhin dem Mörder des Freundes ihres Chefs das Leben gerettet«, sagte er.

»Es war Notwehr«, sagte Walker düster.

»Ja, was auch immer. Auf jeden Fall steckt sie mit drin. Wenn sie uns hätte loswerden wollen, hätte sie einfach warten müssen, bis Sie verblutet wären, um mich dann in den bestaussehenden Frosch zu verwandeln, den die UCAS je gesehen hat.«

Walker war immer noch nicht zufrieden. »Da haben Sie möglicherweise recht, aber vielleicht wollen die Gestaltwandler auch nur abwarten, bis wir den Mörder gefunden haben.«

So langsam reichte es ihm aber – Jade war sauber, wann verstand der Mensch das endlich? »Und Flow opfert dafür seine rechte Hand? Nein, Walker, Jade ist auf unserer Seite, ob Sie es glauben wollen oder nicht.«

Walkers Stimme wurde sanfter. »Sie sind nicht unvoreingenommen.«

»Da können Sie einen drauf lassen, dass ich das nicht bin, aber ich bin keiner von den Typen, die wegen einer schnellen Nummer ihr Gehirn ausschalten. Ich steh auf die Frau, aber das macht mich nicht blind.« Simmons zündete sich eine Zigarette an, und der Rauch überdeckte den Blutgeruch.

Walker nickte. »Wird sie uns unterstützen, wenn es hart auf hart kommt, wenn Flow und seine Leute auftauchen?«

Simmons dachte einen Augenblick nach. »Sie wird uns auf jeden Fall nicht in den Rücken fallen.«

Walker nickte noch einmal, nachdenklich. »Gut, Mister Simmons, ich verlasse mich da auf Ihre Menschenkenntnis und hoffe, dass ich es nicht bereuen muss.«

Das hoffte Simmons auch. Vielleicht war es das viele Blut, aber bei dem Gedanken, dass Jade ihn verraten könnte, wurde ihm ganz schlecht.

Walker öffnete die Tür und sah sich in dem Aufenthaltsraum der kleinen Suite um, die er auf eine bisher unbenutzte falsche ID gemietet hatte. Der Westwind stand in einem Parkhaus und war durch einen Kleintransporter mit sauberen Nummernschildern ersetzt worden – Simmons' Kontakte erwiesen sich von Tag zu Tag als nützlicher, offensichtlich wurde Networking bei den Seattle-Orks großgeschrieben.

Als er mit Frau Markstatt in den Raum trat, lösten sich Simmons und seine neugewonnene Freundin hastig aus einer engen Umarmung. Walker war über diese Entwicklung nicht erfreut, zum einen, weil sich Simmons wie ein Teenager in der Pubertät aufführte, zum anderen, weil er von Miss Gatewrights Integrität immer noch nicht überzeugt war. Eine Magierin als Rückendeckung war nicht zu unterschätzen, aber eine feindliche Magierin im Rücken war fatal.

Er tat so, als habe er die infantile Knutscherei der beiden nicht bemerkt, und stellte die Deckerin vor. »Miss Gatewright, Mister Simmons, das ist Miss Liquidata, sie wird uns im digitalen und elektronischen Bereich verstärken.«

»Ma'm«, sagte Simmons und musterte die kleine, zierliche Frau. Walker folgte seinem skeptischen Blick, konnte aber nichts Bemerkenswertes entdecken. Frau Markstatt trug eine weite, schwarze Jeans, einen dicken Strickpullover mit Rentieren darauf und eine Thermojacke. Ihren Seesack hatte er ihr – Gentleman, der er war – bereits am Flughafen abgenommen. Ihr Gesicht war dezent geschminkt und ausgeruht, denn die Deckerin war im Gegensatz zu ihm in der Lage, bei einem Transorbitalflug in der ersten Klasse zu schlafen. Ihr halblanges Haar hing über die Datenbuchse an ihrer Schläfe, und nur ein kleines chinesisches Schriftzeichen unter ihrem rechten Auge, das ›Wissen‹ bedeutete, ließ erahnen, dass sie keine Konzernangestellte im Winterurlaub war.

»Guten Abend – oder besser gute Nacht«, sagte sie mit breitem, deutschem Akzent, lachte unsicher und sah Walker Hilfe suchend an.

Miss Gatewright stand auf und reichte ihr die Hand. »Nennen Sie mich Jade!«

Frau Markstatt ergriff die Hand und sagte: »Fein, ich bin LD für meine Freunde!«

Simmons stand auf. »Okay, LD, ich bin Simmons, das muss reichen.«

Walker musste sich zusammennehmen, um nicht den Mund zu verziehen. Vornamen! Es würde hart werden, in diesem Trupp einen Rest Disziplin und Professionalität aufrechtzuerhalten.

Der Ork wies erklärend auf die Rentiere auf ihrem Pullover: »Nichts Persönliches, aber ich steh nicht so auf diesen Weihnachtskram, wenn Sie also nicht wollen, dass ich permanent auf Ihre Brüste starre, weil sie Rudolphs Nase vergrößern, sollten Sie sich umziehen.«

Das hatten sie alle bereits hinter sich. Die blutverschmierten Sachen ruhten in einem Plastiksack im Badezimmer, denn man sollte in der sechsten Welt mit Blut immer vorsichtig sein, wie Flows Ritual bewiesen hatte. Simmons' Trenchcoat war besonders in Mitleidenschaft gezogen worden, denn der Ork hatte ihn Walker für den Check-in übergezogen, und eine Flasche Parfüm hatte den Geruch überdeckt. So hatte er nun als stinkender Mann in einem viel zu großen Mantel ein Zimmer gemietet, aber zumindest nicht als blutüberströmter Wahnsinniger.

Aber nach dieser Aktion war eine Dusche mehr als nötig gewesen, bevor er die Deckerin am Flughafen abholen konnte.

Die Deckerin lachte erneut unsicher, und Walker griff ein, um die Lage zu entschärfen. »Bitte, Mister Simmons, es ist nun mal Weihnachten, und wir wollen doch keine Kleiderordnung einführen, oder?« Er schaute auf das verknitterte Hemd und die Hose mit Hochwasser, die Simmons' einziges Paar Wäsche zum Wechseln darstellten.

Simmons schaute an sich herab, grinste und sagte: »Punkt für Sie, Walker.« Dann wandte er sich an die Deckerin. »Nichts für ungut, LD, willkommen im Team.«

»Also, um was geht es denn eigentlich?«, fragte die Deckerin, als sie sich setzte.

Simmons stand auf. »Hören Sie, Walker, warum setzen Sie die Dame nicht ins Bild, und Jade und ich besorgen uns einen ordentlichen Mitternachtssnack? Dieser Hotelfraß ist völlig überteuert, und ich könnte, glaube ich, auch was Ordentliches zum Anziehen brauchen.« Er blickte grinsend zur Deckerin hinüber. »Soll ich Ihnen was mitbringen? Kaffee, Doughnuts, Burger, einen neuen Pullover?«

»Mister Simmons«, ermahnte Walker den Ork, aber Frau Markstatt lachte: »Kaffee wäre gut.«

»In Ordnung«, sagte Simmons, und die beiden verließen das Hotelzimmer.

»Mister Simmons ist leider niemand aus der eigentlichen Branche«, erklärte er der Frau, als die Tür geschlossen war.

»Aber er ist nett«, sagte sie.

Walker nickte. Das war wohl richtig, und eigentlich war Simmons auch ein kompetenter Partner. Er war wohl noch immer verärgert wegen der nicht abgesprochenen Aktionen des Orks.

Sie knutschten vor der Tür noch einmal ausgiebig, dann klopfte Simmons. Er trug jetzt ein weißes, gestärktes Hemd, eine passende Stoffhose und sogar einen neuen Trenchcoat, aber das war nur eine Übergangslösung. Sobald das Original gereinigt war, würde dieses neumodische Ding im Schrank verschwinden.

Er nickte Walker zu, der zur Seite trat, um sie reinzulassen, und hinter ihnen die Tür schloss.

»Da sind wir wieder«, verkündete er. »Hat ein bisschen länger gedauert, dafür gibt's aber auch Amazonisch und Chinesisch!«

Eigentlich hatte es so lange gedauert, weil sie einfach nicht aufhören konnten, sich zu küssen, aber das konnte er Walker natürlich nicht sagen – der war ja immer noch sauer wegen der ganzen Sache.

Er wollte die Tüten auf dem kleinen Tisch abstellen, aber dort lag ein zusammengeklebter, ausgedruckter Grundrissplan, auf dem mit Hotelkugelschreibern Pfeile und Anmerkungen geschrieben standen.

»Hoppla«, sagte er.

»Wir haben die Zeit genutzt, um bereits mit der Planung anzufangen«, erklärte Walker. »Frau ... LD war so freundlich, ihr Können zu beweisen und uns die Pläne des Norberg Rerouting Büros zu besorgen.«

Simmons stellte die Tüten auf den Boden ab und beugte sich über den Plan.

»Wie Sie sehen, liegt das Büro an einer Außenwand in einem Hochhauskomplex. Die Sicherheit ist minimal, der Serverraum besitzt außer Kameras und einem Magschloss an der Tür keine gesonderten Schutzmechanismen, und das Haus verfügt über eine Hubschrauberlandeplattform, die nur ab und an von den Hauswachen patrouilliert wird. Ich schlage darum vor, dass wir uns Elektro-Paraglider besorgen, von einem Balkon des nebenstehenden Four Seasons starten, auf dem Dach landen und uns dann bis zum Büro abseilen. Die Fenster sind aus Sicherheitsglas, werden aber einem Schweißbrenner nicht standhalten. Wir schneiden ein Loch hinein, steigen ein und haben unsere Daten – die Kameras sind LD zufolge problemlos aus der Matrix zu beeinflussen. Der Rückweg erfolgt über kontrollierten Absturz an Minifallschirmen.«

Simmons schaute Walker mit offenem Mund an. Waren wir hier bei drei Elfen für Charlie, oder was? Er musterte die Pläne erneut und lächelte. »Walker, erstens: Niemand bindet meinen preisgekrönten Hintern an ein Stück Plastikplane auf Drahtbügeln, egal wie oft er es Flugzeug nennt, und zweitens: Sie sehen zu wenig Trideo!«

22

Walker betrachtete seine Reflexion im Fenster hinter dem Norberg-Angestellten, der gerade einen Kaffee vor ihm abstellte. Es war erstaunlich, was Simmons homosexueller Trollbekannter vom Theater geleistet hatte. Walkers Haar war grau, und ein Doppelkinn schwabbelte, als er sich jetzt für das Getränk bedankte. Er musste zurückgelehnt sitzen, denn der künstliche Bauch drückte sonst auf seine Oberschenkel und spannte unter der blauen Anzugjacke aus dem Theaterfundus – Übergewicht war doch eine unangenehme Sache.

»Vielen Dank, dass Sie sich so kurz vor Weihnachten noch Zeit für mich nehmen«, sagte Walker mit tiefer Stimme.

Der Mann lächelte geschäftsmäßig. »Ich muss gestehen, ich war etwas überrascht, dass unser Sekretariat den Termin noch gebucht hat, wir schließen nämlich morgen über die Feiertage unsere Büros. Nur der Notdienst ist dann noch vor Ort, aber für unsere Kunden ist uns natürlich kein Aufwand zu groß!« Der schlanke junge Mann setzte sich hinter den Schreibtisch und richtete die Krawatte.

»Sie möchten also eine Umleitung beantragen?«, fragte er.

Walker nickte. »Ja, und wenn es geht, noch dieses Jahr.« Dann beugte er sich vor und trank den Kaffee in kleinen Schlucken aus.

»Keine Sorge, wenn wir den Auftrag heute rausgeben, erhalten Sie unser Spezialtelefon binnen 24 Stunden per Expresskurier. Ich muss Sie allerdings darauf hinweisen, dass unser Service nur im Großgebiet Seattle uneingeschränkt nutzbar ist, weil wir nur vor Ort ein eigenes Funknetz unterhalten. Sobald Sie diesen Bereich verlassen, werden die Gespräche über normale Telefonleitungen weitergeleitet, was für Sie keinen Unterschied macht, denn unser Telefon kann beides, aber die Leitung liegt in diesem Fall in der internationalen Sicherheitseinstufung eine Kategorie tiefer.«

»Das ist kein Problem – ich will ja nur nicht, dass die Leute mich immer anrufen!« Er winkte mit der Tasse. »Dürfte ich Sie noch um eine Tasse Kaffee bitten? Wieder mit Süßstoff, bitte.«

Der junge Mann warf einen unauffälligen Blick auf die Uhr, stand auf und sagte: »Das tut mir leid, ich habe Zucker benutzt. Ich muss überhört haben, dass Sie um Süßstoff gebeten haben.«

Jetzt kam es darauf an. Walker hoffte, dass seine schauspielerischen Talente ausreichten. »Zucker? O nein, nicht Zucker!«

Er zerbiss die Kapsel, die er in seiner Wange versteckt hielt, und die Chemikalie in seinem Mund begann sofort zu schäumen. Walker zitterte und spielte Krämpfe vor, spuckte weißen Schaum und fiel mit dem Stuhl hintenüber. Der junge Mann war entsetzt und stürzte auf den Flur, rief um Hilfe, aber Walker wusste, dass außer ihm und den Sicherheitskräften keiner mehr im Büro war.

Er kam bleich wieder hineingestürmt und kniete sich neben Walker, der noch ein paarmal laut und schaumsprühend röchelte, dann hörte er auf zu atmen und schaltete auf die interne Versorgung.

Der Angestellte keuchte: »O nein«, und sprang zum Telefon, wählte eine Nummer und schrie ins Telefon: »Ein Notfall! Schicken Sie sofort einen Krankenwagen!«

»Meinst du, es klappt?«, fragte Jade und zupfte an ihrem weißen Kittel herum. Maurice, sein Trollfreund, der beim Theater arbeitete, hatte sie zehn Jahre älter geschminkt und ihr eine dicke Warze ins Gesicht geklebt. Dazu noch eine Brille, und die Tarnung war perfekt.

»Das werden wir gleich wissen«, sagte Simmons und überprüfte den Sitz seines Vollbarts im Spiegel des Krankenwagens. In etwa zwei Stunden würde sein Kontakt im Fuhrpark der Memorial Klinik den Wagen als gestohlen melden, bis dahin musste die Sache über die Bühne sein.

»Ich verstehe immer noch nicht, warum wir uns so verkleiden mussten. Erstens schaltet doch diese LD die Kameras aus, und zum anderen hätte ich uns auch mit einer magischen Maske tarnen können.« Sie setzte sich zurecht und drehte die Heizung höher. Der Wetterbericht hatte weiße Weihnacht angesagt, und so langsam schien das sogar wahrscheinlich, denn dicke Wolken hingen über der Stadt.

»Sie schaltet die Kameras in dem Büro aus, aber nicht die anderen – auf dem Weg dahin wird man uns also sehen. Und was die Magie angeht: Ich bevorzuge immer die einfachere Methode.«

Sie beugte sich herüber und küsste ihn. »Ja, und das liebe ich auch so an dir!«

Jetzt redete sie schon von Liebe? Warum musste das bei Frauen immer so schnell gehen? Nächste Woche sollte man dann zusammenziehen, und im Monat drauf wurde das Abo vom Pornokanal gekündigt, oder was? Da musste er beizeiten aber die Notbremse ziehen, er war ja kein Pantoffelheld.

Simmons schaute in den Außenspiegel und sah einen Motorrad-Polizisten auf ihren Wagen zurollen, der Stern leuchtete golden von seinem Helm.

»Drek«, sagte Simmons, als der Mann langsamer wurde, neben dem Wagen hielt und mit einer Handbewegung bedeutete, dass er das Fenster herunterfahren sollte. Simmons kam der Aufforderung nach und steckte den Kopf zum Fenster raus. »Gibt es ein Problem, Officer?«, hörte er sich sagen und hätte sich am liebsten geohrfeigt. Er konnte sich sehr klar daran erinnern, wie er diesen Spruch gehasst hatte, als er selbst noch auf Streife ging.

»Sind Sie auf einem Einsatz?«, fragte der Mann ernst.

»Nein, Sir. Wir machen grad ein bisschen Pause«, antwortete er.

»Dann gilt das absolute Halteverbot auch für Sie. Fahren Sie den Wagen bitte sofort weg!« Der Polizist wies auf das Schild an der Wand.

»Klar, entschuldigen Sie, Officer. Sind schon weg.« Simmons startete den Wagen, als sein Telefon klingelte. »Funkgerät ist mal wieder kaputt«, erklärte er und ging dran. Es war wie erwartet LD, die sagte: »Anruf ist eingegangen.«

»Alles klar«, sagte Simmons extra laut, damit der Polizist ihn hören konnte. »Wir sind unterwegs.« Er griff nach oben, schaltete die Sirene und das Lichtsignal ein, nickte dem Polizisten noch mal zu und fuhr los. Der Polizist setzte sich ebenfalls in Bewegung, und Simmons befürchtete einen Augenblick, dass er sich an ihre Fersen heften könnte, aber er bog an der nächsten Kreuzung ab.

Als sie mit der Trage im Fahrstuhl nach oben standen, flüsterte Jade: »Ich hab Angst. Was ist, wenn ich Blödsinn rede?«

Simmons grinste: »Ach, red keinen Blödsinn«, und schüttelte sofort über sich selbst den Kopf. »Ich meine, du schaffst das schon. Tu einfach so, als wärst du Doktor Karnegy aus ›Emergency Hospital South‹, dann geht alles gut! Und sei energisch.«

Sie nickte, und als die Tür aufging, stürmte sie los, und Simmons schob die Liege hinterher. An der Glastür zu dem Bürotrakt von Norberg Rerouting wartete bereits ein bleicher, verschwitzter Angestellter, der sie eilig herbeiwinkte.

»Ich bin Doktor Cline, was haben wir hier?«, fragte Jade in sachlichem Ton und ging zielstrebig weiter auf die offene Tür zu.

Simmons fuhr brav hinterher, wie das ein dummer Ork-Assi eben machte. Jade sah in ihrem Krankenhausoutfit wirklich scharf aus, vielleicht konnte er sie überreden, mal einen von diesen knappen Schwesternkitteln zu tragen.

»Er ist einfach umgefallen. Einfach so«, stotterte der Mann.

In dem Raum stand ein dicker Wachmann Mitte vierzig neben dem verkleideten Walker, der verabredungsgemäß Schaum um den Mund hatte und nicht mehr atmete. Das war bestimmt ein prima Partygag.

Simmons klappte den Krankenwagenkoffer auf und legte ihn neben dem Menschen ab. Dann räumte er einige Dinge heraus, von deren Anwendung oder auch nur Zweck er nicht den geringsten Schimmer hatte.

Jade tastete Walker ab und zog ein Plastikschildchen an einer Kette unter seinem Hemd hervor, schaute darauf und verkündete dann: »Dieser Mann ist Sacharose-Allergiker. Haben Sie ihm etwa Zucker gegeben?«

Simmons musste gegen ein Grinsen ankämpfen, denn sie traf genau den theatralischen, leicht vorwurfsvollen Tonfall von Doktor Karnegy.

»Ich wusste doch nicht ...«, stammelte der Angestellte kläglich, und fast tat er Simmons leid.

»Wir müssen sofort eine Notoperation vornehmen, wir intubieren und defibrillieren, und geben Sie ihm 90% Sauerstoff«, befahl sie Simmons, der aufsprang und dabei den Sicherheitsmann anstieß.

»Wir brauchen hier Platz, bitte schaffen Sie den da raus«, sagte er zu der Wache und wies auf den Angestellten, aber statt den Raum zu verlassen, schob er den Mann nur raus und schloss die Tür. Schade, aber darauf waren sie vorbereitet.

Die Tür war zu, von draußen konnte sie keiner mehr sehen, und darauf kam's an. Die Wache beobachtete jeden Handgriff von Jade genau, und das war sogar noch besser. Sie kniete sich neben Walker und schnitt mit einem Skalpell das Doppelkinn auf. Dickes, rotes Filmblut quoll heraus, und im selben Moment klebte Simmons der Wache von hinten ein Tranqpatch in den Nacken. Der Mann drehte sich um. »Eine Fliege«, erklärte Simmons und fing ihn dann auf, als er zu Boden sank. Simmons klappte den Kragen hoch, damit man das Klebepflaster mit den Betäubungsmitteln nicht sofort entdeckte, dann öffnete er die Tür und zog die Wache nach draußen. Der Angestellte schreckte zusammen, als er den ohnmächtigen Mann sah. »Kann wohl kein Blut sehen«, erklärte Simmons grimmig. »Halten Sie seine Beine hoch, dann wird das schon wieder.« Er ging wieder in das Büro und schloss die Tür von innen ab. Jade hatte Walkers falschen Hals zugeklebt und verbunden, damit das Kunstblut keine verräterischen Spuren hinterließ.

»Okay, Walker, erwachen Sie von den Toten«, sagte Simmons.

Walker drehte den Kopf zur Seite und spuckte den restlichen Schaum in ein Taschentuch, das Jade ihm hinhielt. Dann stand er auf, zog sein Hemd hoch und schlüpfte mit Jades Hilfe aus dem falschen Bauch, unter dem ein kleines Kästchen zum Vorschein kam.

Währenddessen nahm Simmons ein Wandpaneel ab und bearbeitete mit dem Akkuschrauber bereits die Platte an der anderen Seite des Stützgerüstes, als Walker neben ihn trat. Walker schlüpfte durch den schmalen Durchgang, der sich bildete, und verschwand im Serverraum.

Walker schaute sich um. Schrankgroße Rechenanlagen standen an den Wänden, mehrere Terminals dienten offensichtlich der Dateneingabe. Walker hielt sich nicht damit auf, die Rechner zu identifizieren, sondern ließ sich zu Boden sinken, hob eine Bodenplatte an und spähte darunter – wie erwartet waren die Rechner unterirdisch verkabelt. Er glitt in den Raum unter dem Fußboden und schob sich in der Hocke zu einem dicken Datenkabel. Mit geübten Bewegungen schnitt er die Kabel an und klemmte die Weichen zwischen. Dann aktivierte er den Sender und prüfte ihn mit einem kleinen Empfänger. Radio Walker war auf Sendung, und das Ganze hatte nicht länger als fünf Minuten gedauert.

Er kletterte aus dem Boden, schob die Platte fein säuberlich wieder in ihre Halterung und stieg in das Büro zurück, wo Simmons bereits mit seinem Bauch wartete.

Er legte sich auf die Bahre, wurde mit einer Thermodecke zugedeckt. »Augen zu«, forderte Simmons und spritzte ihm dem Geruch nach zu urteilen Kunstblut ins Gesicht.

»Okay, alle bereit, wir gehen raus!«

Walker hielt den Daumen hoch, denn er wollte nicht riskieren, etwas von dem Kunstblut zu verschlucken. Dann rumpelte die Bahre über den Boden, und er hörte Simmons rufen: »Aus dem Weg, er muss ins Krankenhaus!«

In den Fahrstuhl, nach unten, dann in den Wagen. Erst als die Sirenen quäkten und sie unterwegs waren, regte sich Walker wieder. Die Magierin wischte ihm mit einem Tuch das Gesicht sauber, er schlug die Augen auf und nickte dankbar. Dann wählte er Frau Markstatts Nummer, »Hallo, LD, Walker hier. Unsere Arbeit ist getan, jetzt liegt es an Ihnen.«

23

Simmons ging im Aufenthaltsraum der Suite auf und ab.

»Simmons, setz dich hin, du machst mich nervös«, sagte Jade und klopfte neben sich auf die Couch.

Er blieb stehen und zündete sich eine Zigarette an. Er wollte endlich loslegen, sich den Kerl schnappen und ihn Bekanntschaft mit seiner Eisenfaust machen lassen. »Wie lange dauert's denn noch?«

Walker ließ seinen Taschensekretär sinken, lehnte sich von seinem Platz auf dem Sessel nach hinten und spähte in den Nebenraum. »LD ist bei der Arbeit.«

»Ich dachte, sie hätte es drauf, und jetzt bastelt sie schon seit einer halben Stunde da dran rum«, sagte Simmons und ging wieder auf und ab.

»Die Sache hat sich als etwas komplexer herausgestellt als gehofft. Die Firma hat die Kundendaten extern gespeichert, aber sie arbeitet daran, den System-Proberuf zum Laufen zu bekommen, um anhand dieser Daten eine Standortbestimmung des Telefons durchzuführen.« Walker nahm den kleinen Computer wieder hoch.

»Wie können Sie nur so ruhig bleiben?«, fragte Simmons.

Der Mensch sah auf und lächelte. »Ich versuche einen kühlen Kopf zu behalten und die Ruhephasen zur Rekonvaleszenz zu nutzen. Immerhin war ich beinahe tot, das dürfen Sie nicht vergessen.«

Simmons schnaufte, ließ sich auf die Couch fallen und legte die Füße auf den Tisch. »Sie immer mit Ihren französischen Wörtern. Was machen wir denn, wenn wir wissen, wo der Kerl steckt?«

Walker schaltete das Gerät aus und legte es auf den Tisch. »Das hängt davon ab, wo er sich befindet. Ich vermute, dass er auf eine höfliche Aufforderung, sich der Polizei zu stellen, nicht reagieren wird, also werden wir wohl Gewalt anwenden müssen. Er hat bereits vier seiner Leute verloren, das könnte für uns einen großen Vorteil bedeuten, wenn er zwischenzeitlich nicht aufgestockt hat.«

»Vier?«, fragte Jade, während sie sich an Simmons schmiegte. Der sah das kurze Aufflackern von Unmut in Walkers Augen und schob sie weg. »Lass doch mal.«

Sie schaute ihn überrascht und verletzt an, und da tat es Simmons schon wieder leid, aber das hier war nun mal Geschäft. Damit fand sie sich lieber gleich ab!

»Ja, vier. Drei bei dem Überfall auf die Obdachlosenstelle und den weiblichen Scharfschützen«, erklärte Walker.

Jade runzelte die Stirn. »Wo?«

Simmons schnalzte mit der Zunge und sagte zerknirscht: »Ich wollte es dir noch erzählen – sie haben einen Bärenwandler gegeekt.«

Jade schaute erschrocken zur Seite und presste die Hand auf den Mund, also setzte sich Simmons auf und zog sie an sich. »Wir spazieren also da rein, knallen alles ab, was sich bewegt, und schleifen den Saukerl an seinen Eiern bis in den nächsten Knast?«, fragte er.

»Ich hätte es weniger blumig ausgedrückt, aber so in etwa sollte es im Idealfall ablaufen. Ich schlage jedoch vor, dass wir Betäubungsmunition benutzen, denn wir wissen ja noch nicht, wer hinter der ganzen Sache steckt und inwieweit die Personen vor Ort involviert sind.« Walker griff nach einem kurzen Blick auf Jade wieder nach seinem Computer.

»Was machen Sie da eigentlich die ganze Zeit?«, fragte Simmons und schaute dem Mann über die Schulter.

Walker lächelte. »Ich verwalte meine Finanzen und plane meine Börsenstrategie für Anfang 62.«

Simmons schüttelte den Kopf. So viel Geld hätte er auch gerne mal, dass er erst planen musste, was er damit anstellte. Er musste viel öfter planen, wo er jetzt wieder Geld herbekam.

Die Tür zum Nebenraum öffnete sich ganz, und LD kam herein. Sie trug noch immer diesen grausigen Weihnachtspullover, auf dem Rudolphs rote Nase wie ein geschwollener Nippel auf ihrer Brust prangte.

»Ich bin so weit«, sagte sie lächelnd. »Und übrigens: frohe Weihnachten!«

Simmons schaute auf seine Armbanduhr und sagte dann: »Stell mal die interne Zeit nach, Puppe, Weihnachten ist erst morgen.«

Sie runzelte die Stirn. »Aber es ist doch schon nach Mitternacht.«

Simmons verdrehte die Augen. Mann, diese Europäer waren echt begriffsstutzig. »Trotzdem der falsche Tag, heute ist erst der 24.«

Walker erhob sich. »Wenn ich kurz erklären dürfte: In der ADL feiert man Weihnachten bereits am 24. Dezember abends, das nennt sich dann ›Heilig Abend‹.« Walker sprach die Worte in perfektem Deutsch aus. »Hier in den UCAS wird das Weihnachtsfest jedoch erst am 25. Dezember morgens begangen. Sie haben also vor Ihrem jeweiligen kulturellen Hintergrund den richtigen Schluss gezogen.«

Simmons schaute den Menschen mit hochgezogenen Augenbrauen an. »Ja. Können wir dann zu den wichtigen Sachen kommen?«

Walker nickte und wandte sich LD zu: »Sie haben eine Adresse?«

Sie nickte. »Die Adresse, einen Lageplan, Satellitenfotos und eine Idee, wo und wie ich an die Sicherungsanlagen komme.«

Simmons stieß einen bewundernden Pfiff aus. »Da zeigt sich doch der deutsche Fleiß!«

»Seien Sie artig, sonst singe ich Weihnachtslieder«, sagte die Deckerin und drohte mit dem erhobenen Zeigefinger.

Simmons hob die Hände. »Ihr Punkt. Also?«

Die Deckerin nickte, ging zu dem Trideo und schloss ihr Deck dort an. Auf dem Bildschirm erschien eine Satellitenaufnahme, auf der Simmons erst mal gar nichts erkannte.

Walker warf einen Blick auf das Satellitenbild und analysierte es, während die Deckerin sprach. Ein allein stehendes Haus mit einem Haupthaus und zwei Nebenflügeln. Hinter dem Haus, von der gewundenen Straße aus gesehen, befand sich ein Hubschrauberlandeplatz, ein Sicherheitsbereich inklusive Maschendrahtzaun umfasste das mit Büschen und Bäumen bepflanzte Rasengelände im Abstand von etwa 1200 Metern, eine Mauer stellte etwa 800 Meter um das Haus herum die zweite Verteidigungslinie dar. Felder – Mais, tippte Walker – ragten bis auf wenige Meter an den Maschendrahtzaun heran.

»Die Villa steht in Snohomish, umgeben von Feldern, die noch in Privatbesitz sind – die Sicherheit drum herum ist minimal«, erläuterte die Deckerin. »Die schlechte Nachricht ist: Der Maschendrahtzaun steht unter Strom, das Gelände ist mit jeder Menge Kameras und Bewegungssensoren gespickt, und die Daten der Sicherheitssysteme werden in die Zentrale im Haus geleitet und gleichzeitig nach draußen zu einer privaten Sicherheitsfirma gespiegelt. Die gute Nachricht ist«, sagte sie und drückte eine Taste auf dem Deck, das Bild änderte sich und zeigte jetzt einen kleinen Betonbau mitten in einem Feld, »dass alle Datensignale augenscheinlich durch Verteilerknoten in diesem Bauwerk geleitet werden. Ich kann Ihnen die Leute im Haus nicht vom Hals schaffen, aber wenn Sie mich da reinbringen, wird keine Verstärkung kommen!«

Simmons räusperte sich. »Bin ich der Einzige hier, den es interessiert, wem dieses verdammte Haus gehört?«

LD schlug sich vor die Stirn. »Entschuldigen Sie!« Sie tippte etwas ein, und auf dem Bildschirm erschien das Bild eines dicklichen Mannes in den späten Zwanzigern, der bereits Geheimratsecken bekam und einen grellbunten Anzug trug.

»Darf ich vorstellen: Robert Joseph Avildson.«

»Avildson wie in ›Avildson and Sons Holding‹, hm?«, fragte Simmons, und die Deckerin nickte.

Damit hatten sie ihren Mörder wohl gefunden. Robert Joseph Avildson, Sohn aus reichem Haus mit offensichtlich umfangreichem eigenem Vermögen und einer Vorliebe für das Töten.

»Tja, dann ist ja alles klar, oder? Wir stürmen da rein, packen uns Avildson Junior und machen ihm die Hölle heiß«, sagte Simmons und stand auf.

Walker verkniff sich ein Schmunzeln über den Enthusiasmus des Orks – er hoffte nur, dass diese Begeisterung nicht in Hitzköpfigkeit umschlug und zu einer Gefahr für den Einsatz wurde. »Heute Nacht ist es bereits zu spät, ich würde vorschlagen, wir verschieben den Zugriff auf morgen. Es gibt ohnehin noch einiges herauszufinden und zu organisieren. Ich hoffe, wir können uns wieder auf Ihre hervorragenden Kontakte stützen, Mister Simmons?«

»Aber klar«, sagte der Ork, setzte sich wieder und wippte tatendurstig mit den Füßen.

»Konnten Sie in Erfahrung bringen, wie viele Sicherheitskräfte sich im Haus befinden?«, fragte Walker die Deckerin.

»Leider nicht«, sagte sie.

»Ich kann nachsehen gehen«, bot Miss Gatewright an.

Simmons sprang wieder auf. »Was? Glaubst du, die lassen dich da so einfach reinmarschieren? Dann bring mir doch gleich noch einen Liter Milch mit und, mal sehen, ja, einen Mörder bitte, Geschmacksrichtung pelzig.«

Die Magierin lächelte und zog Simmons an der Hand wieder auf die Couch. »Ich meinte, ich kann astral projizieren und dort vorbeischauen.«

Walker nickte. »Eine hervorragende Idee – aber werden Sie denn das Haus finden?«

Die Frau wandte sich an LD. »Das ist doch in der Nähe des alten Wasserspeichers?«

Die Deckerin nickte. »Ja, rund drei Kilometer westlich.«

»Da kenne ich mich aus – ein guter Freund lebt da in einer Höhle.«

Simmons schüttelte den Kopf. »Nein, ich halte das für gar keine gute Idee! Ich guck doch Trideo, ich weiß, was da im Astralraum jetzt alles rumrennt. Du bleibst mir schön hier!«

Miss Gatewright schmunzelte. »Es ist wahr, seit der Halley'sche Komet uns besucht, hat sich der Astralraum verändert, aber ich kenne mich aus, Simmons. Ich weiß, auf was ich achten muss. Ich verbiete dir doch auch nicht, auf Verbrecherjagd zu gehen.«

Der Ork zog eine Grimasse und kratzte sich an seinem Hauer. »Das wäre ja noch schöner«, grummelte er, und dann: »Pass bloß auf dich auf. Wenn dir was passiert, versohl ich dir obendrauf den nackten Arsch.«

»In Ordnung«, sagte sie und zog sich ein Kissen heran. »Ich bin dann jetzt mal unterwegs.« Im nächsten Moment erschlaffte sie und glitt auf der Couch zur Seite, bis Simmons ihren Körper sanft abfing.

Walker war schon öfter Zeuge astraler Projektion geworden, aber es faszinierte und erschreckte ihn immer wieder. Den Körper voll und ganz zu verlassen, um sich auf einer anderen Ebene, der Ebene der Geister, mit unglaublicher Geschwindigkeit fortzubewegen, war eine Erfahrung, die er gerne einmal machen würde. Er stellte es sich vor wie die Matrix, nur ohne die Fesseln des Körpers, die bei aller Freiheit des virtuellen Raums doch unterbewusst immer bestehen blieben.

Simmons musterte seine Lebensabschnittsgefährtin sorgenvoll. »Hoffentlich geht das gut!«

»Sie ist eine erfahrene Magierin und sicherlich vorsichtig. Machen Sie sich keine Sorgen«, sagte er, aber Simmons schnaubte. »Woher wollen Sie das denn wissen? Sie kennen sie doch gar nicht.«

Da ging es schon los, die emotionale Nähe beeinträchtigte die Unvoreingenommenheit und trübte den Geist.

»Da haben Sie recht. Ich wollte Ihnen lediglich mitteilen, wie ich sie nach meinen bisherigen Erfahrungen einschätze.«

Der Ork winkte ab. »Ist das normal, dass sie so schlaff ist?«

Walker musterte die Frau. Er hatte bisher nur Erfahrung mit militärisch vorgebildeten Magiern gesammelt, aber für ihn sah die Lage normal aus, darum nickte er.

»Wie lange wird es denn wohl dauern?«, fragte Simmons und sah auf die Uhr.

»Das kann ich Ihnen nicht sagen, Mister Simmons. Bleiben Sie einfach ruhig und geben Sie Miss Gatewright ein paar Minuten.« Walker musste sich zusammennehmen, den Ork nicht zur Räson zu rufen, aber das hier war kein militärischer Einsatz und er nicht der Truppenführer. Also atmete er tief durch und versuchte sich auf die neue Lage einzustellen. Er würde eben etwas mehr Spiel für unprofessionelles Verhalten und emotionale Kurzschlussreaktionen in die Planung einbauen müssen.

»Haben Sie schon eine Idee, wie wir reinkommen?«, fragte Simmons.

»Ich habe da einige erste Ansätze, wenn Sie nicht wieder einen Ihrer erstaunlichen Bluffs inszenieren können?« Walker stand auf und holte sich ein Perrier aus der Hotelbar. »Darf ich sonst noch jemandem etwas bringen?«

Der Ork und die Deckerin lehnten ab, dann sagte Simmons: »Nein, kein Bluff. Ich glaube, diesmal machen wir es auf Ihre Weise.«

Walker nickte, zumindest das war also geklärt. »Ich wüsste gerne noch so viel wie möglich über diesen Mister Avildson, bevor wir den Modus Operandi festlegen.«

»Was, wen wollen Sie operieren?«, fragte Simmons genervt.

Es war erstaunlich, dass der Ork bei seiner überragenden Intelligenz einen doch so begrenzten Wortschatz besaß. »Die Vorgehensweise, Mister Simmons.«

Simmons grummelte leise. Manchmal hatte dieser Walker echt eine Art am Leib, dass man ihm mit einem Baseballschläger danke sagen wollte. War es denn seine Schuld, wenn der Mensch sich immer wieder tolle Wörter ausdachte, die andere Leute nur aus dem Lexikon kannten? Simmons war da gebildet, wo es ihm für seine Arbeit nutzte, darum sprach er leider kein Nase-Hochisch.

Er warf einen besorgten Blick auf Jades schlaffe Gestalt. Wenn sie nicht so ganz und gar still liegen würde, könnte man denken, sie schliefe – in Wirklichkeit war sie wer weiß wo und legte sich mit wer weiß wem an. Sein alter Kumpel Goethe hatte diesen Stunt auch öfter mal gebracht, aber das war Goethe gewesen. Der Kerl hatte gewusst, worauf er sich einließ, der war ein Profi gewesen, bei aller Schwuchteligkeit ein harter Shadowrunner. Aber jetzt ging es um Jade, die Frau, für die er sich auf mehr als eine Weise verantwortlich fühlte.

»Ich muss mal kurz telefonieren. Achten Sie auf Jade?«, fragte er die Deckerin.

Walker hob eine Augenbraue, aber sollte der Klotz denken, was er wollte. Simmons war nicht dumm, ihm war bewusst, dass der Mensch das hier am liebsten als streng militärischen Einsatz durchziehen wollte, aber so lief das eben mit Papa Simmons' einzigem Sohn nicht. Er wollte keine Verluste abschreiben, er wollte vor allem diesen Saukerl kriegen, der unschuldige Jugendliche abknallen ließ, aber auch das nicht um jeden Preis. Sein eigenes Leben konnte er bedenkenlos aufs Spiel setzen für eine gute Sache, aber Jade war eine ganz andere Geschichte.

»Klar, mach ich«, sagte LD und setzte sich neben die Magierin, stützte ihre Schulter. Er zögerte noch einen Augenblick, aber egal in welche Schwierigkeiten Jade kam, er als durch und durch mundaner Ork wäre ihr ohnehin keine Hilfe. Also murmelte er: »Bin gleich wieder da«, und ging nach nebenan. Dort wählte er Toms private Nummer und hoffte, dass der Reporter noch nicht im Bett lag. Es klingelte ein paar Mal, dann nahm Tom ab, und im Hintergrund konnte Simmons lauten Weihnachtsrock hören.

»Ja?«, rief der bärtige Mensch.

»Simmons hier«, sagte er laut.

»Ah, Simmons, Moment!« Die Kamera des Telefons nahm einen Moment lang konfettibestreuten Redaktionsteppich auf, dann wurde es ruhiger, als Tom die Tür zu seinem Büro schloss.

»Entschuldige, Weihnachtsfeier! Also, Simmons, altes Haus, was gibt's? Du rufst doch nicht an, nur weil du mir schöne Feiertage wünschen willst?«

Simmons wurde etwas verlegen, denn Tom hatte recht. Er war einer seiner Bekannten, bei denen er sich nur meldete, wenn er etwas wollte. Aber zur Hölle, dafür hatte Simmons ihm schon zu so mancher Story verholfen, seit sie sich damals bei dem Kinderzucht- und -handelskandal um den ›Happy Family‹-Konzern kennengelernt hatten.

»Okay, ertappt, tut mir echt leid. Ich verspreche dir, im nächsten Jahr gehen wir öfter mal einen trinken«, sagte er, aber Tom lachte. »Wer's glaubt. Na komm, raus damit, Simmons, da vorne wartet Elaine McDougle, und ich glaube, ich hab sie endlich so weit, dass sie mit mir ausgeht.«

Dann eben auf die direkte Tour. »Gut, was kannst du mir über einen Robert Joseph Avildson erzählen?«

Tom dachte kurz nach und schob sich dann rüber zu seinem Computer. »Moment, der Name lässt was klingeln, aber ich muss mal eben in unserem Archiv nachschauen, damit ich dir keinen Blödsinn erzähle.«

Der Reporter stellte das Telefon auf dem Tisch ab, und es dauerte einen Augenblick, bis der Autofokus sein Gesicht wieder eingefangen hatte. Simmons konnte das Klappern der Tastatur hören, dann sagte Tom: »Bingo! Avildson Junior, Sohn des milliardenschweren Carl Malcom Avildson, Vice-Chef in der ›Avildson and Sons Holding‹. Ist ein ganz schlimmer Finger, der Junge, gibt rauschende Feste am laufenden Band, und wenn unsere Infos stimmen, wird da so ziemlich jede Droge konsumiert, von Trollpuder über Nucleardust bis zum BTL.«

»Na, wer das Geld hat«, sagte Simmons. »Sonst noch was Interessantes? Ist er Jäger, oder hat er irgendwelche rassistischen Sachen laufen, Mitgliedschaft in irgendwelchen Vereinigungen?«

Toms Augen wanderten über den Bildschirm. »So eine ›freier Sex wann und mit wem oder was man will‹-Sekte, aber das konnte zumindest von den Kollegen nie belegt werden. Er war mal vier Wochen mit dem Pornosternchen Betty Biguns zusammen.«

»Die kenn ich sogar«, grinste Simmons.

»Das glaub ich dir, ich kenn ja deine Sammlung«, foppte Tom ihn. »Steckt da etwa eine Geschichte drin?«

»Chummer, wenn die Sache in etwa so liegt, wie wir es erwarten, dann hast du eine Nachricht für die Prime-Time-News auf allen lokalen Kanälen!«

»Du hast ja meine Nummer, und wenn's geht, mach Filmaufnahmen«, sagte Tom.

Filmaufnahmen, klar, da würde Walker sich freuen, wenn er auf allen Sendern sein Gesicht wiederfand. »Ich versuch's«, log er. »Dank dir und frohes Fest.«

»Alles klar, Simmons, halt die Hauer steif.« Der Lärm wurde wieder lauter, als jemand die Tür aufriss und eine Frauenstimme rief: »Kommst du, Tom?«

Der Reporter wies entschuldigend in die Richtung der Stimme und winkte stumm, bis Simmons aufgelegt hatte.

Er eilte nach nebenan, aber Jade lag noch immer unbewegt auf der Couch.

»Unser Avildson ist ein echter Partyhengst und gibt wohl reichlich Drogen und Chips aus auf seiner Sause. Wenn er kein Mörder wäre, würde ich vielleicht selber mal vorbeischauen.« Simmons nickte LD dankend zu, die den Platz neben der Magierin für ihn freimachte.

»Irgendwelche Hinweise, warum er so was tun sollte?«, fragte sie nun.

Simmons warf Walker einen fragenden Blick zu, und der nickte. Offensichtlich hatte er ihr neues Teammitglied unterdessen voll eingeweiht. »Leider nicht. Eine Freie-Liebe-Sekte war im Gespräch, aber diese notgeilen Rammler bringen normalerweise keinen um.«

»Mister Simmons«, sagte Walker nur und wies auf Jade. Simmons schaute zur Seite, als sich Jade ruckartig aufsetzte.

»Was ist passiert?«, bestürmte der Ork sie.

»Nichts, nichts. Alles in Ordnung.«

Simmons ärgerte es, als sie sich jetzt an Walker wandte, als hätte der das Sagen oder die Ahnung. »Ein Feuer- und ein Luftgeist laufen Patrouille, und einige Watcher beobachten das Gebiet. Ich glaube nicht, dass sie mich gesehen haben. Das Haus ist von einem Hüter umgeben, darum konnte ich nicht hineinsehen.«

Na toll, jetzt quatschte ihn nicht nur Walker mit seinem Snobsprech voll, sondern auch noch seine Perle in der MamboJambo-Sprache.

»Ein Hüter?«, fragte LD, und Simmons warf ihr einen dankbaren Blick zu. Wenigstens war er nicht der einzige Dumme im Raum.

»Eine magische Barriere, die hauptsächlich dem Zweck dient, ungebetene Besucher aus dem Astralraum abzuhalten«, erklärte Jade.

»Hat ja geklappt«, sagte Simmons und lächelte sie an.

Jade nickte. »Ich hätte mich durchkämpfen können, aber zum einen hätte das möglicherweise die Geister auf mich aufmerksam gemacht, und zum anderen ist es nicht ganz ungefährlich.«

»Na, dann lass das mal schön bleiben«, befahl Simmons. »Was immer da drin steckt, wir werden schon damit fertig!«

Jade schüttelte den Kopf. »Nicht ohne mich! Der Magier, der den Hüter errichtet und die Elementargeister beschworen hat, versteht sein Handwerk. Ohne mich seid ihr verloren, sobald die Watcher euch verpetzen. Ihr braucht mich!«

»Ich brauche dich vor allem unverletzt«, sagte Simmons leise.

»Und damit du auch gesund bleibst, komme ich mit, Ende der Diskussion«, sagte Jade und streckte sich.

Was für ein stures Weib. Simmons überlegte, es ihr einfach zu verbieten, aber eigentlich wusste er, dass sie ohne ihre Hilfe aufgeschmissen waren. Auf die Schnelle fanden sie keinen guten Magier, dem sie vertrauen konnten, geschweige denn einen, den sie sich leisten konnten. Das Budget von Makallas, ihrem Auftraggeber, war schon für die diversen Waffen und Mehrkosten draufgegangen, und an die Kosten einer neuen Einrichtung für sein Büro durfte er gar nicht denken. Aber mittlerweile war die Sache persönlich, auch für Jade, und deswegen gab er auf.

»Okay, du kannst mitkommen«, sagte er.

»Zu gütig, mein Herr und Meister«, sagte sie lächelnd und deutete einen Kinnhaken bei ihm an.

»Ich freue mich, Sie dabeizuhaben«, sagte Walker, und für Simmons klang es aufrichtig.

»Okay, Ladys und Gentlemen, ich hoffe, Sie haben an Heilig Abend noch nichts vor«, Simmons sprach es ›Hailik Äbent‹ aus, »denn wir fangen uns einen Mörder!«

24

Als Walker den Geländewagen auf dem rauen Asphalt wieder einmal an einem großen Schlagloch vorbeisteuerte, wich die kühle Anspannung der Vorbereitungsphase einem Kribbeln in der Magengegend. Walker kannte dieses Gefühl von unzähligen Gelegenheiten, wenn er mit dem Kampfhubschrauber in den Konturflug knapp über den Baumwipfeln gegangen war oder kurz vor einem Absprung.

Aber heute war die Lage anders, heute hatte er kein eingespieltes Team um sich, das auf eine Taktik eingeschworen war und sich blind verstand. Daran änderte auch die schwarze SWAT-Sicherheitskleidung nichts, zu der er die anderen wenigstens hatte überreden können. Er musste mit einem aufbrausenden Ork und einer Magierin – offenbar ohne jegliche Kampferfahrung – zusammenarbeiten, und auch wenn er Simmons sehr zu schätzen gelernt hatte, mit seiner Attitüde war er ein echtes Risiko. Walker würde also doppelt so vorsichtig sein müssen und für die anderen mitdenken.

Der Wagen wurde durchgerüttelt, als er ein Schlagloch erwischte. »Entschuldigung«, sagte er, aber von den anderen kam keine Antwort.

Simmons starrte grimmig vor sich hin, in seiner Armbeuge, zum Fenster gerichtet, lag die Enfield-Automatikschrotflinte, die er Lizzy getauft hatte. In der Legion hatten sie ein Sprichwort: Wer seiner Waffe einen Namen gab, war zu lang allein im Feld. Auf Simmons traf das eher im übertragenen Sinne zu, denn er hatte offensichtlich sehr viele

Bekannte und Freunde, aber er ließ keinen so recht an sich heran. Sogar in dieser ersten Phase seiner Beziehung zu Miss Gatewright baute er bereits Mauern auf, zog sich zurück und stieß sie vor den Kopf, aus Angst, seine Unabhängigkeit zu verlieren. Walker fragte sich, wie lange die Affäre der beiden halten würde, nachdem die vorliegende Krise beendet war. Hatten die beiden die Energie und genug Zuneigung füreinander, um diese ungleiche Beziehung intakt zu halten und auszubauen? Walker würde es ihnen gönnen, auch wenn er selber sich zurzeit schon aus Sicherheitsgründen niemals so binden würde.

Ein weiteres Schlagloch war unvermeidlich und wurde nur ungenügend von den alten Stoßdämpfern des Wagens abgefangen.

»Mist«, sagte Frau Markstatt und bückte sich nach einem Speicherchip, der ihr aus der Hand gefallen war.

»Und wieder: Entschuldigung«, sagte Walker und bedauerte sehr, dass sie keine Riggervariante hatten auftreiben können, aber es war schwer und teuer genug gewesen, an einen Geländewagen mit leisem Elektroantrieb zu kommen.

»Da vorne rechts«, sagte Frau Markstatt, oder LD, wie er sie mittlerweile auch schon in Gedanken nannte, und blickte von dem Bildschirm des GPS auf.

Er lenkte den Wagen auf den schmalen Feldweg, und die mannshohen Genmaispflanzen, die sogar jetzt im Winter wuchsen und gediehen, schabten an den Fenstern.

»Dass Sie in dieser Finsternis was sehen können«, grummelte Simmons. »Vielleicht sollte ich mir auch mal so ein paar Cyberaugen besorgen. Muss wie Fernsehen sein, den ganzen Tag.«

Walker schaute kurz zur Seite und lächelte. »Nur mit einem besseren Programm.« Tatsächlich hatte der Ork gar nicht so unrecht – kurz nach der Operation hatte Walker eine seltsame Distanz verspürt, so als wären die visuellen Eindrücke, die seine neuen Augen aufnahmen, gar nicht unmittelbar seine, sondern aufgezeichnete Erfahrungen, vergleichbar mit einem SimSinn.

Vor ihnen ragte ein schmuckloser Betonbau gerade noch über die Maisstauden hinaus, das musste der Verteilerknoten sein.

»Wir erreichen unser Ziel«, sagte Walker und parkte den Wagen auf dem kleinen, grasbewachsenen Bereich neben dem Gebäude. Er stieg aus und begann die Ausrüstung auszuladen und anzulegen. Die anderen taten es ihm gleich.

–

Simmons half Jade in die gepanzerte Jacke. Sie wollte sich voll und ganz auf ihre Magie verlassen, darum trug sie keine Waffen, und das war ihm gar nicht recht. Jetzt hängte sie sich eine kleine, ebenfalls schwarze Tasche um, aus deren Öffnung unförmige, in Stoff gewickelte Gegenstände herausragten. »Meine Fetische«, sagte sie und klopfte darauf.

Simmons hob eine Augenbraue. »Du meinst Peitschen, hohe Schuhe und so was?«

Sie lachte leise und drückte ihre Hand gegen seine Brust – das fühlte sich so gut an! »Nein, sei nicht albern. Diese Gegenstände helfen mir bei meiner Magie!«

»Ach so«, sagte Simmons. Jetzt war er zwar nicht schlauer als vorher, aber sie redete ihm nicht in seinen Job, also würde er sich bei ihrem zurückhalten.

Simmons checkte Lizzys Trommel – 50 frische, knackige Schuss Betäubungsmunition – und warf auch einen Blick in das Magazin seiner Predator. Hier steckte gute, alte APDS Muni drin, sicher war sicher.

»Ich wäre dann so weit«, sagte LD, die ihr Deck in einem Hartschalenrucksack verstaut hatte und nun Simmons' Magschlossknacker in der Hand hielt. Das Ding war ein Schnäppchen gewesen. Also, genau genommen hatte er gar nichts dafür bezahlt, er hatte es einfach damals bei einem seiner ›Kunden‹ beim Star konfisziert und ›vergessen‹, es in der Asservatenkammer abzugeben. Mittlerweile war der Knacker ziemlich veraltet, aber er leistete immer noch treue Dienste, vor allem, wenn ihn jemand bediente, der wie LD Ahnung von solchen Sachen hatte.

Walker zog drei Headsets aus seiner Tasche. »Das hier ist unsere Kommunikation, die Reichweite liegt bei 4500 Metern, sollte für unsere Zwecke also reichen, um auch mit LD Kontakt zu halten. Ich habe die Frequenzen schon programmiert, wir liegen auf eins und drei, default vier und invers auf acht.«

»Bingo«, rief Simmons und erntete dafür einen verwirrten Blick von Walker. »Na, ich dachte, Sie zählen deswegen so viele Zahlen auf. Mensch, Walker, ich bin's, Rohr-in-der-Hose-Simmons, Ihr dummer und untergebener Orksidekick, Sie müssen mir das schon ein bisschen genauer erklären!«

Dass Walker nicht seufzte, war alles, der Gesichtsausdruck, der kurz seine ewig coole Maske überdeckte, war mehr als genervt.

»In Ordnung, entschuldigen Sie. Die Hauptkanäle liegen auf den Einstellungen eins und drei, die können Sie über das kleine Rädchen am Mikrofon einstellen, zur Not mit der Zunge. Einfach so lange auf diesen kleinen Knopf tippen, bis die Stimme in Ihrem Ohr die richtige Zahl sagt. Zwischen diesen beiden Kanälen wird gewechselt, wenn einer von uns es fordert. Wenn mit diesen Kanälen irgendetwas nicht stimmt oder kein Kontakt mehr zustande kommt, schalten Sie bitte auf Einstellung vier. Schließlich gibt es noch den Kanal acht, auf den Sie bitte schalten, wenn ich Sie auffordere, auf einen anderen Kanal zu gehen als eins, drei oder vier. In diesem Fall hat der Feind eines der Mikrofone erbeutet und versucht, mitzuhören und wird so hoffentlich erst einmal den falschen Kanal einstellen. Haben das alle verstanden?«

Simmons wusste, dass er es möglicherweise zu weit trieb, aber Walker bettelte mit seinem Alamo-Tonfall einfach darum. »Sir, jawohl, Sir!«

Walker wurde steif und sah ihn einen Augenblick schweigend an. Dann winkte er ihm. »Kann ich Sie kurz alleine sprechen, Mister Simmons?«

Er machte einige symbolische Schritte zur Seite und wartete dort. Jetzt gab's Ärger, aber wenn Walker dachte, er wäre der Einzige, der hier auf den Busch klopfen konnte, dann hatte er sich getäuscht. Auch Simmons hatte so einiges angesammelt, das er loswerden wollte.

Simmons trat zu dem Menschen und nickte in seine Richtung, um zu zeigen, dass das Gespräch beginnen konnte.

Walker nahm Simmons' provokante Kopfbewegung zur Kenntnis und sagte: »Mister Simmons, ich dachte, wir wären zu der Einigung gekommen, die Operation nach meiner Methode durchzuführen?«

Simmons nickte. »Das machen wir doch. Sehen Sie? Schwarze Klamotten, dicke Wummen, hochgeheime Besprechungen – genau Ihre Marke.«

Walker verkniff sich ein Geräusch des Unmuts. »Genau das meine ich. Ihre Art und Weise, alles ins Lächerliche zu ziehen, untergräbt die Moral.«

Der Ork richtete sich auf. »Ach, und Ihr Gestapo-Ton sorgt für gute Stimmung?«

»Die Lage ist ernst, Mister Simmons«, sagte Walker mit Nachdruck, aber der Ork wirkte nicht beeindruckt: »Eben, ernst genug! Meinen Sie, die Ladys fühlen sich sicherer, wenn Sie hier den Major Pain rauskehren? Wir haben vor, uns den Weg in die Höhle des Drachen freizuschießen, und ich habe selber kein besonders gutes Gefühl dabei.«

»Jedes Missverständnis kann Leben kosten, und jede Verzögerung kann umgehend in Verluste übergehen – ein solcher Einsatz ist kein Zuckerschlecken.« Warum verstand dieser Ork den Ernst der Lage nicht?

»Das weiß ich auch. Meinen Sie, ich habe mir den Arm freiwillig ersetzen lassen? Ich habe meinen Anteil an Schießereien und Toten abgekriegt, darüber machen Sie sich mal keine Sorge, und wenn es losgeht, dann ist dieser Ork hier der ernsteste Mann auf dem Planeten. Aber ich werde mich von Ihnen nicht behandeln lassen, als wäre ich ein Idiot, nur weil ich Ihre komischen Handzeichen und Ihr Militär-Kauderwelsch nicht verstehe. Sie sind nicht mein Drill-Seargent, Mister Walker!« Der Brustkorb des Orks hob und senkte sich stark, seine Wangenmuskeln zuckten, und die Anrede Mister machte zusätzlich deutlich, dass er sich persönlich angegriffen fühlte. Auch wenn er sicher war, im Recht zu sein, hielt es Walker für besser, zurückzustecken und so die Stimmung wieder aufzufrischen.

»Es tut mir leid, Mister Simmons. Ich wollte Ihnen keineswegs unterstellen, Sie seien weniger kompetent, nur weil Ihnen eine militärische Ausbildung fehlt. Aber ich musste sichergehen, dass die nötige Ernsthaftigkeit vorhanden ist. Davon bin ich jetzt überzeugt.« Walker streckte dem Ork die Hand hin.

»Gehen wir da rein und kaufen uns den Kerl!«

Der Ork musterte ihn einen Augenblick misstrauisch, dann ergriff er seine Hand und bleckte die Hauer. »Ganz recht. Und keine Sorge, ich halte Ihnen schon den Rücken sauber.«

Walker nickte und schaltete seinen internen Funk auf die gewählte Frequenz. Unhörbar fragte er: »Empfangen Sie mich?«

»Muss ich irgendwas machen, damit es sendet?«, fragte Miss Gatewright laut, und Walker hörte sie über den Funkkanal und durch die Ohren zugleich.

»Nein, Miss Gatewright. Wenn Sie sprechen, aktiviert sich das Mikrofon automatisch, Sie können es allerdings kurzzeitig ausschalten, indem Sie auf den kleinen Knopf am Kopfteil drücken.« Er trat zu ihr und zeigte ihr den Schalter.

»Also, hören Sie mich?«, fragte er über den internen Funk, und nur ein leises Murmeln kam von seinen Lippen.

»Klar und deutlich«, sagte die Magierin.

»Hab Sie«, sagte die Deckerin.

Walker schaute zu Simmons, der nur stumm den Daumen hob. Walker nickte ihm lächelnd zu, der Ork schien seine Ansprache gut aufgenommen zu haben.

»Gut, legen wir los!« Walker trat zu LD. »Und Sie sind sicher, dass es hier keine Kameras gibt?«

Sie lachte leise auf. »Wenn doch, haben wir wohl schon verloren. Aber ich bin mir ziemlich sicher.«

Dann ging sie vor der Eisentür des Gebäudes auf die Knie und schaute sich das Schloss an. »Mit dem Knacker kommen wir hier nicht weit, aber er ist trotzdem nützlich.«

Sie rollte ein kleines Werkzeugmäppchen heraus, zog einen schmalen, stiftartigen Gegenstand hervor und drückte einen Knopf. Die Spitze des kurzen Stabs glühte auf, und vorsichtig brannte sie drei kleine Löcher in das Plastikgehäuse des Magschlosses, führte dann zwei Dioden ein und löste die Standardcheckkarte von dem Magschlossknacker. Dann steckte sie die losen Drähte in einem kleinen Adapter zusammen und steckte diesen in das dritte Loch. Zu guter Letzt verband sie ihr Deck mit dem Magschlossknacker, drückte ein paar Knöpfe, das Gerät erwachte zum Leben, und Nummern rasten über sein Display.

»Na, wirkt das Baby seine Magie?«, fragte Simmons und schaute über ihre Schulter.

»Ja, Mister Simmons, aber nicht ganz so, wie Sie gewöhnt sind«, erklärte sie dem Ork.

»Normalerweise sendet dieses Gerät über die Schlüsselkarte eine große Menge variierender Anfragen an das Schloss, bis die richtige Kombination dabei war und es öffnet. Dieser Schlosstyp verschließt sich allerdings nach der dritten falschen Eingabe automatisch für eine Stunde. Es kann auf diese Weise Wochen oder Monate dauern, bis die richtige Kombination gefunden wurde, und diese Zeit haben wir nicht.«

»Und was macht das Ding dann da gerade?«, fragte Simmons.

»Ich habe den Prüfmechanismus umgangen und arbeite gerade am Speicher. Einfach gesagt frage ich ihn so lange, ob das denn die richtige Nummer ist, bis er ja sagt. Weil ich den Prozessor umgehe, kriegt der von den Abfragen nichts mit und sperrt uns nicht aus. Einfach, aber effektiv.« Sie lächelte stolz.

»Wahnsinn«, sagte Simmons.

Der Magschlossknacker piepste, und eine sechsstellige Zahlenkombination erschien auf dem Display. LD gab sie in das Magschloss ein, und es öffnete sich anstandslos. »Simsalabim«, sagte die Deckerin.

Walker zog die Tür schnell auf und sicherte den Raum dahinter, aber außer einigen Metallkästen, in denen es elektrisch brummte, und vielen Kabeln, die an den Wänden verliefen und im Boden verschwanden, war nichts zu sehen.

»Darf ich mal?«, sagte sie und trat an eine zweite Konsole mit Nummerntastenfeld, setzte eine Zange an und kappte die Leitungen, die zu dem Kästchen führten. Dann schloss sie ihr Deck mit einer Klemme an die durchtrennte Glasfaserleitung an und rief ein Programm auf. Es dauerte einen Augenblick, dann piepste es, und LD nickte zufrieden.

»Ein zweites Sicherungssystem, erwartet spätestens fünf Minuten nach der Türöffnung ein Signal, ist aber nicht sonderlich clever.«

Sie schaute sich einmal im Raum um. »Das sieht alles sehr gut aus hier; ich würde vorschlagen, Sie machen sich schon mal auf den Weg, ich gebe Ihnen dann Bescheid, wenn es losgehen kann!«

Walker nickte, orientierte sich kurz anhand seines GPS und wies dann in die Richtung, in der Avildsons Villa lag. »Machen wir uns auf den Weg!«

Simmons ließ Miss Gatewright den Vortritt, sodass Walker die Vorhut und Simmons die Nachhut bildete. Sie schoben sich durch das Maisfeld, das rechts und links von ihnen wie Mauern aufragte. Ein guter Sichtschutz, leider auch für eventuelle Angreifer.

»Wir nähern uns dem äußeren Parameter«, gab Walker durch und blieb stehen. »Miss Gatewright?«

Die Magierin nickte, griff in ihre Tasche und holte einen alten Messingspiegel hervor. Sie blickte kurz konzentriert darauf, dann schwang sie ihn anmutig durch die Luft. Walker erkannte eine Kata des Tai-Chi-Chuan in ihren Bewegungen, makellos ausgeführt, trotz der hinderlichen Maisstängel.

Plötzlich verschwanden der Ork und die Frau vor seinen Augen, und Walker zuckte zusammen. Obwohl er schon unzählige Male gesehen hatte, wie Magie gewirkt wurde, erschreckte ihre scheinbare Leichtigkeit und Macht ihn immer wieder.

»Das sollte uns fürs Erste verborgen halten«, sagte die Magierin, »aber achten Sie darauf, möglichst niemanden zu berühren und sich leise zu bewegen. Die können uns nicht sehen, aber alle anderen Sinne sind unbehindert.« Ihre Stimme hörte sich angestrengt und abwesend an, als müsse sie sich auf etwas Schwieriges konzentrieren.

Simmons schaute sich gehetzt um, die anderen beiden waren verschwunden. Ihm war klar, dass sie noch da vor ihm standen, denn die Maisstängel blieben zur Seite gedrückt, und er konnte Jades Stimme aus dem leeren Raum wispern hören, an dem sie gerade eben noch gewesen war, aber es war ein sehr unangenehmes Gefühl. Er hob die Hand vor die Augen, aber er sah sie nicht, als wäre es stockdunkel und gleichzeitig doch nicht. Er schüttelte den Kopf – in dieser Richtung lag der Wahnsinn, wie Orkadamus, ein Zeichentrickheld seiner Jugend immer gesagt hatte. Er griff erschrocken nach seiner Waffe, und zu seiner Beruhigung erschienen die Smartgunkreise in seinem Blickfeld, und die Waffe blockierte, als er sie über die Stellen führte, wo er Walker und Jade vermutete – die Smart-'n'-save-Sender funktionierten also und würden verhindern, dass sie sich gegenseitig erschossen, Unsichtbarkeit hin oder her.

»Wir rücken vor«, ertönte Walkers Stimme über das Headset in seinem Ohr, und leise raschelnd bewegte sich das Nichts mit Walkers Stimme vor ihm durch das Maisfeld.

»Wir nähern uns dem Haus. Achten Sie darauf, möglichst nichts zu bewegen, sonst bieten Sie einem potenziellen Schützen einen Anhaltspunkt für Ihre Position. Halten Sie soweit es geht Funkstille und stellen Sie sicher, dass Ihre Waffe mit Betäubungsmunition geladen ist. Unser Ziel ist es, hineinzugelangen, Avildson Junior zu holen und wieder hinauszugelangen. Wenn wir das schaffen, ohne Aufsehen zu erregen, umso besser.«

Da war er wieder, der Sergeant-Sucker-Tonfall, aber gut – Walker war der Soldat, und so lange er zu wissen schien, was er tat, würde sich Simmons eben mit seiner Art abfinden. Jetzt war sowieso nicht der richtige Moment, um zu streiten.

»Halt«, kam Walkers Befehl, und Simmons blieb stehen. Er schaute sich vorsichtig um – hier im Maisfeld konnte man sehr deutlich sehen, wo sie standen; ein Angreifer müsste nur auf das orkförmige Loch in den Stängeln schießen.

»Wir warten auf LDs *Go*«, erklärte Walker.

Simmons spürte die Nervosität des bevorstehenden Runs in allen Knochen und wäre am liebsten auf der Stelle gelaufen, um die überschüssige Energie loszuwerden. Er verabscheute Gewalt, aber er konnte auch nicht leugnen, dass er auf den Nervenkitzel einer Schießerei stand. Danach fühlte man sich umso lebendiger – wenn man es überlebte, und das hatte er ganz fest vor.

Endlich kam die ersehnte Nachricht von LD. »Ich bin so weit.«

»In Ordnung«, sagte Walker. »Gehen wir rein!«

Sie traten rasch aus dem Maisfeld hinaus und blickten in wenigen Metern Entfernung auf einen eisernen Maschendrahtzaun, hinter dem sich ein mit Bäumen und Büschen bestellter Garten befand. Auf der Spitze der Halterungen konnte Simmons Isolatoren erkennen, wie erwartet stand das Ding unter Strom.

»Bleiben Sie zurück, ich bringe die Zweikomponenten-Säure an. Sobald das Loch gebrannt ist, springen Sie zügig hindurch, Mister Simmons, und bestätigen, dann folgt Miss Gatewright und ich gehe als Letzter. Zögern Sie nicht – je nach Konstruktion können die Enden noch stromführend sein, und wir wollen ja keinen Bogensprung riskieren.«

Gegrillter Ork – nein, danke! Plötzlich segelte eine Art Knetgummilasso durch die Luft. Dünne, gelbe und rote Stangen waren umeinander gebogen worden und bildeten einen gut anderthalb Meter messenden Kreis. Das Gebilde flog gegen den Zaun, und Funken sprühten schon, bevor es die Drähte berührte. Die beiden Stangen wurden flüssig, vermischten sich und wurden offensichtlich zu einer Säure, denn die Masse fraß sich durch das Metall des Zauns. Nach wenigen Augenblicken fiel der innere Teil der Schnittstelle heraus und ließ eine Lücke. Simmons atmete tief durch und sprang dann geduckt durch das Loch. Seine Haare stellten sich auf, als er hindurchhuschte, und er hörte ein bedrohliches Brummen über seinem Kopf. Etwas tropfte von den scharfkantigen Schnittstellen, und zischend leuchtete in der Luft ein heller Fleck auf – offensichtlich hatte sich Säure durch seinen Ärmel gefressen und war auf seinen Cyberarm gelangt, denn es roch nach heißem Metall und verbranntem Plastik.

»Bin durch«, sagte er und blickte dahin, wo sein Arm sein sollte. Ach, was sollte es, das machte den Troll jetzt auch nicht mehr fett, das Ding würde eh eine Generalüberholung inklusive Schönheitskorrektur brauchen.

»Ich bin auch drin«, hörte er Jades Stimme über das Funkgerät, und wenig später Walker: »Drin! Wir gehen weiter nach Südosten bis zur Mauer!«

Simmons hörte leise Schritte, die sich entfernten, orientierte sich an ihnen und huschte geduckt hinter Walker her. Dann fiel ihm ein, dass er unsichtbar war, und er richtete sich wieder auf, nur um im nächsten Moment wieder geduckt zu laufen – was, wenn der Zauber plötzlich aufhörte oder ein anderer Magier ihn durchschaute? So was gab's, Simmons hatte es oft genug im Trid gesehen.

»Sie haben ganz schön Radau gemacht. Rechnen Sie damit, dass die Leute im Haus Sie bereits erwarten«, warnte LD, und Simmons packte seine Waffe fester. Die sollten nur kommen, er würde ihnen schon zeigen, was es bedeutete, sich mit Oliver und Agnes Simmons' einzigem Sohn anzulegen.

»Sind Sie noch bei mir?«, fragte Walker.

»Kommt drauf an – wo sind Sie denn?«, fragte Simmons zurück.

»Achten Sie auf die Bäume in Ihrer Umgebung«, sagte der Mensch, und vor Simmons bewegte sich wie von Geisterhand ein breiter Ast.

»Ich seh Sie«, bestätigte Jade, und Simmons sandte ein: »Ich auch« hinterher.

»Gehen Sie an diesem Baum rechts vorbei und dann in gerader Linie zur Mauer«, befahl Walker, und Simmons folgte seinen Anweisungen. Er hatte die Mauer fast erreicht, als plötzlich eine einzelne, weiße Schneeflocke auf seine Nase zuschwebte und unsichtbar wurde, als sie landete. Simmons spürte die erst kalte, dann nasse Stelle und sagte leiste: »Verdammt, es fängt an zu schneien.«

Walker blickte sorgenvoll zum wolkenbedeckten Himmel, von dem zunehmend mehr Schneeflocken fielen. Die Kinder von Seattle würden sich morgen früh freuen – weiße Weihnachten. Für sie könnte der Schnee aber zu einem ernsten Problem werden, denn sie würden als Loch im fallenden Schnee schnell zu entdecken sein. Eile war geboten.

»Ich gehe vor, Simmons, Sie helfen Miss Gatewright und kommen nach«, sagte er und zog sich an der Mauer hoch. Direkt vor seiner Nase wurde eine Schneeflocke im Flug in zwei Hälften geschnitten – Monofilamentdraht!

»Die Mauer ist gesichert, Augenblick!« Er spähte nach rechts und links und entdeckte auf beiden Seiten die dünnen Stangen, die den Draht auf Spannung hielten.

»Simmons, auf der Mauer, die dünnen Metallstangen«, sagte er.

»Ja, seh ich«, antwortete der Ork.

»Das sind Monofilamentführungen. Wir müssen zwei davon abbrechen, damit wir über die Mauer kommen, aber das wird einen weiteren Alarm auslösen und den Sicherheitskräften verraten, wo wir uns befinden. Also müssen wir uns beeilen, und passen Sie auf Ihre Finger auf!«

Walker spähte noch einmal über die Mauer und schaute auf die große, einstöckige Villa, mit vielen Winkeln und Erkern auf altenglische Bauweise getrimmt. Auf ihrer Seite ragte ein Wintergarten aus dem Bau hervor, dessen Tür mit einem eigenen Schloss gesichert war.

»Sobald Sie über die Mauer sind, bewegen Sie sich auf den Wintergarten zu und öffnen die Tür, sofern niemand im Inneren ist. Wenn möglich leise, falls nötig mit Gewalt. Wir haben unsere Anwesenheit ohnehin schon verraten. Bei drei: eins«, Walker zielte mit dem Gewehrgriff auf die Halterung. »Zwei, drei«, sagte er, schlug zu und der dünne Metallstab brach im unteren Drittel ab, der Draht fiel auf die andere Seite der Mauer.

Walker zog sich auf die Mauer und streckte die Hand nach unten. »Etwa in der Mitte, ich halte die Hand hin.«

Er spürte eine tastende Berührung, fasste zu und zog Miss Gatewright mühelos auf die Mauer und ließ sie auf der anderen Seite wieder herunter. Es war ein seltsames Gefühl, mit etwas zu hantieren, das man nicht sehen konnte, vor allem, wenn es sich dabei um eine andere Person handelte.

Er hörte ein lautes Knirschen vor sich und sprang von der Mauer. Einem schweren, dumpfen Geräusch und zwei großen Fußabdrücken im Gras zufolge war auch Mister Simmons auf der anderen Seite. Walker sicherte nach allen

Seiten, während er auf den Wintergarten zulief, aber noch konnte er keine Verteidiger entdecken. Dafür konnte er im dichter werdenden Schneefall deutlich entdecken, wo sich seine Begleiter befanden.

»Die Unsichtbarkeit ist nicht länger von Nutzen«, sagte er.

»In Ordnung. Dann halte ich jetzt Ausschau nach magischen Sicherungen und Gegnern«, sagte Miss Gatewright, und plötzlich konnte er Simmons und die Magierin vor sich durch den Schnee eilen sehen.

Simmons wurde nicht langsamer, sondern trat in vollem Lauf gegen das Schloss der Tür, das zerbrach, und Splitter des Gehäuses verteilten sich auf dem langsam weiß werdenden Rasen.

Die Tür in den geschmackvoll mit Korbmöbeln und seltenen Tropenpflanzen eingerichteten Wintergarten flog auf und war noch nicht gegen die Wand gekracht, als Simmons schon drin war und auf die weiterführende Tür zielte. Der Ork war für seine Statur überraschend schnell und wendig, wenn es darauf ankam. Seine gemütliche Art und eher kompakte Gestalt täuschten darüber hinweg.

Walker rückte bis zur Tür vor und blickte sich kurz zu seinen Begleitern um. »Ich sage das nicht oft, aber erst schießen, dann fragen ist in diesem speziellen Fall eine gute Methode, denn unsere Gegner haben keine Betäubungsmunition geladen.«

Simmons nickte, aber Miss Gatewright wirkte abwesend. Unvermittelt sagte sie: »Im Haus selbst ist niemand mehr, aber im Keller befinden sich zwölf oder dreizehn Personen, zwei kommen gerade nach oben.«

»Schnappen wir uns die Kerle. Welche Richtung?«, fragte Simmons und nahm die Schrotflinte feuerbereit in beide Hände.

Miss Gatewright wies schräg nach vorne, und Walker öffnete schnell die Tür, sicherte vorsichtshalber nach innen und rückte in einen großen Speisesaal vor, mit überladenen, antiken Polsterstühlen, einem Echtholztisch und zahlreichen

Gemälden verschiedener Stilrichtungen an den Wänden, denen Walker keine weitere Beachtung schenkte. Gatewright zeigte auf eine der zahlreichen Türen, und kaum hatte sie das getan, öffnete sich diese auch schon und offenbarte zwei verdutzte, mit Uzis bewaffnete Männer in legerer Kleidung. Diese Männer waren ganz offensichtlich keine professionellen Sicherheitsleute, aber das hielt Walker nicht davon ab, auf sie zu schießen.

Kaum war die Tür weit genug aufgeschwungen, riss er die Waffe hoch, zielte tief und nahm den Gegner unter Streufeuer. Die Betäubungsgeschosse prallten an der Tür und dem Türrahmen ab, aber einige trafen ihr Ziel: Einer der Männer sank stöhnend auf den Boden, als die Geschosse auf seinen Magen und seinen Genitalbereich prasselten. Walker wollte gerade auf den anderen umschwenken, als der von einem wuchtigen Kopftreffer nach hinten gerissen wurde und liegen blieb. »Zielen, Walker«, sagte Simmons, und er konnte das Grinsen des Orks hören.

»Handschellen«, sagte er und hielt die Waffe auf den noch nicht bewusstlosen Gegner gerichtet, der sich zwar vor Schmerzen krümmte, aber seine Waffe noch immer in Reichweite hatte.

Simmons trat an den Mann heran und schlug ihn mit einer geraden Rechten k. o. »Munition sparen«, erklärte er und drehte den Mann auf den Bauch, um seine Hände und Beine mit Plastikschellen zu fesseln.

Walker trat neben ihn, sicherte den langen Gang und behielt ein Auge auf den anderen Ohnmächtigen, bis Simmons auch diesen fachmännisch verschnürt hatte. Dann blickte er sich zu Miss Gatewright um, die mit verunsichertem Gesichtsausdruck auf die beiden am Boden liegenden Männer schaute.

Simmons sah von seinen beiden Festtagspaketen auf und bemerkte sofort, dass mit Jade irgendwas nicht stimmte. Er kannte diesen Gesichtsausdruck, er zeigte Angst und Verunsicherung, und Simmons hatte ihn mehr als einmal bei den Neuen gesehen – so sah ein Cop aus, der zum ersten Mal mit einer echten Waffe bedroht worden war oder seine eigene auf einen echten Menschen abgefeuert hatte.

»Die kommen wieder auf die Beine«, versuchte er sie zu beruhigen und berührte sie an der Schulter. Ihr Kopf ruckte erschrocken zu ihm herum.

»Ganz locker, Schätzchen! Wir killen hier keinen, wenn es nicht sein muss, und ich passe auf dich auf, also keine Angst!«

Sie schob die Unterlippe trotzig vor. »Ich habe keine Angst.«

Simmons nickte und sagte leise: »Ich schon, aber das ist ganz normal. Da müssen wir jetzt durch, wenn wir Leben retten wollen.«

Sie schaute ihn aus ihren wunderschönen, sanften Augen an und nickte dann einmal. »Da lang«, sagte sie und wies den Gang hinunter. Sie liefen weiter, bis sie sagte: »Vier sind zusammen, jetzt genau unter uns.«

Simmons schaute sich um und entdeckte eine Sicherheitstür, die geschlossen war. »Da geht's bestimmt runter«, mutmaßte er und wies darauf.

Walker nickte. »Vermutlich.« Er trat hinzu und zog an dem Türknauf. »Verschlossen.«

»Warten wir, bis jemand raufkommt?«, fragte Simmons den Menschen, aber der schüttelte den Kopf, zog eine Sprühdose aus der Tasche und spritzte bräunlichen Schaum rund um die Tür auf die Wand.

»In Deckung«, wies er an, als er einen kleinen Zünder in die Masse steckte, darauf drückte und sich eilig den Gang hinunterbewegte. Simmons zog Jade am Arm schnell hinter sich her. Sie waren knapp fünf Meter entfernt, als der Schaum mit einem dumpfen Knall explodierte. Es knarrte leise, und dichter, schwarzer Rauch stieg von dem Türrahmen auf. Dann kippte die Sicherheitstür samt einem Stück der umgebenden Wand auf den Gang hinaus und krachte auf den Boden. Walker stürmte vor, und Simmons folgte ihm dichtauf.

»Bleib zurück«, rief er Jade noch zu, als er hinter Walker einen engen Treppengang hinunterstürmte. Der Gang knickte am unteren Ende nach rechts ab. Walker zog eine Blitzgranate ab, warf sie gegen die Gangwand, sodass sie beim Abprallen in den Bereich hinter den Knick flog, und als die Granate mit einem lauten Geräusch zündete und sie das helle Leuchten an der Gangwand aufstrahlen sahen, stürmte Walker weiter, Simmons dicht hinter ihm.

Der Kellerraum war deutlich größer, als er vermutet hatte, und wirkte auf den ersten Blick wie eine Tiefgarage – nackter Beton erstreckte sich bis zu einer weit entfernten Wand, mehrere Reihen Betonpfeiler zogen sich hindurch, und am Ende des Raums, gut 50 Meter entfernt, standen eine Couchecke, ein Trideo, ein Kaffeeautomat und ein Kühlschrank. Dort vertrieben sich wohl normalerweise die Wachen die Zeit, aber jetzt hatten sie die Couch umgeworfen und benutzten sie als Deckung. Simmons verlor Walker aus den Augen, aber das war ihm egal, denn jetzt hallten Schüsse durch den Raum, und der Boden wurde in einer Linie aufgerissen, die auf ihn zuwanderte. Mit einem schnellen Sprung suchte er hinter einem der Pfeiler Deckung, so gut das mit seiner kräftigen Gestalt ging, und keinen Augenblick zu früh, denn rechts und links von ihm spritzte der Beton.

»Jetzt sitzen wir ganz schön in der Patsche«, sagte Simmons und lugte rasch um die Kante des Pfeilers und zog den Kopf wieder zurück. Ein Blick hatte gereicht, um zu erkennen, dass auch Walker sich hinter einem der Pfeiler versteckte. Schüsse peitschten als Antwort auf seinen vorwitzigen Blick. »Ja, ihr mich auch, Jungs«, murmelte er.

»Wiederholen Sie«, sagte Walker.

»Ach, nichts.«

»Wir müssen unseren Vorteil ausnutzen«, sagte Walker.

»Wir haben einen Vorteil?« Das konnte der Mensch nicht ernst meinen.

»Ja, sie zögern noch – geben Sie mir bitte Feuerschutz!«

Verdammt, hoffentlich wusste Walker, was er da tat. Simmons drehte sich von dem Pfeiler weg und feuerte bereits im vollautomatischen Modus, als die Gegner in sein Blickfeld kamen. Drei tauchten hinter der Couch ab, nur ein junger Bursche mit platinblonden, kurzen Haaren riss die Waffe hoch. Auch der Junge feuerte, und sie trafen sich gleichzeitig. Simmons spürte ein bösartiges Stechen in seiner Brust, aber noch während er zurücktaumelte und die Hand auf die Wunde presste, sah er voller Genugtuung, dass der Kerl von seinen Schüssen getroffen nach hinten umklappte. Ächzend glitt er wieder hinter den Pfeiler und löste die Hand von dem Loch. Ein dünner Blutstrom sickerte aus dem schwarzen Stoff, doch es schien nur eine Fleischwunde zu sein. Er hatte Schlimmeres überlebt.

Im selben Augenblick gab es ein dumpfes Ploppen und dann das Zischen einer Gas- oder Rauchgranate. Simmons spähte um seine Deckung herum, als Walker kommentierte: »Neurostun. Wir rücken vor«, und sich aus seiner Deckung löste.

Simmons ging ebenfalls mit angelegter Waffe auf den improvisierten Stützpunkt des Feindes zu.

»Sie sollten ausgeschaltet sein«, sagte Walker. »Ich habe keine Gasmasken bei ihnen gesehen.«

Sie hatten die Couch fast erreicht – die Zeit reichte für das Narkosegas, um sich aufzulösen –, als sich plötzlich ein schwarzer Mensch erhob und schwankend versuchte, anzulegen. Bevor Walker, der in die andere Richtung sicherte, reagieren konnte, machte Simmons einen Schritt nach vorne und schlug dem Angreifer eine rechte Gerade auf die Nase. Der Mann wurde von den Füßen gehoben und krachte auf den kleinen Wohnzimmertisch, der vor dem Trid stand und unter seinem Gewicht zerbrach. »Schlaf weiter, Bruder«, sagte Simmons grimmig und warf Walker die Handschellen zu.

»Jade, du kannst kommen«, sagte er und sicherte die Liegenden, bis Walker sie verschnürt hatte.

»Das ist zu einfach«, sagte Walker, als Jade sich näherte.
»Vielleicht sind wir auch nur zu gut?«, schlug Simmons vor.

»Nein«, erklärte Walker seinen Gedankengang, »ich glaube, irgendwas geht vor, vielleicht ist das eine Falle. Der Keller hat nur einen Ausgang, und sonst sind nirgendwo Wachen oder Personal? Das gefällt mir nicht.«
Walker blickte zu dem Ork auf. »Sie sind verletzt.«
Miss Gatewright keuchte erschrocken auf, aber der Ork winkte ab. »Kratzer!«
»LD, empfangen Sie uns?«, fragte Walker.
Etwas Statik rauschte, aus dem man mit Mühe ihre Antwort heraushören konnte. »Empfang ist schlecht.«
»Achten Sie bitte auf die Umgebung, auch auf den Luftraum, wenn möglich. Haben Sie verstanden?«
»...standen. Umgebung beobachten«, lautete ihre Antwort.
»Geben Sie uns Bescheid, sobald sich jemand nähert«, sagte Walker.
»...iederholen.«
»Machen Sie Meldung, wenn jemand kommt.«
»Okay«, knarzte es in ihren Ohren.
»Wo befinden sich die anderen Personen, Miss Gatewright?«, fragte Walker und wechselte das Magazin an seiner Waffe, überprüfte sie kurz durch den Kontakt zur Smartgun und schaute dann auf.
Die Magierin wies in die Richtung einer schweren Eisentür, die von einem alten Stück Rohr offen gehalten wurde. Neben der Tür stand eine achtlos geparkte Elektrotransportplattform, auf der ein halbes Dutzend Sauerstoffflaschen aufgestellt waren. Volle offensichtlich, denn die Plomben waren unberührt.
Walker nickte und winkte dem Ork. »Gehen wir. Halten Sie die Augen offen, Mister Simmons und Miss Gatewright: Wenn Sie helfen können, ohne sich zu gefährden, nur zu.«

»Aber sei bloß vorsichtig«, mahnte Simmons und drückte kurz ihre Schulter, bevor er die Waffe wieder hochnahm. Wenn diese romantische Verwicklung bloß keine Schwierigkeiten nach sich zog! Eine leichtsinnige, vermeintliche Rettungsaktion zum falschen Zeitpunkt konnte fatale Folgen haben.

Walker rückte weiter vor und spähte kurz durch den Spalt der Tür. Es kam ein kühler Wind hinaus, der nach Krankenhaus roch, und er konnte Kacheln sehen. Ein leises Brummen und Knacken war zu hören, aber auch mit dem Audioverstärker konnte Walker ihn nicht zuordnen.

Er wies auf die Tür, und Simmons bezog Stellung, Miss Gatewright schob er hinter einen Pfeiler, um sie vor Schüssen aus dem Inneren zu schützen. Walker stieß die Tür auf und eilte hinein, Simmons folgte direkt hinter ihm und sicherte zur anderen Seite, aber es war kein Angreifer zu sehen. Der gekühlte Raum wirkte wie ein Chopshop: große Becken mit biogenetischem Gel, Kühlschränke mit Petrischalen und Pharmazeutika, ein Seziertisch in Trollgröße und diverse Geräte, von denen Walker nur ein Blutdruckmessgerät wiedererkannte.

Ihnen gegenüber befand sich eine weitere Tür, die verschlossen war. Von ihr gingen die Geräusche aus, und als Walker sich darauf konzentrierte und seine Cyberohren automatisch die Sensitivität erhöhten, glaubte er auch jemanden rufen zu hören, verstand aber die Worte nicht.

»Riechen ...«, donnerte es in seinen hochgeregelten Ohren, dann schaltete sich der Dämpfer ein, der eine Überlastung verhinderte, und senkte die Lautstärke wieder auf ein normales Maß. »... das?«, endete der Satz des Orks neben ihm.

Walker wandte sich ihm zu und schnüffelte, aber er nahm nichts wahr außer dem beißenden Geruch von Desinfektionsmitteln.

»Wie bei einem Gewitter«, erklärte Simmons. Offensichtlich hatte der Ork eine ganz hervorragende Nase – Walker musste sich gegen den Ansturm der Erinnerung wehren, als ihm die zahlreichen rassistischen Witze durch den Kopf schossen, die sich mit Orks und Gerüchen beschäftigten.

Simmons zuckte mit den Schultern. »Ach, kann auch ein fauler Popel sein! Gehen wir da rein?«

»Ich gehe mit«, verkündete Miss Gatewright und kam einem Einwurf von Simmons zuvor. »Dieser Avildson hat einen Magier in seinem Team. Wenn der da drin ist, verwandelt er euch in Schlamm, bevor ihr einmal geschossen habt, wenn ich nicht dabei bin!«

»Schön, dass ihr Magier immer so bescheiden seid«, murmelte Simmons. »Na gut, aber du bleibst direkt hinter mir, und wenn irgendein Angriff kommt, tanzt du den Moslem.«

»Bitte?«, fragte die Frau.

»Na, runter auf den Boden und in Richtung Deckung beten.«

Er wollte Miss Gatewright auch keiner unnötigen Gefahr aussetzen, aber ein Magier ohne Sichtkontakt war nutzlos.

»Ich würde vorschlagen, Sie suchen sich möglichst schnell eine gute Deckung, aus der Sie Ihre Sprüche wirken können. Auf dem Boden liegend sind Sie uns keine große Hilfe.«

Simmons warf ihm einen bösen Blick zu, aus dem sein verletzter Machismo Bände sprach. »Mister Simmons, entweder wir schicken Miss Gatewright umgehend zurück und damit in Sicherheit, oder wir nutzen unsere Ressourcen bestmöglich. Alles oder nichts, etwas anderes hat in unserer Lage keinen Sinn!«

»Hey, ihr beiden Paschas«, ertönte Miss Gatewrights Stimme amüsiert, aber auch etwas genervt. »Ich kann immer noch für mich selbst entscheiden, und wenn ihr eure mädchenhaften Zankereien nicht einstellt, gehe ich da alleine rein.«

Sie legte den Kopf schief und lächelte zuckersüß. Walker hoffte inständig, dass sein eigener Gesichtsausdruck nicht ganz so dämlich wirkte wie der des Orks.

Simmons klappte den Mund wieder zu und schüttelte leicht den Kopf. Jade hatte ja richtig Feuer, wenn's drauf ankam. Hervorragend, er mochte selbstbewusste Frauen. Aber er würde ihr trotzdem die Ohren lang ziehen, wenn sie sich verletzen ließ. Er zog die Predator aus dem Holster und stellte die Waffe so ein, dass auch über den noch vorhandenen Abzug geschossen werden konnte, denn Jade hatte ganz sicher keine Smartgun. »Hier, nimm die, damit du dich wehren kannst.«

Jade wollte etwas erwidern, nahm dann aber wortlos lächelnd die Waffe und steckte sie achtlos in ihre Tasche. Simmons schüttelte den Kopf – Frauen!

»Gut, gehen wir rein.« Er stellte sich neben die Tür, und Walker bezog Position. Dann riss Simmons die Tür gegen den zischenden Widerstand einer Hydraulik schnell auf. Als Walker nicht vorrückte, warf er einen Blick um die Ecke und schaute in einen kurzen, engen Gang, der gerade Platz für sie drei bieten könnte. An seinem Ende lag eine weitere Tür, darüber war ein großes, rot leuchtendes Licht zu sehen, und in den Wänden waren überall kleine Löcher. Der Boden bestand aus einem Gitter, unter dem eine Abflussschneise zu einem Rohr führte.

»Eine antiseptische Schleuse«, erklärte Walker. »Aus den Löchern wird Desinfektionsmittel gesprüht, sobald beide Türen geschlossen sind, und erst dann kann man die andere Tür öffnen.«

»Oder sie sprüht Giftgas«, sagte Simmons und musterte die Löcher misstrauisch.

Das Licht flackerte und ging dann aus. Rote Notbeleuchtung erwachte mit einem Knacken zum Leben.

»Irgendwas passiert«, sagte Miss Gatewright.

Simmons grunzte zustimmend. »Ich schlage vor, wir ändern die Spielregeln!«

Er griff in die Jackentasche, zog drei Standard-Schrotpatronen heraus, schob sie in den Nachladeschacht der Trommel und zielte auf das Schloss der anderen Tür.

Walker nickte, und ein kurzer Blick auf Jade zeigte, dass auch sie verstanden hatte.

»Verteilen Sie sich schnell im Raum und suchen Sie Deckung, wenn wir durch die Schleuse kommen, sind wir ein leichtes Ziel«, ermahnte sie Walker.

Simmons nickte und zählte bis drei. Noch während seine Salve das Schloss und einen Großteil der umliegenden Tür in Splitter riss, bewegte sich Walker, trat den Durchgang auf und war im Raum. Simmons stürmte hinterher und mitten in die Hölle hinein.

Es war heiß, die Luft war so voll Elektrizität, dass seine Haare sofort zu Berge standen, Dampf umwaberte ihn, der einige Meter vor ihm von stroboskopartigen Blitzen zerrissen wurde. Er konnte einen Schemen mit erhobenen Armen auf einem zigarrenförmigen, riesigen Gebilde stehen sehen, das mindestens vier Meter lang und zwei im Durchmesser war. Simmons hielt auf dieses Ding zu. Von Aufbauten an beiden Seiten des Gebildes schlugen, wie er nun erkennen konnte, Blitze in die Arme des Mannes ein und liefen zuckend über seinen Körper bis in das metallische Behältnis, das nun fast wie ein U-Boot wirkte, nur dass die Flossen fehlten. Genietetes Metall, ein Bullauge und jede Menge Schläuche, die aus dem Gerät hinaus und in medizinische Kästen an der Seite liefen. Eine grünliche, zähflüssige Masse strömte stoßweise durch sie hindurch. Simmons war jetzt auf zwei Meter heran, und noch immer konnte er keine klare Sicht auf den Magier bekommen, der auf dem seltsamen Gerät stand – wer Blitze schleuderte, der musste ein Magier sein. Immer wieder wurde der Kerl von seiner eigenen Lasershow beleuchtet, und Simmons' Augen schmerzten von dem Blick in die grellweißen Lichtbögen.

Jetzt konnte Simmons auch hören, dass der Mann etwas schrie: »Lebe! Lebe!«

Er legte an, wartete mit zusammengekniffenen Augen auf den nächsten Blitz und drückte dann ab. Die Betäubungsgeschosse prallten auf die Brust des Gegners, erwischten ihn mitten in einem weiteren: »Lebe!« und trieben ihn zurück. Noch während er schon von dem Metallding kippte, hielt Simmons weiter drauf – ›Erschieß zuerst den Magier‹ war nicht umsonst ein geflügeltes Wort auf der Straße.

Über dem Lärm aus knallenden Blitzen, die nicht aufhörten überzuschlagen, dem Zischen des Dampfes und dem lauten Bollern der Pumpen hinweg hörte er den Körper nicht auf der anderen Seite aufschlagen, aber er vernahm deutlich Jades Warnruf: »Simmons, runter!«

Sofort ließ er sich zu Boden fallen, und keine Sekunde zu früh. Über ihm schoss eine Flammenlanze durch die diesige Luft, und der Dampf zischte, als die Flammen ihn zerfraßen. Obwohl das Feuer gut einen Meter über seiner liegenden Gestalt vorbeizog, spürte Simmons die Hitze deutlich.

»Verdammt«, fluchte er und sprang auf die Beine. Durch die Schwaden kam eine in Flammen gehüllte Gestalt auf ihn zu, und der Dampf wich vor ihr zurück. Simmons zog die Waffe hoch und feuerte, aber statt des satten Klatschens der Gelgeschosse auf einen Körper hörte er nur ein lautes Zischen. Simmons hielt weiter drauf, er wusste nicht, was er sonst tun sollte. Jetzt teilte sich der Wasserdampf zwischen ihm und dem Ungetüm, einer fast zwei Meter großen Flamme in Menschengestalt, die hellrot flackerte, und Simmons erkannte mit Schrecken, dass seine Geschosse wie das Wachs einer Kerze wegschmolzen, kaum dass sie die Gestalt erreicht hatten. Ein verfluchter Feuergeist!

»Zurück«, rief Jade, und das riss Simmons aus seiner entsetzten Starre, aber zu spät. Er warf sich zurück, doch der Arm des Geistes wuchs und traf ihn während der Rückwärtsbewegung an der Brust. Er wurde mit Wucht nach hinten in den Nebel geschleudert und spürte einen brennenden Schmerz, als die schwer entzündliche SWAT-Kleidung und die Unterkleidung wegschmolzen und sich mit verbrannter Haut auf seiner Brust verbanden.

Vor ihm stand Jade und wies auf den Feuergeist. Simmons versuchte noch, einen Sinn in ihrer Geste zu erkennen, da schwappte aus dem Nichts eine Welle trüben Wassers auf die Flammen. Jade hatte einen Wasserelementar beschworen! Es zischte laut, und neuer Dampf stieg von den kämpfenden Geistern auf, während sich Simmons auf die Beine kämpfte. Die Wunde schmerzte stark, aber er konnte sich noch bewegen. Jade warf ihm einen besorgten Blick über die Schulter zu, und Simmons zeigte ihr den aufgerichteten Daumen.

Plötzlich trat aus der dichten Wolke aus Wasserdampf der Feuergeist heraus und holte aus. Er wirkte jetzt dünner, die Flamme brannte weniger hell.

Simmons sprang vor und rief: »Jade«, aber er war zu langsam. Die flammende Faust traf seine Jade im Gesicht und schleuderte sie zurück. Rauch stieg von ihrem verschmorten Haar auf, während sie über den gekachelten Boden schlitterte und dann regungslos liegen blieb. Der Geist trat auf sie zu, und Flammen sammelten sich am Ende seines Arms, wie bei einer Energiewaffe, die sich auflud.

Walker wandte sich nach links, als er Simmons auf das Gebilde in der Mitte zustürmen sah. Die Blitze und der Dampf waren sogar für seine Cyberaugen eine große Herausforderung, die Blitzkompensation kam nicht mehr mit, und so wurde sein Blick unregelmäßig zerhackt. Infrarot war auch keine Hilfe wegen des warmen Dampfes, der sich durch den Raum zog, und mit dem Lärm im Hintergrund war auch ein Orientieren nach Gehör zum Scheitern verurteilt. Sein einziger Trost war, dass auch ihre Gegner mit diesen Behinderungen zu kämpfen hatten und darum vielleicht noch nicht wussten, dass sich der Feind unter ihnen befand.

Vorsichtig schob er sich weiter durch den Nebel, als vor ihm eine Gestalt erschien: Ein kleiner, hagerer Mann mit halblangem Haar, das zu einem Zopf gefasst war. Er steckte in einem weißen Kittel und schaute durch eine Sonnenbrille auf die Anzeigen eines medizinischen Geräts. Er schüttelte mit verzogenem Mund den Kopf und bemerkte Walker nicht, bis dieser ihm die Waffe an den Kopf drückte.

»Was geht hier vor sich?«, fragte Walker ihn nah an seinem Ohr.

»Ich ... wir ...«, stammelte der Mann und versuchte den Lauf von seiner Schläfe zu bekommen. Plötzlich zuckten seine Augen zur Seite und wurden groß. Walker ließ sich auf ein Knie fallen, und über ihm wurde der Wissenschaftler von einer riesigen Axt in der Mitte geteilt. Blut spritzte auf Walker hinab, und sogar über den Lärm konnte er das Krachen des Rückgrats hören, als die breite Schneide den Leib das Mannes zerriss und in den wabernden Dampf schleuderte. Die Axt krachte in den medizinischen Apparat, der offensichtlich am Boden verankert war, und verhakte sich dort. Walker schaute an der Waffe entlang und in das grimmige und von Tribal-Tätowierungen verunstaltete Gesicht eines großen Trolls. Seine ohnehin schon wuchtige Gestalt wurde von dicken Kunstmuskeln noch weiter aufgebläht, und seine vollgoldenen Cyberaugen waren auch nicht eben subtil. Er hatte keine ersichtliche Körperbehaarung, aber die dicken, verschlungenen Linien, die seinen Kopf umrahmten, machten einen Haarschopf mehr als wett. Seine Hörner waren weit ausladend und erinnerten an Stierhörner. Gehörte er zur Subspezies der Minotauren? Egal!

Walker erhob sich rasch, trat einen Schritt zur Seite und feuerte auf den Troll. Die Treffer wanderten über seinen Bauch und die Brust bis mitten ins Gesicht, der Trollkörper zuckte unter den Treffern – aber sie zeigten keine Wirkung. Die kantige Jacke und die dicke Polyesterhose waren offensichtlich gepanzert, aber die direkten Kopftreffer hätten sogar einem Troll zu schaffen machen müssen. Dieses Ungetüm war bis unter die Hutkrempe vercybert! Die wulstigen Lippen des Giganten teilten sich zu einem bösartigen Grinsen mit angespitzten Zähnen, dann riss er die Axt mit einem Ruck aus dem Gerät und schlug sie in derselben Bewegung mit der stumpfen Seite gegen Walker, der mit dem Schlag sprang, seinen Fuß gegen die Axt stemmte und sich von der Wucht außerhalb der Reichweite des Trolls tragen ließ. Er rollte ab, ließ die Waffe dabei fallen und zog im Aufstehen die Thunderbolt. Betäubungsgeschosse hatten bei diesem stark vercyberten Homo Sapiens Ingentis offensichtlich keine Auswirkungen, also musste er zu scharfer Munition wechseln.

Aus dem Nebel heraus sah Walker erst die Axt auf sich niedersausen, dann wurde von der Geschwindigkeit der Bewegung der Dampf zur Seite getrieben, und der Troll kam in Sicht. Der Kerl war schnell, stark, er hatte einen klaren Reichweitenvorteil und offensichtlich keine Skrupel zu töten. Damit war er ein viel zu gefährlicher Gegner, um ihn nonletal ausschalten zu wollen.

Walker schoss, traf den Troll in die Brust, und die APDS-Geschosse durchschlugen seine Panzerung wie Butter und zogen Blut, aber der Troll bemerkte die Löcher in seiner Brust scheinbar gar nicht und führte seinen Schlag ungehindert weiter durch. Als die Axt ihren Scheitelpunkt in gut vier Metern Höhe überschritten hatte, warf sich Walker zur Seite, die Axt traf auf die Kacheln und schnitt tief in den massiven Betonboden ein. Walker kam wieder auf die Beine und legte erneut an, als eine Salve von der Seite den Beton vor ihm aufriss, weiterwanderte und seinen Fuß durchschlug. Sofort setzte das dumpfe Gefühl des Schmerzeditors ein, und mit der durch das Implantat hervorgerufenen Gleichgültigkeit stellte Walker fest, dass das Blut sich mit einer silbernen Masse verband – man schoss mit Plata Mortal auf ihn. Er zog die Waffe hoch und feuerte durch den im Licht der Blitze zuckenden Nebel auf den Schützen, eine junge Frau, wie es schien. Sie hatte eine Glatze, und auf ihre Stirn stand etwas in gotischen Lettern geschrieben.

Die Angreiferin hatte mit seinem Schuss gerechnet und rettete sich hinter ein schrankgroßes, fahrbares Gerät aus Metall. Walkers panzerbrechende Kugeln fraßen sich in die Verkleidung, rikochierten dann aber an der Innenseite.

Plötzlich wurde es still und dunkler, denn die Blitze hörten auf, und das Brummen der Pumpen verstummte. Nur noch mattes, weißes Licht von im Dampf verborgenen Deckenlampen strahlte und ließ alles wie tote Haut erscheinen.

Walker hörte hinter sich das laute Stampfen des Trolls, sein Grunzen, und trat die Flucht nach vorne an. Er sprang mit beiden Beinen gegen den Metallschrank, der unter seinem Gewicht zur Seite rollte und schwer gegen die dahinter verborgene Angreiferin knallte. Hinter ihm krachte die schwere Axt des Trolls wieder auf den Boden – bemerkenswerte Anfertigung, dass sie solche Strapazen überstand.

Walker landete flach auf dem Bauch und schoss unter dem Metallschrank hindurch. Ein lauter Schrei zeigte ihm, dass er die versteckte Gegnerin getroffen hatte, aber leider waren das seine letzten Schüsse gewesen. Er katapultierte sich mit einer schwungvollen Liegestütze wieder auf die Beine und schaute zu dem Troll auf, der keine drei Meter entfernt auf ihn heruntergrinste. Er wog die schwere Axt locker in der Hand, und seine gewaltigen Muskelberge zuckten unter seinem Hemd. Walker würde es nicht schaffen, das Magazin zu wechseln oder sich eine andere Waffe zu suchen, bevor der Troll angriff. Sie starrten sich in die Augen, dann ließ Walker die Waffe fallen. Das haifischartige Grinsen des Trolls wurde noch breiter und wich einem verdutzten Gesichtsausdruck, als aus Walkers rechtem Unterarm drei lange Klingen schnackten. Walker senkte den Kopf, ging in Kampfposition und sagte: »Dann lass uns tanzen!«

Simmons brüllte vor Wut, als er Jades schlaffe, geschlagene Gestalt am Boden liegen sah. Ohne nachzudenken, was er tat, packte er Lizzy am Lauf und stürmte, die Schrotflinte wie einen Knüppel schwingend, auf den Geist zu. Der erste Schlag traf den Kopf, und das Wesen taumelte zurück, der Flammenstrahl aus seinem Arm schoss in den Nebel davon und ließ eine Wand aufglühen.

»Lass! Sie! In! Ruhe!«, brüllte Simmons außer sich vor Zorn und drosch bei jedem Wort auf die Flammengestalt ein, die jedes Mal ein bisschen weiter zurückwich. Es war, als würde sein Zorn allein das magische Wesen schwächen.

Der Geist packte nach der Waffe, und fast sofort wurde der Lauf heiß. Simmons ließ sie achtlos fallen und drosch mit beiden Fäusten auf den Gegner ein. Ihm war egal, dass die Ärmel seines Pullovers sich schmelzend um seine Arme legten, dass seine linke, echte Faust vor Schmerz zu zerplatzen schien, Blasen schlug und schwarz wurde. Er trieb den Geist mit einem Haken nach dem anderen durch den Raum und brüllte dabei vor Wut und Schmerz. Plötzlich gingen seine Schläge ins Nichts. Die sengende Hitze, die mittlerweile seine Haare weggeflammt hatte, verschwand, und Simmons stand mitten im leeren Raum. Ihm war schlecht vor Schmerz, er konnte seinen linken Arm kaum noch spüren und er schwankte, aber er hatte dieses Monster besiegt und Jade gerettet, und nur darauf kam es an. Er wollte sich gerade umwenden, als aus dem lichter werdenden Dampf eine Gestalt in einer Robe trat, ein dunkelhäutiger Elf, der verschiedene verdrehte Wurzeln und dunkle Federn an seinem Gewand trug. Das war dann wohl in Wirklichkeit der Magier, die Drecksau, die den Geist auf sie gehetzt hatte.

»Ich ergebe mich«, sagte der Elf mit schwerem, afrikanischem Dialekt. »Ich leiste keinen Widerstand«, fügte er etwas lauter hinzu.

»Wen interessiert's«, sagte Simmons und streckte ihn mit einem Schlag seines noch qualmenden Cyberarms nieder.

Walker blinzelte nicht. Einen langen Augenblick schauten sie sich an, dann riss der Troll seine Axt mit einer schnellen Bewegung nach oben. Die Reichweite und der Schwung waren, abgesehen von dem offensichtlichen Kraftvorsprung, die großen Vorteile des Trolls, also galt es sie zu minimieren.

Walker täuschte eine seitliche Bewegung an, und wie gehofft änderte der Troll seinen Griff, um einen Schlag parallel zum Boden anzusetzen. Walker stürmte vor, unterlief die pfeifende Axt und sprang. Der Troll wurde von seinem Angriff völlig überrascht, Walker erreichte ihn und rammte ihm seinen dreifachen Sporn in den Oberschenkel. Die Klingen schnitten tief in die Kunstmuskeln und das bisschen Fleisch, das noch übrig war, dann traf Stahl auf Stahl. Dieser Koloss besaß ein Titaniumskelett!

Walker riss die Klinge wieder heraus und wollte einen Angriff gegen den Bauch führen, aber der Troll brachte krachend seinen Ellenbogen nach unten, traf, brach Walkers linkes Schlüsselbein und schleuderte ihn auf den Boden. Der Troll hob das Bein, um ihm den Kopf zu zertreten, aber Walker konnte sich unter dem riesigen Schuh wegdrehen und katapultierte sich aus der Rückenlage mit einem Ruck seiner Beine wieder auf die Füße.

In der Aufwärtsbewegung stach er dem Troll in die Niere, drehte den Arm und damit die Klingen kreischend in der künstlichen Muskulatur und beugte sich dann weit nach hinten, als der Troll einen Rückhandschlag mit der Linken ansetzen wollte. Die Faust sauste über seinen Brustkorb hinweg, und sofort richtete sich Walker wieder auf, riss den Arm hoch und nutzte den Schwung des riesigen Trolls aus, um seine Sporne unter dem Arm hindurch in die Brustmuskeln seines Gegners zu schieben.

Der Troll grunzte auf – vor Wut, nicht vor Schmerz, wusste Walker – und ließ die Axt fallen. Er war clever genug, die Schwäche seiner Waffe im direkten Körperkontakt zu erkennen. Walker machte einen Schritt nach hinten und erwartete den Angriff. Er kam, aber er war mehr als unerwartet, denn der riesige Metamensch machte eine Ginga, eine bei ihm plump wirkende, tänzerische Bewegung, die den Auftakt eines Capoeira-Angriffs darstellte, und dann schlug er ein Rad. Walker tänzelte zur Seite, um den niederdonnernden Stahlkappenstiefeln des Trolls zu entgehen. Wo sie auftrafen, sprangen die Kacheln.

Walker versuchte den unsicheren Stand des Trolls auszunutzen und setzte einen Fußfeger an, traf, aber er hätte auch gegen einen Stahlträger treten können. Der Troll kicherte leise und machte einen Rückwärtsüberschlag, bei dem er das eine Bein etwas nachzog, um Walker am Kinn zu treffen.

Walker kam nicht mehr schnell genug weg, also konnte er nur mitgehen. Er schützte seinen Kopf mit den Armen und sprang kräftig nach hinten ab, kurz bevor der Fuß ihn traf und ihn weit durch die Luft katapultierte. Er beschrieb einen gestreckten Salto und eine Schraube und landete, nur um sofort wieder auf den Troll zuzulaufen.

Die akrobatische Technik seines Gegners entfaltete vor allem durch Schwung ihre destruktive Wirkung. Er musste den Troll daran hindern, sich zu bewegen – was schwer genug war –, und einfach darauf hoffen, dass seine zahlreichen Treffer schnell Wirkung zeigten.

Er erreichte den Troll, als der sich gerade wieder ganz aufgerichtet hatte, und traf ihn mit einem eingesprungen Sidekick an der Brust. Der Troll stand noch nicht sicher und taumelte einen Schritt zurück, Walker setzte nach und rammte seine Sporne in den Oberschenkel. Er riss die Klingen mit aller Wucht durch das blutspritzende Fleisch. Sein Ziel waren die Genitalien des Trolls, Cyberware hin oder her, so ein Treffer war schon wegen des Blutverlusts fatal.

Doch sein Arm wurde von einem brutalen Abwärtsschlag gestoppt, und das Knie des Riesen ruckte hoch, zerschmetterte Walker einige Rippen und sandte ihn auf den Kachelboden. Er machte eine Rolle rückwärts und kam wieder auf die Beine.

Das war kein Capoeira, sondern Russian Martial Arts, schlampig ausgeführt, aber überraschend. In diesem Troll steckten wohl noch mehr Überraschungen, als Walker eingerechnet hatte.

Der Troll ging in den Doppelblock – jetzt auch noch Boxen? Wie viele Kampfkünste hatte dieser Troll gelernt?

Walker beschloss, ihn kommen zu lassen, vielleicht konnte er die Wucht des Angriffs irgendwie nutzen, und jeder Liter Blut, der an dem Behemoth-Körper des Trolls herunterlief, schwächte ihn. Vor allem die Wunde in den Lenden blutete stark, und es wirkte fast, als hätte sich der Troll in die Hose gemacht. Irgendwo im Raum peitschte ein Schuss, aber darum konnte er sich jetzt wirklich nicht kümmern.

Der Troll machte einige schnelle Schritte auf Walker zu und schlug in schneller Folge zu, wobei die Fäuste übereinander wegzischten – Wing Chun Kettenfaust, wieder ein neuer Stil. Walker hechtete nach schräg vorne, unter den Fäusten hindurch, stützte sich auf dem gebeugten Knie des Trolls ab und sprang mit ausgestrecktem Arm gerade nach oben, um dem Gegner die Sporne in die Kehle zu rammen, aber der beugte sich in diesem Augenblick nach vorne, und statt der Kehle prallten die Klingen mit voller Wucht auf seine Stirn. Die Klingen schnitten durch das Fleisch, prallten auf den Titanschädel des Giganten und splitterten krachend. Walker spürte an einem dumpfen Schlag, dass sein Unterarmknochen unter der Wucht zerbarst, aber seine hochgezüchteten Muskeln konnten den Arm noch in Form halten.

Der Schlag ließ den Troll nach hinten taumeln, aber er fiel nicht um, im Gegensatz zu Walker, der von der Wucht des Zusammentreffens auf die Seite gerissen wurde und auf den Boden schlug.

Der Troll schüttelte den Kopf, um ihn wieder klar zu kriegen, während sich Walker auf die Beine kämpfte. Er versuchte die Hand zu öffnen, um die jämmerlichen Reste seiner Sporne einzufahren, aber die Muskeln waren völlig verkrampft.

Als der Troll nun die Grundstellung des Gottesanbeterinnen-Kung-Fu einnahm, wusste Walker, was Sache war: Talentleitungen. Das erklärte den schnellen Wechsel und die irgendwie uninspirierten Angriffe verschiedener Stile. Walker konzentrierte sich auf die Stirn und die Schläfen des Trolls – dort war keine Chipbuchse zu sehen, also gab es eigentlich nur eine Stelle, wo sie sitzen konnte, da der Troll keine Cybergliedmassen hatte.

»Zeit zu sterben«, sagte der riesige Metamensch und grollte leise.

»Ganz Ihrer Meinung«, sagte Walker und lief schräg an dem Troll vorbei.

Der wandte sich ihm verwundert nach, und das war genau das, was Walker brauchte. Er legte einen schnellen Spurt hin, sprang gegen die Wand, nutzte den Schwung, um auf den rollbaren Metallschrank zu kommen, der durch seine Landung in Bewegung geriet. Als sich der Troll ihm ganz zugewandt hatte, stieß er sich erneut ab und flog mit einem Salto über den Kopf des Trolls hinweg. Der versuchte Walker mit ausgestreckten Armen zu packen, aber er erwischte ihn nicht, stattdessen bremste Walker seinen Sprung, indem er sich kurz an den Armen des Trolls festhielt und dann fallen ließ. Er packte eines der Hörner mit der linken Hand und rammte die Spornsplitter seiner Rechten in den Nacken des Gegners. Die äußeren beiden trafen auf metallene Knochen und wurden nach hinten durch das Fleisch von Walkers Arm hinausgetrieben, aber der mittlere landete in der Chipbuchse des Trolls und rief einen elektrischen Blitz hervor. Der Kopf des Trolls ruckte zurück, traf auf Walkers Stirn und warf ihn vom Rücken des Kolosses. Kurz wurde ihm schwarz vor Augen, obwohl er bei Bewusstsein blieb. Dann schaltete sich das Backup-System seiner Augen ein, und er sah wieder, aber alles war pixelig und nicht farbecht. Erst Augenblicke später kehrte die volle Auflösung wieder zurück.

Walker sah den Troll vor sich stehen, Funken sprühten aus seinem Nacken, und er starrte Walker hasserfüllt an.

»Niemand besiegt mich«, grunzte er, dann kippte er wie ein gesprengtes Hochhaus nach vorne um.

»Irgendwann ist immer das erste Mal«, sagte Walker und sackte schwer atmend auf die Knie.

Simmons eilte zurück zu Jade, die sich – Gott sei Dank – schon wieder aufgesetzt hatte. Sie zuckte zusammen, als sie Simmons ansah. »Du bist verletzt.«

»Kleinigkeit«, log er. »Aber du hast eine Brandwunde.« Er berührte vorsichtig ihre stark gerötete Gesichtsseite, und sie sog schmerzerfüllt die Luft ein.

Es wurde still und das flackernde Licht erlöschte, der Nebel hing jetzt milchig weiß im Raum, verzog sich aber langsam. Vermutlich gab es irgendwo eine funktionierende Lüftung. Ein lautes Krachen von Metall auf Stein riss ihn aus seinen Gedanken. »Verdammt, Walker«, rief er erschrocken und drehte sich zu dem Geräusch um.

»Geh«, sagte Jade, und nach kurzem Zögern lief er los. Er schaute sich nach einer Waffe um, aber außer seiner übel zugerichteten Lizzy fand er keine. Plötzlich stürzte sich aus dem Nebel jemand auf ihn und krallte sich an seinem verbrannten Arm fest. Der unbändige, plötzliche Schmerz trieb Simmons an den Rand einer Ohnmacht, und er stürzte zu Boden. Als er wieder voll zu sich kam, kniete eine junge Frau mit einer Glatze auf ihm, auf ihrer Stirn stand ›Alamo 2000‹ in gotischen Lettern, und drückte ihm die Kehle zu. »Stirb, du dreckiger Untermensch«, keuchte sie wütend.

Sie kniete auf seinen Schultern, und die Schmerzen, die das in seinem verletzten Arm hervorrief, waren fast zu viel für Simmons, aber die Angst vor dem Tod ließ ihn seine letzten Kräfte mobilisieren. Er bäumte sich auf, einmal, zweimal. Jetzt drehte sich schon alles um ihn, der Sauerstoff wurde knapp. Ein weiteres Mal bäumte er sich auf, und jetzt bekam er den Cyberarm frei, wollte zuschlagen, aber die künstliche Gliedmaße hob sich nur langsam, hatte zu viel Schaden hinnehmen müssen. Simmons sah Flecken vor den Augen, da hatte er den Arm endlich hoch genug gehoben. Er aktivierte die eingebaute Schrotflinte und verwandelte das Gesicht der Frau in blutigen Brei. Das stoßweise austretende Blut ergoss sich wie ein kranker Springbrunnen über ihn, dann kippte der kopflose Leichnam seitlich herunter, und die Hände lösten sich von seinem Hals. Simmons sog die Luft ein, bekam Blut in die Luftröhre und würgte es hustend wieder hervor. »Verdammte Rassisten, ihr schmeckt auch noch scheiße!«

Taumelnd kämpfte Simmons sich auf die Knie und blieb erst mal schwer atmend hocken. Er hörte Kampflärm vor sich, nicht allzu weit entfernt, und konnte auch einen riesigen Schemen ausmachen, der sich schnell bewegte, aber er fand einfach nicht die Kraft, sich zu erheben.

»Komm schon, Simmons, beweg deinen fetten Orkhintern«, ermahnte er sich laut. »Steh auf, steh auf, steh auf!«

Das Letzte rief er, und mit dem Schwung der Aussage schaffte er es auch, sich zu erheben. Er taumelte in Richtung des Kampflärms und stieß mit dem Fuß an eine MP, die durch seinen Tritt über die Kacheln schlitterte. Als er sich bückte, um sie aufzuheben, musste er sich fast übergeben – Mann, war er am Arsch!

Es war eine Sandler TMP mit Laserzielpunkt. Er checkte das Magazin: Es war noch ein Schuss Plata Mortal drin, hatten diese Schweinehunde mit Besuch der pelzigen Art gerechnet?

Ein lautes Krachen erklang vor ihm, der schon deutlich gelichtete Dampf wurde von einer Druckwelle zur Seite geblasen und offenbarte den Blick auf einen am Boden knienden Walker, der nicht besonders gut aussah. Die eine Seite seines Brustkorbs war unnatürlich eingedrückt, die Stirn war aufgeplatzt und sein rechter Arm verdreht, blutüberströmt, und metallische Spitzen ragten an diversen Stellen heraus. Vor seinem verletzten Chummer lag ein wahres Ungetüm von Troll und zuckte im Takt der Funken, die ab und an aus seinem Nacken sprühten. Der Metamensch blutete aus zahlreichen, tiefen Schnittwunden. Simmons fiel vor Schreck die letzte Patrone Plata Mortal aus der Hand und rollte über den

Boden – egal! Er eilte zu dem Menschen, aber der hielt sich tapfer, zweifelsohne durch seine Cyberware.

Simmons trat neben ihn und sagte: »Sie wissen, dass ich Sie dafür vor den Ausschuss für Metamenschenrechte bringen kann?«

Walker lachte über Simmons' Witz, bis er aufschaute. Der Ork sah schlimm aus, seine Haare waren abgeflammt, das Gesicht gerötet und mit Brandblasen bedeckt, einer der Hauer war offensichtlich unter großer Hitzeeinwirkung gesprungen, sein Cyberarm war verkokelt und verzogen, und der echte Arm war von einer rotschwarzen Masse aus verschmorten Fasern und verbrannter Haut bedeckt.

»Ja, glotzen Sie nicht so, Sie gewinnen im Moment auch keinen Modelwettbewerb«, beschied ihm der Ork und hielt Walker den Cyberarm hin, damit dieser sich auf die Beine ziehen konnte.

»Ist der Raum gesichert?«, fragte Walker, sammelte sein Sturmgewehr ungelenk mit der gesunden, linken Hand wieder ein und schaute sich um. Der Raum war deutlich größer, als er ursprünglich vermutet hatte, jetzt, wo sich der Nebel lichtete, konnte man seine wahren Ausmaße erahnen. Das große Gebilde in der Mitte wirkte wie ein eiserner Sarkophag mit einem Sichtfenster auf jeder Seite.

»Ich hab eine Rassistenschlampe abgeknallt und einen Elfenmagier schlafen gelegt. Außerdem hab ich vielleicht unseren A-Junior erwischt, der müsste dann irgendwo da hinten liegen.« Simmons wies mit dem verbrannten Arm hinter den Sarkophag und verzog den Mund aufgrund der Schmerzen. »Sieht so aus, als stünde es drei zu eins, ich hab drei, sie nur einen mickerigen Monstertroll!«

»Ist mit Miss Gatewright alles in Ordnung?«, fragte Walker und musterte das bleiche Gesicht des Orks mit Sorge.

»Ja, mir geht's prima«, sagte die Magierin und kam um den Metallschrank in Sicht. »Nur ein bisschen angesengt.« Sie lächelte und ließ es dann wieder.

»Ich glaube, Sie sollten versuchen, Mister Simmons zu heilen, während ich den Raum sichere«, sagte er und wandte sich dem hinteren Bereich zu. Der Nebel war nun gänzlich verschwunden und gab den Blick frei auf eine skurrile Mischung aus weißen, klinischen Geräten und seltsam altertümlichen Dampfmaschinen und poliertem Messing. Der Rest des Raums lag im Dunkeln, und als Walker jetzt auf Restlichtverstärkung schalten wollte, reagierte das linke Auge gar nicht, und im rechten erschien stattdessen die Uhrzeit: 0:16.

»Frohe Weihnachten«, sagte Walker lächelnd, aber ohne sich umzudrehen.

Simmons grunzte. »Den Weihnachtsbaumbrand hab ich schon hinter mir. Ich glaube, das ist bei weitem das beschissenste Weihnachten, das ich bisher erlebt habe, und das heißt einiges!«

Walker lauschte: Aus dem Dunkel klang ein ängstliches Keuchen. Er hob die Waffe, legte nach Gehör an und machte sich Gedanken darüber, wie abhängig er bereits von seinen cybernetischen Verbesserungen war – ohne sie kam er sich hilflos und fehlerhaft vor. »Kommen Sie bitte ins Licht, oder ich muss Sie erschießen.«

Er hörte, wie das Atmen kurz aussetzte und dann schneller wurde.

»Es wird Ihnen nichts geschehen, wenn Sie sich waffenlos und mit erhobenen Händen nähern.« Walker sah überrascht auf seine Beine, die leicht zitterten. Offensichtlich hatte der Troll ihn stärker erwischt als gehofft. Leise, vorsichtige Schritte näherten sich, und ein älterer Mann mit Halbglatze und weißem Kittel trat ins Licht. Auf seiner Stirn prangte eine Sichtschutzbrille, wie man sie beim Schweißen verwendete, und hinterließ tiefe, rote Abdrücke. Er hatte seine Arme so hoch in die Luft gestreckt, wie es möglich war.

»Ist außer Ihnen sonst noch jemand im Raum?«, fragte Walker ruhig.

Der Mann schüttelte eilig den Kopf. »Clark ist ... er ist tot«, sagte der Mann mit zitternder Stimme und nickte in Richtung des durchgehackten Wissenschaftlers.

»Das ist richtig«, sagte Walker. »Allerdings hat ihn Ihr eigener Troll auf dem Gewissen.«

Walkers Arm zuckte, und eine Salve Betäubungsmunition streckte den Wissenschaftler nieder. Er ließ die Waffe sinken und schaute verwundert auf die ohnmächtige Gestalt, dann auf seinen Arm – sein Körper war offensichtlich schwer in Mitleidenschaft gezogen worden und verweigerte die ordnungsgemäße Mitarbeit. Er brauchte vermutlich medizinische Versorgung, es war also Zeit, aufzubrechen.

Simmons bekam nur am Rand mit, wie Walker den Wissenschaftler aus dem Dunkel holte und ihn dann niederstreckte, denn Jade hatte begonnen, ihre Magie zu wirken. Es begann mit einem stechenden Schmerz, und dann hatte er das Gefühl, als würden unzählige Maden unter seiner Haut kriechen, sie in kleinen Stücken auffressen und dann wieder gesund ausspucken. Das Zwicken und Stechen war nicht so schlimm, im Vergleich zu dem pochenden Schmerz seiner Verbrennungen fast lächerlich, aber das Gefühl, dass etwas in seinen Körper eindrang, etwas, das der alte Darwin nicht mal im Traum hatte erahnen können, war erschreckend. Simmons war bereits einmal magisch geheilt worden, aber er hatte vergessen, was für ein durch und durch schreckliches Gefühl das war.

Dann war es vorbei, das unheimliche Zucken seiner Haut verschwand, und an die Stelle der unsäglichen Schmerzen war ein unangenehmes Spannen der nur noch geröteten Haut getreten. Er lächelte Jade dankbar an, und sie lächelte zurück. Dann runzelte sie die Stirn und strich an seinem Hauer entlang. »Er ist gesprungen«, sagte sie matt und blinzelte.

Simmons schenkte ihr sein Null-Null-Ork-Lächeln. »Kein Problem, ich wollte mir das Ding eh schon lange vergolden lassen!«

Jade lächelte und griff in ihre Tasche, um ihm die Predator wiederzugeben. »Die hab ich nicht gebraucht«, sagte sie.

»Zum Glück«, antwortete er und steckte die Waffe in den Holster.

»Tut mir leid, das mit deinem Gesicht«, setzte er hinzu, aber da lachte Jade und versetzte ihm eine leichte Ohrfeige. »Spinn nicht rum!«

Simmons war völlig baff, dann musste auch er lachen. Was für eine Frau! Er stand auf und war angenehm überrascht, dass der befürchtete Schmerz ausblieb. Dann half er Jade hoch, legte den Arm um sie und trat zu Walker. »Hey, Walker, heute ein bisschen triggerhappy?«

»Tut mir leid, ich hatte nicht vor zu schießen. Offensichtlich hat die Smartgun eine Störung. Ich befürchte, ich bin nicht mehr in idealer Einsatzform und würde darum vorschlagen, dass wir Mister Avildson einsammeln und uns entfernen.«

Simmons nickte und streckte die Hand nach der Waffe aus, die Walker ihm widerstrebend überreichte. Dann schaute er sich um. Neben dem großen, klobigen und irgendwie rückständig wirkenden Eisentank lag Avildson Junior auf dem Rücken, bewusstlos und mit verdrehtem Arm. Simmons trat an den jungen Mann heran und legte die Hand an seinen Hals. Puls war da, alles klar also – schade eigentlich, der Hurensohn hätte den Tod verdient.

Hinter sich hörte er Jade sagen: »Ich sollte Sie auch heilen, Mister Walker, ich weiß aber nicht, wie gut es gelingen wird. Die Maschine in Ihrem Inneren ist nicht mehr an ihrem Platz, wenn wir Pech haben, wächst das Fleisch um die kaputten Teile herum.«

»Für einen Versuch wäre ich dankbar«, sagte Walker, und seine Stimme klang angestrengt.

Simmons warf einen Blick über die Schulter und sah, wie sein Mädchen eine Hand auf Walkers Brust legte, die dicke Afrikamama aus der Tasche zog und mit einem leisen Gesang begann. Zu seiner eigenen Überraschung machte ihn das eifersüchtig, diese intime Berührung, wie sie mit ihrer Magie in seinen Körper eindrang. »Ey, hör auf zu spinnen, Simmons«, ermahnte er sich leise und schaute durch das Bullauge in den Tanks. Eine grünliche, zähe Masse schwappte darin hin und her, und es zeichnete sich ein schwacher, heller Schemen ab, aber die Flüssigkeit war zu undurchsichtig, um etwas zu erkennen.

Simmons nahm eine Bewegung aus dem Augenwinkel wahr, wirbelte herum und riss Walkers Sturmgewehr hoch. Ein dicker Mann Mitte vierzig mit langen, faserigen Haaren und einem viel zu engen, weißen Kittel keuchte auf die Ausgangstür zu.

Simmons schoss vor ihm in die Wand und rief: »Hey!«

Der Dicke blieb stehen und starrte entsetzt auf den Fleck, den das Betäubungsgeschoss auf der Wand hinterlassen hatte.

»So, Moppelchen, jetzt machen wir ein bisschen Frühgymnastik, hoch die Schwabbelärmchen und hierher gejoggt!«

Der Mann folgte seiner Aufforderung und kam zu ihm herüber. Simmons nickte zufrieden. »Okay, o Form gewordene Margarine, jetzt spielen wir zehn Fragen. Bereit? Hier kommt die erste: Was zur Hölle macht ihr hier?«

Der Mann schwitzte stark, und unter seinen Armen zeigten sich bereits große, dunkle Flecken. »Das weiß ich nicht, ich ... ich hab nur assistiert.«

Simmons nickte und lehnte die Waffe an sein Bein. Der Mensch entspannte sich, bis Simmons die Predator zog und auf ihn richtete. »Leg mal deine Hand hier drauf«, sagte er und klopfte auf eine medizinische Konsole neben sich, aber der Mann schüttelte den Kopf.

Simmons seufzte. »Patschpfötchen hierhin, oder ich schieß dir ein drittes Auge.«

Der Mann streckte die Hand zitternd aus, Simmons packte sie, drückte sie auf die Konsole und spreizte die Finger der Hand mit seinen Fingern. Dann grinste er, drehte die

Predator um und schlug mit dem Knauf auf den kleinen Finger des Mannes, der knirschend brach. Der Mann schrie auf, zog die Hand zurück und presste sie wimmernd an den Körper.

»So, das war Frage eins, bleiben neun.« Er ließ ein böses Lächeln auf seinen Lippen erscheinen. »Ach nein, du hast ja auch noch Zehen und einen kleinen Pillermann!«

Der Mann war kreidebleich, der Schweiß lief ihm jetzt in Strömen über das runde, rote Gesicht.

»Also, auf ein Neues: Was macht ihr hier?« Simmons klopfte mit dem Griff der Predator auf die Handfläche seines Cyberarms.

»Wir haben uns an die Anweisungen von Avildson gehalten«, sagte der Wissenschaftler.

»Und die wären? Lass dir nicht alles aus der Nase ziehen, oder ich könnte mich gezwungen sehen, die Öffnung von deinem Rüssel ein bisschen zu erweitern, damit's schneller geht.« Simmons genoss es, den übergewichtigen Kerl leiden zu sehen – er hatte es verdient, er steckte mit in dieser ganzen, dreckigen Angelegenheit.

»Avildson hat uns Leichenteile gebracht, wir sollten sie nach seinen Plänen zusammennähen und die Zelldegeneration auf ein Minimum senken. Und heute wollte er das Ergebnis zum Leben erwecken.« Der Wissenschaftler leckte sich mit einer kleinen, dreieckigen Zunge über die Lippen.

»Mit Magie?«, fragte Simmons und warf einen misstrauischen Blick auf den Tank, aber natürlich regte sich nichts darin.

Der Mensch schüttelte den Kopf. »Der Magier war nur für die Sicherheit zuständig und ein paar Lichteffekte, weil wir natürlich keine echten Blitze einsetzen konnten.«

»Und ihr habt echt geglaubt, das könnte klappen?« Simmons schüttelte ungläubig den Kopf. Das war ja noch bescheuerter als der Versuch, Eisen in Gold zu verwandeln. Er drehte die Waffe wieder um und steckte sie in den Halfter.

Der Wissenschaftler lachte kurz auf. »Für wie blöd halten Sie mich? Natürlich konnte das nicht klappen, die Entwürfe von Avildson waren reiner Unfug.«

Simmons knirschte mit den Zähnen. »Und warum hast du ihm dann geholfen?« Er ahnte die Antwort, und er wusste, dass sie ihm nicht gefallen würde.

Der Mann zuckte mit den Schultern. »Er hat gut gezahlt.«

Simmons riss die Predator wieder aus dem Halfter. So viele waren gestorben, nur weil ein neureicher Bengel eine bescheuerte Idee gehabt und genug Helfershelfer gefunden hatte. Simmons konnte sich im letzten Augenblick bremsen, und statt den Fettsack zu erschießen, schlug er ihm nur die Seite der Predator ins Gesicht.

Der Kerl quiekte wie ein Schwein und fiel nach hinten um. Mit einem Tritt drehte ihn Simmons auf den Bauch und fesselte ihn mit einer Plastikschelle. »Und wenn dir dein Leben lieb ist, du widerlicher Dreckskerl, dann hältst du dein Maul, bis wir weit, weit weg sind!« Er wandte sich dann ab, und seine Hand stieß an die MP an dem Gurt an seiner Seite, die er der kleinen Rassistin abgenommen hatte – ob es ausgleichende Gerechtigkeit wäre, diesem Kerl zumindest einen Schuss mit Plata Mortal ins Bein zu setzen? Hier lag bestimmt irgendwo noch ein Magazin herum.

Aber dann ging er einfach weiter. Unnötige Grausamkeit brachte nichts, und wenn er jedes Arschloch auf dieser Welt foltern wollte, hätte er einiges zu tun.

Walker nahm fasziniert das Krachen der Rippen zur Kenntnis, als sie sich wieder an die richtige Stelle schoben, und schaute auf seinen Arm, bei dem sich die Wunden rund um die zerborstenen Klingen schlossen. Als der Heilzauber beendet war, sah sein Unterarm aus wie ein gespickter Braten, und er konnte ihn immer noch nicht gut bewegen, aber es blutete nicht mehr, und das Kreiseln in seinem Kopf hatte aufgehört.

Simmons trat zu ihnen, gerade rechtzeitig, um die schwankende Miss Gatewright aufzufangen. Die Magierin war bleich, kaltschweißig, und aus ihrer Nase lief ein dünner Blutfaden – das Zaubern hatte sie überanstrengt. Simmons blickte ihr ins Gesicht und nahm sie dann auf den Arm, obwohl sie matt protestierte. Dann lehnte sie sich an seine Brust, auf der von der verkohlten Stelle nur noch ein starker Sonnenbrand geblieben war, und schloss halb die Augen.

»Ich schlage vor, ich nehme Avildson, und dann begeben wir uns auf die Heimreise?«, fragte Walker.

Simmons nickte stumm und blickte dann wieder besorgt auf die zierliche Frau, die fast wie ein Kind in seinen kräftigen Armen lag.

Walker ging los. Sie hatten keine Bestnoten verdient, aber sie hatten es überstanden, trotz unvorhergesehener Schwierigkeiten, und am Ende zählte immer nur das Ergebnis.

Er drehte Avildson auf den Rücken und entdeckte eine teure Sony-Chipbuchse an seiner Schläfe. Er fesselte ihn mit einer Hand – die verletzte knirschte, als er sie bewegen wollte –, lud sich den Mann auf die Schulter und schaute sich ein letztes Mal um. Zwei Tote, vielleicht drei, wenn der Troll an seinen Verletzungen verstarb, zahlreiche Ohnmächtige, mit denen sich die Polizei beschäftigen konnte. Sie hatten reiche Ernte unter den Sündern gehalten, wie es sein Vater ausgedrückt hätte.

Er ging zurück zu seinen beiden Kameraden und wies mit dem Sturmgewehr auf die Tür. »Abmarsch!«

Miss Gatewright schrie unvermittelt auf und zeigte auf den Tank. »Etwas ist hier! Etwas, das es nicht geben sollte.« Sie glitt in eine Ohnmacht, gleichzeitig lief Walker ein kalter Schauer über den Rücken, und sein Blick wurde wie magisch von dem eisernen, großen Tank in der Mitte des Raums angezogen. Es wurde eisig kalt, der Atem vor seinem Mund kondensierte, und eine schreckliche Angst packte ihn. »Raus«, rief er, »raus hier!«

Simmons hatte es ebenfalls bemerkt und starrte bewegungslos auf das Behältnis. Entsetzen stand in sein Gesicht geschrieben.

Irgendetwas ging hier vor sich, und es war nichts Gutes. Walker fühlte sich an die wenigen Momente in seinem Leben erinnert, in denen er wahres Grauen verspürt hatte, und das hier erschien ihm schlimmer. Er wäre am liebsten schreiend davongelaufen, so schnell und weit er konnte, aber ein guter Soldat ließ seine Leute nicht im Stich. Er brüllte Simmons zu: »Verdammt, Simmons, Sie stinkender Ork, bewegen Sie sich!«

Das riss den Ork aus seiner Erstarrung. Er wandte sich um und lief auf die Tür zu. Walker folgte ihm rückwärts und hielt den Tank – den Sarkophag – im Blick. Er wackelte auf seinen Stützen, als etwas von innen dagegenschlug, und Walker wusste: Was immer diesem Behältnis entstieg, es würde ihn schreckliche Höllenqualen erleiden lassen!

Er war hin- und hergerissen zwischen der morbiden Faszination des schwankenden Tanks, an dessen Seite jetzt durch wuchtige Schläge aus dem Inneren Beulen erschienen, und dem Überlebensdrang. Eine der Scheiben zerbarst unter dem Schlag einer bleichen, kleinen Kinderhand, die an einem Männerarm hing. Die grüne, zähflüssige Masse strömte aus dem Behälter, und das erleichterte Walker die Entscheidung. Er wandte sich ab und stürmte hinter Simmons her in den großen Raum, in dem es im Vergleich zu der frostigen Kälte fast warm erschien.

Kaum war er durch die Tür, fiel die Panik von ihm ab. Er war noch immer besorgt, aber das Angstgefühl war verschwunden – zweifelsohne eine magische Beeinflussung. Sein interner Funk knackte, als er sich einige Meter von der Schleuse in Richtung Tür bewegt hatte und LDs aufgeregte Stimme erklang: »Hören Sie mich, hallo? Empfangen Sie mich?« Sie sprach vor lauter Aufregung Deutsch.

»Ich höre Sie«, sagte Walker, vor ihm hatte Simmons die Treppe fast erreicht.

»O mein Gott, die Verbindung war unterbrochen, sie sind im Haus, vier oder fünf, ich habe sie auf den Kameras gesehen.«

Walker zwang sich zur Ruhe. »Wer ist im Haus?«

Ihre Antwort hörte Walker nicht mehr, denn vor ihm wurde der Ork von einem riesigen, schwarzen Wolf zu Boden geworfen, der wie aus dem Nichts plötzlich von der Treppe gesprungen kam. Miss Gatewright rutschte über den Boden, und der Wolf blieb knurrend auf der Brust des verdutzten Orks stehen. Geifer troff von seinen Lefzen und klatschte auf das Gesicht des Orks. Walker hob die Waffe und verfluchte sich dafür, die Munition nicht gewechselt zu haben.

»Keine Dummheiten«, erklang eine laute, grollende Stimme von der Seite, von der immer noch unbeleuchteten Sitzecke her, wo sie die bewusstlosen Wachen verschnürt hatten liegen lassen.

Flow kam ins Licht, nackt, sein behaarter und wulstig-muskulöser Körper war mit Blut beschmiert, ebenso wie eine dünne Leinentasche, die wie ein Rucksack um seine Schultern gebunden war. Hinter ihm kamen drei weitere, riesige Wölfe ins Licht, und ihre Augen glühten gelb.

Flow riss die Tasche von seinem Rücken und klappte sie auf. Ein mit eingetrocknetem Blut bedeckter Sitzbezug fiel heraus – er stammte aus Simmons' Westwind und war mit Walkers Blut getränkt.

»Dumm«, beschied Flow und lächelte wölfisch.

»Ihr Punkt«, keuchte Simmons, der noch immer in das Maul des Gestaltwandlerwolfes starrte. »Aber jetzt ist echt nicht die Zeit, um ...«

»Ist er das?«, fragte Flow und wies auf Avildson.

Walker nickte. »Aber wir sollten das später klären, jeden Moment kann aus dieser Tür da eine Menge Ärger kommen!« Er machte einen Schritt nach vorne, aber die Wölfe knurrten.

»Er bleibt, ihr geht«, sagte Flow und beobachtete Walker mit lauernd wiegendem Kopf.

Walker dachte nach: Flow und seine Leute hatten offensichtlich bereits die Wachen getötet. Wenn sie ihm jetzt auch noch Avildson gaben, wäre das ein für alle Mal ein Eingeständnis an die Lynchjustiz und all ihr Aufwand und ihre Schmerzen ad absurdum geführt. Andererseits befand sich hinter ihnen etwas, dass er nicht einschätzen konnte, und vor ihnen eine Meute Gestaltwandler, die keine Gnade zeigen würden.

Einer der Wölfe trat zu Miss Gatewright und schnüffelte an ihr, dann öffnete er das Maul.

»Nein«, rief Simmons und versuchte das gewaltige Tier von seiner Brust zu werfen, aber es gelang ihm nicht. Der Wolf packte die Magierin mit dem Maul am Kragen und zog sie durch den Raum ins Dunkel.

»Sie bleibt auch. Familie«, sagte Flow.

Walker senkte die Waffe, sagte aber: »Sie können ihn nicht haben, und wir werden Miss Gatewright ebenfalls mitnehmen.«

Ihre Augen trafen sich, und Walker erkannte sofort, dass er in einem stummen Kräftemessen gefangen war. Er hoffte sehr, dass sich seine Zweifel nicht in seinem Blick offenbarten. Es fiel ihm seltsam schwer, dem Blick des Gestaltwandlers standzuhalten, der Mann strahlte unbeugsamen Willen, Entschlossenheit und Gewalttätigkeit aus.

Doch dann krachte es hinter ihm, und Flows Blick schwenkte um, schaute an ihm vorbei. Panik brandete in Walker auf, da kam das Ding, und es würde sein wie in den Albträumen seiner Jugend – er konnte nicht entkommen. Er wagte nicht, sich umzudrehen, die Wölfe vor ihm winselten und drückten sich mit eingekniffenem Schwanz rückwärts von der Tür weg, und sogar das eiserne Gesicht von Flow zeigte einen Anflug von Schrecken. Dann ging eine Veränderung mit dem Mann vor: Sein Körperhaar wuchs rasch, auch im Gesicht schoben sich lange, schwarze Borsten hervor. Nase und Kiefer verlängerten sich, der Hinterkopf senkte sich ab, und seine Gelenke bogen sich krachend um. Er fiel auf alle viere, und als er sich grollend schüttelte, stand ein gewaltiger Wolf vor Walker mit gut 140 Zentimeter Schulterhöhe und einem riesigen Maul. Der Wolf, der Flow war, überragte sogar die anderen Wölfe um ein gutes Stück, warf den Kopf in den Nacken und stürzte heulend vor. Sofort, scheinbar instinktiv, folgten ihm die anderen Wölfe, und jetzt erst drehte sich Walker um, um ihrer Bewegung mit seinem Blick zu folgen. Was er sah, war schrecklich.

Simmons keuchte und musste nach Luft ringen, als sich der Wolf beim Sprung nach vorne auf seinem Brustkorb abstützte. Er rollte sich auf den Bauch, suchte Jade im Dunkeln des Raums und konnte ihre Gestalt erkennen. Erst dann blickte er auf und sah, was im Inneren des Tanks geruht hatte: ein Wesen, das grob menschliche Form hatte, dabei aber die Größe eines Trolls, Simmons schätzte es auf fast drei Meter. Es war aus menschlichen Körperteilen zusammengesetzt und wirkte wie ein perverser Flickenteppich, seine Arme und Beine hatten jeweils zwei Gelenke, denn man hatte zwei Unterarme und zwei Unterschenkel angebracht. Auf den großen Schädel war ein ausdrucksloses Kindergesicht aufgenäht. Simmons spürte eine unbändige Angst vor dem Wesen und rutschte auf dem Boden rückwärts.

Schwarze Schatten flogen knurrend durch die Luft und verbissen sich im toten Fleisch des Monsters, rissen große Fetzen heraus, aber egal wie viel sie abbissen, es wuchs nach. Das nachgewachsene Fleisch war deformiert, wie ein Krebsgeschwür schob es sich in die nicht blutenden Wunden und verschloss sie wieder. Das Wesen schleuderte die knurrenden Riesenwölfe von sich ab, die sich wieder auf den Gegner stürzten, sobald sie Boden unter den Füßen hatten. Der größte der Wölfe landete im Nacken des Wesens, aber bevor er einen Biss ansetzen konnte, klappte das Ding in einer erschreckenden Bewegung seinen überlangen Arm um, zog den Wolf mit Leichtigkeit von seinem Rücken und schlug ihn mehrmals auf den Boden, so wie man ein Handtuch ausschüttelte. Mit feuchtem Krachen zersplitterten die Knochen des Wolfs, und sein schmerzerfülltes Jaulen verstummte.

Walker stand unbewegt vor dem Wesen, die Waffe hatte er achtlos zu Boden fallen lassen. Jetzt drehte er sich um und lief auf die Treppe zu, aber das Wesen packte einen anderen Wolf und schleuderte ihn wie einen nassen Sack über dem Kopf und dann gegen die Wand. Walker wurde vom Kopf des heulenden Wolfs an der Schulter getroffen und nach hinten gerissen. Avildson rutschte von seiner Schulter und schlug erschrocken die Augen auf.

Das Wesen drehte sich im Versuch, einen Wolf zu erreichen, der sich an seinem unteren Rücken verbissen hatte, als durch den Körper des größten Wolfs plötzlich ein Ruck ging und er unversehrt wieder auf die Beine sprang. *Was für ein Kampf,* dachte Simmons, unzerstörbare Wesen, die sich so lange heilen würden, bis einer aufgab oder zu viel Schaden genommen hatte.

»Ah«, rief Avildson. »Es hat funktioniert – und schaut euch sein süßes Gesichtchen an!«

Simmons blickte kurz auf den jungen Mann, dann wieder auf das Wesen, vor dem er so unbändige, lähmende Angst hatte. Er stand jetzt auf einem Wolf, der sich jaulend unter dem menschlichen Fuß wand, dessen Sohle sich durch das Gewicht der Gestalt tief in seinen Leib gebohrt hatte, und es war eben dabei, einen weiteren Wolf unter seinen anderen Fuß zu klemmen.

Die Bisse der Wölfe machten einfach nicht genug Schaden oder nicht an den richtigen Stellen, sie schlugen ihre Zähne einfach in alles, was ihnen vor die Schnauze kam.

»Der Doktor wäre stolz auf mich«, jauchzte Avildson.

War dieser Kerl völlig bescheuert?

Walker kam wieder auf die Beine und zog Avildson an den Schultern nach hinten, bis zur Treppe. Für einen Augenblick dachte Simmons, der Mensch wollte fliehen, und er hätte es ihm nicht verübeln können, aber dann wandte er sich an Simmons. »Wir müssen etwas tun.«

Ein Wolf verschwand jaulend im Dunkel, und man hörte ihn gegen eine der Betonpfeiler krachen.

»Aber was? Wir haben keine Waffen ...« Walker wirkte alles andere als ruhig, und es erschreckte Simmons, ihn so verängstigt und unsicher zu sehen.

Simmons blickte auf das riesige Monster und fasste einen Entschluss: Sie konnten dieses Ding nicht auf die Menschheit loslassen, und wenn die Wölfe es alleine nicht hinbekamen, dann brauchte es wohl den richtigen Ork für diese Aufgabe, denn Walker war mit dem kaputten Arm keine große Hilfe. »Schaffen Sie Jade hier raus«, wies er Walker an und lief geduckt und in einem weiten Bogen auf die Schleuse in den anderen Raum zu.

Walker schaute Simmons nach, der das Wesen umlief und durch die Tür in den anderen Raum verschwand, und das gab ihm die Kraft, sich wieder zusammenzureißen. Er eilte in das Dunkel, aus dem fast zeitgleich der weggeschleuderte Wolf wieder heraussprang und sich im Bauch des Wesens aus Menschenteilen, oder besser Gestaltwandlerteilen, verbiss.

Er packte Miss Gatewright und setzte sie auf. Dann schlang er sich ihren Arm um den Nacken und ging los. Nur einen Arm zur Verfügung zu haben war eine massive taktische Einschränkung. Er lief zur Treppe zurück, den Blick immer auf die widernatürliche Monstrosität gerichtet.

»Seht, wie es tanzen kann, mein Geschöpf, mein Baby«, rief Avildson fröhlich. Der Milliardärssohn war zweifelsohne psychisch geschädigt, aber irgendwie hatte er geschafft, was hochdotierten Wissenschaftlern vorher nicht gelungen war: Leben aus dem Tod zu schaffen.

Die langen Arme und Beine mit dem zusätzlichen Gelenk gaben dem gewaltigen Fleischkonstrukt ein insektoides Aussehen und eine unglaubliche Reichweite und Beweglichkeit, was die Gestaltwandler mittlerweile in arge Bedrängnis brachte. Auf oder besser in zweien von ihnen stand das Wesen, einen dritten hatte es sich unter den Arm geklemmt. Nur Flow und eine etwas kleinere Wölfin rissen noch Brocken aus dem Leib heraus, aber ohne viel Wirkung. Für einen Menschen wären ihre Bisse tödlich, aber für eine solche Abartigkeit, deren totes Fleisch nachwucherte, waren sie wenig mehr als Ärgernisse. Walker hätte gerne auf einen schnellen Rückzug plädiert, aber konnten sie Flow und seine Leute in diesem Kampf allein lassen? Er hoffte, dass der Ork keine Dummheiten machte.

Er wollte Miss Gatewright gerade die Treppe hinauftragen, als die Wölfin mitten im Sprung von dem Monster aufgefangen wurde und es ihr mit einer fast nebensächlichen Bewegung den Kopf vom Körper riss. Ein Stück des Rückgrats wurde mit aus dem sehnigen Körper gezogen und baumelte wie ein makabrer Zopf am Kopf der Wölfin, der noch kurz mit den Augen rollte, dann rutschte die Zunge heraus. Das Wesen ließ die Tote achtlos fallen, behielt aber ihren Kopf in der Hand. An dem schlaffen Wolfskörper gab es kein Zeichen der Heilung. Flow heulte wütend auf und sprang dem Wesen an die Kehle, aber es zog den Wolf mühelos ab, und die Wunde an seinem Hals wuchs sofort wieder zu, als ob jemand sie von innen mit bleichem, geschwürartigem Schaum auffüllen würde. Flow wurde gegen die Decke geschlagen und dann zur Seite geschleudert, wo er einen Augenblick liegen blieb. Es war unglaublich, wie viel Schaden dieser Wolf bereits eingesteckt und geheilt hatte.

Das Wesen beugte sich über die tote Wölfin, dann schaute es zu Flow, der wieder auf die Beine sprang. Wieder auf den Kopf, auf die tote Wölfin, dann auf Flow. Das Wesen hatte begriffen, wie es die lästigen Angreifer endgültig loswerden konnte.

»Flow, Vorsicht«, rief Walker, als der Wolf wieder anlief, aber außer mit einem Ohrenzucken reagierte der Gestaltwandler nicht auf ihn.

Er wand sich durch die Beine des Wesens und sprang ihm erneut in den Rücken, aber zu hoch, um den langen Armen des Gegners zu entgehen. Das Wesen packte ihn mühelos an zwei Beinen und hob ihn vor sich. Obwohl Flow sich durch seine Hand nagte, griff das Wesen um und umfasste mit seiner großen Männerhand den Hals des Wolfs. Die Hüfte klemmte er sich unter den anderen Arm. Flow jaulte und knurrte, als das Wesen langsam zog, und Walker hörte das Knacken seiner Wirbel, er wollte etwas tun, aber er hatte keine Waffe, und es hatte keinen Sinn, in den sicheren Tod zu laufen.

Simmons stürmte brüllend aus der Schleuse und hielt die riesige Trollaxt nur mühsam in Balance über seinem Kopf. Das Ding war sauschwer, und mit einem halblahmen Cyberarm war sie kaum zu bändigen. Der erste Treffer musste sitzen, und dann konnte er nur hoffen, dass die Wölfe das Ding lang genug aufhielten, bis er zum nächsten ausgeholt hatte.

Das Monster hatte den großen Wolf in einem Schwitzkasten und riss an seinem Kopf, ein zweiter lag geköpft am Boden, einer kauerte sich winselnd in eine Ecke, und die letzten beiden benutzte es noch immer als Fußwärmer. Es war ein bemitleidenswerter Anblick, wie sie sich unter den Füßen wanden, die sich in ihre Leiber gebohrt hatten.

Simmons überlegte nicht lange und ließ keine Angst zu. Er führte einen wuchtigen Schlag gegen den Arm des Wesens und hackte ihn glatt am ersten Gelenk ab. Das abgeschnittene Teil, zwei aneinandergenähte Unterarme, zuckte und tanzte auf dem Boden, der große Wolf konnte sich befreien und fiel neben Simmons zu Boden, der im Zurückweichen schon dabei war, die schwere Axt wieder hochzuwuchten.

»Den Arm, Wuff«, rief Simmons dem großen Wolf zu, der unwillig knurrend zu ihm starrte. »Los, hol's Stöckchen!«

Der Wolf grollte laut, sprang aber vor, packte den Arm im Laufen und warf ihn vor Simmons zu Boden. Lieber Gott und alle großen Geister, hoffentlich klappte sein Plan!

Das Wesen stampfte auf Simmons zu und trat dabei aus den beiden Wölfen heraus, deren Wunden sich umgehend zu schließen begannen.

»Ja, komm her und hol dir deinen verschissenen Freakarm«, brüllte Simmons das Wesen an, hauptsächlich, um sich selbst Mut zu machen.

Er warf einen Blick auf den großen Wolf und entdeckte in den dunklen Augen mehr Intelligenz, als dort sein dürfte. Es lief ihm kalt den Rücken runter; in diesem Raum war er wohl der einzige normale, mundane Metamensch.

»Auf mein Zeichen, und haltet euch an seine Beine«, flüsterte Simmons und hoffte, dass Wolfsohren so gut waren, wie immer behauptet wurde. Der Wolf zeigte nicht, ob er verstanden hatte. Verdammt, wenn Glory, das Wunderpferd nicken konnte, sollte ein Gestaltwandler dazu ja wohl auch schlau genug sein. Stattdessen wandte sich das große Tier ab und trabte seitlich an dem heranstürmenden Monster vorbei. Simmons lief rückwärts, und wie erwartet war das Ziel des Monsters sein Arm. Es zahlte sich eben aus, Trideos zu gucken: Zombies konnten ihre Arme zwar immer wieder dranmachen, aber sie wuchsen nicht nach. Simmons hob die Axt, das Ding bückte sich herunter, und er schrie: »Jetzt!«

Die Wölfe sprangen vor und rissen große Brocken aus den Beinen des Wesens, aber Simmons hatte ein anderes Ziel. Er schwang die Axt in weitem Bogen auf den Hals des Dings hinunter, den es beim Vorbeugen entblößte. Es mochte noch so ein Superzombie sein, sein Hals war der eines Menschen.

Die Axt krachte auf den bleichen Nacken, brach die Wirbel und durchschnitt das zähe, stinkende Fleisch. Der groteske Kopf mit dem schlaffen, bewegungslosen Kindergesicht rollte über den Boden, aber statt in sich zusammenzubrechen, erhob sich das Wesen schwankend und schüttelte die Wölfe von seinen Beinen. Es wirkte blind, aber es war noch nicht ungefährlich, und irgendwann würde es seinen Kopf wiederfinden.

Simmons stieß ein kehliges Lachen der Verzweiflung aus, dann fiel sein Blick auf Walker, der gerade Avildson die Treppe hinauftrug. Ein braver Soldat, tat das, was man ihm sagte. Jade war bereits nicht mehr zu sehen.

Im letzten Augenblick konnte er sich unter einem Schlag des Wesens hinwegducken. Wie es aussah, brauchte das Ding keine Augen, um zu wissen, wo der Gegner war, seine Schläge waren weniger präzise, aber noch immer wuchtig.

Ein Tritt des langen, staksigen Beins zischte vor, und Simmons wurde am Cyberarm getroffen. Die Servos kreischten überlastet, der Arm wurde weit überstreckt, und die Axt segelte ins Dunkel hinweg. Simmons wollte ihr nacheilen, aber mit einem erschreckend behänden Sprung stand das Wesen zwischen Simmons, seiner Axt und, wie er mit Entsetzen feststellte, auch dem Ausgang.

Walker hatte Avildson oben abgelegt, und obwohl er große Summen gezahlt hätte, um nicht wieder zurück in den Keller zu diesem Unding zu gehen, sein Pflichtgefühl brachte ihn doch dazu. Er eilte die Treppe hinunter und stockte, als er unten ankam – die Monstrosität hatte Simmons in die hintere Ecke des Raums gedrängt, er hatte keine Waffe mehr, und die Wölfe umliefen die beiden in einem großen Bogen, griffen aber nicht an.

»Simmons, kommen Sie da weg«, rief er.

»Können vor Lachen«, rief der Ork zurück und entging nur knapp einem Hieb, der die Couch in der Mitte durchschlug.

Walker lief los, bückte sich und klemmte sich den Kopf des Monstrums in die verletzte Armbeuge. Dann hob er mit Mühe die Trollaxt auf und lief auf das Monster zu, das Simmons nun endgültig in die Ecke getrieben hatte.

Walker wuchtete die Axt auf seine Schulter und stieß sie von da mehr ab, als dass er sie schwang, aber die Wucht reichte aus, um die schwere Klinge der Axt in Bewegung zu setzen und in den fahlen Rücken des Monsters zu rammen. Das Wesen richtete sich auf, und Simmons nutzte den Moment der Ablenkung, um durch die Beine der Kreatur zu hechten.

»Ich habe deinen Kopf«, rief Walker, ließ die Axt los, die aus der Wunde rutschte und zu Boden fiel, und hob den Schädel an den strohigen Haaren hoch. »Hier ist er, du willst ihn doch sicher wiederhaben, oder?«

Das Wesen wandte sich zu Walker um, und in diesem Moment verfluchte er sich für seine Idee. Er stürzte los, hörte die Schritte des Monsters, und als er auf eine sichere Entfernung im Vorsprung war, warf er den Kopf zwischen die Sauerstoffflaschen, die neben dem Durchgang zum anderen Raum standen.

Das Wesen schwenkte von ihm ab und näherte sich den Flaschen.

»Alle raus hier«, rief er, und zu seiner Überraschung folgten die Wölfe seinem Befehl.

Simmons wartete schon an der Treppe, und als Walker ihn erreichte, nickte er ihm zu. »Verdammt, Walker, scheint Ihnen Spaß zu machen, mir das Leben zu retten.«

»Beruht auf Gegenseitigkeit«, sagte Walker und streckte dann die Hand aus. »Ihre Waffe bitte, schnell!«

Simmons schaute an ihm vorbei. »Das Ding kriegen Sie mit keiner Knarre klein.«

Walker nickte. »Mit einer Pistole nicht – aber vielleicht mit Feuer.«

Simmons sah noch einmal hin und sagte dann: »Verrückter Hund«, zog aber seine Predator und reichte sie Walker.

»Gehen Sie mir bloß nicht drauf«, sagte er und klopfte ihm auf die Schultern, dann eilte er die Treppe hinauf.

Walker ließ den Nacken krachen, stellte sich an die Kante der Treppe, wo sie im 90-Grad-Winkel abging, legte an und zielte. Das Wesen hatte seinen Kopf erreicht und setzte ihn sich wieder auf den Hals. Ohne funktionierende Vergrößerung konnte Walker nicht erkennen, was geschah, ob sich das tote Fleisch wieder verband, aber das war auch nicht weiter wichtig. Er schaltete auf interne Luftversorgung, damit die Atembewegungen den Schuss nicht verrissen. Das Wesen drehte sich zu ihm um, und die toten Augen trafen Walkers Blick, dann stürmte es los. Der erste Versuch zählte, er musste sitzen. Walker überkam die Ruhe des Scharfschützen vor dem Schuss. Das Wesen verschwamm mit dem Raum, wie in einem Tunnel traten die Sauerstoffflaschen in den Vordergrund, und der Smartgunpunkt ruhte mitten auf der silbernen Außenhaut. Er drückte ab und warf sich in dem Moment, wo die Kugel ruckend den Lauf verließ, zur Seite.

Die Explosion warf Walker an die Wand, und Flammen rasten über ihn hinweg, fanden aber nicht genug Futter, um ihn in Brand zu stecken. Rauch verpestete die Luft – zum Glück musste er nicht atmen. Vorsichtig wagte er einen Blick um die Ecke. Das Monster war nicht mehr, es lagen nur noch Fleischfetzen herum, die erstaunlich gut brannten – offensichtlich hatte man ein entflammbares Präparationsmittel benutzt. Das sollte das Problem gelöst haben.

Als Walker über die Treppe nach oben kam, atmete Simmons erleichtert auf. Er stand vor dem dümmlich grinsenden Avildson und Jade und verhinderte, dass die Wölfe an sie herankamen – zumindest bildete er sich das ein. Die

Tiere liefen vor ihm unruhig hin und her, nur der größte Wolf saß auf der Stelle und starrte Simmons an. Er hatte den Griff der MP umfasst, aber noch hing die Waffe an seiner Seite.

»Es ist erledigt – hoffe ich«, sagte Walker und wischte sich mit der gesunden Hand Ruß aus dem Gesicht.

Flow stieß ein lang gezogenes Knurren aus, das in ein Stöhnen überging, als sein Körper sich verbog und krachend menschliche Form annahm. Die Haare krochen wie Würmer zurück in seine Haut, der Schädel verkürzte sich, und sein Rücken richtete sich auf. Dann stand der nackte Rudelführer vor ihnen und wies auf die beiden Personen hinter Simmons.

»Ihr habt gut gekämpft, ich respektiere Mut. Ihr dürft die Frau behalten«, grollte er.

Walker wollte etwas sagen, aber Simmons machte einen Schritt nach vorne. »Wir behalten beide!«

Flow knurrte, und seine Augen verengten sich. »Wir töten euch.«

Simmons zuckte mit den Schultern. »Möglich. Aber dich nehm ich mit, Flow.«

Er zog die MP hoch, und der Zielpunkt erschien auf der Brust des Gestaltwandlers.

»Plata Mortal, Mann, Silberkugeln! Ich erwische vielleicht nicht alle von euch, aber für einen reicht es, und der eine bist du, Flow!« Simmons sah dem Wolfsmann ruhig in die Augen. Es gab eine maximal zulässige Gesamtmenge an Drek, den er sich an einem Tag geben ließ, und die war für heute längst überschritten.

»Wenn ich nicht gewesen wäre, wärst du jetzt nur ein zu groß geratener Bettvorleger für den Zombie da unten, also pack deine Leute zusammen und lass uns unseren Job erledigen.«

Flow knurrte wieder, und sie starrten sich an. Dann wandte sich der Gestaltwandler um und rief seine Begleiter mit einem Knurren an seine Seite. »Seh ich dich wieder, töte ich dich«, grollte Flow, lief los und verwandelte sich in vollem Sprint in seine beeindruckende Wolfsform.

Simmons stieß die Luft aus und ließ die Waffe sinken.

»Beeindruckende Ansprache«, sagte Walker.

»Sie wissen gar nicht, wie beeindruckend.« Er ließ die Waffe fallen. »Das Ding ist leer.«

25

Walker sah durch die Scheiben nach draußen und versuchte, die mittlerweile blinkende Uhranzeige in seinem Blickfeld zu ignorieren. Es war fast vier Uhr, die ersten Kinder dort draußen im Sprawl lagen jetzt schon wach und warteten darauf, endlich aufstehen und Geschenke auspacken zu dürfen.

Walker lächelte grimmig. Sie hatten ihr eigenes Paket. Die Reifen des Geländewagens riefen auf dem Straßenbelag des Highways schleifende Geräusche hervor.

»Zu wenig Luft«, beschied Simmons und drehte sich auf dem Beifahrersitz um. »Alles klar bei euch da hinten?«

Walker nickte und schaute zu Avildson, der von einem Tranqpatch betäubt schlief, und an ihm vorbei auf Miss Gatewright, die bleich und zusammengesunken dort saß. Ihre Augen flatterten, und die verbrannte Gesichtshälfte glänzte von der Brandsalbe, die sie aus dem Medkit des Wagens aufgetragen hatten, aber sie hob den Daumen.

»Alle Parameter im grünen Bereich«, sagte Walker und beugte sich zu LD vor. »Sind Sie sicher, dass wir nicht den Autopiloten fahren lassen sollten?«

Die Deckerin schüttelte den Kopf. »Ich fahre gern in den UCAS – die Straßen sind hier so breit.« Sie lächelte ihn im Rückspiegel an.

Walker ließ sich wieder in den Sitz sinken, er musste an das Monster denken, das Avildson geschaffen hatte, und es lief ihm kalt den Rücken hinunter. Gleichzeitig schämte er sich für seine Angstattacken, denn magische Beeinflussung oder nicht, er war für solche Situationen ausgebildet worden. Simmons hatte sich nicht lange damit aufgehalten, sich zu fürchten, sondern gehandelt und das Wesen so stark geschwächt, dass es besiegt werden konnte. In diesem Ork steckte so viel mehr!

Simmons blickte ins Dunkel hinaus, aber von dort schien ihn das ausdruckslose Kindergesicht von Avildsons Monster anzustarren, also schaute er auf die erleuchtete Straße vor dem Wagen. Auch wenn Jade es auf irgendeinen magischen Zauber schob, er hatte sich fast in die Hose gemacht, wie ein Anfänger, der zum ersten Mal eine Kreatur der sechsten Welt sah. Walker, ja, der hatte Schneid bewiesen. Während er irre vor Angst auf das Wesen eingedroschen hatte, hatte er die Gefangenen gesichert, einen Plan geschmiedet und ihn eiskalt durchgezogen. Der Kerl hatte Cojones in Footballgröße, das war mal klar.

Er drehte sich zu dem Menschen um, dessen verletzter Unterarm jetzt in einem Fixierverband steckte, damit sich die verdrehten Klingen nicht weiter durch das Fleisch schnitten. »Und, wie sieht die Planung jetzt aus?«

Walker blickte auf. »Bitte?«

»Was machen wir jetzt?«, wiederholte Simmons seine Frage.

»Ich schlage vor, dass wir Mister Makallas informieren. Er wollte den Gefangenen ja vorgeführt bekommen und dann das Paket schleunigst bei der Polizei abliefern. Sie haben ja Kontakte?«

Simmons nickte. »Aber ich könnte vorher ein bisschen Ruhe gebrauchen.«

Walker lächelte schief. »Ich auch, Mister Simmons, seien Sie dessen gewiss, aber ehrlich gesagt möchte ich nicht riskieren, mit Mister Avildson hier länger als nötig spazieren zu fahren. Flow hat sich zwar zurückgezogen, aber Wolfsrudel greifen bei der Jagd oft zur Guerillataktik: zuschlagen, zurückziehen, wieder angreifen.«

Jade sagte: »Flow hält sich an ein gegebenes Wort.«

Simmons nickte ihr zu. »Das glaub ich dir. Das Dumme ist nur: Er hat uns nur versprochen, uns beim nächsten Mal zu töten, aber nicht, uns in Ruhe zu lassen.«

Jade runzelte die Stirn und schaute traurig zum Fenster hinaus. Simmons würde für sie da sein müssen, sie hatte in dieser Nacht ihre frühere Familie endgültig verloren – verdammt, und das ihm, wo er doch so stolz auf seine Unabhängigkeit war.

»Also Makallas?«, fragte Simmons.

»Ja, aber vorher möchte ich Mister Avildson noch befragen. Es interessiert mich, warum er all das getan hat«, sagte Walker.

Simmons nickte und wies auf ein Rastplatzschild. »Direkt hier, würde ich vorschlagen.«

LD nickte und steuerte den Wagen auf die Ausfahrt. Wenig später hatte sie ihn in der Mitte der Parkzone abgestellt, der Platz war fast leer, nur zwei Laster standen am anderen Ende, und in den Führerhäusern konnte Simmons die schlafenden Fahrer sehen. Na ja, Brummifahrer wussten, wann sie sich rauszuhalten hatten. Er zog den immer noch bewusstlosen Avildson aus dem Wagen, legte ihn rücklings auf die Motorhaube, zog das Pflaster vom Hals des reichen Bürschchens und verpasste ihm ein paar nicht ganz so sanfte Ohrfeigen. »Komm schon, du Stück Drek, wach auf!«

Avildsons Augen flackerten und öffneten sich. Sofort erschien ein sanftes Lächeln in seinem Gesicht, und er fragte: »Frühstück schon fertig?«

Simmons holte mit der Faust aus. »Dir geb ich was zum Frühstück«, aber bevor er zuschlagen konnte, fasste ihn Walker am Arm.

»Bitte, Mister Simmons, beschädigen Sie die Ware nicht.« Sein Tonfall verriet, dass auch er nicht von Avildson begeistert war.

Simmons ließ den Kerl los und trat schnaubend zur Seite. »Machen Sie das, ich schlag ihn tot!«

Walker sah hinter dem Ork nach, der um den Wagen herumging, sich auf der anderen Seite dagegenlehnte und eine Zigarette anzündete. Miss Gatewright saß noch immer im Wagen und schaute zu ihm heraus – Walker vermutete, dass sie nicht hören wollte, was geschehen war. LD hingegen stand dicht neben ihm und schaute fasziniert auf Avildson, der sich jetzt auf der Motorhaube aufsetzte. »Ich hätte gerne Eier und Speck.«

Walker atmete tief durch, um die Beherrschung zu bewahren. Dieser Mann war offensichtlich geistig krank und musste entsprechend behandelt werden.

»Mister Avildson, ich möchte Ihnen ein paar Fragen stellen.«

Avildsons Blick wanderte noch einen Augenblick herum, dann traf er auf Walker. »Ich kenne Sie. Sie waren dabei, als mein Baby laufen lernte!«

Walker nickte angespannt. »Das ist richtig. Ich möchte wissen, warum Sie dieses Wesen gebaut haben.«

Avildson nickte. »Es ist ein Prachtstück geworden, genau so, wie der Doktor und ich uns das gedacht haben. Groß und kräftig, und es hat alle Vorteile des Rohmaterials in sich vereint!«

Die mitleidlose, beschwingte Art, wie der Mann von seiner abnormalen Schöpfung sprach, verursachte Walker Übelkeit. »Sie sprachen von einem Doktor. Wer ist das?«

»Ich darf ihn Victor nennen«, freute sich Avildson.

Offensichtlich hatte jemand den reichen Mann nur dafür benutzt, seine eigenen finsteren Pläne zu verfolgen.

»War dieser Doktor Victor in Ihrem Haus, war er einer Ihrer Mitarbeiter in dem Raum?« Walker schnipste vor Avildsons Gesicht, als dieser gedankenverloren umhersah.

»War der Doktor heute bei Ihnen?«, fragte er noch einmal.

»Aber natürlich. Er ist immer bei mir«, sagte Avildson.

»Er ist bei Ihnen?«

Avildson nickte fröhlich. »Aber ja. Ich habe ihn in meiner Brusttasche, und wann immer ich ein Problem mit unserem

Projekt habe, steckte ich ihn ein. Er ist so ein intelligenter, gediegener Mensch!«

Walker beugte sich vor, griff in Avildsons Tasche und holte einen Chip heraus, auf dem groß die roten Buchstaben BTL prangten – ein Better-Than-Life-Chip! Walker drehte ihn um, und auf der Rückseite stand: »Mary Shelleys Frankenstein.«

Dieser Kerl war auf einem BTL-Trip hängen geblieben und hatte in seinem Wahn ein modernes Frankensteinmonster geschaffen.

»Wir waren uns einig, dass sein Grundentwurf einige Schwächen beinhaltete, zum Beispiel das Ausgangsmaterial. Ich schlug vor, die besten Leichen zu nehmen, die es in menschlicher Form bei uns gibt, also haben wir Gestaltwandler erwählt. Aber wissen Sie, wie lange es dauert, bis so einer von alleine stirbt? Es hätte Jahrzehnte gebraucht, und ich bin kein geduldiger Mensch.« Avildson erzählte im Plauderton, als hätte er sich ein neues Auto geleistet oder einen guten Film gesehen. Wortlos klebte Walker das Tranqpatch wieder auf den Hals des Mannes und sah zu, wie er erschlaffte. »Wir sind hier fertig«, verkündete er und zog sein Telefon heraus, um ihren Auftraggeber anzurufen.

26

Simmons schob ein neues Magazin in seine Predator, sicherte sie über einen mentalen Befehl an die Smartgun und steckte die Waffe in sein Schulterholster. Jetzt, wo er wieder seinen heißgeliebten Trenchcoat trug, fühlte er sich sicherer – na ja, zumindest war es eine gute Kopie, das Original lag ja immer noch blutverschmiert im Hotel, wo sie auch die beiden Frauen abgesetzt hatten. Er schaute auf die Rückbank, wo Avildson immer noch schlummerte, dann zu Walker. »Ich habe mit meinem Chummer gesprochen, wir können Avildson irgendwo ablegen, wo es sicher ist, er schickt dann einen Streifenwagen vorbei und sammelt ihn ein. Ich hab ihm die Geschichte schon erzählt, und er freut sich darauf, den Saukerl zu verknacken. Und damit der Star nicht wieder alles vertuscht, nur weil jemand ein paar Millionen an den Witwen- und Waisenfonds spendet, hab ich Tom zur Villa geschickt, einen Kumpel von der Presse.«

Walker wollte etwas sagen, aber Simmons kam ihm zuvor: »Keine Sorge, beide reden von anonymen Hinweisen und Quellen, die nicht genannt werden wollen und so – Sie kommen schon nicht ins Rampenlicht.« Er grinste den Menschen an. »Im Moment sehen Sie sowieso zu scheiße dafür aus.«

Walker lächelte zurück. »Da haben Sie wohl recht. Ich freue mich gar nicht darauf, meinen Schmerzeditor zu deaktivieren.«

Der Autopilot fuhr ab, und sie näherten sich langsam ›Erp und Ednas Schrottplatz‹, einem in der Szene bekannten Ort für geheime Treffen.

»Was meinen Sie, warum macht Makallas so einen Aufstand?«, fragte er Walker.

Der zuckte mit den Schultern. »Ich nehme an, Mister Makallas ist nach meinem letzten Bericht etwas mulmig geworden, und er sucht die Sicherheit einer professionellen Organisation. Vielleicht hat er aber auch nur Angst davor, dass wir ihn erpressen.«

Simmons schüttelte den Kopf. »Man kann doch keinem mehr vertrauen heute.«

Der Wagen verlangsamte und rollte auf das geschlossene Maschendrahttor des Schrottplatzes zu. Dahinter erhoben sich Berge von alten und ausgebrannten Wagen, die mit einer dünnen Schicht Schnee bedeckt waren. Ein Mann in einem langen, grauen Mantel öffnete die Tür und ließ sie ein. Makallas wartete auf einem großen Innenplatz, neben ihm standen zwei Gorillas, von denen Simmons einen bereits kannte.

»Der Rechte ist Bob Sorensen, ehemaliger Schwergewichtsboxer, seit ein paar Jahren ein kleines Licht bei den Shadowrunnern.«

Walker nahm die Info mit einem kurzen Nicken zur Kenntnis.

Simmons gefiel das alles gar nicht, aus einem Treffen mit dem Auftraggeber war plötzlich etwas geworden, das schwer nach einer Übergabe aussah.

Simmons übernahm die Steuerung und fuhr den Wagen sehr dicht an die drei Personen heran, um gleich zu verdeutlichen, dass diese Sache hier nicht ablaufen würde wie in einem drittklassigen Agentenfilm. Er stieg aus und ging bis auf einen Meter an Makallas heran. »Mister Makallas, schön, Sie zu sehen. Sie haben da rechts und links was an der Schulter kleben!«

Walker blieb neben dem Wagen stehen, und Simmons sah, dass er die Linke hinter dem Rücken hielt – der Mensch erwartete wohl Ärger.

Makallas schaute Hilfe suchend zu Bob auf, der an seiner Stelle antwortete: »Hey, Simmons. Lang nicht mehr gesehen. Habt ihr den Scheißkerl dabei?«

Simmons nickte zum Auto. »Da drin.«

Der kräftige Mensch mit den kurzen roten Haaren wollte sich in Bewegung setzen, aber Simmons stellte sich ihm in den Weg.

»Was soll das denn werden?«

Bob schaute Simmons in die Augen. »Ich hole den Gefangenen.«

»Einen Drek wirst du tun.«

Bob straffte die Schultern und legte den Kopf herausfordernd schief. »Mister Makallas hat uns beauftragt, die Sache für ihn zu regeln.«

»Interessiert mich nicht die Bohne, Bob, könnte mich echt nicht weniger interessieren. Wir haben die Sache gestartet, wir bringen sie zu Ende.« Er wandte sich an Makallas. »Sie können dem Mann jetzt in die Augen sehen, wenn Sie wollen, und dann karren wir ihn zur Polizei, oder Sie lassen es bleiben, dann verschwinden wir gleich wieder. Ihre Entscheidung – aber ganz sicher lassen wir Ihre neuen Stiefellecker hier nicht unseren Job erledigen.«

Bob sog scharf die Luft ein. »Ey, Simmons, sei vorsichtig, oder ...«

Simmons zeigte Bob den Mittelfinger und unterbrach ihn. »Ja, ja, erzähl's dem Finger!«

Bob zog eine Browning Max Power aus einem Schulterhalfter und richtete sie auf Simmons. »Pass bloß auf, Simmons, pass bloß auf!«

Simmons schaute den Mann unbeeindruckt über den Lauf hinweg an. »Immer ganz Profi, was, Bob?«

»Ich will ihn sehen«, sagte Makallas leise.

»Okay«, sagte Simmons, drehte Bob den Rücken zu und ging zum Wagen, bei dem Walker bereits die Tür öffnete.

Makallas folgte ihm, und zu Simmons' Verärgerung trat auch Bob neben den Wagen.

Walker behielt den anderen Shadowrunner im Auge, oder besser Möchtegernshadowrunner. Diese beiden Kerle konnten keinem der Männer und Frauen das Wasser reichen, mit denen er in diesem Bereich schon gearbeitet hatte. Wenn er es darauf anlegen würde und seine rechte Hand einsatzfähig wäre, hätte er sie beide ausgeschaltet, bevor sie zu ihren Waffen greifen konnten. Aber trotz der provokanten Art von Simmons konnte dieses Treffen immer noch zur allgemeinen Zufriedenheit ausgehen.

Simmons zog Avildson aus dem Wagen, entfernte das Tranqpatch und schüttelte den Mann, bis er die Augen aufschlug. »Oh, bin ich wieder eingeschlafen?«

»Sie ... Sie haben meine Frau getötet«, sagte Makallas, aber Avildson schaute ihn nur lächelnd an.

»Ich kenne Sie noch nicht, angenehm, Avildson, und wie heißen Sie?«, brabbelte er.

»Der Mann ist psychisch geschädigt, offensichtlich durch den Konsum von BTL-Chips, möglicherweise in Verbindung mit anderen Drogen«, erklärte Walker ruhig.

Makallas schaute ihn verwirrt an. »Sie meinen ...«

»Er ist bekloppt, über den Horizont, total gaga, er hat nicht mehr alle Speicherzellen, sein Gehirn tanzt Boogie«, sagte Simmons.

Makallas wischte sich den Schweiß aus dem Gesicht. »Das macht keinen Unterschied«, sagte er und streckte die Hand zu Bob aus, der eine Walther PB-120 aus der Tasche zog und die kleinkalibrige Waffe in Makallas' Hand legte. Simmons wollte vortreten, aber Walker hielt ihn mit einem kurzen Kopfschütteln auf. Makallas konnte keinen Menschen erschießen, nicht in kaltem Vorsatz, und vielleicht würde das hier seine Katharsis werden.

Makallas drückte Avildson die Waffe auf die Stirn.

»Spielen wir ein Spiel?«, fragte der Verrückte und schielte auf den Lauf.

»Ja, geek den Killer«, lachte Bob und erntete einen bösen Blick von Simmons dafür.

Makallas kniff die Augen zusammen, und sein Finger krümmte sich langsam. Avildsons Blick veränderte sich, der

Irrsinn wich für einen Moment daraus und wurde durch Angst ersetzt. Er schaute sich verwirrt um und sagte dann leise: »Bitte, töten Sie mich nicht.«

Seine Beine gaben nach und er fiel auf die Knie, schaute mit Tränen in den Augen verängstigt zu Makallas hoch. »Bitte, ich will nicht sterben, bitte«, flehte der junge Mann, und Urin tropfte zwischen seinen Beinen auf den Boden.

Makallas atmete jetzt schwer, seine Hand zitterte, und Schweiß lief an seinen Schläfen herunter. Einen Moment lang sah es so aus, als würde er abdrücken, aber dann ließ er den Arm sinken und die Pistole auf den Boden fallen.

»Schaffen Sie mir diesen Kerl aus den Augen, Mister Simmons«, sagte er leise und schlurfte mit hängenden Schultern auf seinen Wagen zu.

Bob bückte sich nach seiner Waffe und grinste im Aufstehen breit. »Tja, der Kerl ist eben ein Loser. Aber er zahlt gut.«

»Das habe ich heute schon einmal gehört, Mister Sorensen, von einem anderen rückgratlosen Stück menschlichen Abfalls«, sagte Walker ruhig. Es dauerte einen Moment, bis der Shadowrunner verstand, dass er beleidigt worden war, aber noch während er nach einer passenden Erwiderung suchte, hatte Simmons den zitternden Avildson in den Wagen gesetzt, und Walker stieg ein.

Simmons startete den Wagen, als Bob endlich eine Antwort einfiel, die er über den Hof brüllte: »Wenigstens bin ich keine Schwuchtel!«

Simmons kicherte leise, als Walker sagte: »Wie originell. Bringen wir die Sache hinter uns, Mister Simmons, und dann brauche ich dringend einen Arzt, einen Drink und einige Stunden Schlaf – in dieser Reihenfolge!«

27

Simmons steckte Jade seine letzte Pommes in den Mund. »Und du bist sicher, dass er dieses Restaurant meinte?«

Sie nickte und sagte mit vollem Mund: »Ein anderes gibt es in der Nähe von Gate 56 nicht.«

Simmons schaute auf die Magierin herunter und legte den Arm um sie. Bis auf einen leichten roten Schimmer in ihrem Gesicht war ihre Brandwunde verheilt, und sie war so hübsch wie eh und je, nur etwas übermüdet, denn sie konnten einfach ihre Finger nicht voneinander lassen. Simmons hatte irgendwo gelesen, dass Todesangst die sexuelle Lust stimulierte – aber drei Tage lang? Sie hatten praktisch die gesamten Weihnachtsfeiertage verbumst.

Sie strich ihm über die Brust. »Sein Flug geht erst in einer Stunde, also hat er noch Zeit.«

Simmons sah sich in dem kleinen Fast-Food-Restaurant um. Es war in Rot und Gelb gehalten, hatte kleine Plastiktische mit angeschraubten Stühlen, die unter seinem Gewicht geknarrt hatten, und einige stabilere Bänke. Zahlreiche Fluggäste gönnten sich einen schnellen Burger, während sie auf ihren Flug warteten. Vom geschniegelten Geschäftsmann über das turtelnde Pärchen – womöglich auf Hochzeitsreise – bis zur fünfköpfigen Familie im Billigdress war alles vertreten.

Die meisten flogen wohl zurück in ihr tristes Leben nach einigen Tagen trauten Familienstreits an Weihnachten. Na, jetzt war das Fest der Hiebe ja vorbei, auch wenn auf der großen Anzeigetafel des Restaurants immer noch das ›X-Mas

Spezial‹ zu finden war, ein doppelter Cheeseburger mit Zimt. Wie tief musste man sinken, um so was zu essen?

Plötzlich trat Walker an ihren Tisch. Er trug in der gesunden Hand eine große Reisetasche und auf der eingegipsten balancierte er einen Zimtburger.

»Mister Simmons, Miss Gatewright«, sagte er und setzte sich.

»Ein Zimtburger«, sagte Simmons statt einer Begrüßung und zeigte anklagend auf die Schachtel.

»Ja, ein Cheeseburger mit ...«, setzte Walker an, aber Simmons unterbrach ihn. »Zimt! Walker, verdammt, wissen Sie nicht, was das Zeug mit Ihnen anstellt?«

Walker hob nur interessiert die Augenbrauen, also fuhr Simmons fort. »Es verweihnachtet Sie. Und noch schlimmer als Weihnachtskoller zu Weihnachten ist Weihnachtskoller nach Weihnachten!«

Walker versuchte eine Logik in der Aussage des Orks zu finden, aber es war aussichtslos. Also zuckte er nur mit den Schultern und sagte: »Ich mag Zimt!«

Simmons stöhnte auf, als wenn ihn eine Kugel getroffen hätte.

»Also, ich mag Zimt auch«, stimmte ihm Miss Gatewright zu, und Simmons ließ den Kopf, den er sich nach dem Flammeninferno kahl rasiert hatte, auf die Tischplatte knallen. »Ihr macht mich echt fertig, Leute!«

Walker lächelte und schaffte es, den überdimensionierten Burger mit einer Hand zum Mund zu führen.

»Wie ist Ihre Operation verlaufen?«, fragte Miss Gatewright, während Simmons sich wieder aufsetzte.

Walker kaute etwas schneller und schluckte. »Gut, den Umständen entsprechend, vielen Dank noch mal für den empfohlenen freischaffenden Mediziner. Er hat alle Splitter und einen Großteil des Mechanismus entfernt.«

»Werden Sie sich wieder Sporne einbauen lassen?«, fragte Simmons, und Walker nickte bedächtig. »Ich denke schon.

Wissen Sie, es ist ein wenig wie mit einem Dosenöffner: Man braucht ihn nicht oft, aber wenn, ist man froh, einen zu haben.«

Simmons nickte. »Ja, das kenn ich.«

»Haben Sie die Berichterstattung verfolgt?«, fragte Walker.

Simmons grinste breit. »Nein, wir ... hatten anderes zu tun.«

Walker hatte eine klare Vorstellung, was damit gemeint war, aber er wollte es nicht visualisieren. Bei aller Vorurteilslosigkeit hatte die Vorstellung, wie der brachiale Simmons und die zierliche Frau den Beischlaf praktizierten, etwas Abstoßendes. Aber er freute sich für die beiden, dass sich offensichtlich eine echte Beziehung anbahnte, denn unbewusst hatte er sie mittlerweile als seine Freunde eingestuft.

»Ich habe das Wichtigste mitgeschnitten«, sagte Walker, zog seinen Taschensekretär aus der Anzugtasche – Mortimers natürlich – und legte ihn auf den Tisch, sodass sie alle drei auf den kleinen Bildschirm schauen konnten. Dann aktivierte er die Aufzeichnung und biss wieder in seinen Burger. Er wusste nicht, welche Einwände der Ork gegen Zimt hatte – es gab dem eher faden Soyfleisch eine angenehme Geschmacksnote.

Auf dem Bildschirm waren Aufnahmen des brennenden Avildson-Anwesens zu sehen und wenig später von Lone-Star-Angestellten, die im gelöschten Gebäude Untersuchungen vornahmen. Eine Stimme kommentierte die Funde und die Bilder des beinahe unversehrten Laboratoriums. Der Tank war an der Oberseite auseinandergerissen, massive Bronzeplatten, die wie Gummi zur Seite gebogen worden waren.

Das Bild wechselte und zeigte Avildson, der in eine psychiatrische Anstalt geführt wurde, im Bild vorne stand ein bärtiger Mann und sagte: »Danken wir also den anonymen Rettern, die diesen gemeingefährlichen Irren und sein Monstrum aus dem Verkehr gezogen haben. Danke, ohne Leute wie euch wäre die Welt ein schlechterer Ort!« Damit endete die Aufzeichnung.

Simmons lachte. »Der gute alte Tom, immer eine Lobrede parat.«

»Er wird nur in eine Irrenanstalt eingewiesen?«, fragte die Magierin und klang enttäuscht.

Walker nickte. »Er ist nicht zurechnungsfähig. Aber die anderen Beteiligten erwarten langjährige Freiheitsstrafen, und wer weiß, vielleicht bewegt diese Geschichte den Staat ja auch dazu, Gestaltwandler endlich als vernunftbegabte Wesen anzuerkennen. Dann hätte die ganze Sache bei allem Schrecken wenigstens etwas Gutes.«

Simmons drückte die zerknirschte Miss Gatewright an sich. »Aber trotzdem hat der Irre es geschafft, ein funktionierendes Frankensteinmonster zu schaffen?«

Walker schüttelte den Kopf und schob den halb gegessenen Burger von sich. So gut schmeckte er dann doch nicht. »Ich vermute, dass der zusammengenähte Leichnam von einem Geist besessen wurde, einem Shedim.«

Miss Gatewright nickte. »Davon habe ich gehört – sie sollen am Weihnachtsabend aus dem Watergate-Spalt gekommen sein, zusammen mit dem Drachen, oder?«

Simmons blickte von einem zum anderen. »Spalt, Geist, Drachen, hä?!«

»Ich erkläre es dir später, Simmons«, sagte Jade und tätschelte den Unterarm des Orks, aber der zog ihn verärgert weg. »Nix da später, was war das für ein Geist?«

»Eine bisher nicht näher erforschte Spezies, die offensichtlich die Macht besitzt, Leichen zu bewohnen und zu animieren«, erklärte Walker, der die Zeit im Krankenbett zur Recherche und einem Besuch im Shadownet genutzt hatte. »Sie wurden bereits seit dem Herbst ab und an gesichtet, aber seit Weihnachten mehren sich die Begegnungen mit ihnen. Ich vermute, dass ein mächtiger Shedim den Leichnam entdeckt und übernommen hat. Das würde die Angstgefühle, die Kälte und die Heilkräfte klären, alles Phänomene, die wohl häufiger auftreten«, erwiderte Walker.

»Na halleluja, wandelnde Tote, das wird ein Spaß«, sagte Simmons. »Müssen wir dann demnächst damit rechnen, dass Leute wieder aufstehen, nachdem wir sie abgeknallt haben?«

»Ganz so schlimm ist es wohl nicht, aber Vorsicht ist angebracht.«

Über den Lautsprecher ertönte der letzte Aufruf seiner Maschine, und er erhob sich. »Das gilt mir. Miss Gatewright, Mister Simmons, es war mir eine Ehre, mit Ihnen zusammenzuarbeiten. Ich wünsche Ihnen einen guten Übergang ins neue Jahr.«

Walker schüttelte die Hand der Magierin, die sagte: »Machen Sie es gut, Mister Walker.«

Simmons stand auf und trat um den Tisch herum. »Walker, Sie sind der verdammt noch mal härteste Knochen, mit dem ich je zusammengearbeitet habe. Wenn Sie irgendwann mal wieder einen Fall haben, bei dem Sie einen cleveren und gut aussehenden Orkdetektiv brauchen, rufen Sie mich an!«

Walker nickte. »Jederzeit gerne.« Eine kurze Pause entstand.

»Brauchen Sie eine Umarmung?«, fragte Simmons.

Walker schüttelte lächelnd den Kopf. »Ein Händedruck genügt mir.«

Der Ork nickte und schüttelte Walker vorsichtig die kaputte Rechte. »Passen Sie auf sich auf, Walker, diese beschissene Welt braucht Leute wie uns!«

Walker nickte einmal stumm und ging, ohne sich noch einmal umzudrehen. Lange Abschiede waren nicht sein Stil, schon gar nicht, wenn sie so überraschend bedauernswert waren wie dieser.

Während er sich durch die hin und her eilenden Menschen auf sein Gate zuschob, hörte er hinter sich Miss Gatewright fragen: »Sag mal, Martin T. Simmons, wofür steht eigentlich das T?«

Der Ork antwortete: »Tiberius, aber wenn du es jemandem verrätst, muss ich dich erschießen!«

Glossar

»Also, Mister Walker, Mister Simmons, vielen Dank, dass Sie sich bereit erklärt haben, uns für dieses einfache soziologische Experiment zur Verfügung zu stehen. Bitte definieren Sie im Folgenden die von mir genannten Begriffe kurz und prägnant nach bestem Wissen und Gewissen. Können wir beginnen? Gut!«

Astralraum

WALKER: Eine magische Parallelebene, die in gewisser Weise die ›wirkliche‹ Welt spiegelt und die Heimat der Geister darstellt. Magier sind in der Lage, ihren Geist von ihrem Körper zu trennen, in den Astralraum zu projizieren und auf diese Weise körperlos zu reisen.
SIMMONS: Das ist so eine Paralleldimension, in der widerliche Monster nur darauf warten, dass sich eine gut aussehende Magierin dahin verirrt, auf die sie sich dann stürzen können. Magier können prima spannen, weil sie in den Astralraum rein- und raushüpfen können, wie sie wollen, und dann ungesehen in der Frauendusche rumhängen.

Aura

WALKER: Die Seele oder das Karma eines Menschen. Magisch aktive Personen können die Aura im ➛ Astralraum wahrnehmen und so Rückschlüsse auf den Grad der Vercyberung, die Gefühle und Gemütszustände einer Person ziehen. Die Aura verschwindet nach dem Tod binnen weniger Stunden.

SIMMONS: Das ist ein eingebauter Lügendetektor, den Magier benutzen können.

Bestiaforma Mutabilis

WALKER: Eine Spezies magisch begabter Wesen, die in der Lage sind, eine Tier- und eine Menschenform anzunehmen, umgangssprachlich bekannt als Gestaltwandler. Vermutlich basieren die chinesischen Sagen über Fuchsmenschen ebenso auf ihnen wie die europäischen Werwolf-Legenden. Sie zeichnen sich durch große Kraft, Geschicklichkeit und eine übernatürliche Regenerationskraft aus.
SIMMONS: Haben Sie ›Der Werwolf im Mädchenpensionat‹ gesehen? Genau so, nur dass es auch Tiger, Füchse und was weiß ich nicht alles gibt. Und dass die Biester die Mädchen wohl eher gekillt und nicht ge... äh, nächste Frage bitte.

BTL – Better than Life

WALKER: Gefährliche ➤ SimSinn-Chips, bei denen die Sicherheitsgrenzen entfernt wurden. Das nacherlebte Gefühl wird oft intensiver als die tatsächliche Erfahrung empfunden und macht auf diese Weise schnell süchtig.
SIMMONS: BTLs sind das echte Problem auf der Straße heute, weil die Kids völlig wegtreten und manchmal nicht mehr wissen, was real ist und was Chip!

Chopshop

WALKER: Eine umgangssprachliche Bezeichnung für eine illegale Schattenklinik geringer Qualität.
SIMMONS: Wenn dich wieder einer gelöchert hat, und dir fehlt das Geld für deinen Straßendoc des Vertrauens, dann gehst du in einen Chopshop – aber leg dich da bloß nie für irgendwas auf die Liege, das eine Narkose braucht. Nachher wachst du auf und bist tot!

Chummer

WALKER: Bezeichnung für einen Freund, etwa: Kumpel.

SIMMONS: Ein Chummer ist mehr als ein Bekannter, aber weniger als ein Freund, mehr so in Richtung Kumpel, aber dabei doch eher nicht so eng. Ein Chummer ist eben ein Chummer!

Combat Biking

WALKER: Eine verbreitete Sportart, bei der mit Nah- und Fernkampfwaffen bestückte Motorradfahrer auf einem Hindernisparcours versuchen, sich gegenseitig eine Fahne abzujagen.
SIMMONS: Combat Biking ist nicht nur Sport, das ist ein Lebensmotto! Wenn die Jungs auf ihren aufgemotzten Maschinen durch die Arena donnern und sich die unglaublichsten Kämpfe liefern, dann weiß man, was Teamgeist und Einsatz wirklich heißen. Was das Ziel des Spiels ist? Na, gewinnen, du Nase!

Credstick

WALKER: Gebräuchliches bargeldloses Zahlungsmittel in den UCAS. Dieses stabförmige Speichermedium enthält alle relevanten Daten des Besitzers und seinen Kontostand, Zahlungen müssen vom Besitzer autorisiert werden. Ist auch in unregistrierter Form als sogenannter ›Checkstick‹ im Umlauf, in diesem Fall kann der Finder die Summe wie Bargeld ohne Sicherheitsüberprüfung ausgeben.
SIMMONS: Da ist das Geld drauf – mehr gibt's nicht zu sagen.

Critter

WALKER: Sammelbezeichnung für alle erwachten, also durch die Rückkehr der Magie veränderten und mit besonderen Fähigkeiten ausgestatteten Tiere.
SIMMONS: All die lustigen kleinen Tierchen, die bei uns in der sechsten Welt so rumrennen. Riesige Ratten, feuerspuckende Hunde, Viecher, die schneller laufen als ein Auto und all solche Späßchen.

Cyberware

WALKER: Künstliche Veränderungen des metamenschlichen Körpers, die Verbindung von Fleisch und Maschine. Eine Überlastung des Körpers mit Cyberware kann zu emotionalen Problemen, im schlimmsten Fall zu einer Psychose führen.
SIMMONS: Guck mal auf Papa Simmons' Arm – der ist aus Plastik und Eisen und bewegt sich doch. Staun, staun, das ist der Zauber der Cyberware – wer genug Geld hat, kann sich zum Übermenschen basteln lassen, aber mit Kuscheln am Abend ist dann nix mehr. Ich hab mal gesehen, wie ein Cyberpsycho seiner Freundin den Arm gebrochen hat, um zu beweisen, dass Stahl besser als Fleisch ist.

Decker

WALKER: Ein Computerfachmann, der mit seinem Computer, dem sogenannten Deck, über ein Interface direkt in die virtuelle Realität der ➛ Matrix einsteigt und oft illegale Operationen durchführt.
SIMMONS: Das sind die Jungs und Mädels, die sich ein Kabel in die Rübe stecken und dann Hasch-mich in der Computerwelt spielen. Mach dir bloß keinen von denen zum Feind, die löschen mit einem Fingerzucken dein Konto und setzen dich auf die Liste der meistgesuchten Verbrecher des Landes. Lach nicht, ist einem Chummer von mir passiert!

Dermalplatten

WALKER: Veraltete Körperpanzerung. Plastikplatten, die unter die Haut implantiert werden, um die Wucht von Angriffen zu verringern.
SIMMONS: Das wahre, das echte Ding! Nicht dieser neumodische Plastikhautkram, da spürt man noch, wo die Panzerung sitzt. Und man sieht wegen der Platten auch mit zwanzig Kilo zu viel aus, als hätte man einen Waschbrettbauch!

Drek

WALKER: Schimpfwort, etwa: Mist. Wird oft auch als Füllwort benutzt: »Gib mir das verdrekte Bier.«
SIMMONS: Ach Drek, was soll ich euch über Drek erzählen? Verdrekt noch mal, ich hab echt keine drekige Lust, diesen Drek hier noch länger mitzumachen. Drek!

Ebbie

WALKER: Eigentlich ›Europäisches Bargeldloses Zahlungsmittel‹, kurz EBZ. Die deutsche Variante des ➛ Credsticks in Form eines viereckigen Kästchens.
SIMMONS: Woher wissen Sie von Ebby? Das ist so lange her, und außerdem war sie selber schuld! Sie hat schließlich mit diesem Typen rumgeknutscht!

Elf

WALKER: Homo Sapiens Nobilis, eine metamenschliche Subspezies von meist schlanker, hochgewachsener Gestalt mit spitzen Ohren.
SIMMONS: Elfen, diese miesen Löwenzahnfresser, ich hasse sie! Kommen sich immer so vor, als wenn sie was Besseres wären, bilden sich wer weiß was auf ihr tolles Aussehen ein.

Geeken

WALKER: Jemanden töten, herabwürdigend.
SIMMONS: Wenn du jemandem das Licht ausgepustet hast, dann hast du ihn gegeekt.

Goblinisierung

WALKER: Der von der Rückkehr der Magie ausgelöste Prozess der Umwandlung, der aus vormals Homo Sapiens Sapiens zum Teil über Nacht Trolle und Orks machte. Zwerge und Elfen wurden erst später geboren, sie entstanden nicht durch die Goblinisierung, und heutzutage werden auch Orks und Trolle auf natürlichem Weg geboren.

SIMMONS: Also, ich bin ja zum Glück als Ork geboren und stolz drauf, aber stell dir mal vor: Du gehst als scharfe Blondine schlafen, und morgens bist du eine drei Meter große, warzenbedeckte, horntragende Trollin ... Igitt.

Halley'scher Komet

WALKER: Ein Komet, dessen elliptische Bahn ihn alle 74 Jahre an der Erde vorbeiführt. Ihm werden viele der magischen Phänomene zugeschrieben, die in letzter Zeit aufgetreten sind, und die Megakonzerne übertreffen sich in ihren Bemühungen, als Erste eine Sonde auf ihm zu landen.
SIMMONS: Das ist dieser Gesteinsbrocken, der durchs All schwirrt und plötzlich an allem schuld sein soll. Aber er hat mir zu einem guten Anmachspruch verholfen: »Hey, Baby, gehen wir zu dir, dann zeig ich dir, wie es sich anfühlt, wenn Halley dich streift.« Hat nie funktioniert, ich weiß auch nicht, warum.

Hauer

WALKER: Geringschätzige Bezeichnung für einen Troll oder Ork.
SIMMONS: So nennt man die großen, äußeren Zähne, lernt ihr Kinder heutzutage gar nichts mehr in der Schule?

Headware

WALKER: Im oder am Kopf und Gehirn befindliche Cyberware, zum Beispiel Cyberaugen oder eingebauter Speicher.
SIMMONS: Walker hat da so ein paar schicke Funktionen in seinen Augen, das könnte mich ja auch reizen, aber eigentlich hab ich mir geschworen, mir steckt keiner Plastik in den Kopf.

Humanis

WALKER: Ein Mitglied der rassistischen Vereinigung ›Humanis Policlub‹. Die Organisation hat sozusagen das Erbe des Ku-Klux-Klans angetreten und verfolgt mit seinen gewalt-

tätigen Aktionen die metamenschlichen Subspezies, also Elfen, Zwerge, Trolle und Orks.
SIMMONS: Diese rassistischen Scheißkerle versuchten den Leuten weiszumachen, die ➛ Goblinisierung wäre eine Krankheit gewesen, und heute wollen sie das Gleiche bei ➛ Surge erreichen. Wenn sie nicht so viele reiche und wichtige Unterstützer hätten, wären sie halb so gefährlich, aber so muss man immer vor ihnen auf der Hut sein. Siehst du einen, knall ihn ab!

Kopfgranate

WALKER: Umgangssprachliche Bezeichnung für eine Dose Bier.
SIMMONS: Grundnahrungsmittel in einer praktischen, aerodynamischen Leichtmetallverpackung.

Lone-Star

WALKER: Eine private Sicherheitsfirma, die unter anderem in Seattle auf Vertragsbasis die polizeilichen Pflichten übernimmt.
SIMMONS: Die Cops – ein korrupter, mieser Haufen. Ich bin froh, dass ich da weg bin!

Magschloss

WALKER: Kurz für Magnetschloss, ein Verschlussmechanismus auf elektromagnetischer Basis.
SIMMONS: Alles und jeder wird heute mit einem Magschloss gesichert – ich habe sogar schon Fahrradketten mit Magschloss gesehen, kein Witz. Aber ich hab da einen netten kleinen Freund, der die Dinger doch meistens aufkriegt, und er passt in jede Tasche.

Matrix

WALKER: Das weltumspannende Computernetz, dargestellt durch eine virtuelle Welt, in die ➛ Decker eindringen können und so über visuelle und taktile Eindrücke intuitiv ihre Programmierarbeit verrichten. Decker erleben die Matrix als alternative Realität.

SIMMONS: Über die Matrix laufen alle Telefongespräche, alle Daten und so was, das macht ➛ Decker zu extrem mächtigen Leuten. Sieht aus wie ein riesiges Computerspiel.

Mensch

WALKER: Homo Sapiens Sapiens, der ›normale‹ Mensch.
SIMMONS: Na, Menschen halt, die langweiligen ➛ Norms.

Metamenschen

WALKER: Die Gesamtheit der Menschheit, inklusive aller Subspezies.
SIMMONS: Ork, Trolle, Zwerge, Menschen und angeblich sogar Elfen, sind alles Metamenschen.

Metroplex

WALKER: Ein großes, ausgebreitetes Stadtgebiet inklusive seiner Vororte.
SIMMONS: Anderes Wort für Sprawl.

Mo-Fu

WALKER: Abkürzung eines geläufigen Schimpfwortes.
SIMMONS: Na, Mother-Fucker halt ...

Monofilament

WALKER: Ein Draht von wenigen Molekülen Dicke, sehr scharf und extrem gefährlich.
SIMMONS: Ist groß in Mode, das Zeug: Auf Zäunen, an Messerklingen, und ich habe sogar schon mal jemanden mit einer Monofilamentpeitsche rumfuchteln sehen – aber nicht lange, der Depp hat sich selber das Bein abgeschnitten. War eine echt glatte Beinhaarrasur!

Mundan

WALKER: Nicht magisch.
SIMMONS: Wenn etwas mundan ist, dann ist es nicht magisch, manchmal heißt es einfach: langweilig.

Nikostick
WALKER: Umgangssprachlich: Zigarette.
SIMMONS: Ambrosia, süßer Nektar für darbende Lungen – ein Nikostick ebnet der Luft den Weg in die Lungen, indem er sie mit Teer asphaltiert.

Norm
WALKER: Geringschätzige Bezeichnung für einen Homo Sapiens Sapiens.
SIMMONS: Ein Norm ist ein Typ, der das Pech hatte, nicht als Ork, sondern als Mensch geboren zu werden.

Nuyen
WALKER: Eine weltweit anerkannte Währung.
SIMMONS: Der Nuyen regiert die Welt – man kann überall und immer damit bezahlen, und wenn man zu wenig hat, dann stinkt das ganz schön.

Orichalkum
WALKER: Eine kostbare, magische Legierung, die vor allem in Waffen zum Einsatz kommt, die den Zauberer im Kampf gegen Geister und magische Wesen unterstützen. Bis zum Erscheinen des Halley'schen Kometen war Orichalkum nur als künstliche, unter Magieeinwirkung und großem Aufwand zu schaffende Substanz bekannt, seitdem gab es einige Funde natürlicher Vorkommen.
SIMMONS: Magisches Gold, sind alle ganz spitz drauf. Ich glaube, sie kratzen es aus der Erde oder so. Ist mir aber auch wurscht.

Ork
WALKER: Homo Sapiens Robustus, eine Metamenschen-Subspezies. Größer und kräftiger gebaut als ein Mensch, besitzt Hauer und eine dickere Haut.
SIMMONS: Der nächste Schritt in der Evolution, die Retter der Menschheit, Ebenbilder Gottes, voller Kraft und Anmut – das sind Orks!

Orthoskin

WALKER: Unter die Haut des Patienten wird ein energieableitendes, nachwachsendes Gemisch transplantiert, das der Haut eine Panzerwirkung verleiht.
SIMMONS: So was kommt mir nicht in den Simmons! So ein glibberiges Zeug, ich hab das im Fernsehen gesehen, dann rutscht das alles auf die Hüften, und ich sehe fett aus. Nein, nein, ich bleibe bei meinen robusten ➛ Dermalplatten!

Reflexbooster

WALKER: Künstliche Nervenbahnen transportieren die Signale deutlich schneller und erhöhen so die Geschwindigkeit, mit der sich ein Metamensch mit dieser Cyberware bewegen kann und mit der er reagiert.
SIMMONS: Rein mit den Dingern, und du hast Klein-Eddie die Hosen runtergezogen und ›Kiss Me‹ auf den Arsch geschrieben, bevor er es merkt. Aber wenn man zu hochgerüstet ist, kann es passieren, dass man reagiert, bevor man es gemerkt hat. Ein Chummer hat mal seiner Mutter eine gesemmelt, weil sie ihn im Flur überrascht hat.

Riggerkontrolle

WALKER: Eine Riggerkontrolle erlaubt es einem Piloten oder Fahrer, sein Bewusstsein in gewissem Maße mit seinem Gefährt zu verbinden und es so intuitiv zu steuern. Die Fahrleistung erhöht sich um ein Vielfaches, die Reaktionszeit sinkt proportional dazu.
SIMMONS: Wenn sich ein Rigger in seine Kiste einstöpselt, dann ist das wie Sex aus Dosen. Dem geht voll einer ab, wenn er mit 300 Sachen durch den Stadtverkehr brettert, denn er glaubt, er wäre das Auto.

Schamanen

WALKER: Die schamanistische Magierichtung ist naturverbunden und urtümlich. Ihre Anhänger glauben, dass die Macht eines Magiers von seinem Totemtier vermittelt wird.

Sie steht im Gegensatz zu der intellektuell geprägten hermetischen Magierichtung.
SIMMONS: Schamanen tanzen singend um ein Feuer, knallen sich naturbelassene Drogen in den Kopf und reden mit Tischen und Stühlen. Wirklich, ich hab's selber gesehen. Manchmal schlitzen sie auch Tiere auf.

Schmerzeditor

WALKER: Dem Patienten wird spezialisiertes Nervengewebe implantiert, das ihn in die Lage versetzt, jedes Schmerzempfinden willentlich an- und auszuschalten.
SIMMONS: Knips und keine Schmerzen mehr – praktisch, so ein Teil, vor allem beim Zahnarzt. Andererseits hat meine Mutter schon immer gesagt: Schmerz ist ein guter Lehrer, und ich möchte schon merken, wo grad Blut aus mir rausläuft.

Shadowrunner

WALKER: Freiberufler, die sich außerhalb des bestehenden Rechts stellen und im Auftrag von Konzernen oder Einzelpersonen semilegale und illegale Operationen durchführen. Das Spektrum reicht von der Extraktion einer gefragten Person über Sabotage oder Diebstahl bis zu Exekutionen.
SIMMONS: Echte Shadowrunner haben einen Ehrenkodex und was in der Birne, so wie meine Chummer von damals. Sich einen schwarzen Mantel zu kaufen, mit chromblitzenden Augen auf der Straße herumzurennen und seine Waffen zu präsentieren reicht da nicht, und diese ganzen Pfeifen werden auch garantiert nicht alt werden!

ShockzRocks

WALKER: Eine laute, aggressive Musikrichtung, ins Leben gerufen von der gleichnamigen Trollband, seitdem als Gattungsbegriff benutzt.
SIMMONS: Mann, die Jungs hatten es wirklich drauf. Wenn Bouldermate seine Fender mit den Hörnern gespielt hat,

wusste man endlich, wofür die Dinger da waren! Was heute unter dem Namen ShockzRocks verkauft wird, ist doch nur abgewedelte Kacke, viel zu zahm und zu leise!

SimSinn

WALKER: Kurz für simulierte Sinneseindrücke – ein Unterhaltungsprogramm, bei dem der Rezipient die aufgezeichneten Erfahrungen und Empfindungen eines anderen Menschen nacherlebt. Sicherheitsgrenzen verhindern, dass die Eindrücke zu stark für den Miterlebenden werden.
SIMMONS: SimSinn ist die Rettung langer Abende. Ich habe eine umfassende Bibliothek anregender und ansprechender Filme, aber ich verabscheue den Begriff Porno – für mich sind das erotische Novellen.

SIN

WALKER: Kurz für SystemIdentifikationsNummer, eine Zahlenreihe, unter der die Daten der Bürger in den UCAS gespeichert werden.
SIMMONS: Keine SIN zu haben ist ein Segen und ein Fluch. Zwar kann BigBrother nicht mehr so einfach überwachen, welches Tittenheft du dir am liebsten kaufst, aber es ist auch Essig mit Krankenversicherung oder auch nur mit dem normalen Autokauf. Und viele SINlose landen auf der Straße.

Smartgun

WALKER: Ein cybernetisches System, das dem Schützen eine gedankliche Verbindung mit seiner Waffe ermöglicht. Er kann den Munitionsstand ablesen, die Waffe sichern, den Feuermodus wechseln und erhält über einen in sein Auge eingeblendeten Punkt eine Zielhilfe.
SIMMONS: Waffe sagt »Hallo« zur Smartgun, Smartgun sagt »Hallo« zur Waffe, Waffe erschießt Gegner. Applaus.

Soyfleisch

WALKER: Billiges Nahrungsmittel: Aromatisierte und gepresste Sojamasse, die den Eindruck von Fleisch vermitteln soll und dabei kläglich scheitert.
SIMMONS: Fleisch halt – viel besser als dieses Zeug, das sie aus den Tieren schneiden. Soy schmeckt immer gleich und immer lecker, aber dieses echte Fleisch ist fettig, sehnig und blutig. Pfui Teufel!

Sprawl

WALKER: Ein anderes Wort für Metroplex.
SIMMONS: Der ganze, riesige Moloch, Kilometer und Kilometer Häuser, Straßen und all das. Na, die komplette große Stadt halt.

Squatter

WALKER: Ein Obdachloser oder ein Mitglied der untersten Schicht der Gesellschaft, meist ➤ SINlos.
SIMMONS: Arme Schweine, die es nicht geschafft haben und sich jetzt auf der Straße rumtreiben müssen.

SURGE

WALKER: Eine neuerliche Welle der ➤ Goblinisierung, die jedoch unvorhersehbare und variable Veränderungen hervorruft: Federn, Schuppen, weniger oder mehr Gliedmaßen, die Bandbreite ist umfassend.
SIMMONS: Fünfzig Jahre später und derselbe Drek. Kaum sehen ein paar Leute mal ein bisschen anders aus, schon holen die Rassisten wieder ihre Knüppel und hauen feste drauf. Ein paar meiner besten Freunde sind SURGEs ...

Talentleitungen

WALKER: Talentleitungen erlaubt es einer elaborierten Software, die Steuerung des Körpers zu übernehmen. Das System wird über Chips betrieben und erlaubt den Zugriff auf eine breite Palette von Fertigkeiten und Wissensgebieten.

SIMMONS: Ist schon praktisch: Chip rein, und schon kann ich Klavier spielen, japanisch reden oder einen Salto machen. Aber mal ehrlich: Ich bin dann doch eher ungern Passagier, während irgendein Betriebssystem meinen Körper fernsteuert.

Titaniumskelett

WALKER: In die Knochen des Patienten werden Gitter aus Titanium eingearbeitet, um so die Festigkeit und Widerstandskraft stark zu erhöhen – ein so behandelter Knochen ist praktisch unzerbrechlich.
SIMMONS: Verchromte Knochen – fehlt nur doch der Fuchsschwanz am Hintern.

Trideo

WALKER: Dreidimensionales Bildwiedergabegerät.
SIMMONS: Die Glotze, der Kasten, das Heimkino – schlechter als SimSinn, besser als lesen.

Troggie

WALKER: Geringschätzige Bezeichnung für einen Ork oder Troll.
SIMMONS: Pass bloß auf, was du sagst, Kittel!

Troll

WALKER: Homo Sapiens Ingentis, von sehr großem Wuchs, bis zu drei Meter gelten als gesichert, sehr stark und widerstandskräftig, tragen Hörner und Hauer.
SIMMONS: Zu groß geratene Orks, aber die sind okay. Haben mit den gleichen Problemen zu kämpfen wie wir.

UCAS

WALKER: Kurz für die United American Canadian States, die einen Großteil Nordamerikas einnehmen.
SIMMONS: Home sweet home ...

Watcher
WALKER: Eine Form von Geistern, deren hauptsächliche Aufgabe es ist, zu überwachen und dann ihren Beschwörer zu informieren.
SIMMONS: Watcher? So eine Art magische Spanner, oder?

Wetwork
WALKER: Auftragsmord für Geld.
SIMMONS: Leute absichtlich abmurksen und dafür Kohle kassieren, das ist nichts für Papas einzigen Sohn!

White Noise Generator
WALKER: Ein Gerät, das auf diversen Frequenzen Störstrahlung aussendet, um ein Abhören zu erschweren.
SIMMONS: Tja, das ist so ein Koffer, den die Leute auf den Tisch stellen, damit meine Wanzen nicht funktionieren. Mistdinger!

Yakuza
WALKER: Die japanische Mafia.
SIMMONS: Lustige kleine Schlitzaugen, die sich ganz tolle bunte Bilder auf die Haut malen und Sushi von nackten Frauen essen. Ganz schlimmer Finger – apropos Finger: Die hacken sie sich mit Vorliebe ab, wenn sie Mist gebaut haben.

Zerebralbooster
WALKER: Dem Patienten werden zusätzliche Gehirnwindungen und Wirbel in den vorderen Hirnlappen implantiert, wodurch die zerebrale Effektivität stark gesteigert werden kann.
SIMMONS: Da wird mehr Gehirn in den Schädel gestopft, und das soll schlauer machen – aber ich schätze, dass das bei Menschen auch nicht helfen würde.

Zwerg

WALKER: Homo Sapiens Pumilionis, eine klein gewachsene Metamenschen-Subspezies von im Schnitt 120 Zentimeter Größe, sehr kompakt gebaut.

SIMMONS: Hm, da muss ich mal eine *kurze* Weile nachdenken. Geben sie mit einen *winzigen* Moment, dann komm ich drauf, *Kleinigkeit*! Nein, doch nicht, weiß beim besten Willen nicht, was das ist.

Von SHADOWRUN sind im
WILHELM HEYNE VERLAG erschienen:

1. Jordan K. Weisman (Hrsg.): *Der Weg in die Schatten*

TRILOGIE GEHEIMNISSE DER MACHT

2. Robert N. Charrette: *Laß ab von Drachen*
3. Robert N. Charrette: *Wähl deine Feinde mit Bedacht*
4. Robert N. Charrette: *Such deine eigene Wahrheit*

5. Nigel Findley: *2XS*
6. Chris Kubasik: *Der Wechselbalg*
7. Robert N. Charrette: *Trau keinem Elf*
8. Nigel Findley: *Schattenspiele*
9. Carl Sargent: *Blutige Straßen*

TRILOGIE DEUTSCHLAND IN DEN SCHATTEN

10. Hans Joachim Alpers: *Das zerrissene Land*
11. Hans Joachim Alpers: *Die Augen des Riggers*
12. Hans Joachim Alpers: *Die graue Eminenz*

13. Tom Dowd: *Spielball der Nacht*
14. Nyx Smith: *Die Attentäterin*
15. Nigel Findley: *Der Einzelgänger*
16. Nyx Smith: *In die Dunkelheit*
17. Carl Sargent/Marc Gascoigne: *Nosferatu 2055*
18. Tom Dowd: *Nuke City*
19. Nyx Smith: *Jäger und Gejagte*
20. Nigel Findley: *Haus der Sonne*

21. Caroline Spector: *Die endlosen Welten*
22. Robert N. Charrette: *Gerade noch ein Patt*
23. Carl Sargent/Marc Gascoigne: *Schwarze Madonna*
24. Mel Odom: *Auf Beutezug*
25. Jak Koke: *Funkstille*
26. Lisa Smedman: *Das Luzifer Deck*
27. Nyx Smith: *Stahlregen*
28. Nick Polotta: *Schattenboxer*
29. Jak Koke: *Fremde Seelen*
30. Mel Odom: *Kopfjäger*
31. Jak Koke: *Der Cyberzombie*
32. Lisa Smedman: *Blutige Jagd*
33. Jak Koke: *Bis zum bitteren Ende*
34. Stephen Kenson: *Technobabel*
35. Lisa Smedman: *Psychotrop*
36. Stephen Kenson: *Am Kreuzweg*
37. Michael Stackpole: *Wolf und Rabe*
38. Jonathan Bond/Jak Koke: *Das Terminus-Experiment*
39. Lisa Smedman: *Das neunte Leben*
40. Mel Odom: *Runner sterben schnell*
41. Leo Lukas: *Wiener Blei*
42. Stephen Kenson: *Ragnarock*
43. Lisa Smedman: *Kopf oder Zahl*
44. Stephen Kenson: *Zeit in Flammen*
45. Markus Heitz: *TAKC 3000*
46. Björn Lippold: *Nachtstreife*
47. Markus Heitz: *Gottes Engel*
48. Markus Heitz: *Aeternitas*
49. Harri Assmann: *Auf dem Sprung*
50. Harri Assmann: *Töne der Unendlichkeit*

51. Markus Heitz: *Sturmvogel*
52. Harri Assmann: *Elementares Wissen*
53. Markus Heitz: *05:58*
54. Ivan Nedič: *Die Anfänger*
55. Markus Heitz: *Jede Wette*
56. André Wiesler: *Altes Eisen*
57. Markus Heitz: *Schattenjäger*
58. Maike Hallmann: *Pesadillas*
59. Markus Heitz: *Schattenläufer*
60. Lara Möller: *Ash*
61. André Wiesler: *Shelley*
62. Lara Möller: *Quickshot*